20 世纪中国古代文化经典域外传播研究书系

张西平　　总主编

《红楼梦》在德国的传播与翻译

姚军玲　著

中原出版传媒集团
大地传媒
大象出版社
·郑州·

图书在版编目(CIP)数据

《红楼梦》在德国的传播与翻译 / 姚军玲著.— 郑州 : 大象出版社, 2018. 12
(20世纪中国古代文化经典域外传播研究书系)
ISBN 978-7-5347-9236-6

Ⅰ. ①红… Ⅱ. ①姚… Ⅲ. ①《红楼梦》—德语—文学翻译—研究 Ⅳ. ①I207. 411

中国版本图书馆 CIP 数据核字(2017)第 096036 号

20世纪中国古代文化经典域外传播研究书系
《红楼梦》在德国的传播与翻译
《HONGLOUMENG》ZAI DEGUO DE CHUANBO YU FANYI
姚军玲 著

出 版 人 王刘纯
项目统筹 张前进 刘东蓬
责任编辑 刘丹博
责任校对 牛志远 裴红燕
装帧设计 张 帆

出版发行 大象出版社(郑州市开元路 16 号 邮政编码 450044)
发行科 0371-63863551 总编室 0371-65597936
网　　址 www.daxiang.cn
印　　刷 郑州市毛庄印刷厂
经　　销 各地新华书店经销
开　　本 787mm×1092mm 1/16
印　　张 18.5
字　　数 281 千字
版　　次 2018 年 12 月第 1 版 2018 年 12 月第 1 次印刷
定　　价 72.00 元
若发现印、装质量问题，影响阅读，请与承印厂联系调换。
印厂地址 郑州市惠济区清华园路毛庄工业园
邮政编码 450044 电话 0371-63784396

总 序

张西平①

呈现在读者面前的这套“20世纪中国古代文化经典域外传播研究书系”是我2007年所申请的教育部哲学社会科学研究重大课题攻关项目的成果。

这套丛书的基本设计是:导论1卷,编年8卷,中国古代文化域外传播专题研究10卷,共计19卷。

中国古代文化经典在域外的传播和影响是一个崭新的研究领域,之前中外学术界从未对此进行过系统研究。它突破了以往将中国古代文化经典的研究局限于中国本土的研究方法,将研究视野扩展到世界主要国家,研究中国古代文化经典在那里的传播和影响,以此说明中国文化的世界性意义。

我在申请本课题时,曾在申请表上如此写道:

> 研究20世纪中国古代文化经典在域外的传播和影响,可以使我们走出“东方与西方”“现代与传统”的二元思维,在世界文化的范围内考察中国文化的价值,以一种全球视角来重新审视中国古代文化的影响和现代价值,揭示中国文化的普世性意义。这样的研究对于消除当前中国学术界、文化界所存在的对待中国古代文化的焦虑和彷徨,对于整个社会文化转型中的中国重新

① 北京外国语大学中国海外汉学研究中心(现在已经更名为“国际中国文化研究院”)原主任,中国文化走出去协同创新中心原副主任。

确立对自己传统文化的自信,树立文化自觉,都具有极其重要的思想文化意义。

通过了解20世纪中国古代文化经典在域外的传播与接受,我们也可以进一步了解世界各国的中国观,了解中国古代文化如何经过"变异",融合到世界各国的文化之中。通过对20世纪中国古代文化经典在域外传播和影响的研究,我们可以总结出中国文化向外部世界传播的基本规律、基本经验、基本方法,为国家制定全球文化战略做好前期的学术准备,为国家对外传播中国文化宏观政策的制定提供学术支持。

中国文化在海外的传播,域外汉学的形成和发展,昭示着中国文化的学术研究已经成为一个全球的学术事业。本课题的设立将打破国内学术界和域外汉学界的分隔与疏离,促进双方的学术互动。对中国学术来说,课题的重要意义在于:使国内学术界了解域外汉学界对中国古代文化研究的进展,以"它山之石"攻玉。通过本课题的研究,国内学术界了解了域外汉学界在20世纪关于中国古代文化经典的研究成果和方法,从而在观念上认识到:对中国古代文化经典的研究已经不再仅仅属于中国学术界本身,而应以更加开阔的学术视野展开对中国古代文化经典的研究与探索。

这样一个想法,在我们这项研究中基本实现了。但我们应该看到,对中国古代文化经典在域外的传播与影响的研究绝非我们这样一个课题就可以完成的。这是一个崭新的学术方向和领域,需要学术界长期关注与研究。基于这样的考虑,在课题设计的布局上我们的原则是:立足基础,面向未来,着眼长远。我们希望本课题的研究为今后学术的进一步发展打下坚实的基础。为此,在导论中,我们初步勾勒出中国古代文化经典在西方传播的轨迹,并从理论和文献两个角度对这个研究领域的方法论做了初步的探讨。在编年系列部分,我们从文献目录入手,系统整理出20世纪以来中国古代文化经典在世界主要国家的传播编年。编年体是中国传统记史的一个重要体裁,这样大规模的中国文化域外传播的编年研究在世界上是首次。专题研究则是从不同的角度对这个主题的深化。

为完成这个课题,30余位国内外学者奋斗了7年,到出版时几乎是用了10年时间。尽管我们取得了一定的成绩,这个研究还是刚刚开始,待继续努力的方向还很多。如:这里的中国古代文化经典主要侧重于以汉文化为主体,但中国古代文化是一个"多元一体"的文化,在其长期发展中,少数民族的古代文化经典已经逐步融合到汉文化的主干之中,成为中华文化充满活力、不断发展的动力和原因之一。由于时间和知识的限制,在本丛书中对中国古代少数民族的经典在域外的传播研究尚未全面展开,只是在个别卷中有所涉猎。在语言的广度上也待扩展,如在欧洲语言中尚未把西班牙语、瑞典语、荷兰语等包括进去,在亚洲语言中尚未把印地语、孟加拉语、僧伽罗语、乌尔都语、波斯语等包括进去。因此,我们只是迈开了第一步,我们希望在今后几年继续完成中国古代文化在使用以上语言的国家中传播的编年研究工作。希望在第二版时,我们能把编年卷做得更好,使其成为方便学术界使用的工具书。

中国文化是全球性的文化,它不仅在东亚文化圈、欧美文化圈产生过重要影响,在东南亚、南亚、阿拉伯世界也都产生过重要影响。因此,本丛书尽力将中国古代文化经典在多种文化区域传播的图景展现出来。或许这些研究仍待深化,但这样一个图景会使读者对中国文化的影响力有一个更为全面的认识。

中国古代文化经典的域外传播研究近年来逐步受到学术界的重视,据初步统计,目前出版的相关专著已经有十几本之多,相关博士论文已经有几十篇,国家社科基金课题及教育部课题中与此相关的也有十余个。随着国家“一带一路”倡议的提出,中国文化“走出去”战略也开始更加关注这个方向。应该说,这个领域的研究进步很大,成果显著。但由于这是一个跨学科的崭新研究领域,尚有不少问题需要我们深入思考。例如,如何更加深入地展开这一领域的研究?如何从知识和学科上把握这个研究领域?通过什么样的路径和方法展开这个领域的研究?这个领域的研究在学术上的价值和意义何在?对这些问题笔者在这里进行初步的探讨。

一、历史:展开中国典籍外译研究的基础

根据目前研究,中国古代文化典籍第一次被翻译为欧洲语言是在1592年,由来自西班牙的传教士高母羡(Juan Cobo,1546—1592)①第一次将元末明初的中国

① “‘Juan Cobo’,是他在1590年寄给危地马拉会友信末的落款签名,也是同时代的欧洲作家对他的称呼;‘高母羡’,是1593年马尼拉出版的中文著作《辩正教真传实录》一书扉页上的作者;‘羡高茂’,是1592年他在翻译菲律宾总督致丰臣秀吉的回信中使用的署名。”蒋薇:《1592年高母羡(Fr.Juan Cobo)出使日本之行再议》,硕士论文抽样本,北京:北京外国语大学;方豪:《中国天主教史人物传》(上),北京:中华书局,1988年,第83—89页。

文人范立本所编著的收录中国文化先贤格言的蒙学教材《明心宝鉴》翻译成西班牙文。《明心宝鉴》收入了孔子、孟子、庄子、老子、朱熹等先哲的格言，于洪武二十六年(1393)刊行。如此算来，欧洲人对中国古代文化典籍的翻译至今已有424年的历史。要想展开相关研究，对研究者最基本的要求就是熟知西方汉学的历史。

仅仅拿着一个译本，做单独的文本研究是远远不够的。这些译本是谁翻译的？他的身份是什么？他是哪个时期的汉学家？他翻译时的中国助手是谁？他所用的中文底本是哪个时代的刻本？……这些都涉及对汉学史及中国文化史的了解。例如，如果对《明心宝鉴》的西班牙译本进行研究，就要知道高母羡的身份，他是道明会的传教士，在菲律宾完成此书的翻译，此书当时为生活在菲律宾的道明会传教士学习汉语所用。他为何选择了《明心宝鉴》而不是其他儒家经典呢？因为这个本子是他从当时来到菲律宾的中国渔民那里得到的，这些侨民只是粗通文墨，不可能带有很经典的儒家本子，而《菜根谭》和《明心宝鉴》是晚明时期民间流传最为广泛的儒家伦理格言书籍。由于这是以闽南话为基础的西班牙译本，因此书名、人名及部分难以意译的地方，均采取音译方式，其所注字音当然也是闽南语音。我们对这个译本进行研究就必须熟悉闽南语。同时，由于译者是天主教传教士，因此研究者只有对欧洲天主教的历史发展和天主教神学思想有一定的了解，才能深入其文本的翻译研究之中。

又如，法国第一位专业汉学家雷慕沙(Jean Pierre Abel Rémusat，1788—1832)的博士论文是关于中医研究的《论中医舌苔诊病》(*Dissertatio de glossosemeiotice sive de signis morborum quae è linguâ sumuntur，praesertim apud sinenses*，1813，Thése，Paris)。论文中翻译了中医的一些基本文献，这是中医传向西方的一个重要环节。如果做雷慕沙这篇文献的研究，就必须熟悉西方汉学史，因为雷慕沙并未来过中国，他关于中医的知识是从哪里得来的呢？这些知识是从波兰传教士卜弥格(Michel Boym，1612—1659)那里得来的。卜弥格的《中国植物志》"是西方研究中国动植物的第一部科学著作，曾于1656年在维也纳出版，还保存了原著中介绍的每一种动植物的中文名称和卜弥格为它们绘制的二十七幅图像。后来因为这部著作受到欧洲读者极大的欢迎，在1664年，又发表了它的法文译本，名为《耶稣会士卜弥格神父写的一篇论特别是来自中国的花、水果、植物和个别动物的论文》。……

荷兰东印度公司一位首席大夫阿德列亚斯·克莱耶尔(Andreas Clayer)……1682年在德国出版的一部《中医指南》中,便将他所得到的卜弥格的《中医处方大全》《通过舌头的颜色和外部状况诊断疾病》《一篇论脉的文章》和《医学的钥匙》的部分章节以他的名义发表了"①。这就是雷慕沙研究中医的基本材料的来源。如果对卜弥格没有研究,那就无法展开对雷慕沙的研究,更谈不上对中医西传的研究和翻译时的历史性把握。

这说明研究者要熟悉从传教士汉学到专业汉学的发展历史,只有如此才能展开研究。西方汉学如果从游记汉学算起已经有七百多年的历史,如果从传教士汉学算起已经有四百多年的历史,如果从专业汉学算起也有近二百年的历史。在西方东方学的历史中,汉学作为一个独立学科存在的时间并不长,但学术的传统和人脉一直在延续。正像中国学者做研究必须熟悉本国学术史一样,做中国文化典籍在域外的传播研究首先也要熟悉域外各国的汉学史,因为绝大多数的中国古代文化典籍的译介是由汉学家们完成的。不熟悉汉学家的师承、流派和学术背景,自然就很难做好中国文化的海外传播研究。

上面这两个例子还说明,虽然西方汉学从属于东方学,但它是在中西文化交流的历史中产生的。这就要求研究者不仅要熟悉西方汉学史,也要熟悉中西文化交流史。例如,如果不熟悉元代的中西文化交流史,那就无法读懂《马可·波罗游记》;如果不熟悉明清之际的中西文化交流史,也就无法了解以利玛窦为代表的传教士汉学家们的汉学著作,甚至完全可能如堕烟海,不知从何下手。上面讲的卜弥格是中医西传第一人,在中国古代文化典籍西传方面贡献很大,但他同时又是南明王朝派往梵蒂冈教廷的中国特使,在明清时期中西文化交流史上占有重要的地位。如果不熟悉明清之际的中西文化交流史,那就无法深入展开研究。即使一些没有来过中国的当代汉学家,在其进行中国典籍的翻译时,也会和中国当时的历史与人物发生联系并受到影响。例如20世纪中国古代文化经典最重要的翻译家阿瑟·韦利(Arthur David Waley,1889—1966)与中国作家萧乾、胡适的交往,都对他的翻译活动产生过影响。

历史是进行一切人文学科研究的基础,做中国古代文化经典在域外的传播研

---

① 张振辉:《卜弥格与明清之际中学的西传》,《中国史研究》2011年第3期,第184—185页。

究尤其如此。

中国学术界对西方汉学的典籍翻译的研究起源于清末民初之际。辜鸿铭对西方汉学家的典籍翻译多有微词。那时的中国学术界对西方汉学界已经不陌生，不仅不陌生，实际上晚清时期对中国学问产生影响的西学中也包括汉学。① 近代以来，中国学术的发展是西方汉学界与中国学界互动的结果，我们只要提到伯希和、高本汉、葛兰言在民国时的影响就可以知道。② 但中国学术界自觉地将西方汉学作为一个学科对象加以研究和分梳的历史并不长，研究者大多是从自己的专业领域对西方汉学发表评论，对西方汉学的学术历史研究甚少。莫东言的《汉学发达史》到 1936 年才出版，实际上这本书中的绝大多数知识来源于日本学者石田干之助的《欧人之汉学研究》③。近 30 年来中国学术界对西方汉学的研究有了长足进展，个案研究、专书和专人研究及国别史研究都有了重大突破。像徐光华的《国外汉学史》、阎纯德主编的《列国汉学史》等都可以为我们的研究提供初步的线索。但应看到，对国别汉学史的研究才刚刚开始，每一位从事中国典籍外译研究的学者都要注意对汉学史的梳理。我们应承认，至今令学术界满意的中国典籍外译史的专著并不多见，即便是国别体的中国典籍外译的专题历史研究著作都尚未出现。④ 因为这涉及太多的语言和国家，绝非短期内可以完成。随着国家“一带一路”倡议的提出，了解沿路国家文化与中国文化之间的互动历史是学术研究的题中应有之义。但一旦我们翻阅学术史文献就会感到，在这个领域我们需要做的事情还有很多，尤其需要增强对沿路国家文化与中国文化互动的了解。百年以西为师，我们似乎忘记了家园和邻居，悲矣！学术的发展总是一步步向前的，愿我们沿着季羡林先生开辟的中国东方学之路，由历史而入，拓展中国学术发展的新空间。

---

① 罗志田：《西学冲击下近代中国学术分科的演变》，《社会科学研究》2003 年第 1 期。

② 桑兵：《国学与汉学——近代中外学界交往录》，北京：中国人民大学出版社，2010 年；李孝迁：《葛兰言在民国学界的反响》，《华东师范大学学报》（哲学社会科学版）2010 年第 4 期。

③ ［日］石田干之助：《欧人之汉学研究》，朱滋萃译，北京：北平中法大学出版社，1934 年。

④ 马祖毅、任荣珍：《汉籍外译史》，武汉：湖北教育出版社，1997 年。这本书尽管是汉籍外译研究的开创性著作，但书中的错误颇多，注释方式也不规范，完全分不清资料的来源。关键在于作者对域外汉学史并未深入了解，仅在二手文献基础上展开研究。学术界对这本书提出了批评，见许冬平《〈汉籍外译史〉还是〈汉籍歪译史〉?》，光明网，2011 年 8 月 21 日。

二、文献：西方汉学文献学亟待建立

张之洞在《书目答问》中开卷就说："诸生好学者来问应读何书，书以何本为善。偏举既嫌絓漏，志趣学业亦各不同，因录此以告初学。"①学问由目入，读书自识字始，这是做中国传统学问的基本方法。此法也同样适用于中国文化在域外的传播研究及中国典籍外译研究。因为19世纪以前中国典籍的翻译者以传教士为主，传教士的译本在欧洲呈现出非常复杂的情况。17世纪时传教士的一些译本是拉丁文的，例如柏应理和一些耶稣会士联合翻译的《中国哲学家孔子》，其中包括《论语》《大学》《中庸》。这本书的影响很大，很快就有了各种欧洲语言的译本，有些是节译，有些是改译。如果我们没有西方汉学文献学的知识，就搞不清这些译本之间的关系。

18世纪欧洲的流行语言是法语，会法语是上流社会成员的标志。恰好此时来华的传教士由以意大利籍为主转变为以法国籍的耶稣会士为主。这些法国来华的传教士学问基础好，翻译中国典籍极为勤奋。法国传教士的汉学著作中包含了大量的对中国古代文化典籍的介绍和翻译，例如来华耶稣会士李明返回法国后所写的《中国近事报道》(*Nouveaux mémoires sur l'état présent de la Chine*)，1696年在巴黎出版。他在书中介绍了中国古代重要的典籍"五经"，同时介绍了孔子的生平。李明所介绍的孔子的生平在当时欧洲出版的来华耶稣会士的汉学著作中是最详细的。这本书出版后在四年内竟然重印五次，并有了多种译本。如果我们对法语文本和其他文本之间的关系不了解，就很难做好翻译研究。

进入19世纪后，英语逐步取得霸主地位，英文版的中国典籍译作逐渐增加，版本之间的关系也更加复杂。美国诗人庞德在翻译《论语》时，既参照早年由英国汉学家柯大卫(David Collie)翻译的第一本英文版"四书"②，也参考理雅各的译本，如果只是从理雅各的译本来研究庞德的翻译肯定不全面。

20世纪以来对中国典籍的翻译一直在继续，翻译的范围不断扩大。学者研

---

① 〔清〕张之洞著，范希曾补正：《书目答问补正》，上海：上海古籍出版社，2001年，第3页。

② David Collie, *The Four Books*, Malacca: Printed at Mission Press, 1828.

究百年的《论语》译本的数量就很多,《道德经》的译本更是不计其数。有的学者说世界上译本数量极其巨大的文化经典文本有两种,一种是《圣经》,另一种就是《道德经》。

这说明我们在从事文明互鉴的研究时,尤其在从事中国古代文化经典在域外的翻译和传播研究时,一定要从文献学入手,从目录学入手,这样才会保证我们在做翻译研究时能够对版本之间的复杂关系了解清楚,为研究打下坚实的基础。中国学术传统中的"辨章学术,考镜源流"在我们致力于域外汉学研究时同样需要。

目前,国家对汉籍外译项目投入了大量的经费,国内学术界也有相当一批学者投入这项事业中。但我们在开始这项工作时应该摸清世界各国已经做了哪些工作,哪些译本是受欢迎的,哪些译本问题较大,哪些译本是节译,哪些译本是全译。只有清楚了这些以后,我们才能确定恰当的翻译策略。显然,由于目前我们在域外汉学的文献学上做得不够理想,对中国古代文化经典的翻译情况若明若暗。因而,国内现在确立的一些翻译计划不少是重复的,在学术上是一种浪费。即便国内学者对这些典籍重译,也需要以前人的工作为基础。

就西方汉学而言,其基础性书目中最重要的是两本目录,一本是法国汉学家考狄编写的《汉学书目》(*Bibliotheca sinica*),另一本是中国著名学者、中国近代图书馆的奠基人之一袁同礼 1958 年出版的《西文汉学书目》(*China in Western Literature*:*a Continuation of Cordier' s Bibliotheca Sinica*)①。

从西方最早对中国的记载到 1921 年西方出版的关于研究中国的书籍,四卷本的考狄书目都收集了,其中包括大量关于中国古代文化典籍的译本目录。袁同礼的《西文汉学书目》则是"接着说",其书名就表明是接着考狄来做的。他编制了 1921—1954 年期间西方出版的关于中国研究的书目,其中包括数量可观的关于中国古代文化典籍的译本目录。袁同礼之后,西方再没有编出一本类似的书目。究其原因,一方面是中国研究的进展速度太快,另一方面是中国研究的范围在快速扩大,在传统的人文学科的思路下已经很难把握快速发展的中国研究。

当然,国外学者近 50 年来还是编制了一些非常重要的专科性汉学研究文献

---

① 书名翻译为《西方文学作品里的中国书目——续考狄之汉学书目》更为准确,《西文汉学书目》简洁些。

目录，特别是关于中国古代文化经典的翻译也有了专题性书目。例如，美国学者编写的《中国古典小说研究与欣赏论文书目指南》①是一本很重要的专题性书目，对于展开中国古典文学在西方的传播研究奠定了基础。日本学者所编的《东洋学文献类目》是当代较权威的中国研究书目，收录了部分亚洲研究的文献目录，但涵盖语言数量有限。当然中国学术界也同样取得了较大的进步，台湾学者王尔敏所编的《中国文献西译书目》②无疑是中国学术界较早的西方汉学书目。汪次昕所编的《英译中文诗词曲索引：五代至清末》③，王丽娜的《中国古典小说戏曲名著在国外》④是新时期第一批从目录文献学上研究西方汉学的著作。林舒俐、郭英德所编的《中国古典戏曲研究英文论著目录》⑤，顾钧、杨慧玲在美国汉学家卫三畏研究的基础上编制的《〈中国丛报〉篇名目录及分类索引》，王国强在其《〈中国评论〉（1872—1901）与西方汉学》中所附的《中国评论》目录和《中国评论》文章分类索引等，都代表了域外汉学和中国古代文化外译研究的最新进展。

从学术的角度看，无论是海外汉学界还是中国学术界在汉学的文献学和目录学上都仍有继续展开基础性研究和学术建设的极大空间。例如，在 17 世纪和 18 世纪"礼仪之争"后来华传教士所写的关于在中国传教的未刊文献至今没有基础性书目，这里主要指出傅圣泽和白晋的有关文献就足以说明问题。⑥ 在罗马传信部档案馆、梵蒂冈档案馆、耶稣会档案馆有着大量未刊的耶稣会士关于"礼仪之争"的文献，这些文献多涉及中国典籍的翻译问题。在巴黎外方传教会、方济各传教会也有大量的"礼仪之争"期间关于中国历史文化研究的未刊文献。这些文献目录未整理出来以前，我们仍很难书写一部完整的中国古代文献西文翻译史。

由于中国文化研究已经成为一个国际化的学术事业，无论是美国亚洲学会的

---

① Winston L.Y.Yang, Peter Li and Nathan K.Mao, *Classical Chinese Fiction: A Guide to Its Study and Appreciation—Essays and Bibliographies*, Boston: G.K.Hall & Co., 1978.

② 王尔敏编：《中国文献西译书目》，台北：台湾商务印书馆，1975 年。

③ 汪次昕编：《英译中文诗词曲索引：五代至清末》，台北：汉学研究中心，2000 年。

④ 王丽娜：《中国古典小说戏曲名著在国外》，上海：学林出版社，1988 年。

⑤ 林舒俐、郭英德编：《中国古典戏曲研究英文论著目录》（上），《戏曲研究》2009 年第 3 期；《中国古典戏曲研究英文论著目录》（下），《戏曲研究》2010 年第 1 期。

⑥ ［美］魏若望：《耶稣会士傅圣泽神甫传：索隐派思想在中国及欧洲》，吴莉苇译，郑州：大象出版社，2006 年；［丹］龙伯格：《清代来华传教士马若瑟研究》，李真、骆洁译，郑州：大象出版社，2009 年；［德］柯兰霓：《耶稣会士白晋的生平与著作》，李岩译，郑州：大象出版社，2009 年；［法］维吉尔・毕诺：《中国对法国哲学思想形成的影响》，耿昇译，北京：商务印书馆，2000 年。

中国学研究网站所编的目录,还是日本学者所编的目录,都已经不能满足学术发展的需要。我们希望了解伊朗的中国历史研究状况,希望了解孟加拉国对中国文学的翻译状况,但目前没有目录能提供这些。袁同礼先生当年主持北平图书馆工作时曾说过,中国国家图书馆应成为世界各国的中国研究文献的中心,编制世界的汉学研究书目应是我们的责任。先生身体力行,晚年依然坚持每天在美国国会图书馆的目录架旁抄录海外中国学研究目录,终于继考狄之后完成了《西文汉学书目》,开启了中国学者对域外中国研究文献学研究的先河。今日的中国国家图书馆的同人和中国文献学的同行们能否继承前辈之遗产,为飞出国门的中国文化研究提供一个新时期的文献学的阶梯,提供一个真正能涵盖多种语言,特别是非通用语的中国文化研究书目呢?我们期待着。正是基于这样的考虑,10 年前我承担教育部重大攻关项目"20 世纪中国古代文化经典在域外的传播与影响"时,决心接续袁先生的工作做一点尝试。我们中国海外汉学研究中心和北京外国语大学与其他院校学界的同人以 10 年之力,编写了一套 10 卷本的中国文化传播编年,它涵盖了 22 种语言,涉及 20 余个国家。据我了解,这或许是目前世界上第一次涉及如此多语言的中国文化外传文献编年。

尽管这些编年略显幼稚,多有不足,但中国的学者们是第一次把自己的语言能力与中国学术的基础性建设有机地结合起来。我们总算在袁同礼先生的事业上前进了一步。

学术界对于加强海外汉学文献学研究的呼声很高。李学勤当年主编的《国际汉学著作提要》就是希望从基础文献入手加强对西方汉学名著的了解。程章灿更是提出了十分具体的方案,他认为如果把欧美汉学作为学术资源,应该从以下四方面着手:"第一,从学术文献整理的角度,分学科、系统编纂中外文对照的专业论著索引。就欧美学者的中国文学研究而言,这一工作显得相当迫切。这些论著至少应该包括汉学专著、汉籍外译本及其附论(尤其是其前言、后记)、各种教材(包括文学史与作品选)、期刊论文、学位论文等几大项。其中,汉籍外译本与学位论文这两项比较容易被人忽略。这些论著中提出或涉及的学术问题林林总总,如果并没有广为中国学术界所知,当然也就谈不上批判或吸收。第二,从学术史角度清理学术积累,编纂重要论著的书目提要。从汉学史上已出版的研究中国文学的专著中,选取有价值的、有影响的,特别是有学术史意义的著作,每种写一篇两三千字的书目提要,述其内容大要、方法特点,并对其作学术史之源流梳理。对这些海外汉学文献的整理,就是学术史的建设,其道理与第一点是一样的。第三,从学术术语与话语沟通的角度,编纂一册中英文术语对照词典。就中国文学研究而言,目前在世界范围内,英语与汉语是两种最重要的工作语言。但是,对于同一个中国文学专有名词,往往有多种不同的英语表达法,国内学界英译中国文学术语时,词不达意、生拉硬扯的现象时或可见,极不利于中外学者的沟通和中外学术的交流。如有一册较好的中英文中国文学术语词典,不仅对于中国研究者,而且对于学习中国文学的外国人,都有很大的实用价值。第四,在系统清理研判的基础上,编写一部国际汉学史略。"①

历史期待着我们这一代学人,从基础做起,从文献做起,构建起国际中国文化研究的学术大厦。

三、语言:中译外翻译理论与实践有待探索

翻译研究是做中国古代文化对外传播研究的重要环节,没有这个环节,整个研究就不能建立在坚实的学术基础之上。在翻译研究中如何创造出切实可行的中译外理论是一个亟待解决的问题。如果翻译理论、翻译的指导观念不发生变革,一味依赖西方的理论,并将其套用在中译外的实践中,那么中国典籍的外译将不会有更大的发展。

外译中和中译外是两种翻译实践活动。前者说的是将外部世界的文化经典翻译成中文,后者说的是将中国古代文化的经典翻译成外文。几乎每一种有影响的文化都会面临这两方面的问题。

中国文化史告诉我们,我们有着悠久的外译中的历史,例如从汉代以来中国对佛经的翻译和近百年来中国对西学和日本学术著作的翻译。中国典籍的外译最早可以追溯到玄奘译老子的《道德经》,但真正形成规模则始于明清之际来华的传教士,即上面所讲的高母羡、利玛窦等人。中国人独立开展这项工作则应从晚清时期的陈季同和辜鸿铭算起。外译中和中译外作为不同语言之间的转换有

---

① 程章灿:《作为学术文献资源的欧美汉学研究》,《文学遗产》2012 年第 2 期,第 134—135 页。

共同性,这是毋庸置疑的。但二者的区别也很明显,目的语和源语言在外译中和中译外中都发生了根本性置换,这种目的语和源语言的差别对译者提出了完全不同的要求。因此,将中译外作为一个独立的翻译实践来展开研究是必要的,正如刘宓庆所说:"实际上东方学术著作的外译如何解决文化问题还是一块丰腴的亟待开发的处女地。"①

由于在翻译目的、译本选择、语言转换等方面的不同,在研究中译外时完全照搬西方的翻译理论是有问题的。当然,并不是说西方的翻译理论不可用,而是这些理论的创造者的翻译实践大都是建立在西方语言之间的互译之上。在此基础上产生的翻译理论面对东方文化时,特别是面对以汉字为基础的汉语文化时会产生一些问题。潘文国认为,至今为止,西方的翻译理论基本上是对印欧语系内部翻译实践的总结和提升,那套理论是"西西互译"的结果,用到"中西互译"是有问题的,"西西互译"多在"均质印欧语"中发生,而"中西互译"则是在相距遥远的语言之间发生。因此他认为"只有把'西西互译'与'中西互译'看作是两种不同性质的翻译,因而需要不同的理论,才能以更为主动的态度来致力于中国译论的创新"②。

语言是存在的家园。语言具有本体论作用,而不仅仅是外在表达。刘勰在《文心雕龙·原道》中写道:"文之为德也大矣,与天地并生者何哉?夫玄黄色杂,方圆体分,日月叠璧,以垂丽天之象;山川焕绮,以铺理地之形:此盖道之文也。仰观吐曜,俯察含章,高卑定位,故两仪既生矣。惟人参之,性灵所钟,是谓三才。为五行之秀,实天地之心。心生而言立,言立而文明,自然之道也。傍及万品,动植皆文:龙凤以藻绘呈瑞,虎豹以炳蔚凝姿;云霞雕色,有逾画工之妙;草木贲华,无待锦匠之奇。夫岂外饰,盖自然耳。至于林籁结响,调如竽瑟;泉石激韵,和若球锽:故形立则章成矣,声发则文生矣。夫以无识之物,郁然有彩,有心之器,其无文欤?"③刘勰这段对语言和文字功能的论述绝不亚于海德格尔关于语言性质的论述,他强调"文"的本体意义和内涵。

---

① 刘宓庆:《中西翻译思想比较研究》,北京:中国对外翻译出版公司,2005年,第272页。

② 潘文国:《中籍外译,此其时也——关于中译外问题的宏观思考》,《杭州师范学院学报》(社会科学版)2007年第6期。

③ 〔南朝梁〕刘勰著,周振甫译注:《文心雕龙选译》,北京:中华书局,1980年,第19—20页。

中西两种语言,对应两种思维、两种逻辑。外译中是将抽象概念具象化的过程,将逻辑思维转换成伦理思维的过程;中译外是将具象思维的概念抽象化,将伦理思维转换成逻辑思维的过程。当代美国著名汉学家安乐哲(Roger T. Ames)与其合作者也有这样的思路:在中国典籍的翻译上反对用一般的西方哲学思想概念来表达中国的思想概念。因此,他在翻译中国典籍时着力揭示中国思想异于西方思想的特质。

语言是世界的边界,不同的思维方式、不同的语言特点决定了外译中和中译外具有不同的规律,由此,在翻译过程中就要注意其各自的特点。基于语言和哲学思维的不同所形成的中外互译是两种不同的翻译实践,我们应该重视对中译外理论的总结,现在流行的用"西西互译"的翻译理论来解释"中西互译"是有问题的,来解释中译外问题更大。这对中国翻译界来说应是一个新课题,因为在"中西互译"中,我们留下的学术遗产主要是外译中。尽管我们也有辜鸿铭、林语堂、陈季同、吴经熊、杨宪益、许渊冲等前辈的可贵实践,但中国学术界的翻译实践并未留下多少中译外的经验。所以,认真总结这些前辈的翻译实践经验,提炼中译外的理论是一个亟待努力开展的工作。同时,在比较语言学和比较哲学的研究上也应着力,以此为中译外的翻译理论打下坚实的基础。

在此意义上,许渊冲在翻译理论及实践方面的探索尤其值得我国学术界关注。许渊冲在20世纪中国翻译史上是一个奇迹,他在中译外和外译中两方面均有很深造诣,这十分少见。而且,在中国典籍外译过程中,他在英、法两个语种上同时展开,更是难能可贵。"书销中外五十本,诗译英法唯一人"的确是他的真实写照。从陈季同、辜鸿铭、林语堂等开始,中国学者在中译外道路上不断探索,到许渊冲这里达到一个高峰。他的中译外的翻译数量在中国学者中居于领先地位,在古典诗词的翻译水平上,更是成就卓著,即便和西方汉学家(例如英国汉学家韦利)相比也毫不逊色。他的翻译水平也得到了西方读者的认可,译著先后被英国和美国的出版社出版,这是目前中国学者中译外作品直接进入西方阅读市场最多的一位译者。

特别值得一提的是,许渊冲从中国文化本身出发总结出一套完整的翻译理论。这套理论目前是中国翻译界较为系统并获得翻译实践支撑的理论。面对铺天盖地而来的西方翻译理论,他坚持从中国翻译的实践出发,坚持走自己的学术道路,自成体系,面对指责和批评,他不为所动。他这种坚持文化本位的精神,这种坚持从实践出发探讨理论的风格,值得我们学习和发扬。

许渊冲把自己的翻译理论概括为"美化之艺术,创优似竞赛"。"实际上,这十个字是拆分开来解释的。'美'是许渊冲翻译理论的'三美'论,诗歌翻译应做到译文的'意美、音美和形美',这是许渊冲诗歌翻译的本体论;'化'是翻译诗歌时,可以采用'等化、浅化、深化'的具体方法,这是许氏诗歌翻译的方法论;'之'是许氏诗歌翻译的意图或最终想要达成的结果,使读者对译文能够'知之、乐之并好之',这是许氏译论的目的论;'艺术'是认识论,许渊冲认为文学翻译,尤其是诗词翻译是一种艺术,是一种研究'美'的艺术。'创'是许渊冲的'创造论',译文是译者在原诗规定范围内对原诗的再创造;'优'指的是翻译的'信达优'标准和许氏译论的'三势'(优势、劣势和均势)说,在诗歌翻译中应发挥译语优势,用最好的译语表达方式来翻译;'似'是'神似'说,许渊冲认为忠实并不等于形似,更重要的是神似;'竞赛'指文学翻译是原文和译文两种语言与两种文化的竞赛。"①

许渊冲的翻译理论不去套用当下时髦的西方语汇,而是从中国文化本身汲取智慧,并努力使理论的表述通俗化、汉语化和民族化。例如他的"三美"之说就来源于鲁迅,鲁迅在《汉文学史纲要》中指出:"诵习一字,当识形音义三:口诵耳闻其音,目察其形,心通其义,三识并用,一字之功乃全。其在文章,则写山曰崚嶒嵯峨,状水曰汪洋澎湃,蔽芾葱茏,恍逢丰木,鳟鲂鳗鲤,如见多鱼。故其所函,遂具三美:意美以感心,一也;音美以感耳,二也;形美以感目,三也。"②许渊冲的"三之"理论,即在翻译中做到"知之、乐之并好之",则来自孔子《论语·雍也》中的"知之者不如好之者,好之者不如乐之者"。他套用《道德经》中的语句所总结的翻译理论精练而完备,是近百年来中国学者对翻译理论最精彩的总结:

> 译可译,非常译。
> 忘其形,得其意。
> 得意,理解之始;
> 忘形,表达之母。

---

① 张进:《许渊冲唐诗英译研究》,硕士论文抽样本,西安:西北大学,2011 年,第 19 页;张智中:《许渊冲与翻译艺术》,武汉:湖北教育出版社,2006 年。

② 鲁迅:《鲁迅全集》(第九卷),北京:人民文学出版社,2005 年,第 354—355 页。

故应得意，以求其同；

故可忘形，以存其异。

两者同出，异名同理。

得意忘形，求同存异；

翻译之道。

2014年，在第二十二届世界翻译大会上，由中国翻译学会推荐，许渊冲获得了国际译学界的最高奖项“北极光”杰出文学翻译奖。他也是该奖项自1999年设立以来，第一个获此殊荣的亚洲翻译家。许渊冲为我们奠定了新时期中译外翻译理论与实践的坚实学术基础，这个事业有待后学发扬光大。

四、知识：跨学科的知识结构是对研究者的基本要求

中国古代文化经典在域外的翻译与传播研究属于跨学科研究领域，语言能力只是进入这个研究领域的一张门票，但能否坐在前排，能否登台演出则是另一回事。因为很显然，语言能力尽管重要，但它只是展开研究的基础条件，而非全部条件。

研究者还应该具备中国传统文化知识与修养。我们面对的研究对象是整个海外汉学界，汉学家们所翻译的中国典籍内容十分丰富，除了我们熟知的经、史、子、集，还有许多关于中国的专业知识。例如，俄罗斯汉学家阿列克谢耶夫对宋代历史文学极其关注，翻译宋代文学作品数量之大令人吃惊。如果研究他，仅仅俄语专业毕业是不够的，研究者还必须通晓中国古代文学，尤其是宋代文学。清中前期，来华的法国耶稣会士已经将中国的法医学著作《洗冤集录》翻译成法文，至今尚未有一个中国学者研究这个译本，因为这要求译者不仅要懂宋代历史，还要具备中国古代法医学知识。

中国典籍的外译相当大一部分产生于中外文化交流的历史之中，如果缺乏中西文化交流史的知识，常识性错误就会出现。研究18世纪的中国典籍外译要熟悉明末清初的中西文化交流史，研究19世纪的中国典籍外译要熟悉晚清时期的中西文化交流史，研究东亚之间文学交流要精通中日、中韩文化交流史。

同时，由于某些译者有国外学术背景，想对译者和文本展开研究就必须熟悉

译者国家的历史与文化、学术与传承，那么，知识面的扩展、知识储备的丰富必不可少。

目前，绝大多数中国古代文化外译的研究者是外语专业出身，这些学者的语言能力使其成为这个领域的主力军，但由于目前教育分科严重细化，全国外语类大学缺乏系统的中国历史文化的教育训练，因此目前的翻译及其研究在广度和深度上尚难以展开。有些译本作为国内外语系的阅读材料尚可，要拿到对象国出版还有很大的难度，因为这些译本大都无视对象国汉学界译本的存在。的确，研究中国文化在域外的传播和发展是一个崭新的领域，是青年学者成长的天堂。但同时，这也是一个有难度的跨学科研究领域，它对研究者的知识结构提出了新挑战。研究者必须走出单一学科的知识结构，全面了解中国文化的历史与文献，唯此才能对中国古代文化经典的域外传播和中国文化的域外发展进行更深入的研究。当然，术业有专攻，在当下的知识分工条件下，研究者已经不太可能系统地掌握中国全部传统文化知识，但掌握其中的一部分，领会其精神仍十分必要。这对中国外语类大学的教学体系改革提出了更高的要求，中国历史文化课程必须进入外语大学的必修课中，否则，未来的学子们很难承担起这一历史重任。

五、方法：比较文化理论是其基本的方法

从本质上讲，中国文化域外传播与发展研究是一种文化间关系的研究，是在跨语言、跨学科、跨文化、跨国别的背景下展开的，这和中国本土的国学研究有区别。关于这一点，严绍璗先生有过十分清楚的论述，他说："国际中国学（汉学）就其学术研究的客体对象而言，是指中国的人文学术，诸如文学、历史、哲学、艺术、宗教、考古等等，实际上，这一学术研究本身就是中国人文学科在域外的延伸。所以，从这样的意义上说，国际中国学（汉学）的学术成果都可以归入中国的人文学术之中。但是，作为从事于这样的学术的研究者，却又是生活在与中国文化很不相同的文化语境中，他们所受到的教育，包括价值观念、人文意识、美学理念、道德伦理和意识形态等等，和我们中国本土很不相同。他们是以他们的文化为背景而从事中国文化的研究，通过这些研究所表现的价值观念，从根本上说，是他们的'母体文化'观念。所以，从这样的意义上说，国际中国学（汉学）的学术成果，其

实也是他们‘母体文化’研究的一种。从这样的视角来考察国际中国学(汉学),那么,我们可以说,这是一门在国际文化中涉及双边或多边文化关系的近代边缘性的学术,它具有‘比较文化研究’的性质。”①严先生的观点对于我们从事中国古代文化典籍外译和传播研究有重要的指导意义。有些学者认为西方汉学家翻译中的误读太多,因此,中国文化经典只有经中国人来翻译才忠实可信。显然,这样的看法缺乏比较文学和跨文化的视角。

“误读”是翻译中的常态,无论是外译中还是中译外,除了由于语言转换过程中知识储备不足产生的误读②,文化理解上的误读也比比皆是。有的译者甚至故意误译,完全按照自己的理解阐释中国典籍,最明显的例子就是美国诗人庞德。1937 年他译《论语》时只带着理雅各的译本,没有带词典,由于理雅各的译本有中文原文,他就盯着书中的汉字,从中理解《论语》,并称其为“注视字本身”,看汉字三遍就有了新意,便可开始翻译。例如“《论语·公冶长第五》,‘子曰:道不行,乘桴浮于海。从我者,其由与? 子路闻之喜。子曰:由也,好勇过我,无所取材。’最后四字,朱熹注:‘不能裁度事理。’理雅各按朱注译。庞德不同意,因为他从‘材’字中看到‘一棵树加半棵树’,马上想到孔子需要一个‘桴’。于是庞德译成‘Yu like danger better than I do.But he wouldn’t bother about getting the logs.’(由比我喜欢危险,但他不屑去取树木。)庞德还指责理雅各译文‘失去了林肯式的幽默’。后来他甚至把理雅各译本称为‘丢脸’(an infamy)”③。庞德完全按自己的理解来翻译,谈不上忠实,但庞德的译文却在美国和其他西方国家产生了巨大影响。日本比较文学家大塚幸男说:“翻译文学,在对接受国文学的影响中,误解具有异乎寻常的力量。有时拙劣的译文意外地产生极大的影响。”④庞德就是这样的翻译家,他翻译《论语》《中庸》《孟子》《诗经》等中国典籍时,完全借助理雅各的译本,但又能超越理雅各的译本,在此基础上根据自己的想法来翻译。他把《中庸》翻

① 严绍璗:《我对国际中国学(汉学)的认识》,《国际汉学》(第五辑),郑州:大象出版社,2000 年,第 11 页。

② 英国著名汉学家阿瑟·韦利在翻译陶渊明的《责子》时将“阿舒已二八”翻译成“A-Shu is eighteen”,显然是他不知在中文中“二八”是指 16 岁,而不是 18 岁。这样知识性的翻译错误是常有的。

③ 赵毅衡:《诗神远游:中国如何改变了美国现代诗》,成都:四川文艺出版社,2013 年,第 277—278 页。

④ [日]大塚幸男:《比较文学原理》,陈秋峰、杨国华译,西安:陕西人民出版社,1985 年,第 101 页。

译为 *Unwobbling Pivot*（不动摇的枢纽），将“君子而时中”翻译成“The master man’s axis does not wobble”（君子的轴不摇动），这里的关键在于他认为“中”是“一个动作过程，一个某物围绕旋转的轴”①。只有具备比较文学和跨文化理论的视角，我们才能理解庞德这样的翻译。

从比较文学角度来看，文学著作一旦被翻译成不同的语言，它就成为各国文学历史的一部分，“在翻译中，创造性叛逆几乎是不可避免的”②。这种叛逆就是在翻译时对源语言文本的改写，任何译本只有在符合本国文化时，才会获得第二生命。正是在这个意义上，谢天振主张将近代以来的中国学者对外国文学的翻译作为中国近代文学的一部分，使它不再隶属于外国文学，为此，他专门撰写了《中国现代翻译文学史》③。他的观点向我们提供了理解被翻译成西方语言的中国古代文化典籍的新视角。

尽管中国学者也有在中国典籍外译上取得成功的先例，例如林语堂、许渊冲，但这毕竟不是主流。目前国内的许多译本并未在域外产生真正的影响。对此，王宏印指出：“毋庸讳言，虽然我们取得的成就很大，但国内的翻译、出版的组织和质量良莠不齐，加之推广和运作方面的困难，使得外文形式的中国典籍的出版发行多数限于国内，难以进入世界文学的视野和教学研究领域。有些译作甚至成了名副其实的‘出口转内销’产品，只供学外语的学生学习外语和翻译技巧，或者作为某些懂外语的人士的业余消遣了。在现有译作精品的评价研究方面，由于信息来源的局限和读者反应调查的费钱费力费时，大大地限制了这一方面的实证研究和有根有据的评论。一个突出的困难就是，很难得知外国读者对于中国典籍及其译本的阅读经验和评价情况，以至于影响了研究和评论的视野和效果，有些译作难免变成译者和学界自作自评和自我欣赏的对象。”④

王宏印这段话揭示了目前国内学术界中国典籍外译的现状。目前由政府各部门主导的中国文化、中国学术外译工程大多建立在依靠中国学者来完成的基本思路上，但此思路存在两个误区。第一，忽视了一个基本的语言学规律：外语再

---

① 赵毅衡：《诗神远游：中国如何改变了美国现代诗》，成都：四川文艺出版社，2013 年，第 278 页。

② [美]乌尔利希·韦斯坦因：《比较文学与文学理论》，刘象愚译，沈阳：辽宁人民出版社，1987 年，第 36 页。

③ 谢天振：《中国现代翻译文学史》，上海：上海外语教育出版社，2004 年。

④ 王宏印：《中国文化典籍英译》，北京：外语教学与研究出版社，2009 年，第 6 页。

好,也好不过母语,翻译时没有对象国汉学家的合作,在知识和语言上都会遇到不少问题。应该认识到林语堂、杨宪益、许渊冲毕竟是少数,中国学者不可能成为中国文化外译的主力。第二,这些项目的设计主要面向西方发达国家而忽视了发展中国家。中国"一带一路"倡议涉及60余个国家,其中大多数是发展中国家,非通用语是主要语言形态①。此时,如果完全依靠中国非通用语界学者们的努力是很难完成的②,因此,团结世界各国的汉学家具有重要性与迫切性。

莫言获诺贝尔文学奖后,相关部门开启了中国当代小说的翻译工程,这项工程的重要进步之一就是面向海外汉学家招标,而不是仅寄希望于中国外语界的学者来完成。小说的翻译和中国典籍文化的翻译有着重要区别,前者更多体现了跨文化研究的特点。

以上从历史、文献、语言、知识、方法五个方面探讨了开展中国古代文化典籍域外传播研究必备的学术修养。应该看到,中国文化的域外传播以及海外汉学界的学术研究标示着中国学术与国际学术接轨,这样一种学术形态揭示了中国文化发展的多样性和丰富性。在从事中国文化学术研究时,已经不能无视域外汉学家们的研究成果,我们必须与其对话,或者认同,或者批评,域外汉学已经成为中国学术与文化重建过程中一个不能忽视的对象。

在世界范围内开展中国文化研究,揭示中国典籍外译的世界性意义,并不是要求对象国家完全按照我们的意愿接受中国文化的精神,而是说,中国文化通过典籍翻译进入世界各国文化之中,开启他们对中国的全面认识,这种理解和接受已经构成了他们文化的一部分。尽管中国文化于不同时期在各国文化史中呈现出不同形态,但它们总是和真实的中国发生这样或那样的联系,都说明了中国文化作为他者存在的价值和意义。与此同时,必须承认已经融入世界各国的中国文化和中国自身的文化是两种形态,不能用对中国自身文化的理解来看待被西方塑形的中国文化;反之,也不能以变了形的中国文化作为标准来判断真实发展中的

---

① 在非通用语领域也有像林语堂、许渊冲这样的翻译大家,例如北京外国语大学亚非学院的泰语教授邱苏伦,她已经将《大唐西域记》《洛阳伽蓝记》等中国典籍翻译成泰文,受到泰国读者的欢迎,她也因此获得了泰国的最高翻译奖。

② 很高兴看到中华外译项目的语种大大扩展了,莫言获诺贝尔文学奖后,中国小说的翻译也开始面向全球招标,这是进步的开始。

中国文化。

在当代西方文化理论中，后殖民主义理论从批判的立场说明西方所持有的东方文化观的特点和产生的原因。赛义德的理论有其深刻性和批判性，但他不熟悉西方世界对中国文化理解和接受的全部历史，例如，18 世纪的“中国热”实则是从肯定的方面说明中国对欧洲的影响。其实，无论是持批判立场还是持肯定立场，中国作为西方的他者，成为西方文化眼中的变色龙是注定的。这些变化并不能改变中国文化自身的价值和它在世界文化史中的地位，但西方在不同时期对中国持有不同认知这一事实，恰恰说明中国文化已成为塑造西方文化的一个重要外部因素，中国文化的世界性意义因而彰显出来。

从中国文化史角度来看，这种远游在外、已经进入世界文化史的中国古代文化并非和中国自身文化完全脱离关系。笔者不认同套用赛义德的“东方主义”的后现代理论对西方汉学和译本的解释，这种解释完全隔断了被误读的中国文化与真实的中国文化之间的精神关联。我们不能跟着后现代殖民主义思潮跑，将这种被误读的中国文化看成纯粹是西方人的幻觉，似乎这种中国形象和真实的中国没有任何关系。笔者认为，被误读的中国文化和真实的中国文化之间的关系，可被比拟为云端飞翔的风筝和牵动着它的放风筝者之间的关系。一只飞出去的风筝随风飘动，但线还在，只是细长的线已经无法解释风筝上下起舞的原因，因为那是风的作用。将风筝的飞翔说成完全是放风筝者的作用是片面的，但将飞翔的风筝说成是不受外力自由翱翔也是荒唐的。

正是在这个意义上，笔者对建立在 19 世纪实证主义哲学基础上的兰克史学理论持一种谨慎的接受态度，同时，对 20 世纪后现代主义的文化理论更是保持时刻的警觉，因为这两种理论都无法说明中国和世界之间复杂多变的文化关系，都无法说清世界上的中国形象。中国文化在世界的传播和影响及世界对中国文化的接受需要用一种全新的理论加以说明。长期以来，那种套用西方社会科学理论来解释中国与外部世界关系的研究方法应该结束了，中国学术界应该走出对西方学术顶礼膜拜的“学徒”心态，以从容、大度的文化态度吸收外来文化，自觉坚守自身文化立场。这点在当下的跨文化研究领域显得格外重要。

学术研究需要不断进步，不断完善。在 10 年内我们课题组不可能将这样一个丰富的研究领域做得尽善尽美。我们在做好导论研究、编年研究的基础性工作之外,还做了一些专题研究。它们以点的突破、个案的深入分析给我们展示了在跨文化视域下中国文化向外部的传播与发展。这是未来的研究路径,亟待后来者不断丰富与开拓。

这个课题由中外学者共同完成。意大利罗马智慧大学的马西尼教授指导中国青年学者王苏娜主编了《20世纪中国古代文化经典在意大利的传播编年》,法国汉学家何碧玉、安必诺和中国青年学者刘国敏、张明明一起主编了《20世纪中国古代文化经典在法国的传播编年》。他们的参与对于本项目的完成非常重要。对于这些汉学家的参与,作为丛书的主编,我表示十分的感谢。同时,本丛书也是国内学术界老中青学者合作的结果。北京大学的严绍璗先生是中国文化在域外传播和影响这个学术领域的开拓者,他带领弟子王广生完成了《20世纪中国古代文化经典在日本的传播编年》;福建师范大学的葛桂录教授是这个项目的重要参与者,他承担了本项目2卷的写作——《20世纪中国古代文学在英国的传播与影响》和《中国古典文学的英国之旅——英国三大汉学家年谱:翟理斯、韦利、霍克思》。正是由于中外学者的合作,老中青学者的合作,这个项目才得以完成,而且展示了中外学术界在这些研究领域中最新的研究成果。

这个课题也是北京外国语大学近年来第一个教育部社科司的重大攻关项目,学校领导高度重视,北京外国语大学的欧洲语言文化学院、亚非学院、阿拉伯语系、中国语言文学学院、哲学社会科学学院、英语学院、法语系等几十位老师参加了这个项目,使得这个项目的语种多达20余个。其中一些研究具有开创性,特别是关于中国古代文化在亚洲和东欧一些国家的传播研究,在国内更是首次展开。开创性的研究也就意味着需要不断完善,我希望在今后的一个时期,会有更为全面深入的文稿出现,能够体现出本课题作为学术孵化器的推动作用。

北京外国语大学中国海外汉学研究中心(现在已经更名为"国际中国文化研究院")成立已经20年了,从一个人的研究所变成一所大学的重点研究院,它所取得的进步与学校领导的长期支持分不开,也与汉学中心各位同人的精诚合作分不开。一个重大项目的完成,团队的合作是关键,在这里我对参与这个项目的所有学者表示衷心的感谢。20世纪是动荡的世纪,是历史巨变的世纪,是世界大转机的世纪。

20世纪初,美国逐步接替英国坐上西方资本主义世界的头把交椅。苏联社会主义制度在20世纪初的胜利和世纪末苏联的解体成为本世纪最重要的事件，并影响了历史进程。目前，世界体系仍由西方主导，西方的话语权成为其资本与意识形态扩张的重要手段，全球化发展、跨国公司在全球更广泛地扩张和组织生产正是这种形势的真实写照。

20世纪后期，中国的崛起无疑是本世纪最重大的事件。中国不仅作为一个政治大国和经济大国跻身于世界舞台，也必将作为文化大国向世界展示自己的丰富性和多样性，展示中国古代文化的智慧。因此，正像中国的崛起必将改变已有的世界政治格局和经济格局一样，中国文化的海外传播，中国古代文化典籍的外译和传播，必将把中国思想和文化带到世界各地，这将从根本上逐渐改变19世纪以来形成的世界文化格局。

20世纪下半叶，随着中国实施改革开放政策和国力增强，西方汉学界加大了对中国典籍的翻译，其翻译的品种、数量都是前所未有的，中国古代文化的影响力进一步增强①。虽然至今我们尚不能将其放在一个学术框架中统一研究与考量，但大势已定，中国文化必将随中国的整体崛起而日益成为具有更大影响的文化，西方文化独霸世界的格局必将被打破。

世界仍在巨变之中，一切尚未清晰，意大利著名经济学家阿锐基从宏观经济与政治的角度对21世纪世界格局的发展做出了略带有悲观色彩的预测。他认为今后世界有三种结局：

> 第一，旧的中心有可能成功地终止资本主义历史的进程。在过去500多年时间里，资本主义历史的进程是一系列金融扩张。在此过程中，发生了资本主义世界经济制高点上卫士换岗的现象。在当今的金融扩张中，也存在着产生这种结果的倾向。但是，这种倾向被老卫士强大的立国和战争能力抵消了。他们很可能有能力通过武力、计谋或劝说占用积累在新的中心的剩余资本，从而通过组建一个真正全球意义上的世界帝国来结束资本主义历史。
>
> 第二，老卫士有可能无力终止资本主义历史的进程，东亚资本有可能渐

① 李国庆：《美国对中国古典及当代作品翻译概述》，载朱政惠、崔丕主编《北美中国学的历史与现状》，上海：上海辞书出版社，2013年，第126—141页；[美]张海惠主编：《北美中国学：研究概述与文献资源》，北京：中华书局，2010年；[德]马汉茂、[德]汉雅娜、张西平、李雪涛主编：《德国汉学：历史、发展、人物与视角》，郑州：大象出版社，2005年。

渐占据体系资本积累过程中的一个制高点。那样的话，资本主义历史将会继续下去，但是情况会跟自建立现代国际制度以来的情况截然不同。资本主义世界经济制高点上的新卫士可能缺少立国和战争能力，在历史上，这种能力始终跟世界经济的市场表层上面的资本主义表层的扩大再生产很有联系。亚当·斯密和布罗代尔认为，一旦失去这种联系，资本主义就不能存活。如果他们的看法是正确的，那么资本主义历史不会像第一种结果那样由于某个机构的有意识行动而被迫终止，而会由于世界市场形成过程中的无意识结果而自动终止。资本主义（那个“反市场”[anti-market]）会跟发迹于当代的国家权力一起消亡，市场经济的底层会回到某种无政府主义状态。

最后，用熊彼特的话来说，人类在地狱般的（或天堂般的）后资本主义的世界帝国或后资本主义的世界市场社会里窒息（或享福）前，很可能会在伴随冷战世界秩序的瓦解而出现的不断升级的暴力恐怖（或荣光）中化为灰烬。如果出现这种情况的话，资本主义历史也会自动终止，不过是以永远回到体系混乱状态的方式来实现的。600年以前，资本主义历史就从这里开始，并且随着每次过渡而在越来越大的范围里获得新生。这将意味着什么？仅仅是资本主义历史的结束，还是整个人类历史的结束？我们无法说得清楚。①

就此而言，中国文化的世界影响力从根本上是与中国崛起后的世界秩序重塑紧密联系在一起的，是与中国的国家命运联系在一起的。国衰文化衰，国强文化强，千古恒理。20世纪已经结束，21世纪刚刚开始，一切尚在进程之中。我们处在“三千年未有之大变局之中”，我们期盼一个以传统文化为底蕴的东方大国全面崛起，为多元的世界文化贡献出她的智慧。路曼曼其远矣，吾将上下求索。

张西平

2017年6月6日定稿于游心书屋

① [意]杰奥瓦尼·阿锐基：《漫长的20世纪——金钱、权力与我们社会的根源》，姚乃强等译，南京：江苏人民出版社，2001年，第418—419页。

写在前面的话

本书将针对“《红楼梦》在德国的传播与翻译”展开论述。在正式进入论题之前,需要先弄清楚两个问题:《红楼梦》是一本怎样的书?德国是否有“《红楼梦》研究(红学)”?

《红楼梦》是中国古典文学名著,作者曹雪芹,清代小说家,名霑,字梦阮,号雪芹等。从曾祖父起,他家三代世袭江宁织造一职60年,后来家庭衰败,曹雪芹饱尝了人生的辛酸。他在人生的最后几十年里,以坚忍不拔的毅力从事《红楼梦》的写作和修订工作,死后留下《红楼梦》前80回的书稿。《红楼梦》以贾宝玉、林黛玉和薛宝钗的爱情悲剧为主线,通过对贾、史、王、薛四大家族荣衰的描写,展示了广阔的社会生活视野和多姿多彩的世俗人情。人们称《红楼梦》蕴含着一个时代的历史,是封建末世的百科全书。现存120回《红楼梦》中的后40回,一般认为是高鹗所续。《红楼梦》的版本可分为两个系统:一个是80回抄本系统,题名《石头记》,大都附有脂砚斋评语,又名“脂本”系统。《红楼梦》最初以抄本的形式在社会上流传。抄本距曹雪芹写作年代较近,所以接近原稿。另一个是120回本系统,即程高本,有所增删。乾隆五十六年(1791),程伟元、高鹗首次以活字本排印120回的《红楼梦》,此后全国各地竞相翻刻程高本,《红楼梦》得到普及。① 作

① 孙玉明:《日本红学史稿》,北京:北京图书馆出版社,2006年,第8—9页。

为一部文化经典,《红楼梦》有恒久的魅力,感染着古今中外的读者。戴维·霍克思(David Hawks,1923—2009)说:“我认为,所有翻译《红楼梦》的人都是首先被它的魅力所感染,然后才着手翻译它的,祈望能把他们所感受到的小说的魅力传达一些给别人。”①约翰·闵福德(John Minford,1946—)也直言:“无论是霍克斯(思)还是我本人在着手这项工作时,并非把它作为学术活动,而是出于对原作本身的热爱之情。”②

关于这本书,只是中国人就有多种不同的说法。冯其庸认为“《红楼梦》是世界上最好的小说”③。郑振铎则认为“《红楼梦》的什么金呀,玉呀,和尚,道士呀,尚未能脱尽一切旧套”④。姚奠中直言:“我不喜欢《红楼梦》,尽管它是中国文学以至世界文学名著。原因是和巴金同志的《家》《春》《秋》一样,老是那些家庭琐屑……读下去总觉得有点气闷。”⑤德国人需要借助翻译才能读懂《红楼梦》。德国读者对《红楼梦》的理解不可能不依赖德文翻译。全世界没有统一的语言,人们要想阅读一些自己所掌握的语言之外的文学作品,也只有借助翻译。“事实上,在文学翻译中,译者不仅是原作的读者,而且还是原作生命的延伸形式——译作的作者。译者通过自己对原作的理解,对原作进行再创造,他不仅是文学传播中的接受者,同时还是输出者,他的作用远远超出了一般的读者。”⑥《红楼梦》在德国的流传,再次印证了翻译家的重要性。在2007年由史华慈(Rainer Schwarz,1946—)翻译的《红楼梦》全译本出版之前,德文译本只有库恩的节译本。这个节译本是“德国化”的《红楼梦》,和《红楼梦》中文原著相比,内容不全,而且存在不少错误。从这个节译本中,德国人读到的《红楼梦》是一部贾宝玉、林黛玉和薛宝钗的爱情小说。就是这样一个德文节译本,自1932年出版以来,被重印和再版20余次,累计发行量达到10万册以上,也从一个侧面证明德国读者对《红楼梦》的喜爱。史华慈的《红楼梦》德文全译本努力呈现中文《红楼梦》的原貌,想让德国读者看到一部真正的《红楼梦》。可惜因小说出版时间尚短,暂时无法搜集到

---

① 刘士聪:《红楼梦翻译研究论文集》,天津:南开大学出版社,2004年,第5页。
② 刘士聪:《红楼梦翻译研究论文集》,天津:南开大学出版社,2004年,第9页。
③ http://book.sina.com.cn/review/f/2005-03-14/3/174203.shtml
④ 郑振铎:《插图本中国文学史》,北京:人民文学出版社,1959年,第920页。
⑤ 梁归智:《石头记探佚》,太原:山西人民出版社,1983年,第5页。
⑥ 陈惇、孙景尧、谢天振:《比较文学》,北京:高等教育出版社,1997年,第153页。

德国读者关于这部译本的反馈情况。

研究《红楼梦》的学问，在中国被称为“红学”。它随《红楼梦》的流传而产生，至今已有 200 多年的历史。“红学”类似英国对莎士比亚的研究、法国对巴尔扎克的研究、俄国对托尔斯泰的研究、德国对歌德（Johann Wolfgang von Goethe）的研究。中国红学又分为旧红学与新红学。所谓旧红学，指的是“五四”时期以前，有关《红楼梦》的评点、评论、题咏、索隐、考证，比较重要的流派是评点派和索隐派。评点派主要采用圈点、加评语等形式，对 120 回本《红楼梦》进行评点。索隐派主要是用历史上或传闻中的人和事，去比附《红楼梦》中的人物和故事。《红楼梦》学术地位的确立，当归功于 20 世纪 20 年代新红学的创建。新红学指以胡适为代表的考证派。考证派注重搜集有关《红楼梦》作者家世、生平的史料和对版本的考订。重要著作繁多，除了胡适的《红楼梦考证》之外，还有俞平伯的《红楼梦辨》、周汝昌的《红楼梦新证》、张爱玲的《红楼梦魇》等。1921 年，胡适发表《红楼梦考证》，对《红楼梦》的作者、版本等问题作了有益的考证，对“旧红学”的谬误进行批判，考证出了《红楼梦》的作者是曹雪芹，曹雪芹是曹寅之孙，《红楼梦》是曹雪芹的“自传”，《红楼梦》后 40 回是高鹗所补。胡适虽然遭受批判，但这些观点却普遍被人接受。从此以后，中国对《红楼梦》的研究，基本上就是沿着胡适的思维方式和研究方法进行的。①

德国是否有“红学”，这要看如何界定“红学”一词。按照周汝昌的说法，“‘西方的红学’，内容包括些什么？曰翻译，曰讲解，曰评介”②。照此理解，既然有《红楼梦》德译本，自然有德国“红学”。可德国汉学家们却完全是另外一种看法。顾彬（Wolfgang Kubin，1945—　）就断言：“在德国，在各个说德语的国家，没有真正的‘红学’，即没有对《红楼梦》（1792 年）的深入而持续的研究，尽管确实如此，但这不意味着没有对《红楼梦》的翻译，没有对这部最重要的中国小说的研究。”③按照周汝昌的观点，德文翻译家史华慈是当之无愧的“红学家”，可史华慈却认为：我只是在翻译《红楼梦》遇到问题时，为了解决问题而研究《红楼梦》，不是什么

---

① 孙玉明：《日本红学史稿》，北京：北京图书馆出版社，2006 年，第 43 页。

② 姜其煌：《欧美红学》，郑州：大象出版社，2005 年，第 2 页。

③ 顾彬：《诗意的栖息，或称忧郁与青春——〈红楼梦〉（1792 年）在德国》，《红楼梦学刊》2008 年第六辑。

"红学家"。作者正视中、西两种不同观念的客观存在,在书中不过多涉及"德国红学",而是专注于《红楼梦》德文译本的研究。

对德国《红楼梦》早期译作的过程研究,其意义高于它要达到的目的。按照德国汉学家魏汉茂(Hartmut Walravens)为《红楼梦》德文全译本①写的后序中的描述,《红楼梦》在德国的翻译历程如下:1842 年,郭士立(Karl Friedrich August Gützlaff,1803—1851)②就注意到《红楼梦》,首次用英文向欧洲读者介绍了这部中国古典名著。在这篇文章中,郭士立对这部小说评价不高,还说贾宝玉是"一个性情暴躁的女子"。然而无论如何,通过早期郭士立对《红楼梦》的介绍,德国汉学家开始知道中国有《红楼梦》这部小说。1843 年,德国杂志 *Das Ausland*(《外国》)发表了从德明(A.I.Kovanko,1808—1870)的俄语翻译成德语的《红楼梦》的一个章节,③这使德国学术界进一步了解了《红楼梦》。之后,通过弗朗茨·库恩(Franz Kuhn,1884—1961)的节译本,《红楼梦》在德国得到了广泛流传。④ 也正是通过这个节译本,广大德国读者才开始真正接触到《红楼梦》。2007 年⑤出版的《红楼梦》德文全译本,尝试真实地将《红楼梦》的原貌展现给德国读者。至此,《红楼梦》的选译、节译和全译,构成了《红楼梦》德文翻译的历史。魏汉茂的这一介绍,已经比国内许多学者的研究更进了一步,应该算是《红楼梦》在德国流传的最新和最权威的一种介绍了。德国学者对德译本的评价几乎全部集中在库恩的节译本上,并多是以短小论文的形式发表,没有学术专著。王薇的《〈红楼梦〉德文译本研究综述》⑥一文比较全面地概括了中国学者在德文译本方面的研究情况。其中主要包括以下成果:只是罗列德文译本基本情况的著作——周汝昌《红

---

① Tsau Hsüä-tjin: *Der Traum der Roten Kammer* oder *Die Geschichte vom Stein*, Bochum: Europäischer Universitätsverlag 2006, 3 Bde.(曹雪芹:《红楼梦》或者《石头记》,波鸿:欧洲大学出版社,2006 年,三卷本。)

② *Karl Friedrich Neumann (1793-1870) und Karl Friedrich August Gützlaff. Zwei deutsche Chinakundige im 19. Jahrhundert.* Wiesbaden: Harrassowitz 2001, S.190(Orientalistik Bibliographien und Dokumentationen. 12.)

③ *Chou-lou-men (Traumgesicht auf dem rothen Thurm) oder Geschichte des Steins*, in: *Das Ausland* 1843, S.198-199, 201-203.

④ *Der Traum der roten Kammer*, Leipzig: Insel Verlag 1932, 788 S.(《红楼梦》,莱比锡:岛屿出版社,1932 年,共 788 页。)

⑤ 原书注明是 2006 年出版,事实上,这本书直到 2007 年才正式面世。

⑥ 张西平:《国际汉学》第十六辑,郑州:大象出版社,2007 年,第 234—242 页。

楼梦新证》、一粟《红楼梦书录》、吴世昌《红楼探源》及冯其庸和李希凡主编的《红楼梦大辞典》等书；介绍德译本的出版、再版及传播过程，肯定其在欧洲的影响的著作——王丽娜的《中国古典小说戏曲名著在国外》①、胡文彬的《〈红楼梦〉在国外》②、宋柏年的《中国古典文学在国外》③、张国刚的《德国的汉学研究》④、姜其煌的《欧美红学》等书；专题介绍库恩生平、译本特征，并对《译后记》中所反映的译者独特的文化视角给予中肯评价的论文——姜其煌的《德国对〈红楼梦〉的研究》、李士勋的《〈红楼梦〉在德国》；从比较文学角度论述德译本的著作——陈铨的《中德文学研究》⑤、曹卫东的《中国文学在德国》⑥；专题撰文评价库恩的节译本的著作——张桂贞的《弗朗茨·库恩及其〈红楼梦〉的德文译本》⑦。这些中国学者的研究侧重点各有不同，但有一个共同特点，就是止步于库恩的德文节译本。

综观在《红楼梦》德文全译本出版之前，中德学者对库恩节译本的研究：中国学者研究库恩节译本时，由于受语言的限制，看的不是语言和文学性，而是从文学史和“红学”的角度，笼统地指出节译本的不足，以及节译本对德国文坛的影响，缺乏细致深入的分析研究；德国学者对节译本的评价则多是简短的评论文章，更注重内容分析，但由于研究对象是节译本，难免造成误读，影响研究的水平和精确性。从总体来看，这些论述都是一般性的介绍，缺少对《红楼梦》德文译本深入系统的研究和探讨。这为在这个领域的继续开拓，尤其是在史华慈及其德文全译本研究方面，留下了足够的空间和资源。

比较文学以跨文化研究作为研究重点之一，翻译在比较文学学科中被提到非常重要的地位。比较文学原理认为“翻译的过程实际上不能不是一个用一种语言对另一种语言进行重新排列、组合，乃至切割的过程。在这一过程中，原文和译文之间不可能完全吻合。拙劣的译文往往只能传达信息，恰如电影说明书之于电影，而属于文学之所以为文学的那种‘文学性’或‘文学肌质’则消失殆尽。……

---

① 王丽娜：《中国古典小说戏曲名著在国外》，上海：学林出版社，1988 年。
② 胡文彬：《〈红楼梦〉在国外》，北京：中华书局，1993 年。
③ 宋柏年：《中国古典文学在国外》，北京：北京语言学院出版社，1994 年。
④ 张国刚：《德国的汉学研究》，北京：中华书局，1994 年。
⑤ 陈铨：《中德文学研究》，沈阳：辽宁教育出版社，1997 年。
⑥ 曹卫东：《中国文学在德国》，广东：花城出版社，2002 年。
⑦ 张桂贞：《弗朗茨·库恩及其〈红楼梦〉的德文译本》，天津：南开大学出版社，2004 年。

然而,我们对绝大部分世界文学的理解都不可能不依赖翻译”①,“译作的语言世界将不断向前发展而将已固定的译作抛在后面。经过一段时间,有生命力的原著又需要有新的译作出现”②。这些理论在《红楼梦》德文译本的发展历程中得到了充分的印证和体现。作者在书中尝试以比较文学的原理来分析《红楼梦》德文翻译的发展历程。如在论述库恩及其节译本时,比较中国学者和德国学者的不同研究成果;在论述史华慈及其全译本时,比较库恩和史华慈不同的翻译风格;在论述吴漠汀的翻译时,比较吴漠汀和史华慈对同一文本的不同看法等。

2007 年 8 月,作者结识《红楼梦》德文全译本前 80 回的翻译家史华慈,并写了采访录《十年心血译红楼》③,自此开始了对史华慈及其全译本的研究。研究一个在世的译者及其译作,深入翻译文本,研究其翻译的具体特色和问题,听取其关于德文节译本的看法,通过比较节译本和全译本获得新知,其意义重大,这也正是本书的重点和特色。

本书用大量翔实的和作者实地搜集的第一手资料,研究了中国古典文学名著《红楼梦》的德文翻译以及在德国的传播情况,重点梳理了《红楼梦》在德国传播的历史脉络,探讨了最新出版的德文全译本,并比较了不同德文译本之间的异同。

第一章表现在资料的“详细”和“全面”上,介绍了从 1829 年德庇时(John Francis Davis,1795—1890)对《红楼梦》中的两首词的翻译,到 2009 年《红楼梦》德文 120 回全译本出版的 180 年间的历史。在前 100 年,德庇时、郭士立、德明、罗伯聃(Robert Thom,1915—1979)、硕特(Wilhelm Schott,1794—1865)、葛禄博(Wilhelm Grube,1855—1908)、叶乃度(Eduard Erkes,1891—1958)、卫礼贤(Richard Wilhelm,1873—1930)、布尔可·瑞(C. H. Burke Yui)、丁文渊(W. Y. Ting)等学者出于各种不同的动机和目的,对《红楼梦》这部中国古典小说进行了译介,《红楼梦》才最终迎来了 1932 年库恩的德文节译本。这一阶段的资料几乎全是德文的,由于受语言限制,国内学者在这方面的有关论述大都是简单的资料性罗列,深入的研究几乎是空白;德国学者关注这段历史并写作成文的只有魏汉茂一人。本

① 乐黛云、陈跃红、王宇根等:《比较文学原理新编》,北京:北京大学出版社,2006 年,第 29 页。
② 乐黛云、陈跃红、王宇根等:《比较文学原理新编》,北京:北京大学出版社,2006 年,第 31 页。
③ 见附录。

书虽不敢肯定已经将相关资料“穷尽”，但也是尽量详细地占有资料，并对这些资料进行了总结分类，补充了许多前人没有涉及的新资料。如，德庇时对《红楼梦》书名的翻译影响到其后翻译家对《红楼梦》书名的翻译；怎样通过文中的“by Correspondent”知道郭士立是译作的作者；硕特怎样将《红楼梦》写进柏林国立图书馆东亚部的手写书本式目录；葛禄博为《红楼梦》在德国流传所做的另一贡献是为库恩翻译《红楼梦》提供了中文底本；首次提及 1928 年发表在《汉学》上的编译文章《凋谢的花瓣》。

第二章首次全面介绍了《红楼梦》的德文编译、节译和全译三种形式，并尝试从文化角度对三种译本翻译策略的形成原因进行分析，借用多元系统论，结合中德两国国情具体分析了文本，探讨了小说到戏剧的改编，以及中国小说在被编译过程中的德国化问题。关于“库恩的德文节译本”的研究，本书注重的是“求新”。首先，通过澄清中国学者对库恩译本的错误认识，结合自己的研究成果，对库恩译本所用的中文版本进行了考证核实。其次，介绍了中外学者的相关研究成果，提供了一些新的资料，如埃尔文·里尔特·冯·察赫(Erwin Ritter von Zach)1933 年的评论，埃尔文·拉斯在《世界文学史》中对《红楼梦》的介绍，顾彬 2008 年发表的一篇学术论文，《红楼梦》德文全译本的前 80 回的翻译者史华慈和后 40 回的翻译者吴漠汀(Martain Woesler)在不同场合对库恩和其节译本的评介等。关于“史华慈《红楼梦》全译本前 80 回” 的介绍与评论是本书最大的特色和亮点。之前，人们对史华慈的评价散落各处，作者在论文中对其进行了搜集整理。在资料价值上，除史华慈的生平和译作介绍外，其他关于史华慈和其德文全译本的资料都是作者经过对史华慈近两年的跟踪研究获得的第一手德文资料。在介绍史华慈的简历时，作者尊重史华慈本人的意见，力求用简洁朴实的语言向人们展示一个真实的史华慈。在介绍“史华慈的中国文学翻译” 时，作者收集整理了到目前为止最完整的史华慈翻译出版的各种中国文学书籍目录，并将其进行分类，从中分析史华慈翻译兴趣的发展变化。在对史华慈的翻译研究中，本书总结出史华慈的“翻译精神”，通过世人对史华慈翻译的各种评价，揭示了史华慈严谨真实的翻译风格形成的原因，从中西方文化认知、审美情趣的不同以及史华慈的学术坚持等方面，解释了“史华慈只肯翻译前 80 回”的原因。

第三章是在了解《红楼梦》德文编译、节译和全译的基础上，对三种译本的比较研究。首先,以专题的形式分析了诗词翻译、人名翻译、翻译中注释的使用、翻译对拼音方案的选择和“忌讳词”的翻译等具体问题。其次,通过比较分析库恩和史华慈诗歌翻译的实例,否定了库恩对《红楼梦》中的诗词大量删节的做法,肯定了史华慈正确面对中西文化的差异,大胆对诗歌进行科学、准确翻译的尝试。

第四章专门介绍了四篇关于《红楼梦》的德文博士论文。

附录中有作者采访翻译家史华慈和德国当代汉学家顾彬、梅薏华(Eva Müller)等的三篇采访录,两篇论文及“史华慈作品详表”和一些珍贵书影,意在帮助读者全面了解《红楼梦》在德国的具体情况。

在写作过程中,受题目所限,尚有一些作者搜集的有价值的德文资料未能在书中体现。作者希望在以后的学术生涯中能将这部分资料物尽其用。关于《红楼梦》在德国的流传史至少还有以下论题可以扩展:“传教士在翻译中国文学作品中的独特贡献”“每个阶段《红楼梦》译文的具体分析”等。对于21世纪出现的几部文学史巨著,本书仅仅是以译介为主,今后将进一步深入研究,完成“评”的部分。作为本书的后续研究,作者计划出版书籍,专题翻译介绍史华慈及其译作,将其所写德文学术论文和中外学者对他的评价总结罗列其中,为中国学者全面了解《红楼梦》在德国的情况提供资料借鉴。

本书的最大亮点是作者用大量实地搜集的第一手德文资料,研究了前人学者较少涉猎的《红楼梦》前80回德文译本的译者史华慈及其译作,采访了史华慈关于德文节译本的看法,探讨了史华慈中国文学作品翻译的具体特色和问题,并进一步将《红楼梦》德文全译本和节译本进行比较,详细、具体地梳理了《红楼梦》德文译本的发展过程,填补了德文《红楼梦》翻译研究的空白,拓宽了中德文学比较研究的视野。书稿的写作历时很久,涵盖2000年到2010年德国留学期间以及2010年之后在河南理工大学工作的8年时间。同时,本书是2011年度教育部人文社会科学研究青年基金项目“德国的红楼梦研究”(项目批准号:11YJCZH212)和教育部第46批留学回国人员科研启动基金项目“《红楼梦》德文翻译研究”(项目批准号:教外司留〔2013〕693号)的成果。

目 录

绪 论 十年成一书 1

第一章 《红楼梦》在德国的流播(1829—2010) 9

第一节 《红楼梦》在19世纪德国的译介 11

第二节 《红楼梦》在20世纪德国的译介 22

第三节 《红楼梦》在21世纪德国的译介 42

第二章 《红楼梦》的德文翻译 50

第一节 从文化角度研究翻译 53

第二节 昙花一现的编译 56

第三节 褒贬不一的节译 65

第四节 待人评说的全译 87

第三章 德文译本比较研究例释 139

第一节 诗词翻译比较研究 141

第二节 人名翻译研究 155

第三节　翻译中的注释研究　161
第四节　拼音方案的优劣　164
第五节　忌讳词的翻译　170
第六节　三种译本比较　176

第四章　关于《红楼梦》的德文博士论文　181
第一节　陈铨:《德语中的中国文学》　182
第二节　海因里希·埃格特:《〈红楼梦〉的产生历史》　184
第三节　常朋:《中国小说的欧洲化和现代化——库恩（1884—1961）译作研究》　185
第四节　姚彤:《文学的多样性：歌德的〈亲和力〉与曹雪芹、高鹗的中国古典小说〈红楼梦〉比较研究》　187

参考书目　190

附　录　201
附录 1　十年心血译红楼　201
附录 2　德国红学今昔谈　211
附录 3　我对德译本《红楼梦》的几点看法　216
附录 4　《红楼梦》德译书名推敲　222
附录 5　德国柏林国立图书馆《红楼梦》藏本揭秘　227
附录 6　史华慈作品详表　239
附录 7　珍贵书影　244

主要西文人名译名索引（以拼音字母顺序排列）　247

主要西文人名译名索引（以外文字母顺序排列）　252

后　记　257

绪论

十年成一书

2000年,我开始留学德国柏林。产生写"《红楼梦》在德国的传播与翻译"的想法,是在准备硕士论文的2004年。当时,我和在德国柏林自由大学东亚系任教的马国瑞(Rui Magone)老师讨论硕士论文的题目。这位老师出生在葡萄牙,在瑞士长大,精通8国语言,研究重点是中国的科举制度。结合我的学术背景,他建议将硕士论文题目定为"《红楼梦》与科举制度"。这个选题有两点让我佩服。第一,一个外国人竟敢涉足中国古典文学名著《红楼梦》;第二,科举制度和《红楼梦》有写头吗?我从来没有想过把这两个方面联系在一起,可是对于一个在多元文化背景下长大的德国汉学研究者来讲,从"跨文化"的学术立场和视野来思考问题是一件很自然的事。他只是想让一个中国人用德语讲述《红楼梦》是怎样描述自己的研究重点——科举制度。

在准备硕士论文的过程中,我阅读了大量的德文资料,读到了一个和中国人理解不尽相同的《红楼梦》。由于语言差异,能真正读懂中文《红楼梦》原著的德国人很少,可是他们照样做出了具有"德国特色"的研究成果。这种"德国特色"深深地吸引了我。

硕士论文的写作历时两年,在写作过程中,我再次被德国学者严谨的治学精神和广纳百川的学术胸怀所感动,也涉猎到许多德国汉学家对中国文化独特而深刻的理解和研究。在全球一体化的今天,学术和知识的"地球村" 正在逐步形成,世界各地每天都有关于中国古今各方面的研究成果问世,世界各国的汉学研究成果层出不穷,汉学研究的重要进展已经成为推动“国学”研究的重要方面。顺应时代潮流,作为国际汉学研究成果的德国《红楼梦》研究,势必成为中国“红学”研究的重要补充之一。

因此,在北京外国语大学魏崇新教授的指导下,我选择了“《红楼梦》在德国的传播与翻译”作为我学术的研究方向,希望通过介绍的德国汉学研究成果为中国学者的学术研究提供有益的研究视角和文献资料方面的借鉴。

从2000年留学德国开始,到硕士、博士论文的写作,再到任教于河南理工大学并主持2011年度教育部人文社会科学研究青年基金项目“德国的红楼梦研究”(项目批准号:11YJCZH212)和教育部第46批留学回国人员科研启动基金项目“《红楼梦》德文翻译研究”(项目批准号:教外司留〔2013〕693号),经过十余年专注《红楼梦》德文译本的研究,终成此书。十分荣幸书稿被列入“20世纪中国古代文化经典域外传播研究书系”出版计划。作者进行研究的目的不是为了关注《红楼梦》德文译本和中文原著的差异,也不是为了比较不同德文译本的优劣长短,而是为了从比较文学的角度来考察德文译本,以期获得新知。

目前,中国学者对“《红楼梦》在德国的传播与翻译”这一课题的研究存在不足之处。究其原因主要有:中国的“红学”研究者懂德文的甚少,缺少接触德文资料的机会;德语专业的学者也大都缺少对“红学”的关注。于是,我借助精通德文的优势和较好的中国文学专业基础,运用大量翔实的德文资料和在留学德国期间搜集的第一手资料,介绍了《红楼梦》在德国传播和翻译的情况,搜集了大量中国学者没有发现的新的德文资料,详细、具体地梳理了《红楼梦》在德国的发展历程,以期拓展中德文学研究视野,弥补中国“红学”在德文译本研究方面的不足。

《红楼梦》在德国的传播离不开翻译研究。《红楼梦》主要有两种德文译本①:弗朗茨·库恩②(Franz Kuhn,1884—1961)的节译本及史华慈(Rainer Schwarz)和吴漠汀(Martin Woesler)翻译的全译本。因为德文全译本出版时间较

---

① 姚珺玲:《〈红楼梦〉德文译本底本三探——兼与王薇、王金波商榷》,《红楼梦学刊》2010年第三辑,第96—113页。

② 关于库恩的生平和译介情况详见 Hatto Kuhn:*Dr. Franz Kuhn(1884-1961)—Lebensbeschreibung und Bibliographie seiner Werk*,Wiesbaden,1980。

短,目前,中外学者在这方面的研究几乎全部集中在德文节译本上。在全译本出版之前,德国学者对节译本的评价多是简短的评论文章,更注重内容分析。由于他们研究的是对《红楼梦》原著内容删节很大的节译本,难免会造成对《红楼梦》的误读,研究的科学性和精确性无法保证。从总体来看,这些论述多是一般性的介绍,缺乏对《红楼梦》德文译本深入系统的研究。

中国学者对库恩节译本的研究情况如下:张桂贞的《弗朗茨·库恩及其〈红楼梦〉的德文译本》以专题的形式评价了库恩的节译本;王薇的博士论文《〈红楼梦〉德文译本研究兼及德国的〈红楼梦〉研究现状》①比较全面地概括了中国学者在库恩德文节译本方面的研究情况;周汝昌的《红楼梦新证》、一粟的《红楼梦书录》、吴世昌的《红楼探源》以及冯其庸和李希凡主编的《红楼梦大辞典》等书,罗列了德文译本的基本情况;王丽娜的《中国古典小说戏曲名著在国外》、胡文彬的《〈红楼梦〉在国外》、宋柏年的《中国古典文学在国外》、张国刚的《德国的汉学研究》、姜其煌的《欧美红学》②等书介绍了《红楼梦》德译本的出版及传播过程,肯定了库恩译本在欧洲的影响;姜其煌的论文《德国对〈红楼梦〉的研究》和李士勋的论文《〈红楼梦〉在德国》专题介绍了库恩生平、译本特征,并对《译后记》中所反映的译者独特的文化视角给予了中肯的评价;陈铨的《中德文学研究》、曹卫东的《中国文学在德国》等著作从比较文学角度论述了德译本的特点。

做中德文学的比较研究首先必须在学习外语和外国文学方面下功夫,同时还要对本国语言、文学和文化有基本了解,不仅需要有语言驾驭的能力,而且要有文学鉴赏和分析批判能力,更需要有广博的知识背景和深厚的文化修养。涉足这一领域的学者对库恩译本的研究都是值得我们借鉴的。以陈铨的《中德文学研究》为例,这是一部专门研究中国文学从 1763 年到 1933 年在德国的翻译、介绍及对德国文学影响情况的专著。全书分为绪论、小说、戏剧、抒情诗、总论五章,并将跨国文学关系的发展分为三个时期,即翻译时期、仿效时期和创造时期,特别对 18 世纪德国作家歌德(Johann Wolfgang von Goethe,1749—1832)和席勒等人接触的中国文学作品进行了细致分析,材料丰富、翔实,大大拓展了人们的研究视野,直

① 王薇:《〈红楼梦〉德文译本研究兼及德国的〈红楼梦〉研究现状》,山东大学博士论文,2006 年 5 月。

② 姜其煌:《欧美红学》,郑州:大象出版社,2005 年。

到现在仍是比较文学研究的必读著作。

但这些研究也存在不足之处。

其一是“不全”,即受时间和语言限制,对《红楼梦》德文译本的资料搜集不全。由于语言问题,中国学者的德文资料搜集不全;德文全译本前 80 回于 2006 年出版,迄今中国学者的研究成果尚未涉及德文全译本研究。以王薇 2006 年完成的博士论文《〈红楼梦〉德文译本研究兼及德国的〈红楼梦〉研究现状》为例,该论文从中文文献出发详细深入地研究了库恩的德文节译本,却由于客观原因,未能涉及《红楼梦》德文全译本研究。

其二是“不专”,即专题研究《红楼梦》德文翻译的专著少。学者们多是在研究某一问题时,涉及《红楼梦》德译本,如陈铨只是在“小说”一章介绍了库恩的《红楼梦》译本,曹卫东的《中国文学在德国》也是在介绍中国文学时“顺便”提到《红楼梦》德文节译本。

其三是“不深”,一些中国学者研究库恩译本时,由于受语言的限制,注重的不是译本的语言和文学性,而是只从文学史和“红学”的角度,表面、笼统地指出节译本的不足,以及节译本对德国文坛的影响,缺乏细致深入的分析研究。《红楼梦》德文全译本由于出版时间较短,目前只有为数极少的评论文章,尚无重要的研究成果。

综上所述,前人学者的研究为我们提供了良好的借鉴,伴随着《红楼梦》德文全译本的出版,我们在德译本的研究方面还有许多发展空间。

针对国内外研究现状,本书将重点放在从德文文献出发梳理《红楼梦》在德国的传播历史,从德国读者的接受视角比较不同德文译本的特色,深入研究前人没有涉猎的德文全译本等方面。

本书系统梳理了《红楼梦》在德国传播的历史,从 1829 年直至 2010 年德文全译本的出版。这一部分最大的特点表现在资料的“详细”和“全面”上,特别补充了前人学者没有涉及的《红楼梦》在 21 世纪德国的传播情况。

库恩的节译本是中德学者研究最多的一部分,作者在这一部分论述中注重的是“求新”。以前中国学者和德国学者对库恩及其译本的研究基本是“各自为政”,针对这一情况,本书有意识地将中德两国学者的研究成果进行对比研究,得到了启发与新结论。

本书论述了前人没有涉及的《红楼梦》德文全译本前80回的译者史华慈及其译作。之前,人们对史华慈的评价比较零散,本书对这些评论进行了搜集整理。作者对史华慈进行了多年的跟踪研究,获得了大量宝贵的第一手资料。研究一个在世的译者及其译作,深入其翻译文本,研究其翻译特色和问题,听取其关于德文节译本的看法,通过比较节译本和全译本获得新知,这是本书的特色和亮点之一。史华慈翻译中遇到的问题,在中国文学作品的德语翻译中带有一定的普遍性。本书对这些问题的论述能帮助读者理解德文全译本,对中德文学翻译的研究也会有一定的借鉴意义和作用。

本书还对《红楼梦》的几种德文译本进行了比较研究。这种比较包括两大部分:一是不同德文译本中的具体翻译问题(诗词、人名、注释、拼音)的比较,二是对《红楼梦》德文编译、节译和全译的比较。

作者以实证材料为基础,注重文献的整理与研究,占有大量第一手资料,对文学史译介、翻译、传记、书信、访谈录、出版情况、评论、博士论文、学术文章等各种形式的文献进行搜求和考订。

本书把研究对象放在一定的历史背景下加以考察,用大量的事实资料介绍了《红楼梦》在德国译介和流传的情况,从比较文学的视域来分析这一发展历程。如在论述库恩及其节译本时,比较中国学者和德国学者的不同研究成果;在论述史华慈及其全译本时,比较两个翻译家库恩和史华慈不同的翻译风格;在分析吴漠汀的翻译时,比较译者吴漠汀和史华慈对同一文本的不同看法;等等。

翻译是对原著的一种再创造,翻译家的这种再创造不可避免地受到本民族文化传统、时代状况、出版商和读者需求等多方面的影响,这在库恩《红楼梦》节译本翻译中尤为突出。"改编外民族的文学作品也是影响研究常要注意的领域"①,本书专辟章节对《红楼梦》的德文编译本进行了研讨。在大量原始资料的基础上,作者回到作品中,深入史华慈译作,探讨译作的具体问题,从各个侧面研究翻译家所受的影响,尝试从文化的角度研究德文译本,借助多元系统理论分析德文译本的翻译策略及各种译本风格形成的原因。

本书包括绪论、正文四章、参考文献和附录。

---

① 陈惇、刘象愚:《比较文学概论》,北京:北京师范大学出版社,2000年,第113页。

绪论介绍本书的学术价值和现实意义、课题的研究状况、研究目的和研究任务、所采用的研究方法,以及结构和各章要点。

第一章详细、全面地介绍了从 1829 年德庇时(John Francis Davis)对《红楼梦》中的两首词的翻译开始,到 2010 年史华慈和吴漠汀的《红楼梦》德文全译本正式出版的 180 多年历史。作者在这一部分的资料搜集方面下了很大功夫,虽不敢肯定已经将相关资料“穷尽”, 但也是前所未有的详细,同时对这些译介进行了总结分类, 纠正了前人学者的一些学术错误并补充了许多前辈学者没有涉及的新资料。

第二章以时间为顺序,以库恩的节译本为中心,将德国《红楼梦》的翻译历史划分为“编译研究”“节译本”“全译本”三个阶段,并对每个阶段的翻译进行了具体研究。重点论述了前人没有涉及的《红楼梦》前 80 回德文全译本的译者史华慈及其译作,通过比较编译、节译本和全译本获得新知。

第三章从比较文学的视域研究不同德文译本的具体特色和问题。

第四章介绍了四篇在德国发表的博士论文:《德语中的中国文学》(陈铨)、《〈红楼梦〉的产生历史》(海因里希·埃格特)、《中国小说的欧洲化和现代化——库恩(1884—1961)译作研究》(常朋)和《文学的多样性:歌德的〈亲和力〉与曹雪芹、高鹗的中国古典小说〈红楼梦〉比较研究》(姚彤)。

附录包括对“《红楼梦》翻译家、德国汉学家史华慈”“当今德国最负盛名的汉学家、翻译家及诗人,波恩大学汉学系主任顾彬”和“德国汉学家梅薏华”等三个德国汉学家的三篇重要访谈,两篇论文以及“史华慈作品详表”和一些珍贵书影等。

本书涉及的德国学者关于《红楼梦》德译本的记录及评价,翻译成中文的极少,书中所引的译文,除特别注明者外,皆是作者根据德文原文译出。

在写作中,作者在吸取现有研究成果的基础上,尝试采取有别于中国学者从中文文献出发的研究方式,借助自己通晓德语的优势,从德文原始资料出发详细梳理《红楼梦》在德国的传播历史;本书的资料至少有三分之一具有“新鲜性”,用相当的篇幅向中国学术界翻译和介绍了《红楼梦》的德文文献;对《红楼梦》德文全译本前 80 回译者史华慈及其翻译进行了系统研究;详细梳理了《红楼梦》在 21 世纪德国的传播历史;从德国读者对《红楼梦》德文译本的接受(以往学者多关注

德文译本和原著内容的差异)角度考察德译本。本书的新意和价值至少体现在以下四个方面:

1.在此之前,中国学术界对"《红楼梦》在德国的传播与翻译"多是从学术史角度进行初步的勾勒,德国学者对这一课题的研究也缺乏系统梳理。作者第一次依据德文资料对这一课题进行了详细梳理。因此,本书的研究将丰富德国"红学"研究的成果,有助于中国"红学"及中国文学海外传播研究。

2.使用了大量的德文第一手资料,许多德文资料都是首次被发现和使用,为中国学者今后的相关研究提供了丰厚的资料来源。

3.将《红楼梦》德文编译、库恩的节译本和史华慈的全译本进行了对比研究,对中外学者对库恩译本的研究进行了对比分析,找出了彼此的联系与不同,并得出自己的结论,为《红楼梦》德译本研究提供了新的视角和思路。

4.研究跨越"国际汉学""红学""比较文学""译介学""中国文学"等多学科,是一种跨学科研究。

第一章

《红楼梦》在德国的流播（1829—2010）

无故寻愁觅恨,有时似傻如狂。纵然生得好皮囊,腹内原来草莽。潦倒不通庶务,愚顽怕读文章。行为偏僻性乖张,那管世人诽谤。

富贵不知乐业,贫穷难耐凄凉。可怜辜负好时光,于国于家无望。天下无能第一,古今不肖无双。寄言纨绔与膏粱:莫效此儿形状!

——《红楼梦》第三回中的《西江月》二词

《红楼梦》在德国流传的历史可追溯到1829年5月2日,德庇时(John Francis Davis,1795—1890)将《红楼梦》第三回中的两首《西江月》词翻译成英文①,由此拉开了《红楼梦》在德国传播的序幕。此后,《红楼梦》伴随着德国汉学的起步、确立和发展一路前行,2010年终于迎来了120回德文全译本的出版。《红楼梦》在德国的译介纵跨三个世纪,它以文学史、评论文章、学术文章、百科全书、博士论文等各种形式构成了翻译、评论和研究的历史。本书将以时间为序,将史料划分为三个阶段,考察《红楼梦》传入德国的历史过程,对《红楼梦》的各种德文译本和相关评论进行介绍。为避免重复,本章的详略原则如下:略写专题讨论的翻译和前辈学者讨论过的问题,详写首次发现的和前辈学者未曾涉及的资料及问题。

---

① John Francis Davis: *Poeseos Sinensis Commentarii. XXI. On the Poetry of the Chinese.*—By John Francis Davis, Esq., F.R.S., M.R.A.S.Read May 2, 1829, S.440-441.译文书影见附录。

第一节 《红楼梦》在19世纪德国的译介[①]

鉴于《红楼梦》在19世纪德国传播的史料不多,本书将和这一主题相关的外文资料也列入写作范围,其中包括德国人在文学史叙述中间接提到的英文资料以及德国人用英文写作的关于《红楼梦》的文章。在介绍《红楼梦》在20世纪德国的流传时,则侧重介绍与《红楼梦》有关的德文资料,包括用德文写作的文章及从外文翻译成德文的资料。

19世纪初,当法国、英国、俄国等欧洲国家的汉学走向确立时,德国汉学尚处在起步阶段。德国人所了解的关于《红楼梦》的最初信息不少是借其他欧洲国家的汉学家之手间接获得的。1829年,歌德最重要的代表作——长篇诗剧《浮士德》在德国布伦瑞克上演;也正是在距离曹雪芹逝世不到70年的这一年,《红楼梦》经由德庇时之手进入德国人的视野:1854年,硕特(Wilhelm Schott,1794—1865)在德国19世纪最早的关于中国的文学史②中提到了本章开头的两首词,提醒对中国文学感兴趣的德国读者可以参看德庇时在《汉文解诗》中的精彩论文③。这是《红楼梦》在德国流传的一个发轫性标志。

德庇时是19世纪英国外交官汉学家中的佼佼者,在中国生活多年,深受中国

---

① 姚军玲:《〈红楼梦〉在19世纪德国的译介和批评》,《红楼梦学刊》2015年第五辑,第247—263页。

② Wilhelm Schott:*Entwurf einer beschreibung der chinesischen literatur.* Eine in der königlish preußischen akademie der wissenschaften am 7.Februar 1850 gelesene abhandlung.Berlin:Ferd Dümmler's Verlagsbuchhandlung 1854,S.118.

③ John Francis Davis:*Poeseos Sinensis Commentarii.XXI.On the Poetry of the Chinese.*—By John Francis Davis,Esq.,F.R.S.,M.R.A.S.Read May 2,1829.

文化熏陶,曾将大量中国文学作品翻译成英文。在《汉文解诗》一书中,他第一次用英文向欧洲介绍了《红楼梦》第三回中的两首《西江月》词以及贾宝玉、林黛玉两人初次相见的情景。德庇时在文章中介绍说,译文是从一本名叫《红楼梦》(*Dreams of the Red Chamber*)的小说中摘译出来的,这部小说讲述了一个年轻的富家子弟的生活。在翻译这两首词时,德庇时不会想到,他的翻译会成为德国人对《红楼梦》最初认识的"推手"。该书第 440—441 页为中英文对照,中文为繁体字,从右至左排列。英文译文的行数甚至字数,都和中文原文相似。德庇时解释说,由于对《红楼梦》这部小说了解的程度有限,所以在翻译这两首词时,本着求真的原则,在英文译文的行数甚至字数等形式上,都尽量保持原词的原貌。①《西江月》词对一般中国读者来讲,也不算好懂;对没有中国文化背景的德国人来讲,恐怕只是看看"东洋景"。德国人从德庇时的译文中获得的对《红楼梦》的最初印象或许可以这样形容:用美丽的象形文字写成的充满神秘东方特色的中国小说。

德庇时的翻译很成功,事过多年,1969 年美国纽约再次出版了德庇时的译文②,可见他译作的影响力。德庇时在 1829 年的文章里第一次将《红楼梦》的书名翻译为 *Dreams of the Red Chamber*;在此之后,郭士立(Karl Friedrich August Gützlaff,1803—1851)将《红楼梦》翻译成 *Dreams in the Red Chamber*(仅仅是 of 和 in 的不同);1892 年出版的第一部《红楼梦》英译本也是以 *Hung Lou Meng, or, The Dream of the Red Chamber*(字母完全一样)为书名;库恩的德文节译本的书名 *Der Traum der roten Kammer*(是英文译文的德文对照翻译)显然也是受到德庇时译文影响的德文翻译。

译者个人对中国的印象会或多或少地反映到当时的汉学研究中。德庇时热爱中国文化,晚年隐居英国的布里斯特尔,潜心研究中国历史文化。他翻译《红楼梦》诗词时的谨慎态度,同样表现出了他对中国文化的仰慕和喜爱。而郭士立直接参与了鸦片战争,充当鸦片贩子的助手和翻译,在他眼里,中国的最好前途是成

---

① John Francis Davis: *Poeseos Sinensis Commentarii. XXI. On the Poetry of the Chinese.*—By John Francis Davis, Esq., F.R.S., M.R.A.S.Read May 2, 1829, S.440-441.

② Sir John Francis Davis, Bart., K.C.B.: *the Poetry of the Chinese*, Paragon Book Reprint Corp, New York, 1969.

为和印度一样的殖民地。① 因为对中国文化存在偏见,郭士立在《红楼梦》译文中贬低小说的价值,认为作者思想粗劣。

如果对这个冗长乏味的故事作出结论,发表我们对这部作品在文学上的优缺点的看法,那么我们可以说,小说的文体没有任何艺术性可言,完全是一种北方上等人的口头语言。有些词汇的含义,不同于一般作品中所使用的含义。有些词汇是用来表达地方语义的。但是读过一卷后,就很容易理解这些词汇的意义。谁想熟悉北方宫廷口头语言?精读这部小说,当得益匪浅。②

这是继德庇时之后,德国传教士郭士立③ 1842 年 5 月在《中国丛报》上对《红楼梦》的评价。德庇时只是在介绍中国诗词时顺便提到了《红楼梦》,属于"无心插柳"之作。郭士立则是最早有意识地将《红楼梦》介绍给西方读者的人。郭士立的译文长达6 页,简要介绍了《红楼梦》的主要故事情节。从译文开篇对女娲是男人还是女人无法确定一句可以看出来,郭士立毕竟是一个外国人,不了解中国的传统文化。郭士立荒唐地说贾宝玉是"一个性情暴躁的女子",并且按照这个前提,称有人向"她"求婚,并配合出现了宝玉的"情郎"。文中还有许多类似的误读和错误,例如,从译文来看,郭士立认为贾宝玉的父亲就是贾雨村,把贾雨村和贾政当作一个人。情节介绍也有许多和《红楼梦》原著不符之处,在此就不一一列举了。从译文看,郭士立并没有认真读过《红楼梦》,对小说的理解是生吞活剥的,对中国文化更是一知半解,并且其文字表达水平也不高。对于这一点,有人曾这样评价:"他平生颇为自豪的是语文能力,但不少传教弟兄却认为,他的著作不论中英文都是文字粗浅、内容疏漏而且写

① 吴义雄:《在宗教与世俗之间——基督教新教传教士在华南沿海的早期活动研究》,广州:广东教育出版社,2000 年,第 231 页。

② *The Chinese Repository*(卷 11), 1842 年 5 月号,广州版,第 266—273 页。

③ Hartmut Walravens: *Karl Friedrich Neumann (1793-1870) und Karl Friedrich August Gützlaff. Zwei deutsche Chinakundige im 19. Jahrhundert.* Wiesbaden: Harrassowitz 2001, S.190. (Orientalistik Bibliographien und Dokumentationen.12.)

作态度草率的作品。"①

2006 年,德国汉学家魏汉茂(Hartmut Walravens)在为德文《红楼梦》120 回全译本写的后记中,专门谈到了这篇译文。他同意中国学者所持"郭士立是最早将《红楼梦》介绍给西方读者的人" 的学术观点,并提出了新的看法:他认为郭士立犯了一个严重的错误,在译文中认为宝玉是一个女孩。魏汉茂认为广为流传的小说名字 *Traum der Roten Kammer* 源于郭士立②,并指出郭士立对《红楼梦》的贬低性评价影响了欧洲人对这部小说的研究。③

郭士立译文的开始部分这样写道:"Hung Lau Mung, or Dreams in the Red Chamber; a novel.20 vols. Duodecimo. Noticed by a Correspondent."④也就是说,郭士立当时在发表这篇文章时并没有写自己的名字,而是写的"by a Correspondent (通讯员)"。那么怎样才能知道这篇译作的作者就是郭士立呢? 这一点还没有学者讨论过。作者对这一问题进行了考证。在《红楼梦》德文翻译家史华慈的指导下,作者查看了 1851 年《中国丛报》的总目录⑤。该书目录 2:《中国丛报》文章总目 (INDEX.2.: List of the Articles in the Volumes of the Chinese Repository)注明 C. G.是郭士立英文姓名 Charles Gutzlaff 的缩写。目录 4 又有如下字样:红楼梦,C. G. ("Dream of the Red Chamber, C. G."....Vol. XI. 266),说明《红楼梦》译文的作者是C. G.。从而,郭士立的作者身份通过裨治文(Elijah Coleman Bridgman, 1801—1861)整理的 1851 年《中国丛报》总目录中的相关史料记载得

---

① 苏精:《上帝的人马——十九世纪在华传教士的作为》,香港:基督教中国宗教文化研究社,2006 年,第 34 页。早期来华的基督教新教传教士之一的郭士立在中国近代历史上是一个身份复杂、颇具活力和争议的人物。他充当着传教士、外交官等多重角色。一方面,他鼓动和参与殖民列强发起侵华战争,为学界和国人所憎恨;另一方面,从客观上来看,他在传播西方文明、推动中西文化交流中作出过一些贡献。

② 笔者认为小说名字 *Traum der Roten Kammer* 源于德庇时的翻译,郭士立的翻译也是受其影响。

③ Hartmut Walravens: *Zur ersten vollständigen deutschen Übersetzung des Shitouji 石头记 Geschichte des steins (Hongloumeng 红楼梦) und zum Übersetzer der ersten 80 Kapitel*, in: Tsau Hsüä-tjin: *Der Traum der Roten Kammer oder Die Geschichte vom Stein*, Bochum: Europäischer Universitätsverlag 2006, 3 Bde. Nachwort: S.viii.

④ *The Chinese Repository*(卷 11),1842 年 5 月号,广州版,第 266 页。

⑤ Elijah Coleman Bridgman und S.Wells Williams: *General Index of Subjects Contained in the twenty Volumes of the Chinese Repository*, Canton Dec.31st, 1851.

到印证。①

郭士立的《红楼梦》译文发表不到一年时间,1843 年 2 月在德国慕尼黑出现了从德明的俄文转译过来的《红楼梦》第一回的德文译文。地处欧亚之间的俄国从 18 世纪开始利用东正教和中国交往的机会,全面研究中国的经济和文化。19 世纪上半叶起,俄国汉学家人才辈出,一些汉学家开始将中国文学作品翻译成俄文,其中包括德明 1843 年发表的《红楼梦》第一回。在 1843 年 1 月 2 日出版的《祖国纪事》杂志上,科万科(A. I. Kovanko,1808—1870)以笔名德明发表了《红楼梦》第一回的译文②。德明是一位矿业工程师,作为俄国东正教第十届驻北京传教士团员来到北京,之后转而研究中国农业。在学习汉语时,他选择了《红楼梦》做口语教材。他在《给矿业工程师团体总部主任 E.П.科瓦列夫斯基的报告》中写道:

> 我对主要的科目给予了重视,但中国人的民风习俗同样令我着迷。为了更好地认识中国人的风俗,我读完了 4 卷本函装的《红楼梦》。在这部书中出色地描绘了中国人的家庭生活方式、节日喜庆、婚礼和丧葬礼仪;展示了他们的消遣方式、官员、衙役和太监的徇私舞弊、仆从丫环的巧言令色、人们的自私与放纵,以及成为皇妃的女儿省亲时的奢华与排场。……翻译此书对于了解中国人的风俗很有益处,对希望学习汉语口语的人也很有帮助,因为此书完全用口语写成。③

在《红楼梦》俄文译文发表后一个月,1843 年 2 月,德国人将这篇俄文转译成德文并发表在《外国》(*Das Ausland*)杂志上④。1843 年《外国》的这一期所有发表的文章都没有署名,所以无法得知谁是这篇文章的德文译者。1843 年 1 月俄文译作刚刚在俄国发表,同年 2 月就在德国以德文发表,说明当时德国和俄国两国间联系便捷,彰显了俄国在中西文化交流中的桥梁作用,以及欧洲国

① Elijah Coleman Bridgman und S.Wells Williams:*General Index of Subjects Contained in the twenty Volumes of the Chinese Repository*,Canton Dec.31st,1851.

② 《祖国纪事》第 26 卷,1843 年 1 月版,第 28—31 页。

③ 李福清:《〈红楼梦〉在俄罗斯》,阎国栋译,刘士聪:《红楼译评——〈红楼梦〉翻译研究论文集》,天津:南开大学出版社,2005 年,第 461—462 页。

④ *Chun-lou-men*(*Traumgesicht auf dem rothen Thurm*)*oder Geschichte des Steins*,in:*Das Ausland*,19 Februar 1843,Nr.50,Cottasche Buchhandlung,München, S.198-203.

家间汉学研究的交流情况。这篇德语译文基本是按照俄语翻译过来的。从德明的俄文转译成德文的是《红楼梦》第一回前半部分的译文。《红楼梦》第一回前半部分讲述的是石头出生的故事,仅仅通过读这一部分译文要对《红楼梦》这部小说有一个整体印象,对德国读者来说几乎是不可完成的任务。这种感觉,或许用瑞士苏黎世天平出版社的老板费利克斯·M. 维泽讷(Felix M. Wiesner)在读完《红楼梦》前 20 回后的一句话可以概括:人们很难从中得到一个看起来清晰的脉络。①

郭士立、德明及后来的罗伯聃(Robert Thom, 1807—1846),都认为《红楼梦》可以作为语言教材,德明特别提出《红楼梦》有民俗学价值,认为翻译《红楼梦》能帮助了解中国的风俗。这篇从德明的俄文转译成德文的《红楼梦》译文第一次向德国读者展示了《红楼梦》的原貌,推动了他们对《红楼梦》的认识和了解。

关于《红楼梦》在德国的流传历史,最有发言权的是德国人。根据德国著名目录学家、德国柏林国家图书馆东方部原主任魏汉茂的观点,谈到《红楼梦》在德国的流传,不能忽略罗伯聃的贡献。英国人罗伯聃 1807 年 8 月 10 日出生于苏格兰的格拉斯哥,1834 年 2 月来到中国广州。他热爱中国文化,能说流利的汉语,翻译了不少中国作品。1846 年,他编著的《正音撮要》(*The Chinese Speaker*)上卷由宁波华花圣经书房出版。该书收录了《红楼梦》第六回的译文。目前关于这件事的最详细出处见魏汉茂为《红楼梦》德文全译本写的后记②。在后记中,魏汉茂对《正音撮要》中关于《红楼梦》翻译的具体章节做了说明,指出《正音撮要》第 62—89 页刊登了《红楼梦》第六回的译文。

罗伯聃在《正音撮要》中翻译了《红楼梦》第六回,是出于这样一种想法:人们在学习汉语期间会不断进步,在经过《正音撮要》相对简单的文章学习后,需要向一个高级阶段前进,而《红楼梦》的这一章特别适合学习者的这种需要;此外,小

---

① 1997 年 8 月 17 日费利克斯·M. 维泽讷写给史华慈的信。这封信和以后文中提到的和史华慈有关的信件皆由史华慈本人提供,笔者在此深表感谢。

② Tsau Hsüä-tjin: *Der Traum der Roten Kammer oder Die Geschichte vom Stein*, Bochum: Europäischer Universitätsverlag, Bd.1 und 2, 2006 [2007]. Nachwort: Vii, Fussnote 7.

说合适的风格和词汇(不考虑诗歌和哲学因素)又正好是白话文①。这正符合当时罗伯聃和许多传教士所推广的实用性的中文教学法的目标。罗伯聃翻译《红楼梦》的目的是将《红楼梦》作为一种语言教材,他在《红楼梦》流传方面的贡献也仅限于向学习汉语的人提供了一个口语教材这一点。

1871年德国统一之前,德国汉学被称为"业余爱好者的汉学",只是当时的德国东方学者所兼任的一个副业。硕特是德国汉学从"兼习副业"到20世纪初成为"独立学科"的过渡之中较有影响的人物,被誉为"德国学术性汉学的奠基人"。硕特早年在哈勒学习神学和东方语言,对汉学表现出浓厚兴趣。1826年他以《论中国语言的特点》取得博士学位。1832年,硕特出任柏林大学满文、阿尔泰语、芬兰语教授,同时教授汉学。硕特出生在美国,1854年,他出版了《中国文学述稿》②,专门提到英国汉学家德庇时《汉文解诗》的论文,向德国读者间接介绍了《红楼梦》。该书第114页这样写着:

> 我本来想关于这一项(中国文学)写更多的话,可是因为时间问题,我不得不写得很短。读者希望进一步了解中国的抒情诗,可以看德庇时那篇题为《汉文解诗》的精彩论文。③

郑振铎(1898—1958)在《插图本中国文学史》的绪论中说:

> 但文学史之成为"历史"的一个专支,究竟还是近代的事。中国"文学史"的编作,尤为最近之事。翟理斯(A. Giles)的英文本《中国文学史》,自称为第一部的中国文学史,其第一版的出版期在公元一九〇一年。中国人自著之中国文学史,最早的一部,似为出版于光绪三十年(一九〇四年)的林传甲所著的一部。④

---

① Michael Lackner und Xu Yan:*Loyalitäten in Zeiten des Krieges:Die Masken des Robert Thom (1807—1846)*.Irmela Hijiya-Kirschnereit zu Ehren. Festschrift zum 60. Geburtstag, München:Iudicium Verlag 2008,S.11-30.另可参见姚珺玲译:《战争时期的忠诚》,[德]朗宓榭著,徐艳主编:《朗宓榭汉学文集》,上海:复旦大学出版社,2013年,第32—48页。

② Wilhelm Schott:*Entwurf einer beschreibung der chinesischen literatur.* Eine in der königlish preußischen akademie der wissenschaften am 7.Februar 1850 gelesene abhandlung.Berlin:Ferd Dümmler's Verlagsbuchhandlung 1854.

③ Wilhelm Schott:*Entwurf einer beschreibung der chinesischen literatur.* Eine in der königlish preußischen akademie der wissenschaften am 7.Februar 1850 gelesene abhandlung.Berlin:Ferd Dümmler's Verlagsbuchhandlung 1854.

④ 郑振铎:《插图本中国文学史》(第一册),北京:人民文学出版社,1957年,第2页。

这样看来，硕特1854年所著的这部《中国文学述稿》应该算较早的一部中国文学史。由于硕特的《中国文学述稿》发表在1854年，且是德语的，国内学者很少涉及，作者在这里将其中涉及中国小说的部分详细引用和翻译。在这部书中硕特多次谈到了中国小说，具体情况如下：

第117页：

> 中国小说按照我的看法可以分为三种：历史小说、神魔小说和人情小说……

第118页：

> 人情小说或者家庭小说，写得比其他小说客观得多。它是中国民族特性以及这一民族的社会和家庭生活的光明面和阴暗面的忠实叙述。这类小说最好的、最值得称赞的是作品连接得很巧妙的结构技巧、形象的个人性格描绘。沿着家庭小说去寻找它的源头很有意思，可线索很快就找不到了。因为中国学者认为在下等文学领域做研究有损尊严。所以最有名的第三类小说，连产生的时代也没有搞清楚，可产生的历史应该不会早于300年。①

硕特对德国汉学所作的贡献还在于对德国柏林国立图书馆的中文藏书进行了编目。1840年，他翻译出版了《御书房满汉书广录》，并附加德文解释。之后，又将德国柏林国立图书馆东亚部的"中国手写本和书籍——旧书部分"进行了编目，将《红楼梦》写进了这一目录：

> 第1013[后改为]1015—1016。红楼梦，红色亭子里的梦/中篇小说集/4卷/两个相同的存档样本，每个存档本包括两卷/
>
> 20册
>
> (Ölrichs 捐赠品，不来梅，1844年)

这是德国柏林国立图书馆第一部《红楼梦》藏书的最早记录：1844年，来自德

① Wilhelm Schott: *Entwurf einer beschreibung der chinesischen literatur.* Eine in der königlish preußischen akademie der wissenschaften am 7. Februar 1850 gelesene abhandlung. Berlin: Ferd Dümmler's Verlagsbuchhandlung 1854, S.118.

国小城不来梅的Ölrichs(奥里克斯)向图书馆捐赠了《红楼梦》这部小说。①

19世纪《红楼梦》在德国的译介尚处在"懵懂"状态。1829年德庇时对《红楼梦》第三回中两首《西江月》词和宝黛初次相见的情景介绍、1842年郭士立错误百出的小说主要情节简介、1843年《外国》杂志发表的第一回前半部分的德文译文、1846年罗伯聃对第六回的翻译,是德国人对《红楼梦》印象的主要信息来源。通

---

① 德文记录的原文如下:

№ 1013 [korrigiert in] 1015—1016. Hung-leu-mung. Träume im roten Pavillon./eine Sammlung Novellen./ 4 Voll./:Sind 2 Exemplare desselben Werkes, jedes enthält 2 Voll.:/

20 H

Donum Ölrichs, Bremen, 1844

"№1013 1015—1016. Hung-leu-mung."是用拉丁文写的,其中1013后面的"[korrigiert in]"是笔者加上的,因为在1013上面是一个表示"划掉" 意思的"/"。有意思的是leu不知为什么不是lou。"Träume im roten Pavillon./eine Sammlung Novellen."是用一种特殊的古老的德文字体写的。"4 Voll."是用拉丁文写的,因为"Voll."是拉丁文。"Sind 2 Exemplare desselben Werkes, jedes enthält"是用特殊的古老的德文字体写的。"2 Voll."用的是拉丁文。这些内容全是用墨水笔写的。"20 H"和"Donum Ölrichs, Bremen, 1844"是用铅笔写的。这段夹杂拉丁文和德文的文字可以翻译如下:

第1013[后改为]1015—1016。红楼梦,红色亭子里的梦/中篇小说集/4卷/两个相同的存档样本,每个存档本包括两卷/

20册

(Ölrichs 捐赠品,不来梅,1844年)

目录显示,这几本书的藏书号,开始是从1013到1016,后来改为1015到1016,估计是刚开始认为是不同的4种书,后来发现是两套书,所以,将序号改了。小说标明的4卷,显然是德国人为了藏书方便,对原来的书籍进行了重新装订。两个相同的存档样本,每个样本包括2卷。"20册"和"Ölrichs 捐赠品,不来梅,1844年"是用铅笔写的,显然是后来的工作人员为这一目录做的补充。现存的这个书本式目录中,有些中文书籍的名字前面有红色的钩,有些则没有。据图书馆的工作人员介绍,打钩的,是经过他们检查现在还在图书馆保存有的;没打钩的则是已经不知什么原因找不到或已经丢失了。不幸的是,《红楼梦》的书名前没有这个红色的钩。

在图书馆的另外一张目录上,这样写着:

Alter Zettelkatalog (Hermann Hülle)

Hung-lou-mêng. 紅樓夢

Neudr. 1811　　Lib sin 1015-1016.

"Hung-lou-mêng."是用英国的中文拼音写的,所以是Hung不是Hong,而且在mêng上有一个特殊的标注。"红楼梦"是用繁体中文写的。Neudr.是Neudr[uck]的简写;Lib sin是Lib[ri] sin[ici]的简写。译为中文:

旧卡片目录(赫尔曼·序勒 编)

Hung-lou-mêng. 红楼梦

重刊本:1811　中文图书 1015—1016.

后来,国立图书馆懂汉语的图书管理员赫尔曼·序勒(Hermann Hülle),也是后来该图书馆东方部的部长,确定了《红楼梦》的出版年代为1811年。"中文图书1015—1016",证明这里所记载的《红楼梦》和硕特书本式手写目录记载的《红楼梦》是同一种书。

过以上信息,德国读者很难对《红楼梦》小说本身有一个整体的认识,最多也只是知道中国有《红楼梦》这样一部充满东方神秘色彩的小说。德庇时在介绍中国抒情诗时顺便提及《红楼梦》,硕特是在撰写《中国文学述稿》时涉及《红楼梦》,郭士立、德明和罗伯聃也主要是从《红楼梦》可以当作口语教材这方面进行介绍,小说本身尚未得到关注,也没有涉及小说内容的具体介绍。

语言是《红楼梦》早期流传的主要障碍。以上译文,除第六回的译文是由俄语转译成德语的之外,其他几篇文章的语言都是英语。不同语言之间的翻译难度是不同的,同一语系的语言之间的相互翻译要比不同语系的语言之间的相互翻译容易。例如,俄语和德语之间的相互翻译易于汉语与德语之间。1843 年 1 月德明的俄语翻译刚刚在俄国发表,2 月就在德国以德语发表,德语译文基本上是完全按照俄语翻译过来的,因为对德国人来讲,从俄语译成德语要比从汉语译成德语容易。这是因为德语和俄语两者都属于印欧语系,绝大多数的俄语概念德语都有,有些俄语词在德语中不存在,但可以用别的词来代替。如俄语的"CYTKи"(一昼夜)在德语中可以以"Tag und Nacht",或者"24 Stunden",或者"rund um die Uhr geöffenet"表示;德语的语法很严格,俄语的语法虽和德语不一样,但更严格,有些地方比德语还复杂;俄语的词汇在比较好的德语字典里都可以找到。

时代的限制也是影响传播效果的一个原因。《中国文学述稿》是硕特对中国文学的一个重大贡献。在硕特写这部文学史之前,欧洲语言区已有德庇时、德明和郭士立等三人以各种形式提到过《红楼梦》,硕特自己还将《红楼梦》写在了德国柏林国立图书馆的书目中。硕特当时可能没有看到德明和郭士立的文章,可通过硕特自己在文学史中专门提到德庇时的精彩论文《汉文解诗》这一线索获知硕特看过德庇时的文章,有心的读者通过硕特的介绍也有可能看到《红楼梦》中的诗歌。在书中硕特还专门提到了中国的人情小说。可惜硕特的时代有许多中国学者写有关"四书""五经"的文章,却没有人评价研究小说。作为德国汉学家的硕特无法以自己的能力通过当时可以看到的中国小说对《红楼梦》做出更多的评价。

19 世纪初,正是西方人的中国观发生巨大转变的关键时刻,中国观的不同也影响了《红楼梦》的传播。硕特是柏林第一个汉学教授,可从来没有到过中国。"当时没有学习汉语用的教科书。硕特学习汉语用的是一种今天看来很奇怪的方法,他不是按照正常的顺序……来学习,而是这样做的,他拿一本中英文对照的书,在两个中国人的帮助下,开始学习。”①由于没有去过中国,硕特对中国文化的理解受到了限制,和《红楼梦》擦肩而过。与之相反,德庇时、郭士立、德明和罗伯聃都有在中国生活的经历,有机会通过多种渠道接触中国文化、体验中国的生活,他们对中国的印象要鲜活很多。德庇时深谙中国文化,人称“达官中的学者”,著书立说介绍中国国情,除前文提到的《汉文解诗》之外,《中国概览》一书被公认是19世纪对中国最全面的报道。德明和罗伯聃也在中国生活多年,为中华文明独特的魅力所感染,在向中国传输西方理念的同时,也不由自主地接受了中国文化的影响。当他们尝试用自己的语言向世界介绍《红楼梦》时,展现的是自己对中国文化的谦卑的接受和敬意。他们在翻译时展现的不仅是语言,还有对中国文化的态度。从郭士立对《红楼梦》的评价中,我们看到了更多的非文化色彩和偏见。郭士立在译文中贬低《红楼梦》的价值,认为曹雪芹思想粗劣,说小说“全是些琐碎无聊的东西”,指责其“毫无趣味”,这都是和其对中国的偏见分不开的。郭士立对《红楼梦》的这种错误解读是不可取的。

尽管如此,19世纪《红楼梦》在德国的翻译介绍成为德国人了解《红楼梦》的开始,同时给德国人提供了一个了解中国文化的机会。

---

① Rainer Schwarz:*Heinrich Heines chinesische Prinzessin und seine beiden chinesischen Gelehrten sowie deren Bedeutung für die Anfänge der deutschen Sinologie*, in: *Nachrichten der Gesellschaft für Natur-und Völkerkunde Ostasiens* (*NOAG*), Hamburg, Nr.144, 1988(Erscheinungsjahr 1990), S.71-94.

第二节　《红楼梦》在20世纪德国的译介[①]

经过19世纪的铺垫,20世纪德国汉学逐渐进入确立阶段。1909年德国第一个汉学学科在汉堡大学的前身汉堡殖民学院成立,福兰格(或译作:福兰阁、傅兰克,Otto Franke,1863—1946)众望所归成为德国的第一个汉学教授。福兰格大学期间学习了历史、法律和印度语言学,1884年获得印度语言学博士学位,1887年开始在柏林学习汉语,1888—1901年在德国驻中国公使馆工作。福兰格既具有史学家的眼光,又了解和热爱中国文化,不像当时其他欧洲史学家那样对中国文化持有偏见。他确立了20世纪初德国汉学"以文化入门为主"的汉学研究观点,对中国文化持谦恭态度。他的著名的五卷本《中国通史》(*Geschichte des Chinesischen Reiches*),从中国传统的儒家文化角度阐述了中国文化与中国历史发展的关系和中国历史发展的过程。德国汉学进入学科化阶段后,在福兰格的影响下,汉学家们关注中国文化,对中国的哲学、宗教、民俗、历史和文学展开研究。中国文学成为德国汉学研究的一个主要组成部分,这个时期的中国文学经典翻译和中国文学史写作独具一格。《红楼梦》在这一时期被成功翻译成德文,在德国撰写的多部史书中被提及。本章将重点沿着史书和翻译两条主线梳理《红楼梦》在20世纪德国的流传历史。

① 姚军玲:《20世纪德国文学史中的〈红楼梦〉》,《红楼梦学刊》2011年第三辑,第261—284页。

一、"史"中"红楼"

20世纪的德国学者抱着通过《红楼梦》了解、认识中国文化,完善自身文明的态度,以自身文化立场和审美特征来解读《红楼梦》,展现出的是从西方文化视角出发对《红楼梦》的诠释。十分难得的是,沿着这一时期的德文史书可以发现一条清晰的、具有某种文化意味和创造性的《红楼梦》在德国的流传线路。从1900年到2000年,德国学者一直致力于梳理中国文学的脉络,有十几部史书或多或少地留下了记录《红楼梦》的文字。本书将它们对《红楼梦》的介绍分为早期史书中的《红楼梦》(1900—1945)、二战后史书中的《红楼梦》(1945—1980)、20世纪晚期史书中的《红楼梦》(1980—2000)三个阶段进行介绍。

1.早期史书中的《红楼梦》(1900—1945)

19世纪德国对《红楼梦》的介绍,一直徘徊在小说的外围,没有进入小说文本内部。这一局面在20世纪被打破。20世纪初,出现了"第一个研究《红楼梦》的德国人"①,他就是葛禄博(Wilhelm Grube,1855—1908)。1902年,葛禄博在《中国文学史》②中对《红楼梦》进行了评介。这部文学史在长达60年的时间里被德国学者认为是最有权威的中国文学史专著,第一个关于《红楼梦》的德语评介正是出自该书。具体内容如下:

> 《红楼梦》即《红色小房间里做的梦》,是属于17世纪的小说,其作者是某一位叫曹雪芹的人。它毫无疑问是中国最高雅的小说之一。但是,这一个奇异装饰物非常丰富的爱情故事的篇幅大得异乎寻常。因此,连简短的内容提要,都要超出本书记述的内容。③

历史发展到一定的阶段,总会出现一些承担重要使命的人。葛禄博之所以成为德国《红楼梦》评介第一人,与他的人生经历和受教育程度密切相关。葛禄博是德国汉学家、语言学家和民俗学家,1855年在圣彼得堡出生,曾在圣彼得堡科

---

① 姜其煌:《欧美红学》,郑州:大象出版社,2006年,第107页。笔者完全赞成这种说法。

② Wilhelm Grube: *Geschichte der Chinesischen litteratur*(Die litteraturen des Ostens in Einzeldarstellungen, 8. Band), Leipzig 1909, S.431-432.

③ Wilhelm Grube: *Geschichte der Chinesischen litteratur*(Die litteraturen des Ostens in Einzeldarstellungen, 8. Band), Leipzig 1909, S.431-432.

学院亚洲博物馆工作,1883年作为柏林民俗学博物馆馆长助手来到柏林。他是圣彼得堡汉学家瓦西里耶夫(Васильев В. П.,1818—1900)和莱比锡语言学家贾柏莲(Hans Georg Conon von der Gabelentz,1840—1893)的高徒。在俄国生活多年,葛禄博耳濡目染了俄国汉学《红楼梦》研究的成果。他的老师瓦西里耶夫对《红楼梦》评价很高,特别强调了曹雪芹在文学创作上的高超手法:"一般认为中国小说的代表是《金瓶梅》,但《红楼梦》无疑早就超越了它。这部小说情节优美,叙述引人入胜。说真的,就是在欧洲也难找到一部作品可以与之媲美。"①在1880年出版的《中国文学史纲》中,瓦西里耶夫更是高度评价了《红楼梦》的语言,介绍了小说情节,并写道:"如果你想了解至今在上流社会鲜为人知的中国人的生活,那么你只能从类似这样的小说中获得信息。"②有这样一位重视《红楼梦》的老师,葛禄博不可能对《红楼梦》在德国的流传毫无建树。他对《红楼梦》给予了正面、肯定的评价,称赞《红楼梦》是中国最高雅的小说之一。虽然没有像他的老师那样对《红楼梦》有深刻的认识,但首次提出《红楼梦》是一部爱情小说这一说法。葛禄博的这段文字涉及了《红楼梦》的多种信息。书名:《红色小房间里做的梦》;小说年代:17世纪;作者:曹雪芹;主题:爱情故事。葛禄博已经开始关注中国小说"篇幅大得异乎寻常"的独特性。但他将《红楼梦》解释为"红色小房间里做的梦"是不准确的;说《红楼梦》是"17世纪的小说"显然是错误的。葛禄博1897—1899年在中国工作,具有中文功底,翻译了《孟子》《李太白全集》《西厢记》等中国作品,研究涉及中国文学、哲学和宗教,可他的研究兴趣集中在中国哲学研究上。他撰写的《中国文学史》共10章,将对《红楼梦》的介绍放在最后一章"戏剧与散文"部分,并"惜墨如金"地用几行文字来概括介绍《红楼梦》,这都表明葛禄博并没有真正认识到《红楼梦》在中国文学史中的地位和价值。1908年7月2日葛禄博在柏林去世。他生前收藏的许多有学术价值的图书在1914年被他的遗孀卖给了莱比锡大学东亚学学院。这些藏书包括1832年版的120回《红楼梦》。这部《红楼梦》是库恩1932年《红楼梦》德文节译本的底本之一。关于这一点本书在以后的章节中有详细的论述。

---

① 《俄国通报》,莫斯科:斯塔秀列维奇印刷所,1857年,第11卷,第341页。

② В.П.瓦西里耶夫:《中国文学史纲》,圣彼得堡(出版单位不详),1880年,第160页。

德语的《世界文学史》对中国小说的介绍,是20世纪德国汉学的另一个特色,也是长久以来被中国学者忽略的一个“盲区”。20世纪初,一些德国作家、文学评论家、小说家和翻译家迎合民众渴望了解中国文化的需要,开始在《世界文学史》中介绍中国小说。1901年德国弗莱堡出版了一部《世界文学史》①,该书第16页向德国读者介绍了中国小说的分类,指出中国的小说包括历史小说、流浪汉小说、绿林小说和爱情小说等。举例说明《三国演义》是中国历史小说的典范;迎合德国读者的猎奇心理,特别提到了中国最有名的艳情小说《金瓶梅》;有趣的是,这部书将《水浒传》划到滑稽小说或者喜剧小说一类。可惜的是书中没有提到《红楼梦》。1910年卡尔·布瑟(Carl Busse,1872—1918)在其《世界文学史》②一书中,对中国小说的介绍取得了长足进步。该书第18—19页,提到了中国文学“轻视小说”的传统,指出小说和戏剧是应民众需要而产生的;介绍了常见的中国小说种类(历史小说、爱情小说、绿林小说、神话小说、风俗小说)和特点(“长”是特点之一)。提到了风俗小说《金瓶梅》,并指出外国人更喜欢《今古奇观》《聊斋志异》这样由短篇小说合成的小说集。这部《世界文学史》在介绍中国小说时,已经开始把小说放到整个中国文学史的角度来考察,指出小说在中国文学史中“被轻视”。和葛禄博的文学史相似的是,这部《世界文学史》也注意到中国小说的独特性,指出“长”是中国小说的特色,并结合实际情况,有意识地谈到了欧洲人对中国短篇小说的独特喜好。遗憾的是,虽然1902年德国已经有了关于《红楼梦》的直接文字记述,这部书却没有将这一记述发展下去,只字未提《红楼梦》这部小说。继汉堡大学之后,1912年德国柏林大学也创立了汉学学科。伴随着汉学在德国的普及,德国民众对中国的兴趣进一步增加。经过上述两部《世界文学史》对中国小说的推介,1914年《红楼梦》出现在保罗·维格勒(Paul Wiegler,1878—1949)的《世界文学史》③一书中。该书在德国具有一定的影响力,1914年初次出版,以后多次再版。作者看到的是这部书的第四版,现将该书第500页关于中国小说部分的介绍摘录如下:16世纪风俗小说开始流行,有名的是《金瓶梅》……18

① Alexander Baumgartner: *Geschichte der Weltliteratur*, S. J. Freiburg i.B.: Herder, 1901.

② Carl Busse: *Geschichte der Weltliteratur*, Verlag von Verhagen & Klarsing, Bielefeld und Leipizig 1910, S.18-19.

③ Paul Wiegler: *Geschichte der Weltliteratur*, im berlag Ullstein, Berlin, 1926.

世纪的《红楼梦》①。这段简短的文字具有重要意义:其一,将风俗小说放在中国小说的发展中个案考察;其二,纠正了葛禄博“《红楼梦》是17世纪的小说”这一错误,明确《红楼梦》是18世纪的风俗小说。

亚历山大·鲍姆噶如特纳(Alexander Baum-gartner,1841—1910)是文学工作者,卡尔·布瑟是自由作家和文学批评家,保罗·维格勒兼具记者、小说家、翻译家和出版人等多重身份。这三部《世界文学史》站在整个世界文学史的高度来看中国文学史、介绍中国小说,书的题材决定了其中关于中国小说的介绍只能是概括性的。三个作者本身都不会汉语,也不是汉学家,这也决定了他们对中国小说的评介只能是“浮光掠影”式的。

德国学者撰写中国文学史时十分注意保持学术的独立性,不是简单地沿袭前人的观点,而是坚持自己独特的思考方法。这样做的优点是,每部专著都各具特色;缺点是各自为政,没有很好地吸收和借鉴前人的观点,割裂了学术成果的延续性。这些特色在叶乃度(Eduard Erkes,1891—1958)1922年撰写的《中国文学史》②中表现尤其突出。

叶乃度是当代德国莱比锡汉学派最杰出的汉学家。作为孔好古(August Conrady,1864—1925)的得意门生,就读于莱比锡大学的叶乃度22岁以研究屈原的《招魂》获得博士学位,1917年以《论〈淮南子〉的世界观》通过教授论文。他以研究先秦汉学史著称,20世纪30年代成为莱比锡大学的教授和颇有声望的汉学家,主要汉学成就形成于二战以后。③ 莱比锡汉学派的特点是突破了传统汉学的框架,作为应用语言学的一个分支来研究汉学并赞同从多角度出发对汉学进行研究。1922年出版的《中国文学》虽然属于叶乃度的早期著述,也体现了从多角度来评论《红楼梦》的特色:

> 作为中国消遣文学最突出的成就,除了历史小说,还有人情小说。人情小说是在最近几年产生的,最主要的作品有明代的现实风情小说《金瓶梅》和清代作品《红楼梦》(《权力和富贵之梦》*Ein Traum von Macht und Reichtum*,

---

① Paul Wiegler:*Geschichte der Weltliteratur*,im berlag Ullstein,Berlin,1926, S.500.

② Eduard Erkes:*Chinesische Literatur*,Ferdinand Hirt in Breslau 1922,S.72-73.

③ 叶乃度的著作除前面提到的《招魂》和《论〈淮南子〉的世界观》以外,还有他在民族学研究方面的著作《古代中国的马》(1940)、《古代中国的狗》(1943)和《古代中国的猪》(1945)。

字译:《红塔之梦》*Der Traum vom roten Turme*)。它大概是 17 世纪的作品,是一种特殊的现实和幻想的混合体,也是社会和色情以及宗教和玄学的叙述。完全和我们现代小说一样。中国小说总的来讲与我们的现代小说有奇怪的相似。①

这段文字对《红楼梦》的书名,除了字面意思,还加上了“权力和富贵之梦”的解释,虽不完全准确,却也是较前人的一种进步;叶乃度以一种纯西方式的眼光,说《红楼梦》“是一种特殊的现实和幻想的混合体,也是社会和色情以及宗教和玄学的叙述”,这种评价虽有新意却多少有些让人费解;叶乃度高度评价了《红楼梦》的写作技巧,将曹雪芹的写作技巧和 20 世纪西方现代小说的写作技巧相比较,并给予高度评价,开创了将《红楼梦》和同时代的德国小说进行比较的先河。叶乃度在汉学方面的研究重点最初集中在先秦语言文学方面,1950 年以后开始注重研究中国历史。这部文学史是叶乃度早期的作品。由于不是研究中国文学史的专家,叶乃度对中国小说了解不够,因此误将《红楼梦》的产生时代写成了“大概是 17 世纪”,这显然是不正确的。

虽然,福兰格在 20 世纪初就确立了德国汉学“以文化入门为主”的汉学研究观点,但真正实现这一目标并非易事。以《红楼梦》在德国的流传为例,《红楼梦》一直是被作为一部小说来介绍,直到 1922 年卫礼贤(Richard Wilhelm,1873—1930)的《中国文学》②出版,《红楼梦》才第一次作为传播中国文化的载体出现在德国人面前。

卫礼贤无论是在 1899—1921 年作为传教士,还是在1921—1929 年任北京大学名誉教授,他都对中国文化孜孜以求,并通过创办礼贤书院、尊孔文社等文化组织,对中国文化进行深入研究。1925 年,卫礼贤出任德国法兰克福大学第一任汉学教授,继续致力于帮助德国人了解中国的文化内涵:翻译了《易经》等儒家文化经典,撰写了《中国心》和《人与存在》两部专著;建立了“中国学院”(China-Institut),出版了机关刊物《中国科学与艺术杂志》(*Chinesische Blätter für Wissenschaft*

① Eduard Erkes:*Chinesische Literatur*,Ferdinand Hirt in Breslau 1922,S.72-73.

② Richard Wilhelm:*Die chinesische Literatur*,Akademische Verlagsgesellschaft Athenalon M. B. H., Wildpark-Potsdam,1926,S.184.

und Kunst)，后来这份刊物改名为《汉学》(拉丁文刊名为*Sinica*)①。本书后面介绍的根据《红楼梦》改编的两幕剧、丁文渊(W. Y. Ting)和库恩关于《红楼梦》的篇章译文最初都刊登在这个杂志上。卫礼贤有丰富的汉语知识，深谙中国文化，他尝试通过自己的努力，改变德国人眼中的中国形象，使欧洲人认识到欧洲需要东方的哲学来充实自己的精神世界。在介绍《红楼梦》这部小说时，卫礼贤深谙中德文化的实力也彰显出来。1921年，胡适的《红楼梦考证》发表，上海亚东图书馆的新式标点本《红楼梦》问世，这标志着"新红学"的正式问世。1926年，卫礼贤的《中国文学》一书及时将"中国新红学"的观点介绍给了德国读者。

> 18世纪的小说中最出众的是《儒林外史》和《红楼梦》(《关于富丽和幸福的梦》*der Traum von Herrlichkeit und Glück*，字译：《红色宫殿的梦》*der Traum des roten Schlosses*)。《红楼梦》的作者是曹霑(雪芹)，他在1764年去世时，只写了80回，1792年高鹗另外写了40回，作为续写和结局。曹霑写的小说是充满激情的，因为它像《绿衣亨利》②一样，是一种自传小说。
>
> 作者的家庭非常富裕，文明水平超过了当时的正常水平，有教养，可在很短时间内变得又穷又惨。结果曹霑因酗酒，年纪轻轻就死了。在《红楼梦》中他叙述的是过去的华丽和富贵的生活，我们见到年轻的贾宝玉在一大群姑娘之中长大，与这些姑娘发生各种各样的爱情关系。最感人的是他和年轻的林黛玉的关系。林黛玉最后因为受苦而死—— 同时宝玉被父母欺骗——和冒牌新娘结婚。然后，他从家里跑掉。好长时间以后，他父亲重新见到他，当时他做了和尚，离开了尘世。
>
> 小说同时也是伟大君主时代的文化式的描写，叙述了几个漂亮女子，其中有一些无疑是整个世界文学史中最好的女人角色。所以，不奇怪，戏剧和

---

① 这份杂志由卫礼贤的"中国学院"于1924年创办，它的部分内容迎合一般读者的心意，刊登出一些介绍中国风貌的内容，深受大众欢迎。在1930年卫礼贤逝世后，该刊仍继续出版。但是第二次世界大战爆发后，《汉学》只出版到第十七卷，即1942年卷，而事实上这一卷是在1944年才出版的。

② 长篇小说《绿衣亨利》(*Der Grüne Heinrich*)是瑞士德语作家凯勒(Gottfried Keller)最重要的一部作品，带有自传性质，小说的许多重要情节取材于凯勒自己的亲身经历。《绿衣亨利》的主人公亨利·雷由于常穿一件用父亲的旧衣服改成的绿外衣，被叫作绿衣亨利。小说着眼于个人与社会的关系，描写亨利在怎样的社会环境中成长，利用各种各样的条件发展、教育自己，具有教育小说特点。

绘画经常把小说的情节作为内容。这样一来,小说就有了特殊的意义,成为中国人宝贵的文化遗产。小说叙述了一个大家族的衰落历史,由文雅和高尚走向堕落,最后“树倒猢狲散”。①

这段文字简要介绍了《红楼梦》的内容,简洁地评价了小说。在第一段文字中“新红学”的主要观点得到体现:《红楼梦》是曹雪芹的自传,后40回为高鹗所续写。在1926年,《红楼梦》还没有出版德译本,英译本虽然在1892年到1893年已经出版②,可是没有涉及后40回,也就是没有宝玉和宝钗结婚,以及黛玉焚稿和死亡的情节。可见卫礼贤写作时参考的是《红楼梦》的中文原著,向德国读者介绍了《红楼梦》120回的情节,指出《红楼梦》是一部爱情小说、家族小说,并肯定了小说对人物的塑造以及其高超的文学艺术水平。从这些评价可以看出卫礼贤比葛禄博和叶乃度的进步,他纠正了两人关于“《红楼梦》是17世纪的小说”这一错误,同时指出小说的作者除了曹雪芹(同时介绍了曹雪芹的名:霑),还有续作者高鹗。卫礼贤有意识地将《红楼梦》和德国读者熟悉的小说《绿衣亨利》相比较,更有利于促进德国读者对《红楼梦》的认识和接受。卫礼贤在第三段文字中将《红楼梦》提升到“中国人宝贵的文化遗产”的高度,称赞小说中的女主人公是整个世界文学史中最好的女人角色,不再将《红楼梦》简单地当作一部小说,而是将其作为中国文化的一部分来介绍,使德国读者对《红楼梦》的认识有了质的飞跃。卫礼贤的这部文学史在今天看来存在局限性,对长篇小说只是在内容方面进行了简要介绍,没有突破“重史轻小说”的观念。可是在90多年前,德国人从卫礼贤的这部文学史中获得了大量关于中国古代的知识,特别加深了对中国古代儒学和道学思想的了解。

1900—1926年间,从葛禄博到卫礼贤,在德国人撰写的关于中国的文学史中,所说的文学是包括经、史、子、集及诗歌等一切文字著作,并且主要是这些著作,而对戏剧、小说这类纯文学著作却不够重视,明显受到中国文化传统的影响。

---

① Richard Wilhelm: *Die chinesische Literatur*, Akademische Verlagsgesellschaft Athenalon M. B. H., Wildpark-Potsdam, 1926, S.184.

② 一粟:《红楼梦书录》,上海:上海古籍出版社,1981年,第83页。引文如下:“中国小说红楼梦(*Hung lou mêng*; *or The Dream of the Red Chamber*, A Chinese Novel)英文。裘里(H.Bencraft Joly)译。第一册,1892年香港‘中国邮报’版,三七八页;第二册,1893年澳门商务印刷厂版,五三八页。首有1891年9月1日译者序。裘里为英国驻澳门副领事。仅译五十六回。”

中国"诸子十家"中,排在最末的是小说家。鲁迅曾撰文评述小说在中国文学中的地位。① 从德文中国文学史的结构可以明显看出"中国轻视小说的传统"。硕特提到"因为中国学者认为在下等文学领域做研究有损尊严②。所以最有名的第三类小说,连产生的时代也没有搞清楚"③; 葛禄博将《红楼梦》归于最后一章,标题是"戏剧与散文";卡尔 · 布瑟在《世界文学史》中专门提到了中国文学"轻视小说"的传统④;当时以先秦汉学史为研究重点的叶乃度,在谈到《红楼梦》时,用的是"大概""某个"这样含糊的词句;卫礼贤的《中国文学史》重点介绍了中国古代的儒学和道学思想家,对长篇小说只是在内容方面进行了简要介绍。《红楼梦》在早期的几部德文史书中经历了不断完善的发展历程。在介绍《红楼梦》过程中出现的错误得到纠正,对小说本身的认识也越来越全面。难能可贵的是,每个德国学者都有自己对小说独特的看法,不是简单地承袭上一代学者的观点。这些学者对《红楼梦》的评价是粗线条的,更注重小说在整个小说史和世界文学史中的地位。

这些早期的译介还有一个共同特点,就是对《红楼梦》的评价都很"简洁"或者说"简单"。德国汉学研究者司马涛(Thomas Zimmer)的一番谈话间接地回答了这一问题:"我发现一些问题,特别是在德文的一些材料里面,与长篇小说有关的东西并不多,而且研究的范围很有限,西方的汉学家历来对中国古代长篇小说不那么感兴趣,除了几个爱好者以外,大部分看不懂,也看不起这些小说,结果就不看了,也不研究。原因是他们看不懂或者不会欣赏这些长篇小说,反正不适合西方人的胃口。"⑤

2.二战后史书中的《红楼梦》(1945—1980)

第二次世界大战给德国汉学带来重创,许多德国汉学家流亡国外,大量汉学

---

① 鲁迅:《中国小说史略(插图本)》,上海:上海古籍出版社,2006 年,第 1—2 页。

② 指中国学者不愿意写小说史,译者注。

③ Wilhelm Schott: *Entwurf einer beschreibung der chinesischen literatur*, Eine in der königlish preußischen akademie der wissenschaften am 7. Februar 1850 gelesene abhandlung. Berlin: Ferd Dümmler's Verlagsbuchhandlung 1854, S.118.

④ Carl Busse: *Geschichte der Weltliteratur*, Verlag von Verhagen & Klarsing, Bielefeld und Leipizig, 1910, S.18-19.

⑤ 古今:《"汉学与国学之互动——以顾彬〈中国文学史〉为中心"学术研讨会发言摘要》,张西平:《国际汉学》第十八辑, 郑州:大象出版社,2009 年,第 298 页。

图书资料毁于战火或流失;二战后,德国汉学人才奇缺,德国汉学在极其艰难的状态中沉寂了四五个年头,1950 年起渐渐复苏,经历了几十年的持续发展,到 20 世纪 80 年代形成了一定规模的"中国热"。[①]在 1945—1980 年这段德国汉学的沉寂期,德国学者注意吸收日本、法国等国家对《红楼梦》的研究成果,并继续致力于通过撰写世界文学史和中国历史著作对《红楼梦》做普及性介绍。这一时期的《红楼梦》译介特色明显,却无重大突破。

二战后,德国汉学资料奇缺,1945 年传教士汉学家菲佛尔(或译作:范佛、法菲尔、丰浮露,Eugen Feifel,1902—1999)由日文翻译成德文的《中国学术文艺史》[②]在北平出版。这部文学史代表了当时日本汉学的研究水平,为正处在低谷的德国汉学带来了活力。这部文学史篇幅不大,用汉字标注了中国作家和作品并附有简短的介绍,可以当作文学史词典来使用。图书一出版即成为对中国感兴趣的德国学者的"宠儿",在许多图书馆借不到这本书,因为这本藏书经常"丢失"。因为大受欢迎,这本书在德国再版过两次。作者在这里看到的是 1982 年版本。该书在第 511 页和第 512 页对《红楼梦》做了以下介绍:

> 这个时期最好的小说是曹霑写的《红楼梦》。这部小说也有《石头记》这个名字。这部小说的主角贾宝玉是一个大官的儿子,多愁善感,再加上住在贾府大观园里的林黛玉和薛宝钗等 12 个来自金陵的姑娘。每个姑娘都任性而多愁善感。小说描述了贾家的繁荣和衰落。作者以丰富的幻想赋予书中 400 多个男女不同的个性和性格特点。他描绘了一个富贵家庭生活的所有细节。宝玉过着一种奢华而娇生惯养的生活。他认识很多女孩子,可最终与比他更忧愁和多愁善感的林黛玉结盟。可王熙凤和祖母是另外一种意志。按照她们的意志,他应该和宝钗结合。这个姑娘性格安静,身体健康。黛玉听到以后,大咳血而死。受蒙骗的宝玉也得了病,后来他的病被佛教治好了。他振作起来,学习并通过了乡试。他感到人生的空虚和痛苦,失踪得无影无踪。胡适的最新研究成果是,前 80 回是曹雪芹自己写的,叙述了贾家自己的

---

① 何寅、许光华:《国外汉学史》,上海:上海外语教育出版社, 2002 年,第 514 页。

② Eugen Feifel: *Geschichte der chinesischen Literatur*. Mit Berücksichtigung ihres geistesgeschichtlichen Hintergrundes, dargestellt nach Nagasawa Kikuya: Shina gakujutsu bungeishi. Hildesheim. Zürich. New York: George Olms Verlag 1982, S.511-512.

许多家庭情况,直到衰落开始的时候;其余的40回,描述了贾家的衰落以及黛玉令人忧虑的健康状况,是由一名叫高鹗(兰墅)的人写的。另外一种看法说,作品是曹雪芹的自传,语言是纯粹的北京方言。描写很丰富,爱情关系没有任何不恰当的语言。不奇怪,这部作品很受文人和学生的欢迎,后来还出现了各种"续书"。毫不过分地说,这是一部清朝下半叶男女青年的读物。有一段时间,学术界对小说的历史背景很感兴趣,创造了"红学"这门学科,使小说进一步流行起来。①

上面这段关于《红楼梦》的文字介绍,首次提到了《红楼梦》的另一个名字《石头记》;首次谈到了小说的两个主题——爱情和家族,首次谈到了小说中的人物数量,首次提及了小说的语言是纯粹的北京方言;首次提及"红学",首次将后40回作者高鹗的信息完善到字——兰墅,这里的评介明确谈到"新红学"。实际上,这部文学史本身的学术水平不高,这本文学史的日本作者长泽规矩也虽然是日本中国学家和目录学家,研究重点是中国文学史、中国文化史和中国目录学,但这部书的重点是人文史和思想史,并不在文学史,对西方学者来说,书中的很多内容属于哲学史方面。②再就是在从日文翻译到德文时,德文的语法不完美。翻译家史华慈这样评价菲佛尔的翻译水平:"语言水平不太高,语法和修辞像日本人,不符合德语习惯。"汉学家顾彬也以"太可怕了"来形容译者的德文水平。用"时势造英雄"来解释这部文学史受欢迎的原因,或许再恰当不过了。

1932年库恩的《红楼梦》德文节译本正式出版,为不懂中文的德国人了解《红楼梦》打开了一个窗口,推动了《红楼梦》在德国的评介。这一点在埃尔文·拉斯(Erwin Laaths)的《世界文学史》③中得到了体现。1953年,埃尔文·拉斯在《世界文学史》中对《红楼梦》进行了介绍,这是二战后德国学者为数不多的关于《红楼梦》的介绍之一。相对于前面提到的各位德国学者,埃尔文·拉斯显得默默无闻。他1903年出生在德国波恩,后在科隆大学学习历史、德语、哲学和地理,1933年开

---

① Eugen Feifel: *Geschichte der chinesischen Literatur*. Mit Berücksichtigung ihres geistesgeschichtlichen Hintergrundes, dargestellt nach Nagasawa Kikuya: Shina gakujutsu bungeishi. Hildesheim. Zürich. New York: George Olms Verlag 1982, S.511-512.

② 李雪涛:《日耳曼学术谱系中的汉学——德国汉学之研究》,北京:外语教学与研究出版社,2008年,第193页。

③ Erwin Laaths: *Geschichte der Weltliteratur*, München, Zürich: Droemersche Verl.Anst.Knaur, 1953, S.199.

始在科隆大学写博士论文。毕业以后的主要职业是作家。埃尔文·拉斯没有学过汉语,所以他所了解的关于《红楼梦》的信息应该主要是通过别人的译作获得的。这本书的第186页到200页涉及了中国文学,因为作者是作家,在介绍《红楼梦》时,既有内容介绍,又有评介,是相对较“长”的介绍。该书第197页到200页谈到了和中国小说有关的内容。第199页专门谈到了《红楼梦》,大概意思是说:相对于同样被看作古老文学的《水浒传》和《金瓶梅》而言,《红楼梦》被当作第三大巨著而被提及。这部小说的书名有双重的含义,可以同时被理解为“美好的梦”和“幸运的梦”,曹雪芹写了前80回,剩下的后40回,原本是同一作者,出版人高鹗对此做了修订。小说出版于1791年,被看作是清朝最著名的小说。小说的情节是围绕一个主角发展的,可主线涉及整个家族。这部著作关于道家的观念的象征,欧洲读者只能慢慢理解体会。在这段文字介绍之后,作者引用了库恩《红楼梦》德文译本第792页的译文,介绍提及曹雪芹的生卒年代、小说的具体出版年代。关于《红楼梦》的作者,认为120回都是曹雪芹所写,高鹗只是出版人。这部分译介可以看作是集德国学者研究成果的一个大成。书中用了和葛禄博文学史一样的《红楼梦》插图,书中文字深受库恩译本的影响,书中的描写用了库恩的德文书名 *Der Traum der roten Kammer*,书中引用的诗句是库恩的德文翻译。*Hung Loh Mong* 是库恩的拼音写法,其对主人公贾宝玉最后结局的理解,显然也是完全接受了库恩在其《译后记》中的说法,强调了小说的道家的观念(故事以“太虚幻境”中的序幕开始,以“真如福地”中的最后一幕结束。小说中的一些人物跨进了“太虚幻境”的门槛,从道教意义上说,就是放弃世界)。

埃尔文·拉斯对《红楼梦》的评价,显然受到了前人的影响,没有什么新意,但将《红楼梦》的道家观念与17世纪法国的寂静主义进行比较,值得思考。文章对《红楼梦》在世界文学史中的地位的评价值得关注,如肯定了《红楼梦》具有开创性的、略带矜持的现实主义描写方式,这奠定了《红楼梦》在世界文学中的地位。

1960年,一部从法文翻译成德文的《中国文学史》①在德国汉堡出版了。这

---

① Odile Kaltenmark-Ghéquier: *Die chinesische Literatur* (*La Litterature chinoise*, *deutsch*), übersetzt von Hans Penth. (Was weiß ich? Nr.19). Hamburg 1960, S.112-113.

部文学史从《诗经》《楚辞》开始谈论中国文学，讨论中国长篇小说的篇幅并不多，法文作者是奥迪勒·卡登马克-切奎尔(Odile Kaltenmark-Ghéquier)。这部文学史对《红楼梦》作了如下介绍：从清朝开始，学者们开始对这种文体产生兴趣，长篇小说逐渐得到社会各界的喜爱。一些评论家还说，《水浒传》这样的小说比所有早期的"散文"价值都高。18 世纪下半叶时，出版了一部非常成功的杰作《红楼梦》即《在红色亭子里做的梦》。这部多愁善感的小说的作者是曹霑(雪芹)(1719—1764)，他好像只写了头 80 回，后 40 回可能是一个名叫高鹗的人写的。他应该是在 1791—1792 年间写的，像大多数中国长篇小说一样，小说篇幅巨大，晦涩难懂，有许多无法理解的暗示，修辞手法很纯粹，有许多细致入微的心理刻画，故事发生在一个市民家庭中，几位有浪漫秉性的姑娘和这一家的儿子一起生活，这个儿子的浪漫性也不少于她们。有人提出这样的理论：认为作者是在讲自己的生活经历。无论如何，这本书从第一次出版到现在，都是男女青年最喜欢的一本书。① 作者认为《红楼梦》带动了其后伤感小说的发展。评介明显是"新红学"的观点，从作者对小说的评语"小说篇幅巨大，晦涩难懂，有许多无法理解的暗示"，可以看出作者并没有读懂小说。在这些评介里，以下几种说法不太准确或者是错误的：曹雪芹生于 1719 年死于 1764 年、写小说的时间为 1791—1792 年以及说故事发生在一个市民家庭。作者将《红楼梦》定位为伤感爱情小说，并说其带动了其后伤感小说的发展，这一说法有待商榷。

在二战后期到"汉学热"到来期间，艾伯哈德(Wolfram Eberhard，1909—1989)是一位值得一提的德国汉学家。艾伯哈德深受卫礼贤影响，是汉学家和民俗学家，二战期间被迫离开德国，曾在土耳其安卡拉大学任教 11 年，1948 年起到美国加州伯克利大学担任教授，深受多元文化的影响。1934 年到 1936 年艾伯哈德到中国各地游学，写过许多关于中国的书。他的文集在美国、德国和中国等国家出版，在世界汉学界有一定影响。在 1948 年出版的《17 世纪到 19 世纪的中国短篇小说》②一书中，他将中国长篇小说分为历史小说、侠盗小说、艳情小说、社会小说

① Odile Kaltenmark-Ghéquier: *Die chinesische Literatur* (*La Litterature chinoise*, *deutsch*), übersetzt von Hans Penth.(Was weiß ich? Nr.19).Hamburg 1960, S.112-113.

② Wolfram Eberhard: *Die Chinesische Novelle des 17-19 Jahrhunderts*, Eine soziolog.Untersuchung.Hrsg. mit Unterst.d. China-Inst., Bern, Ascona 〈Schweiz〉: Artibus Asiae, 1948.

和神话讽刺小说五类,明确说“社会小说的代表作是《红楼梦》,这也是一部心理小说”①。艾伯哈德于1971年出版了《中国历史从开始到现在》②一书,这部书出版以后一直再版,1980年在斯图加特出版了第三版,以下引文出自1971年版。该版本从上古时期一直写到“文化大革命”时期,涉及中国的政治、经济、历史和文化各个方面。因为不是专门的文学史,这部书对《红楼梦》的评价极其简短。该书第345页对《红楼梦》作了如下介绍:“中国文学公认的清朝时期的最好的小说是曹雪芹(死于1763年)的《红楼梦》。小说描述了一个上流社会富有的、有权势的绅士家庭的衰落,那个颓废的儿子对一个上流圈子伤感少女的爱情的悲剧结局,在神秘气氛的渲染中被淡化了。”③我们从中可以获得三方面的信息:(1)对小说的评价——中国文学公认的清朝时期的最好的小说;(2)《红楼梦》是家族小说;(3)小说以爱情为主线。

菲佛尔由日文翻译成德文的《中国学术文艺史》、埃尔文·拉斯的《世界文学史》、奥迪勒·卡登马克-切奎尔被翻译成德文的《中国文学史》及艾伯哈德《17世纪到19世纪的中国短篇小说》和《中国历史从开始到现在》两部著作,是中国学者在研究中较少涉及的。埃尔文·拉斯和艾伯哈德的著作因为不是专门的文学史,好像还没有被中国学者提及过。作者在这里对这五部著作进行介绍的一个目的是,告诉读者《红楼梦》在德国的传播一直是以专业和非专业两条线并行发展的,在德国关心中国的德国人不仅有汉学家、语言学家、作家、翻译家、社会工作者,还有很多的普通老百姓。在这一阶段,德国学术界引进借鉴日本、法国等国家的《红楼梦》研究成果,在丰富《红楼梦》研究资料的同时,也提供了新的思维方式,起到了为新一轮的学术发展积聚力量的作用。同时,也要看到这一时期关于《红楼梦》的记载多限于介绍性文字,学术水平不高。造成这种状况的原因除翻译水平不高以外,缺少像卫礼贤这样高水平的汉学大家也是一个重要原因。

---

① Wolfram Eberhard: *Die Chinesische Novelle des 17-19 Jahrhunderts*, Eine soziolog. Untersuchung. Hrsg. mit Unterst. d. China-Inst., Bern, Ascona 〈Schweiz〉: Artibus Asiae, 1948, S.120.

② Wolfram Eberhard: *Geschichte Chinas von den Anfängen bis zur Gegenwart*, Stuttgart: Alferd Kröner Verlag 1971.

③ Wolfram Eberhard: *Geschichte Chinas von den Anfängen bis zur Gegenwart*, Stuttgart: Alferd Kröner Verlag 1971.

3. 20 世纪晚期史书中的《红楼梦》(1980—2000)

20 世纪 80 年代,伴随着中国的改革开放,中国经济发展速度加快,中德两国差距日益缩小;大众通信媒体的现代化为学术的国际化提供了条件。德国学术界借此良机,迅速完成了和中国的学术接轨。1984 年,贾柏莲的《东亚文学》展示了德国《红楼梦》和中国"红学"的接轨成果。

1984 年,德国汉学家、翻译家贾柏莲写了《东亚文学》一书。该书第 134—136 页提到了《红楼梦》,大致意思如下:《红楼梦》是最有名的中国古典小说,许多中国知识分子都读很多遍,它的影响延续到今天。小说讲述了懒散的贾宝玉从和表姐妹的嬉戏到成为科举考试参加者的历程。《红楼梦》被中国人称为"中国的《布登勃洛克一家》",由于描述了贾家的兴亡史,也被看作是教育小说。在中国,《红楼梦》还经常被改编成流行剧种。人们还将《红楼梦》改编成电影剧本,1983 年完成拍摄,1984 年在曹雪芹逝世 220 周年时放映。① "红学"在沉寂多年后,最近再次兴起,为了迎合这种需要,1979 年学术性杂志《红楼梦学刊》创刊。②贾柏莲的书是 1984 年出版的,书中关于《红楼梦》的信息已经延续到 1984 年,可以说是"与时俱进"的最新信息。在这里,贾柏莲指出《红楼梦》被中国人称为"中国的《布登勃洛克一家》",提高了《红楼梦》在德国人眼中的地位。1929 年托马斯·曼(Thomas Mann,1875—1955)以小说《布登勃洛克一家》获得诺贝尔文学奖。贾柏莲的说法使德国人认识到《红楼梦》是一部伟大的作品。《布登勃洛克一家》描写的是吕贝克望族布登勃洛克家族四代人从 1835 年到 1877 年间的兴衰史,反映了德国社会的变迁。这部长篇小说通过一个资产阶级家庭在经济、社会地位和道德等方面的衰落和瓦解,深刻地揭示了德国市民社会灭亡的必然趋势。作品本身具有较高的艺术性,描写手法深微细致、丰富多姿,好像现实生活浮现在我们眼前,却又比现实生活来得集中,来得完美。诺贝尔奖评委会曾赞誉此书为"德国首部格调高雅的现实主义长篇小说"。《布登勃洛克一家》这部长篇小说在题材、内容、描写手法及艺术性上都可以和《红楼梦》相媲美,因为这部小说在德国知名度很高,这种"门当户对"的介绍更便于德国读者接受《红楼梦》。

---

① 书中原文如此,曹雪芹逝世 220 周年实为 1983 年。

② Günther Debon: *Ostasiatische Literaturen*. Bd. 23, zusammen mit Klaus von See und Ernst Fabian, Wiesbaden: Aula 1984, S.134-136.

20世纪80年代,伴随着“汉学热”,《红楼梦》迎来了评介的高潮。这个高潮的标志之一是出现了高水平的文学史巨著。这些文学史扩大了在中国文学研究的时间跨度,专题涉及《红楼梦》,多角度、全方位评介《红楼梦》,不仅从中国古典文学的角度介绍《红楼梦》,还研究《红楼梦》对近代中国文学、现代中国文学的影响。施寒微(Helwig Schmidt-Glintzer)1990年出版的《中国文学史》[①]就是这样的一个代表作。这部文学史在德国汉学界享有很高的评价,中国学界评价这部文学史资料丰富、语言优美,“从《诗经》《楚辞》一直讲到80年代的朦胧诗,吸收了中外学者的许多研究成果,可以说是德语中迄今最详尽的一部介绍中国文学史的综合性著作”[②]。但这部文学史也有明显的缺点,“很少引用一手的中文文献,很多都是二手的,特别多的是从英文转译过来的”[③]。这部文学史题为“中国文学的本质、范围和阶层”的序言介绍了中国文学历史悠久、种类繁多的特点,肯定了中国文学对世界文学的贡献。该书按照历史纪年的顺序,介绍了中国文学的发展历史,但并不只是严格按照纪年来逐一介绍,而是关注于某一时期最具特色的文体,如在汉朝重点介绍了“赋”这种文体,“小说”显而易见是清朝重点介绍的文体,关于《红楼梦》的介绍也重点集中在这一部分。[④]这部文学史认可了《红楼梦》的120回版本,认为小说是曹雪芹的自传体小说,直接将小说中的贾家和曹雪芹家族原型对号入座;认为《红楼梦》是清朝第一长篇小说,具有划时代的意义,是世界文学的一部分;特别介绍了德文节译本翻译家库恩的翻译特点及其对整个欧洲的影响;将《红楼梦》和其他中国古典小说进行了比较后,指出虽然同样是描写一个家族的历史,但《红楼梦》和《金瓶梅》用了完全不同的描写手法;相对于《金瓶梅》和《肉蒲团》来讲,《红楼梦》和后来的才子佳人小说表达了一种“隐藏的色情”;《红楼梦》和《儒林外史》的共同点是都表现了中国文人阶层的想法和思想。这部文学史肯定了《红楼梦》在语言、结构、写作技巧等方面对后世作家的创作从思想上到艺术上所起的潜移默化的作用,指出从巴金《家》中主人公命运结局场

---

① *Geschichte der chinesischen Literatur. Von den Anfängen bis zur Gegenwart.* München: Beck 1999.该书1990年出了第一版,笔者看到的是第二版。

② 何寅、许光华:《国外汉学史》,上海:上海外语教育出版社,2002年,第539页。

③ 李雪涛:《日耳曼学术谱系中的汉学——德国汉学之研究》,北京:外语教学与研究出版社,2008年,第193页。

④ 引自该书的第二版,即1999年版。

景的描写可以看到《红楼梦》中人物的影子。

施寒微的《中国文学史》关注《红楼梦》作为小说这种文学形式对近、现代中国文学的影响,更加注重文本分析,为以后的中国文学史写作提供了有益的借鉴,由此揭开了德国文学史对《红楼梦》大跨度、全方位、专题评价的序幕。2002年,德国出版了顾彬联合德国汉学家卜松山(Karl-Heinz Pohl)、莫妮卡·默奇(Monika Motsch)、司马涛、陶德文(Rolf Trauzettel)、毕鲁直(Lutz Bieg)等写作的《中国文学史》①。这部由来自德语语境的德国汉学家们尝试从异域的视野写作的新《中国文学史》共10卷,是西文中迄今为止最为卷帙浩繁的一部中国文学史。该书的亮点之一是它独特的研究脉络——不是简单地将三千余年的中国文学史按朝代顺序来梳理,而是依不同文体,对诗歌、章回体小说、话本、散文、戏曲等中国文学的重要题材以史为线,细论详析。在这部文学史中,司马涛以"多种性格——《红楼梦》以及其续作"为题,用长达44页的篇幅介绍了《红楼梦》这部小说,将施寒微的文本分析法进一步发扬光大了。②

进入20世纪80年代,中德联系日益密切,两国学术互动增加,德国关于《红楼梦》的介绍与中国"红学"研究成果迅速接轨,德国人可以很快接触到中国最前沿的《红楼梦》研究成果,有利于他们对《红楼梦》的正确了解和接受。但这也存在一个很大的隐患,那就是,德国的《红楼梦》介绍越来越中国化,越来越依赖中国的研究成果,最终有可能失去德国学术原有的独立性,因此其研究成果对中国学者的借鉴意义也会相对减弱。

二、"译"中"红楼"

20世纪德国的《红楼梦》翻译特征明显,概括起来就是:三种形式、一本书、两个后记。"三种形式"是指编译、篇章翻译和节译,"一本书"是指库恩的《红楼梦》德文节译本,"两个后记"是指1932年库恩自己为节译本写的《译后记》及1971年梅薏华(Eva Müller)为再版的库恩德文节译本写的后记。因为本书设有专章讨

---

① Wolfgang Kubin:*Geschichte der chinesischen literatur*,München:KG Saur Verlag 2002.

② 这部文学史2002年出版,属于21世纪,因此笔者在此仅作简要介绍。

论《红楼梦》的德文译本,这里只进行简单的线性梳理。

《红楼梦》在20世纪德国的翻译历史是从一部编译文章开始的。布尔可·瑞(C. H. Burke Yui)①1928年在《汉学》上发表了一篇名为《凋谢的花瓣》②的两幕剧,这一文章特别注明由《红楼梦》改编而来。作者按照德国式的思维将《红楼梦》中贾宝玉和林黛玉的爱情故事压缩在一个两幕的场景中,演绎了一出德国式的爱情故事。由于对《红楼梦》压缩、改变太大,导致《红楼梦》失去了中国特色和民族性;再加上一个两幕的话剧排演的可能性不大,未能在德国上演。这个两幕剧在德国也就犹如昙花一现,影响不大。关于这一编译,本书将在第二章专题探讨,这里不再多说。

1929年留学德国的中国人丁文渊加入了德文《红楼梦》译介的行列。由于受过良好中文教育且精通德文,丁文渊的译介较前人准确、详细,推动了《红楼梦》在德国的译介。1929年丁文渊翻译了《红楼梦》第20回和第21回的部分片段,译作发表在《汉学》③。丁文渊的翻译包括以下几部分:序言、第一部分"争吵与和解"、第二部分"敌手的生日"和第三部分"悲世悯己"。丁文渊在序言中介绍了《红楼梦》的作者曹雪芹、主人公贾宝玉及小说的主要内容等,并解释了自己选择翻译这两回的原因:"要把这部小说完全翻译过来,不仅由于篇幅巨大而会遇到很大困难,而且还要详细解释那些不符合欧洲风俗的中国生活习惯,因为了解这些生活习惯是非常必要的。因此,我们就选译了宝玉和他表妹林黛玉悲剧性恋爱中的几段故事。他们两人之间的恋爱及其精彩的心理描写,是这部小说在中国受到如此欢迎的主要原因。"④接下来,为了便于读者理解小说情节,丁文渊按照辈分介绍了贾母、贾赦、邢夫人等17个小说人物和他们之间的关系。丁文渊的德文翻译可称得上是真正意义上的翻译,虽不是百分之百地保留了原文的意思,但将小说的篇章全文翻译了,没有节译。这个翻译是一种介于字译和意译之

---

① 据名字分析,作者估计是一个混血儿,父母的一方是中国人。关于作者的具体情况不得而知,在德文资料中也没有查到任何关于这个人的信息。

② *Welkende Blätter - Nach dem berühmten chinesischen Roman Traum im roten Zimmer*, *Sinica*, Juli/September 1928, 3. Jahrgang, Heft 3/4, S.141-148.这里的"花"指的是代表爱情的玫瑰花,在剧中男女主人公曾多次借玫瑰花表达爱情。本文中涉及两幕剧的中文皆由笔者译自德文。

③ *Sinica* Mai 1929, 4. Jahrgang, Heft 2, S.82-89. *Sinica* Juni 1929, 4. Jahrgang, Heft 3, S.129-135.

④ 姜其煌:《欧美红学》,郑州:大象出版社, 2006年,第112页。

间的翻译。

库恩在1932年《汉学》第VII期的第178—186页发表了《红楼梦》第十五回的译文"Aus der chinesischen Literatur in Kapitel aus dem Roman Hung Lou Meng übersetzt von Franz Kuhn fünfzehntes Kapitel - Am Tag des Laternfestes stattet die kaiserliche Gemahlin einen Familiebesuch ab",作为《红楼梦》节译本出版前的宣传。之后不久,《红楼梦》节译本 *der Traum der roten Kammer* 就正式出版了。关于库恩的节译本,在本书中有多次论述,这里就不再详谈。

作者在这里特别强调库恩为节译本写的《译后记》①以及1971年梅薏华为再版的《红楼梦》德文节译本写的长达一万字的后记②。这两篇后记的译文可以参看姜其煌的《欧美红学》一书。作者认为库恩的《译后记》学术水平极高,是一篇不可多得的德国《红楼梦》研究学术文章。中国有许多学者以这一后记为基础撰写关于德国《红楼梦》研究的文章,如王薇在2006年发表的《〈红楼梦〉德文译本研究兼及德国的〈红楼梦〉研究现状》③的博士论文,第三章"他者眼中的《红楼梦》"以这个《译后记》为基础用26页的文字详细分析了库恩在《译后记》中的观点④。中外学者对梅薏华撰写的后记评价不一。中国学者姜其煌称"这是一篇学术水平较高的后记。"⑤并在《欧美红学》一书中对这个后记进行了详细的分析。一些德国学者则认为,梅薏华只是将中国的"红学"成果翻译成德文而已。作者认为这篇后记从篇幅和内容来看,都算得上是20世纪70年代德国介绍《红楼梦》的一部代表作。

20世纪初,经过卫礼贤这样的汉学大家对中国文化的不懈传播,欧洲人越来越感到可以用东方文明来充实自己的精神世界。第一次世界大战结束后,德国人的精神世界受到创伤。他们更加向往东方文明古国及其文化,期望在中国文化中寻找自己理想的精神家园,并期望借助中国智慧恢复、振兴本国文化。在这种背

---

① 姜其煌:《欧美红学》,郑州:大象出版社,2006年,第114—115页。

② 关于后记的介绍和评价参见姜其煌:《欧美红学》,郑州:大象出版社,2006年,第127—130页。关于梅薏华写后记的背景材料参见本书附录中关于梅薏华的采访录。

③ 王薇:《〈红楼梦〉德文译本研究兼及德国的〈红楼梦〉研究现状》,山东大学博士学位论文,2006年5月7日。

④ 王薇:《〈红楼梦〉德文译本研究兼及德国的〈红楼梦〉研究现状》,山东大学博士学位论文,2006年5月7日,第37—62页。

⑤ 姜其煌:《欧美红学》,郑州:大象出版社,2006年,第124页。

景下,中国的哲学翻译及文学翻译在德国备受欢迎。在这一阶段出现了卫礼贤和库恩这样的翻译大家。库恩在19世纪初翻译了大量中国文学作品,如1926年的《好逑传》、1927年的《二度梅》、1928年的《珍珠衫》、1930年的《金瓶梅》。经过这些翻译,库恩积累了大量的中国文学作品的翻译经验。为迎合时代需求,1932年库恩翻译了《红楼梦》的德文节译本,开创了《红楼梦》在德国翻译和传播的新时代,也为20世纪德国的《红楼梦》翻译交上了一份合格答卷。

第三节 《红楼梦》在21世纪德国的译介

随着21世纪的到来,人类进入信息化社会,国际友人了解中国文化的渠道日益增多。2010年,上海世博会借“城市,让生活更美好”的主题,推广“和谐城市”的理念。“和谐”蕴藏在中国古老文化之中,中华文化推崇天人之和、人际之和、身心之和。德国人将自己的展馆起名“和谐城市”,利用展馆诠释了富有东方哲学意味的“和谐”一词。

在这样的文化背景下,21世纪德国人和全世界人民一样可以通过多种渠道了解中国,不必再依赖阅读文学作品这种单一途径了解中国文化,进而了解中国。德国汉学家顾彬因为一首李白的《黄鹤楼送孟浩然之广陵》而转向汉学研究;《红楼梦》翻译家史华慈因为听到母亲讲述有关“中国夜莺”的故事而矢志不渝地走上汉学之路。这样的故事,对现代的德国人来讲更像是天方夜谭。21世纪,德国人已经不再延续早期通过文学作品了解中国文化,进而了解中国的老路,而是先通过多种渠道了解中国,并随着对中国了解的加深进而对中国文化产生兴趣,再转向阅读中国文学作品。另外,随着经济的发展,德国学者对中国的兴趣点发生了变化。二战前德国汉学家的研究重点是中国的历史和文化史,二战后研究重点转向了中国社会史和经济史。这些都成就了21世纪前10年《红楼梦》在德国的新特点,那就是更专业、更集中。大浪淘沙,当德国老百姓可以通过各种他们感兴趣的渠道了解中国时,剩下的对《红楼梦》感兴趣的则是真正的专业人士和《红楼梦》的“痴情人”。伴随着《红楼梦》德文120回全译本的出版,德国出现了评论《红楼梦》的文章和专门讨论《红楼梦》德文全译本的学术文章。

《红楼梦》德文全译本①的出版并非一帆风顺,而是一波三折。翻译家史华慈早在1990年就完成了翻译工作,译作却直到2007年才得以正式出版,出版信息翻译成中文如下。曹雪芹:《红楼梦》或《石头记》。史华慈和吴漠汀译自中文,魏汉茂作后序,吴漠汀作序并兼出版人。波鸿:欧洲大学出版社,2006年②。德文全译本包括三卷,2007年出版的是由史华慈翻译的前两卷:第一卷包括1—40回,第二卷包括41—80回。《红楼梦》前80回的作者是曹雪芹,后40回一般认为是高鹗续写的,尽管关于这个问题在红学界还有争论,可小说应该包括120回已经是个不争的事实。出版人吴漠汀认为德文全译本也应该包括后40回,并在出版序言中宣布他自己会翻译后40回。吴漠汀在全译本第一版出版后,坚持翻译后40回,2010年《红楼梦》德文全译本120回译本第二版出版③。第二版的德语《红楼梦》是一部包括史华慈翻译的前80回和吴漠汀翻译的后40回的平装合订本。从外观上看,第二版与第一版的最大区别是取消了魏汉茂的后序。此外, 作者发现第二版插图有不少错误, 有些插图没有说明,有些插图的说明不对, 如第211页插图只注明地方,而不注明人;第192页称图中人物为“贾敬”是一个明显的错误;第157页和第173页插图完全一样,而说明不一样;第81回回目标题和页眉上的回目标题不一致。再就是书中有一些只懂德文不懂中文的人无法发现的错误,如第1501页正数第17行,在翻译姜太公钓鱼的典故时:将“姜太公”译为“Großvater Djang(姜祖父)”,显然没有体现出中文典故的原意,“太公”有“祖父”之意,但这里指的是具体的人。第1504页正数第9行,中文原文“王夫人”在谈到“贾政”时,用了“老爷”一词,被译为“dein ehrwürdiger Großvater(你尊敬的祖父)”,这样的翻译让人理解为“王熙凤的祖父”,明显不是原文所指的“贾政”。第1705页正数第9—10行在翻译“卖油郎独占花魁”的典故时,显然不知道这里讲述的是“卖油郎和一个青楼女子的爱情故事”。“花魁”本来指的是“一名青楼女子”,吴漠汀则将“青楼女子”翻译成了“公主” ,认为“花魁”是一个人的名字。第1705页“蒋玉菡”的拼音,在同一页出现了两种拼写“Djiang Yü-han”和“Jiang Yu-han”。

---

① Tsau Hsüä-tjin: *Der Traum der Roten Kammer oder Die Geschichte vom Stein*, Bochum: Europäischer Universitätsverlag, Bd.1 und 2, 2006 [2007].

② 虽然印刷时间是2006年,实际上,这部书直到2007年才正式面世。

③ Tsau Hsüä-tjin Gau Ë: *Der Traum der Roten Kammer oder Die Geschichte vom Stein*, aus dem Chinesischen übersetzt von Rainer Schwarz und Martin Woesler, Bochum: Europäischer Universitätsverlag, 2010.

《红楼梦》德文全译本的出版对关心和喜欢中国古典文学的德国人来讲是一件盛事。2007年,在史华慈和吴漠汀的德文全译本出版后,尹虹(Irmtraud Fessen-Henjes)发表了题为"前80回"的评论。① 这是目前第一篇也是唯一的专门针对德文全译本的评论文章。文章在向德国读者简单介绍《红楼梦》的版本及小说的内容后,这样介绍了《红楼梦》:"这本小说之所以获得好评,是因为特别描绘了一个上层社会家庭的全景式生活,其中也包括和贾家有关的不同社会阶层的日常生活。小说里有大量的人物、故事场景,还有以哲学和心理学为内容的不易看懂的暗示和梦境。" ② 评论介绍了翻译家史华慈:"汉学家、历史学家和翻译家史华慈,在洪堡大学学习时(1958—1963),就具备了扎实的历史学和语言基础,并有多年的口译经验,从1979年开始翻译《红楼梦》,从一开始就坚持只翻译由曹雪芹写的前80回。"③尹虹对德文全译本的具体评价是:

> 我不得不说,这套由波鸿大学出版的两卷本(I:S.710,II:S.711-1506),确实有些不尽如人意。……每一页文字上面拉了一条线,左页的线上写着小说的两个名字(《红楼梦》或者《石头记》),右页的线上写着本回的回目,有时是回目的缩写……出版人、发行人和出版社(都是同一个人)应该为奇怪的、令人讨厌的外观负责。这样的设计肯定不能赢得广大读者的喜爱。专业人士可能会因为对高水平的语言感兴趣而忽略外观,可翻译质量是否真的能弥补这方面的不足呢?④

尹虹高中毕业后在北京大学学习汉语和中国文学,之后在洪堡大学工作。1972年获得博士学位后,她再次回到北京工作。1977—1992年,她在洪堡大学教授中国现代文学和戏剧,并翻译了《四世同堂》等多部老舍的作品。因为和史华慈都是东德汉学家,尹虹一直关注史华慈的翻译作品,《红楼梦》德文全译本出版后,她写了这篇评论。在德国,像尹虹这样既精通汉语,熟悉中国文学作品,又长

---

① Irmtraud Fessen-Henjes: *Die ersten* 80 *Kapitel*, in: *Das neue China*. Zeitschrift für China und Ostasien. GDCF [Gesellschaft für deutsch-chinesische Freundschaft] Berlin. Heft 4/2007, S.36-37.

② Irmtraud Fessen-Henjes: *Die ersten* 80 *Kapitel*, in: *Das neue China*. Zeitschrift für China und Ostasien. GDCF [Gesellschaft für deutsch-chinesische Freundschaft] Berlin. Heft 4/2007, S.36-37.

③ Irmtraud Fessen-Henjes: *Die ersten* 80 *Kapitel*, in: *Das neue China*. Zeitschrift für China und Ostasien. GDCF [Gesellschaft für deutsch-chinesische Freundschaft] Berlin. Heft 4/2007, S.36-37.

④ Irmtraud Fessen-Henjes: *Die ersten* 80 *Kapitel*, in: *Das neue China*. Zeitschrift für China und Ostasien. GDCF[Gesellschaft für deutsch-chinesische Freundschaft] Berlin. Heft 4/2007, S.36-37.

时间关注史华慈译作的人屈指可数。这篇由她撰写的评论,客观评价了《红楼梦》德文全译本翻译家史华慈的翻译,具有较高的学术价值,称得上是关于《红楼梦》德文全译本的一个"鉴定书",得到了德国学者的基本认可。

马丁·策林格(Martin Zähringer)是第二个写《红楼梦》德文全译本评论文章的人。马丁·策林格是生活在德国柏林的自由文艺记者和文学批评家,2008年,他在采访《红楼梦》翻译家史华慈之后,撰写了一篇题为"红楼梦"的文章,发表在《亚非拉文学新闻》杂志上。文章认为史华慈的翻译是"一种忠实原文的意译"。马丁·策林格的这篇文章主要包括两方面内容:一方面是自己对《红楼梦》这部小说的理解,另一方面谈到了《红楼梦》的德文翻译。文章在开篇简要介绍《红楼梦》在中国的出版、研究状况后,随即将话题转向了德文全译本:"史华慈将《红楼梦》原著的前80回翻译成1506页德文,剩下的后40回将由吴漠汀翻译成大概800页。"①作者谈到了自己读《红楼梦》德文译本的感受:这不是一件一蹴而就的事情,需要耐下心来读,从小说中能欣赏到400多个生动的人物,并从中了解到中国当时的真实生活、思维方式和文化传统。在简要介绍小说的主要故事情节后,作者引出一个有意思的话题:让人感到吃惊的是,小说的主人公几乎还都是孩子。曹雪芹自己也出生在这样一个社会阶层,人们从小就要接受系统的语言、诗歌、绘画及复杂的礼仪教育。贾宝玉是一个"雌雄同体"的少年,他和父亲的关系极差,他的父亲非常严厉,他稍微一犯错就会遭到父亲的严厉惩罚,甚至是一顿暴打。在文章中,作者回顾了《红楼梦》的德文翻译历史:1932年岛屿出版社出版了库恩翻译的《红楼梦》,史华慈用了10年时间完成了《红楼梦》全译本前80回的翻译。文章谈到了史华慈对库恩译本的看法:史华慈认为库恩的翻译是一种保持异国特色的、德国化的翻译,认为库恩将《红楼梦》的中国人名翻译成德文的做法不够明智。文章还用一定的篇幅介绍了全译本前80回译者史华慈的翻译技巧和美学观点:史华慈谦虚地说,我只是一个翻译家,只是尝试用德语把《红楼梦》复述出来。史华慈希望德文译本的名字以《石头记》来命名,认为只有前80回才是曹雪芹的作品,后40回和前80回有许多地方不统一,所以坚持只翻译前80回。文章最后谈到了中国文学翻译在德国的现状:德国的出版社对出版中国古典文学作品根本不感兴趣,所以史华

---

① Martin Zähringer:*Der Traum der roten Kammer - Ein Klassiker aus China und seinen deutsche Übersetzung*,in:*Literatur Nachrichten*,25.Jahrg.Nr.98.Frankfurt a.M.Litprom Gesellschaft zur Förderung der Literatur aus Afrika,Asien und lateinamerika e.V. 2008 Herbst, S.8-9.

慈只好放弃了把《西游记》翻译成德语的计划。马丁·策林格是目前活跃在德国的自由记者，他关于《红楼梦》德文全译本的文章，回答了德国大众所关心的《红楼梦》德文全译本的问题。他对全译本的理解，也代表了一部分非专业人士的看法。

值得一提的是，《红楼梦》德文全译本前 80 回译者史华慈在这一阶段写的两篇关于《红楼梦》的学术文章——《在〈红楼梦学刊〉五十辑纪念会上的发言》和《〈红楼梦〉德文新译本的几个质疑》。史华慈历经 10 年将前 80 回《红楼梦》译成德文，在这期间，为解决翻译中遇到的问题，查阅了大量关于《红楼梦》的资料，他撰写的两篇文章严谨、客观，是多年的厚积薄发，也是人们研究《红楼梦》德文全译本不可或缺的重要资料。

作为一个汉学家，史华慈在翻译过程中和中国红学界保持联系，他在 1991 年 10 月 15 日《红楼梦学刊》出刊五十辑纪念会上发表了讲话①，介绍了《红楼梦》在德国的情况，解释了自己坚持只翻译前 80 回的原因。2007 年，《红楼梦》德文全译本正式出版，出版人吴漠汀为该书写了前言。史华慈阅后，发现一些疑点和问题，本着严谨和科学的态度，立即撰写了《〈红楼梦〉德文新译本的几个质疑》②一文。史华慈在文章中主要批评和纠正了以下几个前言中的疑点和问题。关于德文全译本所用中文底本问题，吴漠汀指出："第一个德文全译本是依据红楼梦研究所 1982 年在人民文学出版社出版的三卷本《红楼梦》翻译完成的。这一版本综合了各种底本的研究成果。这一版本基本上依据出自 1791 年由程伟元作序的、最早的 120 回木活字新镌全部绣像红楼梦（简称'程甲本'）。"③对于这一说法，史华慈认为不准确，指出："我翻译的《石头记》基本上是依据 1760 年的庚辰本。我用的是四卷平装本（《脂砚斋重评石头记》，人民文学出版社，1975 年）。因为刚开始手头没有这一版本，我最初的一些章节用的是俞平伯校勘本（《红楼梦八十回校本》，人民文学出版社，1958 年）。具体多少章节出自上述版本，时至今日已经无法确定。从第 67 回开始，我以 1760

---

① 史华慈：《在〈红楼梦学刊〉五十辑纪念会上的发言》，《红楼梦学刊》1992 年第二辑，第 339—341 页。

② Rainer Schwarz：*Einige Bemerkungen zur deutschen Neuübersetzung des 红楼梦 Hongloumeng*, in: *Nachrichten der Gesellschaft für Natur- und Völkerkunde Ostasiens (NOAG)*, Hamburg, Nr. 181－182, 2007, S.187－195.

③ Rainer Schwarz：*Einige Bemerkungen zur deutschen Neuübersetzung des 红楼梦 Hongloumeng*, in: *Nachrichten der Gesellschaft für Natur- und Völkerkunde Ostasiens (NOAG)*, Hamburg, Nr. 181－182, 2007, S.187－195.

年版本为基础校勘出版的三卷本(《红楼梦》,人民文学出版社,1982 年)为底本。在最后,我又以这一底本为基础对全部译文进行了校订。"①史华慈还指出:"《红楼梦》1982 年校勘本基本上是以 1791 年程甲本为底本。这一说法也只适用于第八十一回到第一百二十回,而第一回到第八十回是以最初作为手抄本流传的 1760 年的庚辰本为基础。"②关于德文书名 *Der Traum der Roten Kammer* 的问题,史华慈批评了吴漠汀在前言中"作者曹雪芹自己把小说命名为《红楼梦》"③的错误说法,指出:他进一步曲解了书名,他不是像库恩将书名写为*...der roten Kammer*,而是写成*...der Roten Kammer*。"der Roten Kammer"按照德文正字法的规则,表示建筑物的形容词大写就变成某个建筑物的名称;"Rote Kammer"类似"德累斯顿"的有名的"绿色穹顶"(das Grüne Gewölbe),这是没有任何根据的。史华慈对吴漠汀的以下几个说法——曹雪芹"是皇帝的亲戚或者和皇帝亲近",秦可卿"有了血亲相奸关系以后自杀",以及谈到林黛玉时说"(作者)对他已故第一任妻子的爱情","在《红楼梦》中林黛玉死于相思病"一一进行了驳斥。除此以外,史华慈还指出了全译本第一、二卷的插图中的一些问题,如出版者没有正确地说明插图的内容和出处等。

2008 年,在《〈红楼梦〉德译书名推敲》④一文中,史华慈从德语正字法、中国文化背景、《红楼梦》中文原意、欧美书名译法等方面详细分析和介绍了《红楼梦》书名德译的发展历程,提出了自己关于《红楼梦》德译的建议。文章开篇介绍了目前存在的两种《红楼梦》德译书名——节译本 *Der Traum der roten Kammer* 和全译本 *der Traum der Roten Kammer*,指出两者都不正确,并指出全译本用"...der Roten Kammer ..."代替"...der roten Kammer...",根据德文正字法的规则,形容词

---

① Rainer Schwarz: *Einige Bemerkungen zur deutschen Neuübersetzung des 红楼梦 Hongloumeng*, in: *Nachrichten der Gesellschaft für Natur- und Völkerkunde Ostasiens (NOAG)*, Hamburg, Nr.181-182, 2007, S.187-195.

② Rainer Schwarz: *Einige Bemerkungen zur deutschen Neuübersetzung des 红楼梦 Hongloumeng*, in: *Nachrichten der Gesellschaft für Natur- und Völkerkunde Ostasiens (NOAG)*, Hamburg, Nr.181-182, 2007, S.187-195.

③ Rainer Schwarz: *Einige Bemerkungen zur deutschen Neuübersetzung des 红楼梦 Hongloumeng*, in: *Nachrichten der Gesellschaft für Natur- und Völkerkunde Ostasiens (NOAG)*, Hamburg, Nr.181-182, 2007, S.187-195.

④ Rainer Schwarz: *Der Traum der roten Kammer*, in: *Sinn und Form*, Berlin, 60. Jg. (2008), H.2, S.275-278.[德]史华慈文,姚军玲译:《〈红楼梦〉德译书名推敲》,《红楼梦学刊》2010 年第六辑,第 205—212 页。

第一个字母大写就成了专有名词,使书名更加神秘了。接下来,史华慈采取拆分法,先把中国特有的"rote Kammer"放在一边,分析了"der Traum der ...Kammer",讲解了德文关于"谁在做梦""梦想什么""在什么情况下做梦"的几种表达方式。在具体分析了《红楼梦》中的"梦"后指出,库恩将中文书名《红楼梦》翻译成 *Der Traum der roten Kammer* 在语法和逻辑上是不对的。因为一个"Kammer" 是不会自己做梦的,在小说中也没有提到一个做梦的"Kammer"。史华慈在文章中回顾了欧美《红楼梦》译名的发展历程。包括:1829 年,德庇时的译名 *Dreams of the Red Chamber*(红色房间的梦);波拉(Edward Charles Bowra,1841—1874)1868—1869 年将《红楼梦》翻译为 *The Dream of the Red Chamber*(红色房间的梦);裘里(H. Bencraft Joly)—— 当时英国驻澳门副领事,用的也是和波拉同样的书名;早在 1885 年,英国有名的汉学家翟理斯(Herbert A. Giles,1845—1935)指出 *Dreams of the Red Chamber* 是中文书名完全不准确的翻译,建议把书名意译为 *A Vision of Wealth and Power*(关于富贵的幻想),指的显然是"通灵石头的梦想"。在解释过书名 *Der Traum der roten Kammer* 存在语法和逻辑上的错误之后,史华慈从中国文化背景出发,向读者澄清神秘的概念"rote Kammer",指出德语的"rote Kammer"远远不能表达 "红楼" 的意思,尤其是"Kammer"在《新德语词典》里定义为"小房间,常用来存放物品、生活用品或者是当作佣人的睡房"。通过书名《红楼梦》在英语、俄语等西欧语言中的不同翻译变形,进一步指出为"红楼"找到一个真正的对应词实在困难。通过上面的陈述,史华慈指出:《红楼梦》这一书名恰当的、唯一的德语翻译是不存在的,建议这一书名的德译或者可以保留原来书名的拼音写法,或者可以使用《红楼梦》原先的书名《石头记》,翻译成 *Die Geschichte vom Stein*。这包含着双重含义:一层意思是"石头的故事", 就是那个通灵的、作为人投生的石头的故事;另一层意思是"来自石头上的故事",就是如原著第一回所描写的,故事原来是刻在石头上的,有人看到后抄下来,成为这部小说。文章思路清晰、分析严谨,是史华慈多年研究成果的集中体现。

作者撰写本书期间,多次往返于中国和德国,为搜集《红楼梦》德文全译本的原始资料采访全译本翻译家史华慈和汉学家顾彬、梅薏华,撰写的三篇采访录分别发表在德国的 *Orientierungen*(《东方视角》)和 *Das neue China*(《新的中国》)杂志,在德国学术界引起了一定的反响。这三篇文章分别是 *Zehn lange Jahre sind* viel für ein Buch-Interview mit Rainer Schwarz①;*Die deutsche Hongloumeng-Forschung, Interview mit Wolfgang Kubin*② 和 *Meine Sicht auf Franz Kuhn, Interview mit der Sinologin Eva Müller*③。作者将这三篇采访录的中文翻译作为本书附录,依次为《十年心血译红楼——德国汉学家、〈红楼梦〉翻译家史华慈访谈录》④、《德国红学今昔谈——与顾彬谈〈红楼梦〉的德译及其在德国的接受》⑤、《我对德译本〈红楼梦〉的几点看法——访德国汉学家梅薏华》⑥,意在帮助读者全面了解《红楼梦》德译本在德国的情况,这里不再赘述。

将21世纪《红楼梦》在德国的传播特点定位为“全译本时代”是比较恰当的,因为这个世纪前10年《红楼梦》在德国的盛事基本是围绕全译本发生的。回顾《红楼梦》在德国的流播历史,可以发现德国学者对《红楼梦》的研究并非与时俱进,研究成果之间也不存在“论资排辈”,而是随着德国国情和德国人对《红楼梦》的兴趣点发生变化。也就是说,并不是21世纪的《红楼梦》研究成果就一定比20世纪的研究成果先进或者丰富。21世纪刚刚过了10年,还有90年的路要走,现在还很难对这个世纪的《红楼梦》研究成果和发展趋势做出最终的判断。在信息时代,面对各种诱惑,德国人能保持对中国古典文学名著《红楼梦》的兴趣实在难得,更难能可贵的是这一时期的《红楼梦》流播保持了一贯的独特性,保持着对德文全译本“不完美”的清醒认识,保持着对全译本底本考察的科学严谨,保持着对德文翻译问题的大胆求证精神。21世纪刚刚开始,“全译本时代”仅仅是一个发轫,我们对这个世纪的德国的《红楼梦》研究充满期待。

---

① Junling Yao: *Zehn lange Jahre sind viel für ein Buch - Interview mit Rainer Schwarz*, in: *Orientierungen*, Zeitschrift zur Kultur Asiens, München, H.2/2008, S.45ff.

② Junling Yao: *Die deutsche Hongloumeng-Forschung*, *Interview mit Wolfgang Kubin*, in: *Das neue China*, 35. Jahrgang, Berlin, Nr.4/Dez.2008, S.34ff.

③ Eva Müller/Junling Yao: *Meine Sicht auf Franz Kuhn*, *Interview mit der Sinologin Eva Müller*, in: *Das neue China*, Nr.3/Sept.2009, 36. Jahrgang.

④ 姚珺玲:《十年心血译红楼——德国汉学家、〈红楼梦〉翻译家史华慈访谈录》,《红楼梦学刊》2008年第二辑,第277—289页。

⑤ 姚军玲:《德国红学今昔谈——与顾彬谈〈红楼梦〉的德译及其在德国的接受》,《国际汉学》2014年第二十五辑,第20—24页。

⑥ 姚军玲:《我对德译本〈红楼梦〉的几点看法——访德国汉学家梅薏华》,《国际汉学》2015年第2期,第14—17页。

第二章

《红楼梦》的德文翻译

作为一部文化经典,《红楼梦》以恒久的魅力感染着古今中外的读者。翻译家戴维·霍克思(David Hawks,1923—2009)说:“我认为,所有翻译《红楼梦》的人都是首先被它的魅力所感染,然后才着手翻译它的,祈望能把他们所感受到的小说的魅力传达一些给别人。”①约翰·闵福德(John Minford)也直言:“无论是霍克斯(思)还是我本人在着手这件工作时,并非把它作为学术活动,而是出于对原作本身的热爱之情。”②

德国人对《红楼梦》的理解主要依赖翻译。而《红楼梦》在德国的流传历史也再次印证了翻译家的重要性。在2007年《红楼梦》全译本出版之前,德文译本只有库恩的节译本。这个节译本是“德国化”的《红楼梦》,和小说的中文原著相比,内容不全,而且存在不少错误。从这个节译本,德国读者看到的《红楼梦》是一部贾宝玉、林黛玉和薛宝钗的爱情小说。就是这样一个德文节译本,自1932年出版以来,被重印和再版20余次,累计发行量至少10万册以上,从一个侧面证明德国读者对《红楼梦》的喜爱。2010年,史华慈和吴漠汀联合翻译出版的《红楼梦》120回德文全译本努力呈现中文《红楼梦》的原貌,使德国读者看到一部完整的《红楼

① 刘士聪:《红楼译评——〈红楼梦〉翻译研究论文集》,天津:南开大学出版社,2004年,第5页。
② 刘士聪:《红楼译评——〈红楼梦〉翻译研究论文集》,天津:南开大学出版社,2004年,第9页。

梦》。

对德国《红楼梦》早期译作的研究，其过程的意义高于它要达到的目的。按照德国汉学家魏汉茂为《红楼梦》德文全译本写的后序①中的描述，《红楼梦》在德国的翻译历程如下：1842 年，通过郭士立对《红楼梦》的介绍，德国汉学界开始知道中国有《红楼梦》这部小说。1843 年，《外国》杂志发表了从德明的俄文翻译成德语的《红楼梦》的一个章节②，这使德国学术界进一步了解了《红楼梦》。之后，通过库恩的节译本，《红楼梦》在德国得到了广泛流传，也正是通过这个节译本，广大德国读者才开始真正接触到《红楼梦》。2007 年出版的《红楼梦》德文全译本，则尝试将《红楼梦》的原貌真实地展现给德国读者。魏汉茂的这一介绍，已经比国内许多学者的研究更进了一步，应该算是《红楼梦》在德国翻译历史的最新和最权威的一种介绍了。可事实上，作者发现魏汉茂漏掉了 1928 年发表在《汉学》上的、一篇注明由《红楼梦》改编而来的、名为《凋谢的花瓣》的两幕剧③。这一源自《红楼梦》的编译文章一直鲜为人知。综上所述，《红楼梦》在德国的翻译流传主要有编译、节译和全译三种形式。

---

① Hartmut Walravens: *Zur ersten vollständigen deutschen Übersetzung des Shitouji 石头记 Geschichte des steins* (*Hongloumeng 红楼梦*) *und zum Übersetzer der ersten 80 Kapitel*, in: Tsau Hsü ä-tjin: *Der Traum der Roten Kammer oder Die Geschichte vom Stein*, Bochum: Europäischer Universitätsverlag 2006, 3 Bde. Nachwort: S.viii.

② *Chun-lou-men* (*Traumgesicht auf dem rothen Thurm*) *oder Geschichte des Steins*, in: *Das Ausland*, 19. Februar 1843, Nr.50, Cottasche Buchhandlung, München, S.198–203.

③ *Sinica*, 1928, Juli/September 3.Jahrgang/Heft 3/4.本文中涉及两幕剧的中文皆由笔者译自德文。

第一节 从文化角度研究翻译

比较文学是跨文化与跨学科的文学研究,致力于不同文化之间的相互沟通,更致力于将文学作为一种文化现象进行研究。广义上讲,比较文学的翻译研究是指从文化层面上对翻译尤其对文学翻译所进行的一种跨文化研究,简而言之就是从文化角度研究翻译。翻译本身就是一个文化问题,是涉及两种文化之间的互动关系和比较研究,我们应该突破以往只是关注翻译文本的内部研究的框框,尝试对翻译进行文化层面上的外部研究。文本的内部研究对翻译实践有直接指导意义,但如果仅仅对翻译文本进行研究,翻译的许多问题无法解决。《红楼梦》的德文翻译是一种跨越中德两国文化的活动,德译本翻译研究与中德两国文化研究密不可分。从这一角度来讲,研究《红楼梦》德文翻译不能只研究德文文本,还应该注意译本之外的因素。翻译研究的文化转向使得我们从中德两国的文化差异来重新审视《红楼梦》德文译本的翻译问题,从而对德文译本翻译有更全面和更深刻的认识。而把翻译引向文化研究道路的正是在翻译界颇受重视的多元系统论。

在具体阐述多元系统论之前,需要先对直译、意译与归化、异化两组翻译概念进行整合。直译、意译与归化、异化既相互联系又相互区别。直译是指翻译时要尽量保持原作的语言形式,包括用词、句子结构、比喻等,同时要求语言流畅易懂。意译是从意义出发,只要求将原文大意表达出来,不注意细节,译文自然流畅即可。归化翻译是指一种以目的语为归宿的翻译,即采取目的语文化所认可的表达方式和语言规范,使译文流畅、通顺,以更适合目的语读者。异化翻译是以源语文化为归宿的翻译,即努力做到保持原作的风格,使源语文化的异国情调得以保留,为使读者能领略到“原汁原味”而不惜采用不符合目的语标准的语言规范。这两组概念的根本区别在于归化和异化更加强调文化因素,强调跨文化交际;直译与意译更侧重于语言层面。两组概念的具体区别表现在以下三点:第一,直译、意译针对的是两种语言的不同结构和特点,异化、归化将讨论上升到文化、诗学和政治层面;第二,直译、意译是翻译方法和技巧的争论,异化、归化是指翻译策略的选择;第三,直译、意译之间存在对立性和排斥性,异化、归化在翻译活动中可以兼容并存。①

20世纪70年代以色列学者伊塔马·埃文-佐哈尔(Itamar Even-Zohar)提出了多元系统论(Polysystem Theory)。1978年埃文在《历史诗学论文集》中首次提出了"多元系统"(Polysystem)这一术语。埃文多元系统论的一个核心内容就是把各种社会符号现象,具体地说是由符号支配的人类交际形式,如语言、文学、经济、政治、意识形态等,视作一个系统而不是一个由各不相干的元素组成的混合体。这个系统不是一个单一的系统,而是由不同成分组成的、开放的结构,也即一个由不同系统组成的多元系统。多元系统理论把翻译研究引上了文化研究的道路,它把翻译与译作所产生和被阅读的文化语境、社会条件、政治等许多因素结合起来,为翻译研究开拓了一个相当广阔的研究领域。② 在翻译研究方面,多元系统论认为影响译者翻译策略选择的原因是多方面的:首先,翻译文学是一个系统,并与系统内目的语文化的社会、文学及历史等这些多元系统发生相互作用和影响。其次,在目的语系统中,译作与原作之间是一种互动的矛盾关系,地位是不平等的,但是可以发生变化的,处于中心的系统可能趋向边缘,处于边缘的系统也可能进到中心位置。处于中心位置时,翻译文学的译文就不大遵循目的语的文学规范;处于边缘位置时,译文就只有遵循目的语的文学规范。③多元系统论有助于人们深刻地审视和理解翻译文学,提醒研究者考察译作时不要忽略译者和译作所处时代的政治、意识形态等因素。结合德国的文化语境,多元系统论为《红楼梦》德译本研究拓展了一个新的研究领域。多元系统论对翻译文学的阐述为我们研究《红楼梦》德文译本提供了多个切入点。运用多元系统论可以更好地解释在20世

---

① 朱安博:《归化与异化:中国文学翻译研究的百年流变》,北京:科学出版社,2009年,第10—13页。

② 谢天振:《多元系统理论:翻译研究领域的拓展》,《外国语》2003年第4期,第59—66页。

③ Jermy Munday: *Introducing Translation Studies-Theories and Applications*. London & New York, 2001, P.109-110.

纪影响《红楼梦》德文译本中翻译的归化和异化策略选择的原因。这样就可以超越简单的语言和文化之争来分析归化和异化的问题,即更多地关注在多元文化这个大系统内部影响译者选择翻译策略的因素。对《红楼梦》德文翻译来讲,这三个译者就是德文编译的译者布尔可、节译本翻译家库恩和全译本翻译家史华慈。

第二节　昙花一现的编译

编译作为翻译的一种变通手段,在传统上是指用特别自由的方法翻译出来的译文。该术语本身隐含了“改变”的意思,是变译的一种形式,即为了适合某些读者或者为了译文的目的,译者在一定程度上改变了原文的内容和形式。作为国内外享有盛名的文学家、文化学家和翻译家,林语堂翻译生涯中最重要的贡献便是将诸多中国古代经典作品通过编译的方法介绍到西方。在1928年的德国也出现了编译《红楼梦》的翻译尝试。但这个编译本身并不成功,倒是探究产生这种编译的历史原因具有一定意义。

一、“译”乎寻常

1928年,《汉学》刊登了注明由《红楼梦》改编而来的一部两幕剧——《凋谢的花瓣》。

《凋谢的花瓣》将《红楼梦》中贾宝玉和林黛玉的爱情故事改编压缩在两幕场景中,男女主人公贾宝玉和林黛玉的名字、主要故事情节以及“毛笔”“长袍”两个名词保留了中国的特色,除此之外,整个两幕剧充满了德国味道。《凋谢的花瓣》再次证明了翻译是“发明创造的学校”①,同时也让我们领会了“译者的创造性背叛”②。由于改动太厉害,过分强化和揭示译者对原作的接受和感悟,这些“德国

① 布吕奈尔、比叔瓦、卢梭:《什么是比较文学》,北京:北京大学出版社,1989年,第223页。
② 罗贝尔·埃斯卡皮:《文学社会学》,合肥:安徽文艺出版社,1987年,第22页。

特色"破坏了《红楼梦》原有的民族特色。熟悉《红楼梦》的中国读者会觉得这根本就不是《红楼梦》,因为原著宏大而严谨的结构、细腻而传神的心理描写、鲜明的人物形象、高度个性化的语言、伏笔千里的妙用、浓郁的文化氛围、精妙的场面描写等,在这里没有得到显现。不了解《红楼梦》的德国人以为中国的《红楼梦》就是这个样子,和德国普通的爱情小说没什么两样,从而失去了进一步了解《红楼梦》的兴趣。

两幕剧的作者署名是布尔可・瑞。作者很可能会中文,或者听别人讲述了中文《红楼梦》的情节,因为在1928年,《红楼梦》还没有出版德译本,而英译本虽然在1892—1893年已经出版,可是没有涉及后40回,也就是没有宝玉和宝钗结婚以及黛玉焚稿和死亡的情节。最大的可能是布尔可直接受到卫礼贤的影响,因为卫礼贤在1926年的文学史中向德国读者介绍了120回的《红楼梦》故事情节①,而《凋谢的花瓣》就发表在卫礼贤的中国学社创办的《汉学》上。作者显然还是了解《红楼梦》的情节大纲的,因为《凋谢的花瓣》的基本剧情是根据《红楼梦》原著的情节改编的,剧本中关于黛玉答应给宝玉补衣服的情节,显然是借鉴晴雯帮宝玉补衣服的情节②;而黛玉所写的诗以及宝玉想和黛玉到"小渔村"去生活的理想,在《红楼梦》原著中也有体现③。作者也发现文章中有几个明显的错误:一是认为《红楼梦》是17世纪的小说的说法④;二是认为"丫鬟"是林黛玉侍女的名字,不知道中文的"丫鬟"是"侍女"的另一种说法,也不知道在德语中"丫鬟"和"侍女"都应翻译成"Dienerin"。由于不太了解中国国情和原著内容,布尔可也犯了一些常识性错误,如黛玉对宝玉提及贾母时称为"你的祖母",因为在德语里"祖母"和"外祖母"是一个词,布尔可显然不知道,宝玉的祖母同时也是黛玉的外祖母。从"宝玉和祖母大吵起来"的情节处理上来看,显然布尔可不知道,在礼仪之

---

① Richard Wilhelm: *Die chinesische Literatur*, Akademische Verlagsgesellschaft Athenalon M. B. H., Wildpark-Potsdam, 1926, S.184.

② 曹雪芹、高鹗:《红楼梦》,北京:人民文学出版社,1982年版,第734—735页。

③ 曹雪芹、高鹗:《红楼梦》,北京:人民文学出版社,1982年版,第626—628页。

④ 为什么德国人会认为《红楼梦》是17世纪的小说,值得探讨。因为1902年,葛禄博的《中国文学史》也说《红楼梦》是17世纪的小说,Heinrich Eggert在他的博士论文 *Die Entstehungsgeschichte des Hung-lou-mong* 中也认为《红楼梦》是17世纪的小说,估计是受到袁枚说法的影响。因为袁枚认为曹雪芹是曹寅的儿子。卫礼贤因为受到胡适的影响,在文学史里写的是18世纪。具体原因待查。

邦的中国,作为孙子的贾宝玉是不敢如此对待自己的祖母的,这样的情节在中国的《红楼梦》中是不可能出现的。从这几个错误分析,布尔可的中文底子并不深厚,最起码中国文化底蕴不够深厚。

从比较文学的角度来看,生长在德国和中国两种不同文化中的人们相互理解会有一定困难,因为各自都无法摆脱自己的思维方式和文化框架。德国人对中国事物的认识和联想,无论有意还是无意都以一种"德国式"为出发点。不了解中国文化和《红楼梦》的德国人,只能按照自己的模式去"构建"心中的《红楼梦》。布尔可笔下的贾宝玉和林黛玉只能是徒有中国名字的德国式贾宝玉和林黛玉。在这部两幕剧中,出现了许多具有"德国特色"的语言。如果只是看到这些爱情物语,你绝对想不到是《红楼梦》里的贾宝玉在说话。比如:

> "我不明白,你为什么总是怀疑我对你的感情。在你来到这儿的三个星期里,我们不是几乎每天都见面吗?"
>
> "花影和午夜的微风让我想起你柔嫩的双手和秀发。我凝视银河里的小星星,觉得就像你在天空中俯视着我。就在刚刚我看到可爱的玫瑰花时,我又想起了可爱的你。看到美丽的花我总是想起你。"①
>
> "我想碰一下你玫瑰色的嘴唇。"
>
> "是这样,在你看来我毫无价值。可是,我就是愿意照顾你。② 我想永远不离开你,我要尽力让你感觉到幸福。"
>
> "拿出勇气来。我们相爱并且受过苦,上天会保佑我们这样的爱情。……在那里我要永远爱你,爱你这个又善良,又纯洁,又美丽的人!……你不能把我独自留在这个世界上……死神为什么在我们准备过一种充满爱情的新生活的时候,把你从我身边带走!"

这些都是一个正常的德国男子可能对自己的情人说的话,对德国读者来讲是合情合理的,只不过这个德国青年有个中国名字——贾宝玉。两幕剧把林黛玉的

---

① 参考海涅的诗歌:Du bist wie eine Blume, so hold und schön und rein. Ich schau dich an, und Wehmut schleicht mir ins Herz hinein. Heinrich Heine: *Buch der Lieder*, Nr. 47.(直译:你好似一朵鲜花,如此娇媚,美丽又纯洁;我一看到你,哀伤就钻进我的心里。)

② 参考德国的一首民歌:Keine Ader soll mir schlagen, da ich nicht an dich gedacht; Ich will für dich Sorge tragen bis zur späten Mitternacht.(直译:我不再想念你,就让我动脉停止;我愿意照顾你一直到深夜子时。)

内心独白用直白的语言写了出来：

“你会永远陪伴我吗？”

“你现在能把玫瑰给我吗？”

“不管将来会怎么样，宝玉，我非常爱你，我把一个女人的心能感觉到的爱情，全都给了你。如果没有关于咱们的爱情的念头支撑我，还有你会在我身边的小小的希望，如果没有这两个希望给我的力量，我早就死了。”

布尔可按照德国式的思维来设计林黛玉对贾宝玉的表白，这背离了《红楼梦》原著中敢爱而不敢言、只有把爱深深地放在心中的林黛玉原型，是中国读者和了解《红楼梦》的德国人不愿意接受的。

造成两幕剧和《红楼梦》原著大相径庭的另一个原因是从中国小说到德国戏剧的大跨度转换。欧洲的戏剧恪守“真实显现生活”的法则，舞台所见都符合现实生活的时空逻辑，在有限的空间来处理时间。同时，也忠实地用可见的动作来表现生活的实况，有技巧地避免无法展现的事件和动作。按照“真实显现生活”的原则，剧中出现的事物都应该是在德国可以看到的，诸如斜面写字台（欧洲17世纪的书桌）、绉纱长袍（欧洲的一种丝绸，像纱一样，有皱，是上等社会妇女穿的衣服布料）、红玫瑰（欧洲爱情的象征）、樱桃和云杉树（欧洲最常见的水果和树）、婚纱（欧洲人结婚用的、用纱做的半透明的丝织物）。德国式动作：穿着婚礼上的礼服冲进房间。女的在床上，男的在床前跪下。欧洲男人求婚时经常在别人面前或在公开场合下跪，表示他对爱情的尊重。“黛玉把玫瑰夹在嘴唇间”“宝玉拿起她的手，放到唇边”都是典型的欧洲式的行为，绝对不会发生在中国的贾宝玉和林黛玉身上。由于受宗教影响，剧中有许多基督徒的语言和动作，男女主人公更像是典型的基督徒。“我生前一定做了坏事，要不我死后一定很幸福，上帝给了我饱受苦难的一生，我被诅咒承受一切的苦难。”“黛玉把花轻轻地放到唇边，闭上了眼，双手合十，她断气了。”同时为了适应剧本写作的需要，布尔可借林黛玉的语言来交代故事背景。“你可以这样说，——可我父母早亡（几乎哭了出来），我无家可归，贫穷，是一个孤儿，被每个人回避和冷落。你的祖母、宝钗、袭人……她们都觉得，我没有权利和你在一起。”“宝玉，我也不想对你无情，可我能做什么？你，一个有钱有势家庭的儿子，能和我这样一个贫穷而无家可归的女孩相爱吗？怎么可能？”这种语言表达方式适应了剧情需要，却影响了林黛玉人物性格的塑造。

《凋谢的花瓣》为了便于德国读者接受，为了戏剧表达的需要，对《红楼梦》进行了大刀阔斧的编译，呈现在读者面前的是一个面目全非的《红楼梦》。更准确地说，布尔可是在《红楼梦》的影响下写了两幕剧，而不是将《红楼梦》改编成了两幕剧。只有民族的才是世界的，而失去民族特色的被改编的《红楼梦》注定是没有生命力的。1928 年这部根据《红楼梦》改编的两幕剧《凋谢的花瓣》的命运只能是昙花一现。

二、多元系统论下“爱的乌托邦”

21 世纪初，中国翻译界开始关注多元系统理论，尝试用这一理论来研究文学翻译，解释一些文学翻译现象。谢天振指出：“多元系统理论把翻译研究引上了文化研究的道路，它把翻译与译作与所产生和被阅读的文化语境、社会条件、政治等许多因素结合了起来，为翻译研究开拓了一个相当广阔的研究领域。”①本书将尝试用多元系统理论，从文化研究的角度来重新审视 1928 年德国人布尔可根据《红楼梦》改编的两幕剧《凋谢的花瓣》。

当作者尝试把《凋谢的花瓣》放到产生它的历史的、政治的、经济的、文化的氛围中重新审视时，对历史误读的或然性和必然性有了新的理解。当我们将目光聚焦在文本内部，从译文和《红楼梦》原著内容的不同、译文的错误来看编译时，可以肯定，这不是一个好的翻译；但当从历史和文化的角度重新考察这篇编译，对编译从文化层面上进行外部研究时，就会发现译者在当时编译这部两幕剧主要不是为了介绍《红楼梦》这部小说，而是为了在中国寻找自己“爱的乌托邦”。从这一点来看，这篇编译是 19 世纪末 20 世纪初德国知识分子爱情理想的“异域”呈现，具有鲜明的时代特色。

1928 年德国正处在魏玛共和国（1919—1933），这是一个举步维艰的历史时期，表现为政治上的动乱不安，经济上的灾难重重。政府忍受着战败国的耻辱，背负着割地赔款的沉重经济负担，一方面面临着工人阶级和社会民众反对本国垄断

① 谢天振：《多元系统理论：翻译研究领域的拓展》，《外国语》2003 年第 4 期，第 66 页。

资本统治以及外国资本掠夺的斗争,另一方面又面临着右翼分子利用《凡尔赛合约》带来的民族情绪反对共和国的制度与政策的大危机。直到1924年,德国经济在英美等国的扶持下迅速振兴。然而,也许是实行民主共和制度的原因,这一时期的文化生活丰富多彩,各种思潮和各种艺术流派竞相登台表演,柏林取代巴黎成了欧洲的文化中心。这是一个文化发展明显产生危机和断裂,同时又进行急剧重组与更新的时期。第一次世界大战给德国人带来难以弥补的精神创伤,人们对主流文化产生普遍怀疑,内心感到空虚,而西方潜在的原罪意识又常常迫使他们去寻求一种外在的拯救和寄托。当时德国暴露出诸多矛盾,德国文化阶层也有许多不满,他们将自己的理想寄托于"异域",把"异域"构造为自己的乌托邦。

中国是当时这种"异域"的一个很好的选择。从地理空间来讲,中国离德国很远,加上中国的闭关自守,德国人对中国的印象往往受信息传递者的影响,有人说中国好,德国人就认为中国是他们的典范;有人说中国不好,德国人就认为德国比中国好得多。德国人对中国的兴趣来自自己的想象。历史上,德国的中国形象经历了不同的矛盾期。17—18世纪耶稣会传教士对中国的正面报道,在德国掀起了中国热;到了18世纪末,随着商人、外交官和新教传教士对中国批判性的描述,中国热在德国逐渐消退;19世纪末20世纪初,对德国人来讲中国几乎意味着"黄祸"。20世纪上半叶,卫礼贤用他翻译中国经典的丰富知识改变了德国人对中国的负面认识,开创了一个中国热的新时期,为德国人塑造了一个理想的中国形象。1926年,卫礼贤将《红楼梦》120回本的爱情情节介绍给德国人:"最感人的是他和年轻的林黛玉的关系。林黛玉最后因为受苦而死—— 同时宝玉被父母欺骗——和冒牌新娘结婚。"①布尔可发表了根据这一爱情主线改编的两幕剧《凋谢的花瓣》,尝试引导德国知识分子在中国寻找自己爱的乌托邦。

布尔可选择戏剧这种表现形式可能是因为德国在戏剧创作方面具有优良传统。19世纪以前德国文学史上曾产生过莱辛和歌德等世界著名的剧作家。两幕剧的名字"凋谢的花瓣"预示"悲剧的爱情",剧情表达的爱情、阴谋、悲剧、避世的主题以及对道教的诠释和对避世的向往都和当时的文化语境密切相关。心理学

---

① Richard Wilhelm: *Die chinesische Literatur*, Akademische Verlagsgesellschaft Athenalon M. B. H., Wildpark-Potsdam, 1926, S.184.

家弗洛伊德(Sigmund Freud)的学说是德国文化的重要组成部分,20世纪上半叶正是他学说形成的关键时期,他的观点影响着当时的德国人。弗洛伊德认为爱是生活的中心点,把艺术作为本能满足的补偿或替身,在外部世界阻止人们达到本能目的时,人们便从艺术中取得快乐。这个时期的年轻人也受到了叔本华和尼采的意志哲学和悲观主义的影响。两幕剧中林黛玉和贾宝玉视爱情为生命,林黛玉寄情诗歌抒发自己的情怀,似乎诠释了弗洛伊德式的爱。两幕剧刻画了贾宝玉与林黛玉的恋爱悲剧,剧中表现的人的精神上的痛苦只有通过死亡得以解脱,似乎也受到叔本华和尼采的意志哲学和悲观主义的影响。贫穷、痛苦、绝望、找不到出路,这与19世纪末20世纪初资本主义向帝国主义过渡,人们在困窘中不知向何处去的生活悲剧是一致的。两幕剧以"黛玉之死"作为全剧的高潮,正是演绎了当时德国文化阶层理想中的"爱的归宿"。

19世纪末20世纪初,德国的文学作品仍像浪漫主义时代一样,常常是逃避现实,寻求自身对现实的认识与解释。浪漫主义文学的特征是特别注意抒发个人感情,表达对客观事物的内心反映和感受,赞美大自然,并善于运用热情奔放的语言、瑰丽的想象和夸张的手法来塑造形象。"回到自然""逃避世界"也是两幕剧着力渲染的两个方面。在两幕剧中贾宝玉和林黛玉最美好的爱情是在美丽的自然中发生的:

"你还记得吗?几年前的一个下午,我们到乡下去采樱桃?我爬到了树上,看到站在树下的你是那样的娇小、苗条和可爱——我把满满一把樱桃向你扔过去——你被吓了一跳,为了保护自己,捡起几个樱桃,跑开了。还记得吗?当我拿着篮子从树上下来时,我的袖子被挂破了?你安慰我,让我不用担心,并答应给我补好,不让我的母亲发现裂开的口子。后来下雨了——我们在云杉树下避雨,我用胳膊搂着你,你是那样的温柔美丽 ——"

贾宝玉和林黛玉也希望通过逃避世界、回归自然来找到理想的爱情归宿。林黛玉说:"如果我能活着离开这个房间,我们要到小时候去玩耍的乡间别墅去。"贾宝玉说:"我们到一个远离这里的地方去。到小渔村去,我们在那里住下来。在一个湖水环绕的寂静的山谷里,在椰子树下的小房子里。在那里我要永远爱你,爱你这个又善良,又纯洁,又美丽的人!""回到自然""逃避世界"这些德国文化阶层的"爱的理想"在两幕剧中得到体现。

魏玛时期是一个处处充满矛盾的时代,这个时代产生了矛盾的知识分子,同时也产生了矛盾的文化。一战结束后,阴暗的情绪笼罩着德国的知识分子,文化悲观主义盛行,这反映了当时德国雄心勃勃而又信心不足的社会矛盾心理和知识分子对魏玛共和国的失望心态。卫礼贤在1926年出版的《中国心》一书中称中国是"现代欧洲的良药和救赎"①,指的就是道家学说为欧洲的文化悲观主义提供了新的内容。两幕剧演绎了林黛玉和贾宝玉的爱情悲剧,可又尝试寻找一种比"死"更好的处理悲剧爱情的方式:

> 我梦见,我和一个佛教法师坐在一座山的山坡上的柔软的草地上。一派祥和,祈祷轻声响起……他告诉我:在我出生以前,他爱上一位女郎。对他来说,女郎就是整个世界……爱情完全控制了他。看起来,那时他肯定会去死。他的伤痛是那样刻骨铭心,他想到了死。可后来他的灵魂得到启示,他感到的爱只不过是尘世的一种幻象。他在看到一棵树、一片云和一朵花时,一样可以得到同样的幻象。可因为他是一个活生生的、充满欲望的人,他只能从另一个人的生命感受到爱,一位女郎——因为这对他容易理解和熟悉。他说:"花会谢,爱会消逝,找到真理,我们就能找到永久的幸福和永远的安宁。"

两幕剧借佛教法师之口,解释爱只是一种幻象,找到真理才能找到永久的幸福和安宁,帮助德国人找到了比死更理智的、理想的"爱的解脱"的方法。

1928年,布尔可将根据《红楼梦》改编的两幕剧作为寻找"爱的归宿""爱的理想""爱的解脱"的一种载体 ,借中国的《红楼梦》来寄托自己的理想,根本不考虑他的观念是否符合德国当时的实际情况。根据自己的设想选择适合自己主题的《红楼梦》的情节和内容,根据戏剧剧种的需要设计人物的语言和动作,根据德国的时代和国情将《红楼梦》德国化,这样看来,编译德国化都是为了这一目标,也不再是缺点,而是一种大胆尝试。但布尔可的这一编译和《红楼梦》原著相差甚远,没有真正体现《红楼梦》的文学价值和其在世界文学史中的地位,最终被湮没在《红楼梦》在德国传播的历史长河中。

在1928年之前《红楼梦》还只是片段的记录。稍微浏览一下就可以注意到,

---

① Richard Wilhelm: *Die Seele Chinas*, Frankfurt/M., Insel Verlag, 1980, S.347.

《红楼梦》的德文翻译工作从来没有被德国学术界重视过，哪个德国学者想翻译《红楼梦》，出于怎样的动机来翻译，以什么样的形式来翻译，是随着当时的德国的时潮和翻译家的兴趣而决定的，其中的偶然性的概率很大。从文化和社会角度来看，文化的转换和译介不是同步发展的，普通读者的兴趣和翻译家想介绍给他们的《红楼梦》大相径庭，而且翻译家在翻译《红楼梦》时自己已经产生了“文化误读”。只是对《红楼梦》有些零碎的了解，布尔可就想以《红楼梦》为底本来写《凋谢的花瓣》，想法虽好，可能力不够，因此把《红楼梦》改编得肤浅无味，只能用《红楼梦》的爱情题材来构建自己“爱情的乌托邦”。如果布尔可对《红楼梦》和中国文化有全面的、深刻的了解，就有可能创造出更深刻的文学作品。

第三节 褒贬不一的节译

节译本的译者库恩1884年3月10日在德国黑森州弗兰肯贝格诞生,1961年2月22日在德国布赖斯高地区的弗莱堡逝世。库恩是德国汉学家、中国文学翻译家,1932年荣获列辛奖,1952年荣获德国联邦总统授予大十字勋章。他是一个活跃在20世纪上半叶的、将中文译成德文的多产翻译家。他的译作帮助中国文学作品在德国赢得了广泛的读者群。他的翻译在学术界引起不同的反响,有时被高度评价,有时又被强烈批判。1909—1912年,库恩在获得柏林大学法学博士学位后,被派往中国哈尔滨任外交翻译官。1912年,他回到柏林大学攻读汉学,跟随汉学家高延(或译作:哥罗特,Jan Jakob Maria de Groot,1854—1921)学习。可他并没有完成汉学学业,就开始"沉迷"于中国小说的翻译——这一他直到生命的最后一刻也没有放弃的事业。①

我们在研究库恩及其译本时,应该关注库恩的翻译行为所处的文化与时代背景,只有了解并深入分析这些背景因素,我们才能对库恩的翻译行为有切实的理解。德国学者对库恩的节译本已经有不少研究,平心而论,这些德国学者的研究客观、准确,对在国内研究库恩节译本的中国学者来说特别重要。在现实地意识到自身所处的语境对解释和研究《红楼梦》德文节译本所形成的障碍和制约后,本书尝试借用"德国学者对库恩及节译本的评价",尽可能地进入库恩翻译行为发生的语境中,而不是简单地根据自己的臆想来武断地解释历史。

---

① Wolfgang Bauer:*Entfremdung, Verklärung, Entschlüsselung, Grundlinien der deutschen Übersetzungsliteratur aus dem Chinesischen in unserem Jahrhundert*;zur Eröffnung des Richard Wilhelm-Üersetzungszentrums der Ruhr-Universität Bochum am 22.April 1993,Bochum:Ruhr-Universität 1993,S.17.

从理论上讲,要想对库恩的《红楼梦》德文译本做出深刻的分析,不能只用今天的眼光来审视,而应该尝试将译本还原到它所在的具体时代,考虑其政治、历史、文化等方面的多种因素。事实上,还原历史只是一种理想,历史是根本无法还原的。以《红楼梦》的德文译本的翻译为例,很多人认为史华慈的《红楼梦》德文全译本是受到库恩节译本的影响,或者是为了完善德文节译本。而事实上,史华慈恰恰是因为对库恩的节译本不满意才产生了翻译全译本的愿望,是为了"给德国读者提供一个与库恩完全不同的翻译",而不是为了完善库恩的翻译。所以,在这部分的写作中,本书尝试借用生活在库恩德文译本产生时代的德国学术精英对库恩译作的分析和评价,试图获得对节译本全面、正确的认知,而不是生硬地分析译作产生的经济、政治、文化背景,强行走入历史,用现代的思维方式分析20世纪30年代的德文作品。从当代翻译理论的角度来看,埃文所提出的对翻译策略的选择进行高度概括的多元系统理论,为分析库恩的翻译策略提供了理论依据。

一、寻根问"底"①

翻译离不开底本,库恩翻译时用的是哪种中文底本?学术界有不同看法。库恩德文译本底本考证是一个涉及"红学""国际汉学""翻译学"等多学科的学术问题,要求研究者既要有中文功底,又要有"红学"知识和德文基础。

王薇发表在《红楼梦学刊》2005年第三辑的《〈红楼梦〉德文译本的底本考证》和王金波两年后发表在《红楼梦学刊》2007年第二辑的《〈红楼梦〉德文译本底本再探》两篇文章,为《红楼梦》研究打开了一个新的视角。王薇在《〈红楼梦〉德文译文的底本考证》中,确定德文译本底本的依据是:库恩在他翻译的《红楼梦》节译本的《译后记》中关于自己所用《红楼梦》底本的说明。王薇对这段德文底本的说明采用的是李士勋的翻译:

> 我的译文是根据两个原文版本翻译的,一个是莱比锡大学东亚系藏的1832年的老版本(萃文书屋本),另一个是现代的有三种评注——正确的评

① 姚珺玲:《〈红楼梦〉德文译本底本三探——兼与王薇、王金波商榷》,《红楼梦学刊》2010年第三辑,第96—113页。

注——的上海商务印书馆的新版本。①

王薇认为这段文字中关于版本的两种说法都存在错误:第一个说法中,"萃文书屋本"指1791年的程甲本和1792年的程乙本,而1832年出版的只有王希廉评本,即"双清仙馆本";第二个说法中,上海商务印书馆在1932年之前,只在1930年出版过"万有文库本",其内容及各种图文完全按照光绪年间王希廉、姚燮合评的《增评补图石头记》翻印,因而亦被称作"两家评本",而从未出版过王希廉、姚燮、张新之合评的"三家评本"。在认定库恩所写一定有错误的基础上,经过对库恩《译后记》中其他的文字资料的考证,王薇认定第一个底本的说法中,出版社(萃文书屋)无误,出版时间1832年有误;第二个底本的说法中,出版社(上海商务印书馆)有误,评点类型(三种评注)无误。之后根据来自莱比锡大学东亚系现存最早的《红楼梦》是清光绪戊申年(1908)版的《增补全图足本绣像金玉缘》,恰恰也是三家评本这一情况,认为这个本子很有可能就是库恩使用的底本。之后,王薇在文章最后,通过译文回目、重要证据、次要证据、译本错误、三家评本信息等内部证据对自己的推测进行了证实。通过以上分析,王薇最终确定库恩德文译本《红楼梦》的底本为程甲本和三家评本。②

王金波对王薇的观点进行了商榷,写成《〈红楼梦〉德文译本底本再探》一文。该文在确定自己关于底本证据的时候,同样依据的是库恩在他翻译的《红楼梦》节译本的《译后记》中关于自己所用《红楼梦》底本的说明。王金波将这段德文自己翻译为:

> 我的译本是根据两个原本翻译的:一个是莱比锡大学东亚系所收藏的1832年(萃文书屋)较老版本,另一个是现代有三种评注的——正确边(夹)注的——上海商务印书馆新版本。

王金波也认为库恩的这两种说法都存在错误,不过,他不完全同意王薇的意见,认为第一个底本的说法中,出版社(萃文书屋)有误,出版时间1832年无误。第二个底本的说法中,出版社(上海商务印书馆)无误,评点类型(三种评注)有误。之后,王金波根据推测,通过译本回目、正文内容、评注信息的内部证据对自

---

① 库恩:《〈红楼梦〉译后记》,李士勋译,《红楼梦学刊》1994年第二辑,第312页。

② 王薇:《〈红楼梦〉德文译本的底本考证》,《红楼梦学刊》2005年第三辑,第298—309页。

己的推测进行了证实。通过以上分析,王金波认为库恩德文译本《红楼梦》的底本最有可能是王希廉评本和两家评本。

上述两篇文章的作者在确定《红楼梦》德文译本的底本方面做了大胆的探索,两篇文章都有许多可借鉴之处。王薇的思路及从文本入手——寻找实地证据——从译本内部寻求证据的论证方法十分精练,值得借鉴。王金波以数学公式为工具进行分析,十分科学和清晰,令人耳目一新。但两篇文章的缺点也是显而易见的,那就是"对此进行了可贵的探索,但其论据缺乏说服力,主要论点很难成立"①。

确定《红楼梦》德文译本的底本,并非易事。如果能找到库恩在书中所提到的底本,一切问题就会迎刃而解。可惜库恩翻译时所使用的底本原本已经不存在或者找不到了。第一,库恩的侄子哈托·库恩(Hatto Kuhn)在《库恩传》的前言中这样写道:

> 弗朗茨·库恩除了他的衣服,只留下很少的东西,如唱片机、唱片和一个几乎伴随他所有旅行的打字机,再就是包括大概100卷中文的和欧洲各国文字的图书,以及他的通信和自己信件的复印件。所有的这些材料几乎没有例外出自第二次世界大战以后,因为在此以前的所有东西,包括他早期的图书馆,都先后毁于1943年的柏林空袭、1944年位于布赖斯高的弗莱堡空袭和1945年德雷斯顿的空袭中了。②

之后,哈托·库恩在弗朗茨·库恩所译中文作品书目中的"红楼梦"词条里,在注明库恩在《译后记》所提到的两个中文底本后,又特别注明:遗物中没有这些版本③。第二,据王薇介绍,莱比锡大学东亚系现有的《红楼梦》是1908年版的。作者也查阅了德国柏林国家图书馆现存的《红楼梦》,根本没有库恩所提到的底本。这些信息表明,如果这两个底本原本之一由库恩私人所有,早已毁于第二次世界大战的战火;如果被收藏在莱比锡大学的话,也因为种种原因无法找到。基

① 王金波:《〈红楼梦〉德文译本底本再探——兼与王薇商榷》,《红楼梦学刊》2007年第二辑,第183页。

② Hatto Kuhn: *Dr. Franz Kuhn (1884 - 1961), Lebensbeschreibung und Bibliographie seiner Werke*, Wiesbaden: Franz Steiner, 1980, S.5.

③ Hatto Kuhn: *Dr. Franz Kuhn (1884-1961), Lebensbeschreibung und Bibliographie seiner Werke*, Wiesbaden: Franz Steiner, 1980, S.118.文章中凡是由德语译成中文部分,均为笔者自己的翻译。

于这种情况,根据库恩自己在书中所说的话来确定《红楼梦》德文译本的底本,才是最可信的。

首先,让我们共同来看一下作为确定底本主要依据的库恩《译后记》的德语原文。和上述两篇文章的作者一样,这也是作者确定库恩所用底本的最有力的证据。

Meiner Übertragung lagen zwei Ausgaben des Originaltextes zugrunde, eine ältere, im Besitz des Ostasiatischen Seminars der Universität Leipzig befindliche Ausgabe von 1832(Tsui wen, Literaturdickicht-Verlag) und ein moderner, dreifach kommentierter—richtiger glossierter—Schanghai Commercial Press—Neudruck.

如果这段话是中文,那就简单许多,可因为是德语,就存在着从德语到中文的多种译法的可能性。王薇采用的是李士勋的翻译,王金波是自己翻译的。这两种翻译的大意是相近的,比较两者译文,最大的不同是对 richtiger glossierter 的中文翻译,李士勋译为"正确的评注",王金波译为"正确边(夹)注"。作者认为翻译成"更正确地说是边注"更为贴近库恩的原意。理由如下:richtiger 用的是比较级,而且参看原文可以知道 richtiger glossierter 是针对 kommentierter 来说的。这是因为库恩觉得用德语 kommentierter 不能完全正确地表达他当时看到的东西,所以用了 glossierter 来进一步补充说明。王薇和王金波采用的翻译都把 ein moderner, dreifach kommentierter 中的 moderner 译为"现代"。作者也同意这个译法,可觉得这里所指的不是简单的"现代",而是指"用近现代的印刷方法印刷出来的",具体来说是指"铅字印刷"。这样就又为我们根据库恩所言找寻中文底本提供了一条新的证据。

现在根据上述两种翻译,加上新的补充,我们可以把这段德文翻译如下:

我的翻译是根据两个原文版本翻译的:一个是早一些的版本,是莱比锡大学东亚学校①所收藏的1832年本(萃文书屋本),另一个是用近现代的印刷方法印刷出来的有三种评注——更正确地说是边注——上海商务印书馆的新版本。

现在我们采用王金波所用的办法,将库恩提到的两个底本分别用A和B来表示,用数学公式来形象地表示这两个版本的本质特征:

底本A本质特征=1832(出版时间)+萃文书屋(出版社)+莱比锡大学东亚学校(图书馆)

底本B本质特征=三种评注(评点类型)+上海商务印书馆(出版社)+铅字印刷(印刷方法)

现在我们来看,底本A的三种特征是否有存在的可能。王薇认为"萃文书屋本"指1791年的程甲本和1792年的程乙本。这种说法显然没有考虑到萃文书屋刊本和翻刻本存在的客观事实。大量的史实和史料表明,"萃文书屋本"存在多种形式的版本。首先,我们从中国清代的出版历史来分析这种可能性。《中国出版史话》中记载着:

> 1791年(清乾隆五十六年),程伟元将曹雪芹、高鹗所撰《红楼梦》120回本,首次用活字排印出版,被称为"程甲本";次年又排印了高鹗重新修订本,称为"程乙本"。从此结束了《红楼梦》的传抄历史,使小说得到广泛流行。②

清代的坊刻业较前代更为兴盛,刻书的数量很多。③《红楼梦》由程氏萃文书屋用木活字排印出版就是一个例证。④同时,由于程本"所印不多,则所行不广"⑤的缘故,程甲本的翻刻本相继出现。程甲本、程乙本先后问世,"坊间再四乞兑"

---

① 关于Ostasiatischen Seminars的中文翻译问题值得讨论。现在的译文中都翻译为"东亚系"。其实,这个译法很不准确,原因主要有两个:一是据1871年的《百科全书》记载,传统的德国大学只设四个系(Fakultät):宗教系、法律系、医学系和哲学系。其他的专业都分别隶属这四个系。所以,德语意义上的系和中文的理解是不完全一样的。在系的下面才是Seminar和Institut。二是在德语里Fakultät是"系";Seminar是以语言教学为主的学校,不能从事科学研究工作;Institut是"学院",除语言教学外,还可以进行科学研究工作。所以Seminar的级别是在三者当中级别最低的一个,不能和前两者混在一起。如,莱比锡大学东亚学院(Institut)是在第二次世界大战以后才设立的,在此之前将其称为莱比锡大学东亚学校更为妥当些。

② 方厚枢:《中国出版史话》,北京:东方出版社,1996年,第322—323页。

③ 方厚枢:《中国出版史话》,北京:东方出版社,1996年,第218页。

④ 吉少甫:《中国出版简史》,上海:学林出版社,1991年,第179页。

⑤ 曹立波:《红楼梦东观阁本研究》,北京:北京图书馆出版社,2004年,第74页。

（乙本《引言》自述），生意非常兴隆，每部书的售价高达几十两银子。俄罗斯汉学家孟列夫（Лев Николаевич Меньшиков, 1926—2005）和李福清①（Борис Львович Рифтин, 1933— ）在他们的一篇论文里谈到《红楼梦》多种版本时，引用了俄罗斯汉学家瓦西里耶夫在《中国文学简史》里的一句话，大意是说瓦西里耶夫教授认为《红楼梦》最早的版本印刷质量很好，"很美丽"，其他"为老百姓"出版的书都达不到这个质量。②可见萃文书屋在当时已经成为一个"知名商标"。多年以后的1832年，出版商打着萃文书屋的旗号翻刻《红楼梦》也不是完全没有可能的。③

我们以一粟的《红楼梦书录》和胡文彬的《红楼梦叙录》为例，来回顾一下《红楼梦》的版本历史。在《红楼梦书录》和《红楼梦叙录》中都可以读到"据某某介绍"和"未见"等字样，也就是有人在书中或某种情况下提及《红楼梦》的某个版本，由于历史条件所限，并未见到，就记录下来了。这意味着《红楼梦》的版本历史是一个不断被发现的历史。库恩所使用的文学底本，很有可能是我们还没有记录在册或者"未见"的一个版本。

许多资料也已经证明萃文书屋确实有许多重刊本。如杜春耕在《程甲、程乙及其异本考证》一文就列出七种萃文书屋刊本。④ 此外，国外图书馆很可能存有我们未记录在册的本子。俄罗斯汉学家李福清和孟列夫在《列宁格勒藏抄本〈石头记〉的发现及其意义》一文中写道：

> 据我们统计，在苏联图书馆中，保存了六十多种刻本《红楼梦》及其续集和以《红楼梦》为题材的作品的老版本，有十个本子是萃文书屋的稀有本子，其中有一部分与一粟等人在《红楼梦书录》里介绍的不全一致。⑤

这段话也表明，萃文书屋确实存在很多的刊本，或者确切地说，确实存在许多印有萃文书屋字样的翻刻本。后来两位汉学家又在他们的文章《前所未闻的〈红楼梦〉抄本》里说：莫斯科国家公立历史图书馆藏有原来由鲁达科夫

---

① 李福清英文译名为 Boris Lyvovich Riftin。

② 孟列夫、李福清：《前所未闻的〈红楼梦〉抄本》，《亚非人民》1964年第五期，第123—124页。

③ 李致忠：《古书版本学概论》，北京：北京图书馆出版社，1990年，第227页。

④ 杜春耕：《程甲、程乙及其异本考证》，《红楼梦学刊》2001年第四辑，第45—74页。

⑤ 李福清、孟列夫：《列宁格勒藏抄本〈石头记〉的发现及其意义》，《红楼梦学刊》1986年第三辑，第10页。

(Рчлаков, А. В.)①收藏的《红楼梦》早年活字本。按照一切"迹象",这是1792年的第二版或者完全像它的复印本。下面引述的这段文字也从一个侧面印证了这种可能性。

> 如今,在圣彼得堡大学图书馆所藏的《红楼梦》"萃文书屋"版本上有卡缅斯基用18世纪旧式笔体所做的题字:"此乃道德批评小说,宫廷印书坊印制,书名为《红楼梦》,意即'红楼之梦'。"卡缅斯基在这里一语揭示了一桩红学研究中的疑案,直言所谓的"萃文书屋"版本实际上为宫廷印书坊所印,也就是"武英殿修书处的木活字版摆印的伪全本",清人称为"殿板"。②

红学家周汝昌也在他的一篇文章里从另一个角度印证了《红楼梦》有"殿板"这种说法。③

从上述论证可以推测,库恩完全有可能看到一本包含有"1832年和萃文书屋"两种信息在内的《红楼梦》版本。只是由于历史原因,我们现在无法找到了。

相对于底本A的考证过程来讲,底本B的考证就简单了许多。库恩所用的底本原本找不到了,可并不意味着这种底本就找不到了。作者查阅现有的资料,尝试从已经记录在册的《红楼梦》版本中找到一本同时符合底本B三种特征的版本,即由上海商务印书馆铅印的带有三家评注的版本。

在最初看到库恩用德语写的第二个底本的文字时,我曾经想过,为什么没有出版的年份,是不是库恩漏写了。我认为库恩作为最可信的底本见证人,不会犯这样的错误。另一种可能是库恩所用的底本本身就没有出版年份。十分幸运,经过一翻艰辛的查找,我真的找到了这样一个"由上海商务印书馆铅印的带有三家评注的版本,并且没有出版年份",印证了库恩的写法和自己的猜测。这就是胡文彬记录在《红楼梦叙录》中的一个版本,原文如下:

> 《增评补图石头记》,一百二十回,精装二册,上海商务印书馆铅字版

① 鲁达科夫是瓦西里耶夫教授的学生。在1896年圣彼得堡大学毕业后,被派去北京留学两年。1899年,符拉迪沃斯托克(海参崴)东方学院创立的时候,鲁达科夫开始在该学院教书。1907年到1917年他在该学院当教授和院长。

② 阎国栋:《俄国汉学史》,北京:人民出版社,2006年,第227页。

③ 周汝昌:《〈红楼梦〉笔法结构新思议》,《文学遗产》1995年第二期,第93页。

印行。

此本扉页题书名,次"增评补图石头记总目"。卷首题"悼红轩原本,海角居士校正",以下有原序、护花主人批序、读法、护花主人总评、护花主人摘误、大某山民总评、明斋主人总评、或问、读花人论赞、题词、大观园影事十二咏,大观园图说、音释,次一百二十回卷目。书内附大观园总图、增评补图石头记图咏四十七幅,每回有插图两幅。①

据《红楼梦》德文全译本的译者史华慈回忆,20 多年前,他曾经在原来东柏林的老国立图书馆见到过这本胡文彬在《红楼梦叙录》中记载的书。具体情况还待进一步查实。这证明库恩所写文字的真实性,也从另一个角度再次证明,库恩所提及的第一个底本完全有可能是存在的。据王薇所说,莱比锡大学东亚学院图书馆现有的《红楼梦》是 1908 年版的,但这不能说明以前这个图书馆就从来没有收藏过早于 1908 年的《红楼梦》版本。也就是说,现在没有,可过去完全有可能有过。以柏林国家图书馆的《红楼梦》藏书为例,现在在这个图书馆的电子藏书目录上能找到的《红楼梦》版本多是 1908 年以后的,可作者近日通过多方查证,发现德国柏林国家图书馆曾经收藏过 1811 年的东观阁重刊本。只是由于第二次世界大战或者别的原因,这个版本现在不存在或者找不到了。

作者经过不懈的执着查阅和多位德国朋友的无私帮助,终于在莱比锡大学图书馆发现了新的证据,证明这个大学图书馆确实曾经收藏过 1832 年版本的《红楼梦》。据莱比锡大学图书馆问讯处的工作人员介绍,葛禄博 1908 年去世后,他的遗孀把他的私人藏书卖给了莱比锡大学图书馆,莱比锡大学图书馆把包括《红楼梦》在内的一部分中文图书借给了库恩所提到的莱比锡大学东亚学校图书馆。②这本书现在确实找不到了,作者却有幸在友人的帮助下,在莱比锡大学图书馆找到了一个标号 A47 的图书卡片,在这个卡片上作者看到了葛禄博手写的关于这本图书的资料卡片,包括书名——《绘图红楼梦》,出版社——王宅,出版时间——1832 年。③

---

① 胡文彬:《红楼梦叙录》,长春:吉林人民出版社,1980 年,第 46—47 页。

② 关于原藏葛禄博私人图书馆的《绘图红楼梦》的情况,详见莱比锡大学图书馆问讯处职员内迟(Karl-Frieder Netsch)写给史华慈的两封信。

③ 这张资料卡片笔者存有数码照片,译自德文的基本信息有,绘图红楼梦,120 章,作者曹雪芹,(没有出版地点,笔者注)出版社:王宅,道光壬辰 = 1832(原文如此)。见附录。

在同一个德国大学图书馆找到同一年代和同一书名的两种中文《红楼梦》的可能性应该不大。如果我们把这些信息理解为"王宅"刻书坊在1832年打着萃文书屋的旗号翻刻的《红楼梦》,就可以认为,葛禄博的藏书就是库恩所提及的底本。事实上,胡适在《重印乾隆壬子本〈红楼梦〉序》中就曾提及"道光壬辰王刻本"。引文如下:

> 程甲本,我的朋友马幼渔教授藏有一部。此书最先出世,一出来就风行一时,故成为一切后来刻本的祖本。南方的各种刻本,如道光壬辰王刻本等,都是依据这个程甲本的。①

如果能进一步找到《绘图红楼梦》这本书,查看到这本书和萃文书屋的相关信息,就可以完全肯定这一推测了。但这一推测尚存难点,那就是作者遍寻现有的书面材料,尚未发现一本名叫《绘图红楼梦》的版本。最初,作者猜想,或者"绘图红楼梦"不是书名,仅仅是葛禄博对这个版本的描述,想表达"带绘图的《红楼梦》"的意思。可葛禄博的"绘图红楼梦"是手写的中文字体,在其后的德文翻译是 *Der Traum in der roten Kammer mit Illustrationen*。另外,在这张手写的卡片上,可以清楚地看到 mit Illustrationen (绘图)本来写在引号之外,后来特地用添加符号加在了 Der Traum in der roten Kammer 后面,表明"绘图"确实是书名不可分割的一部分。那么是否有《绘图红楼梦》这本书呢? 遗憾的是,关于这方面的信息我们知道得很少;但就所知的材料而言,也基本可以印证作者的推断。

在一粟的《红楼梦书录》中发现了:中缝题"绘图红楼梦"的字样,作者又找到了一些如《绘图红楼梦续编》的名字,这至少可以证明《绘图红楼梦》这个名字确实有存在的可能。参看了曹立波关于《红楼梦》东观阁本一些珍贵书影后,作者发现一些版本的封面把较长的书名分作两部分来写,如《新镌全部绣像红楼梦》的扉页,右上方是"新镌全部"的较小字体,居中是"绣像红楼梦"的较大字体。②作者大胆猜想:《绘图红楼梦》也有可能是一个较长书名的缩写。利用现在极为发达的网络资源,作者获悉不同版本的线装本《红楼梦》一共有20种之多。这20种不同版本的《红楼梦》中有三种和道光壬辰年(1832)有关,它们是:《红楼梦》道

---

① 胡适:《胡适红楼梦研究论述全编》,上海:上海古籍出版社,1988年,第149页。
② 曹立波:《红楼梦东观阁本研究》,北京:北京图书馆出版社,2004年,第10页。

光壬辰年版 1—24 册;《绘图评注石头记》(王希廉评)道光壬辰版 1—2 册;《增评补图石头记》道光壬辰年版 1—16 册。在这几本书中,是否有葛禄博所提及的《绘图红楼梦》?葛禄博所记载的同样是 1832 年的《红楼梦》,是不是王薇所提及的双清仙馆本呢?如果双清仙馆本是指《新评绣像红楼梦全传》[①],那么《绘图红楼梦》又是怎么回事呢?葛禄博的这本《绘图红楼梦》又是怎么得来的?作者将在以后的文章里继续探讨这些问题。

现在,让我们再次回到底本见证人库恩所描述的底本 A 的线索中来。

底本 A 本质特征 = 1832(出版时间) + 萃文书屋(出版社) +莱比锡大学东亚学校(图书馆)

现在葛禄博的书具备了库恩所用底本 A 三种本质特征中的两种,虽然葛禄博的资料卡片中没有提供关于萃文书屋的信息,但同样没有出现否定这本书和萃文书屋关系的信息。在这种情况下,我们推断,葛禄博的藏书可能是库恩所提及的底本 A,虽没有百分之百的把握,却也不至于过于唐突。

再者,葛禄博将《绘图红楼梦》翻译为 *Der Traum in der roten Kammer mit Illustrationen*。库恩的《红楼梦》节译本的德文名字是 *Der Traum der roten Kammer*。两者关于"红楼梦"的德文译文只是相差一个介词"in",剩下的单词连大小写都一样。这或者也可作为一个"旁证",来证明库恩和葛禄博的这本书有割不断的神秘关联。

王薇和王金波在自己的文章中都走进德文译本,来获取印证自己说法的新证据。作者在这里不做这方面的探讨,原因主要有以下三方面:第一,在具体的底本尚未确定的情况下无从比较。第二,库恩的节译本和他所用底本的原文相差很大,再加上中文和德文两种语言的翻译问题,翻译的文字很难作为考证的内证。作者认为,第一,库恩关于自己德文译文所用的两种底本的说法没有错误。第二,底本 A 基本可以定为莱比锡大学东亚学校图书馆曾经收藏的、原属于葛禄博私人图书馆的、由王宅翻刻的《绘图红楼梦》。底本 B 则可以肯定是胡文彬在《红楼梦叙录》中提及的《增评补石头记》。第三,作者虽然和王薇的推论思路不同,但完全同意其结论,即德文译本《红楼梦》的底本确定为程甲本系统和三家评本。

---

① 冯其庸、李希凡:《红楼梦大辞典》,北京:文化艺术出版社,1990 年,第 944 页。

在王薇和王金波两位学者研究的基础上,作者借助第一手德文资料,得出如下结论:第一,库恩关于自己德文译文所用的两种底本的说法没有错误。第二,库恩译本底本A基本可以定为莱比锡大学东亚学校图书馆曾经收藏的、原属于葛禄博私人图书馆的、由王宅翻刻的《绘图红楼梦》。底本B则可以肯定是胡文彬在《红楼梦叙录》中提及的《增评补石头记》。①

二、中国学者对节译本的评价

库恩的《红楼梦》节译本出版以后,中国学者或从比较文学角度,或从"红学"角度,对其进行评价。他们或研究《红楼梦》节译本本身,或分析《红楼梦》译本在库恩全部译作中的地位,或将该译本与德国本土的文学作品相比较,对《红楼梦》节译本进行了独到的特色研究。这些研究各具特色,却也有其共同点:一是研究者不约而同地重视库恩的《译后记》,并将其作为重要的参考材料;二是认为节译本其实只翻译了原著的二分之一。节译本和原著相差甚远,节译本对原著内容大量删节的做法影响了小说的结构和《红楼梦》的文学性,造成了读者对《红楼梦》的接受误解;三是期待《红楼梦》德文全译本的出现。

① 在本文基本成稿后,作者电话采访了《红楼梦叙录》的作者——红学家胡文彬,本文的观点得到了胡文彬先生的认可。唯一不同的是,胡文彬认为葛禄博私人图书馆的《绘图红楼梦》极有可能不是"翻刻本",几乎可以肯定的就是双清仙馆本。现将胡文彬先生的意见总结如下:1.库恩是一个严肃的学者,他的关于底本的说法应该还是可信的。《红楼梦》的版本历史确实是一个不断发展的历史,确实存在除《红楼梦书录》和《红楼梦叙录》记录在册的本子以外的多种版本。2.其实根据库恩关于德文译本底本的记录,版本问题并不复杂。首先,版本B就是我在《红楼梦叙录》中提及的《增评补石头记》,这个版本我是亲眼见到过的。3.关于版本A,我的意见如下:我认为底本A基本可以肯定为莱比锡大学图书馆曾经收藏的、原属于葛禄博私人图书馆的《绘图红楼梦》。但我认为不是什么"翻刻本",极有可能就是双清仙馆本。根据葛禄博的本子中"1832年"和"王宅"的信息,几乎可以肯定两者就是同一本子——双清仙馆本。关于"1832年和萃文书屋":因为库恩在德文原文中是将"萃文书屋"放在1832年这个年份后面的括号里的,根据这个细节,我认为库恩是在补充说明,这个1832年的版本是"来自萃文书屋的程甲本系统的",所以写上了萃文书屋。关于"王宅":王宅就是"双清仙馆"。"双清仙馆"是王希廉为书宅起的名字。据史料记载王希廉"王家在太湖东山,家产饶富",不但自己写书,还有刻书的传统,刻完以后以"双清仙"的名义出版。双清仙馆本就是王家刻的。关于《绘图红楼梦》:《绘图红楼梦》是卡片上关于"双清仙馆本"名字的简要概括。《绘图红楼梦》因为这个本子本身就有许多插图。人们在做卡片式记录时,原文照抄是一种方式;用简要文字记下意思也是一种。这是根据卡片特点,如果内容太多,一张卡片写不完时,就采用摘记的办法。以上胡文彬先生的观点,整理自作者2007年12月24日和12月26日对胡文彬的两次电话采访记录。

本书前文提到的陈铨是最早撰文评价库恩《红楼梦》节译本的中国学者。1933年,陈铨在德国基尔大学日耳曼学学院撰写的德语博士论文《中国纯文学对德国文学的影响》(《欧美红学》中译为《德国文献中的中国美文学》)①中对库恩的节译本进行了评价。② 中国学者曹卫东的《中国文学在德国》一书,从多个角度分13章全面论述了中国文学在德国的情况。在第三章"中国古典小说在德国的接受"中提到了库恩和他翻译的中国古典小说。文中总结了库恩的三个翻译特点:"其一,他的译作都是节译,一般取重要章节、关键人物故事。其二,在节译基础上纵情发挥,不拘原著,尽量使译作在语言和文体上切合德国人的要求……其三,他敢于探索,译前人之所未译,体现了他对中国古典小说的独特理解和他自己独立的翻译个性。"③文中有两个观点值得关注。一是曹卫东不认同这样的流行看法:库恩之所以有如此高产的翻译量,是因为出版社的合同和为了增加自己的收入,指出库恩的高产是因为库恩自己对中国古典小说的兴趣和广大德国读者对中国古典小说的认同和喜爱。二是曹卫东指出了库恩专门从事翻译,却对研究兴趣不大的原因:"这是因为他尚处于全面和广泛、深入而准确地译介中国古典小说的开端,这就决定他的任务首先必须提供足够量的翻译文本。所以,他在其译著的前言、后记中虽然能够把握住中国古典小说的精义及各部作品的核心,也能够从一个西方人的角度提出一些有益的见解,比如他对《红楼梦》的点评,但是,由于时势的原因,他不可能写出什么长篇大作来专论中国古典小说。"④陈铨和曹卫东对库恩及其翻译的评价都是从整个中国文学出发,站在比较文学的角度,不是专门针对《红楼梦》德文译本,而是将《红楼梦》作为整个研究的一部分,从共性中分析《红楼梦》的个性。陈铨将库恩的《红楼梦》节译本和小说原著相比较后,认为翻译的最大特点——节译也是译本的最大缺点。曹卫东则从整体上评价了库恩的中国古典文学翻译,认为从"接受"的角度,库恩功不可没,并没有具体评价《红楼梦》节译本。但两人还有一个共同点,那就是都认为,翻译是进行进一步研究的关键和基础。

---

① Chuan Chen: *Die chinesische schöne Literatur im deutschen Schrifttum*, Inaugul-Dissertation, Kiel, 1933.

② 姜其煌:《欧美红学》,郑州:大象出版社,2006年,第118—119页。在这里要纠正的是姜其煌文章中提到的基尔(Kiel)不是人名,而是地名。

③ 曹卫东:《中国文学在德国》,广州:花城出版社,2002年,第83页。

④ 曹卫东:《中国文学在德国》,广州:花城出版社,2002年,第85页。

南开大学外国语学院教授张桂贞撰写了《弗朗茨·库恩及其〈红楼梦〉德文译本》一文。文章介绍了《红楼梦》在德国流传的历史,从"弗朗茨·库恩的翻译生涯及其成就""弗朗茨·库恩的《红楼梦》德文译本""弗朗茨·库恩《红楼梦》德译本的原著认识基础""德国著名学者心目中的库恩《红楼梦》德译本"和"中外学界对库恩的评价"等几个方面介绍了库恩的节译本,是中国学者中专门撰文研究库恩节译本的第一人。在介绍库恩的翻译生涯及其成就时,除介绍库恩的生平及其译作以外,还介绍了库恩的德文译作被改编为戏剧在德国上演,以及在德国和其他国家广播电台播出的情况。同时还提出一个观点:"库恩的目的是翻译走向现代。"①这篇文章最突出的是"弗朗茨·库恩的《红楼梦》德文译本" 这一部分对节译本精简回目的细致分析,指出"删略回目,是库恩缩减原著的手法之一。德译本把原著一百二十回缩减为五十回。其中,对原著回目的文字及回目本身,进行了全译、合并、删除、补充等处理"②。指出节译本删除了 48 个回目,"即第十、二十八、三十、三十四、三十五、三十六、三十八、三十九、四十一、四十二、四十九、五十、五十三、五十四、五十五、五十六、五十八、五十九、六十、六十一、六十二、六十三、六十四、七十、七十一、七十二、七十六、七十九、八十四、八十五、八十六、八十八、九十、九十一、九十二、九十三、九十五、九十六、九十九、一百二、一百八、一百九、一百十、一百十三、一百十四、一百十五、一百十七、一百十八回"③,并对此进行了详细分析。通过这些分析可以从一个侧面看出,库恩的节译本对原著进行了多大的改动,从而看出节译本和原著的差别。这篇文章的另一个有价值的观点是认为节译本为全译留下了充分的空间:"在缩译阶段把最重要、最精华的部分详尽地予以重现。全译才是库恩的最高理想。"④

姜其煌的《德国红学》一文,从"红学"角度,探讨《红楼梦》在德国的流传和研究状况。这篇文章最大的特点是"全",文章从 1902 年葛禄博(《欧美红学》中译

---

① 张桂贞:《弗朗茨·库恩及其〈红楼梦〉德文译本》,刘士聪:《〈红楼梦〉译评 ——〈红楼梦〉翻译研究论文集》,天津:南开大学出版社,2004 年,第 431 页。

② 张桂贞:《弗朗茨·库恩及其〈红楼梦〉德文译本》,刘士聪:《〈红楼梦〉译评 ——〈红楼梦〉翻译研究论文集》,天津:南开大学出版社,2004 年,第 432 页。

③ 张桂贞:《弗朗茨·库恩及其〈红楼梦〉德文译本》,刘士聪:《〈红楼梦〉译评 ——〈红楼梦〉翻译研究论文集》,天津:南开大学出版社,2004 年,第 435 页。

④ 张桂贞:《弗朗茨·库恩及其〈红楼梦〉德文译本》,刘士聪:《〈红楼梦〉译评 ——〈红楼梦〉翻译研究论文集》,天津:南开大学出版社,2004 年,第 438 页。

为“格鲁勃”)关于《红楼梦》的记录开始,一直写到 1974 年梅薏华为《红楼梦》写的后记。文章涉及葛禄博、叶乃度、卫礼贤和他们撰写的中国文学史,并详细介绍和分析了这些文学史中有关《红楼梦》的内容和丁文渊对《红楼梦》的片段翻译,文章指出:“1932 年,德国学术界对《红楼梦》的研究达到了一个高潮,其主要标志是弗兰(朗)茨·库恩德文节译本的问世。”①将库恩的节译本放在了“德国红学”的中心位置,并称赞库恩“1932 年《红楼梦》德译本上发表的后记,这是一篇学术水平较高的后记”②。遗憾的是,文章中关于库恩及其节译本的论述以哈托·库恩写的关于库恩的自传和库恩的《译后记》为基础材料,较前人并没有什么新意,倒是其后在对节译本的评价方面较其他学者在资料方面有很大的突破。文章提到了奥托华·恩金(Ottowar Enking)1932 年 12 月 25 日在《全德意志报》(*Deutsche Allgemeine Zeitung*)上写的名为《红楼梦》(*Der Traum der Roten Kammer*)的关于库恩节译本的评论;丁文渊 1933 年在《东亚杂志》(*Ostasiatische Zeitschrift*)第 8 期发表的评论;陈铨(《欧美红学》中译为“庄晨”)在《德国文献中的中国美文学》中关于《红楼梦》的评论,1942 年,普实克(《欧美红学》中译为“J.普鲁谢克”,Jaroslav Průšek,1906—1980)在《东方文库》(*Archiv Orientálni*)发表的名为《〈红楼梦〉问题的新材料——评 H.埃格特 1939 年在汉堡发表的〈《红楼梦》的产生历史〉一文》”(*Neues Material zum Hung-Lou-Meng-Problem Bemerkungen zu H.Egertts* “*Entstehungsgeschichte des Hung-Lou-Meng*”)的文章;1960 年,奥迪勒·卡登马克-切奎尔的《中国文学》(*Die Chinesische Literatur*)对《红楼梦》的评介;以及 1968 年的《世界文学百科辞典》(*Lexikon der Weltliteratur*)、1972 年的《迈耶尔外国作家袖珍百科辞典》(*Meyer Taschenlexikon, Fremdsprachige Schriftsteller*)、1975 年盖洛·冯·维佩特(Gero von Wipert)的《20 世纪世界文学百科辞典》(*Lexikon der Weltliteratur in* 20 *Jahrhundert*)中涉及《红楼梦》的内容。最后,文章详细介绍了 1974 年梅薏华(《欧美红学》中译为“埃娃·米勒”)为《红楼梦》写的后记。文章的特点是对每一个涉及的内容都极尽详细地进行了介绍,而且在材料方面也尽量占有,可以说是德国“红学”的一个资料汇编。遗憾的是“全”有余,而“新”不够。

---

① 姜其煌:《欧美红学》,郑州:大象出版社,2005 年,第 113 页。

② 姜其煌:《欧美红学》,郑州:大象出版社,2005 年,第 124 页。

另一个中国学者常朋专门撰文研究了库恩的所有关于中国文学的德语译作，并在其中对《红楼梦》节译本进行评介。这些成果体现在他的博士论文《中国小说的欧洲化和现代化——库恩(1884—1961)译作研究》中。①

北京大学德国文学研究专家严宝瑜撰写的《布登勃洛克一家—— 德国的〈红楼梦〉?》②一文，站在比较文学的立场，多次涉及库恩的《红楼梦》节译本，谈到了节译本的不足之处：

"需要指出的是库恩对一些人物的处理存在不足，比如刘姥姥在小说中并不是一个无足轻重的三流角色，她是贾家衰落的见证人。她第一次出场时，正是贾家的兴盛期；第二次出场时，贾家开始出现败象；第三次出场时，将巧姐救出了火坑。可这样一个重要的人物在库恩的节译本中只出现了一次。"③"和托马斯·曼幽默的语言风格相比，曹雪芹充满同情地描写了贾宝玉和林黛玉以及其他十二金钗的悲剧命运，谴责了黑暗的社会制度。可惜，这在库恩的节译本中根本无法读到。"④"毛泽东说《红楼梦》是封建社会的百科全书，可惜这在库恩的节译本中根本读不到，库恩自己说他翻译了小说原著的六分之五，可据我观察，实事求是地讲，他也只是翻译了小说原著的一半儿而已。"⑤

---

① Peng Chang: *Modernisierung und Europäisierung der klassichen chinesischen Prosadichtung-Untersuchung zum Übersetzungswerk von Franz Kuhn (1884–1961)*, Peter Lang Frankfurt am Main. Bern. New York. Paris, 1991.

② Baoyu Yan: *Buddenbrooks-ein deutscher Hong Lou Meng*? —ein komparatistischer Versuch an zwei zeitlich und kulturäumlich verschiedenen Romanen: Thomas Manns Buddenbrooks und der Traum der roten Kammer von Cao Xueqin. Akadémiai kiadó, Budapest John Benjamins B.V., Amsterdam, Neohelicon XVIII/2, 1991, S.273–293.

③ Baoyu Yan: *Buddenbrooks-ein deutscher Hong Lou Meng*? —ein komparatistischer Versuch an zwei zeitlich und kulturäumlich verschiedenen Romanen: Thomas Manns Buddenbrooks und der Traum der roten Kammer von Cao Xueqin. Akadémiai kiadó, Budapest John Benjamins B.V., Amsterdam, Neohelicon XVIII/2, 1991, S. 282.

④ Baoyu Yan: *Buddenbrooks-ein deutscher Hong Lou Meng*? —ein komparatistischer Versuch an zwei zeitlich und kulturäumlich verschiedenen Romanen: Thomas Manns Buddenbrooks und der Traum der roten Kammer von Cao Xueqin. Akadémiai kiadó, Budapest John Benjamins B.V., Amsterdam, Neohelicon XVIII/2, 1991, S. 286.

⑤ Baoyu Yan: *Buddenbrooks-ein deutscher Hong Lou Meng*? —ein komparatistischer Versuch an zwei zeitlich und kulturäumlich verschiedenen Romanen: Thomas Manns Buddenbrooks und der Traum der roten Kammer von Cao Xueqin. Akadémiai kiadó, Budapest John Benjamins B.V., Amsterdam, Neohelicon XVIII/2, 1991, S.291.

三、德国学者对节译本的评价

1932年库恩的《红楼梦》节译本出版以后，一些德国学者撰文从各个角度对其进行了评价。1932年12月14日，赫尔曼·黑塞（Hermann Hesse，1877—1962）在《新苏黎世报》（*Neue Zürcher Zeitung*）上发表关于《红楼梦》节译本的评论。① 在文中，这位1946年诺贝尔文学奖的得主这样评价库恩的译本：

> 这不仅是第一部德语的，也是第一个欧洲语言的，几乎没有删节小说原文的翻译。这部小说读起来很美，虽然小说的语言不是那么充满诗意。翻译的风格统一、流利，有些人对翻译的一些小节有不同的看法，但整体来看，读这部小说是一种很好的享受。②

从"ungekürtzt（没有删节）"一词可以看出赫尔曼·黑塞并没有读过《红楼梦》中文小说原著。1932年12月25日，奥托华·恩金在《德国普及报》上写的关于库恩《红楼梦》节译本的评论中，这样评价库恩的节译本：异国特色、情节运用的艺术以及介绍中国文化的方法让人佩服。③ 1954年，沃尔夫冈·施奈底茨（Wolfgang Schneditz）的评价：这部书尤其使人惊叹的是无所不包的民俗风情及社会现状的描写。④ 1971年，梅薏华为《红楼梦》节译本写的后记⑤这样评价了库恩的翻译：1932年，库恩的《红楼梦》翻译是欧洲的第一个译本，虽然是节译本，可原著的思想和内容基本得到了保留。⑥ 1986年，莫妮卡·默奇（Monika Motsch）对库

---

① Hermann Hesse：*Der Traum der roten Kammer*，in：*Neue Zürcher Zeitung*. Mittwoch，14. Dezember 1932，No.2348，Morgenausgabe，Blatt 2. Romane.

② Hermann Hesse：*Der Traum der roten Kammer*，in：*Neue Zürcher Zeitung*. Mittwoch，14. Dezember 1932，No.2348，Morgenausgabe，Blatt 2. Romane.

③ Peng Chang：*Modernisierung und Europäisierung der klassichen chinesischen Prosadichtung-Untersuchung zum Übersetzungswerk von Franz Kuhn（1884－1961）*，Peter Lang Frankfurt am Main. Bern. New York. Paris，1991，S.149.

④ Wolfgang Schneditz：*Stumm die Jadeterassen - herbstlich die Nebel wallen. Chinesische Romane - Marksteine der Weltliteratur*，in：*Salzburger Nachrichten* vom 1.6.1954. Zitiert nach：Peng Chang：*Modernisierung und Europäisierung der klassichen chinesischen Prosadichtung - Untersuchung zum Übersetzungswerk von Franz Kuhn（1884－1961）*，Peter Lang Frankfurt am Main. Bern. New York. Paris，1991，S.150.

⑤ *Der Traum der roten Kammer*，*ein Roman aus der Mandschu-Zeit*，Insel-Verlag，Leipzig，1971，S.845－858.

⑥ *Der Traum der roten Kammer*，*ein Roman aus der Mandschu-Zeit*，Insel-Verlag，Leipzig，1971，S.858.

恩的评价:库恩是一个语言艺术家,德国读者通过他的翻译感受到了中国小说的魅力。① 1989 年,夏瑞春(Andrian Hsia)在《库恩,中国小说的"媒人"》②一文中这样写道:

受出版社合同的约束,库恩的《红楼梦》节译本只有 800 页。为此,库恩按照两个标准对原著的内容进行了取舍。他尝试尽量保留主要情节的连续性和完整性,同时尽可能地保留中国风土人情的描写。这两个原则使小说在节译后,保留了小说的中国特色。③

除了上述记录,作者还找到了如下一些新的资料来源:埃尔文·里尔特·冯·察赫(Erwin Ritter von Zach)写的题为《〈红楼梦〉——库恩博士译自中文》(*Der Traum der roten Kammer.Aus dem Chinesischen übertragen von Dr.Fanz Kuhn*)的评论。④ 在这篇评论中,察赫这样评价了库恩的节译本:

库恩博士(莱比锡大学的教授)为广大受教育的读者翻译了这部小说。虽然这部小说不是全译(将 120 回压缩成了 50 回),但基本上保留了原著的精要,是一个和原著一样的艺术品。

同时察赫也指出这部小说对专业人士来讲存在太多的不足。接下来,文章引用库恩在《译后记》中的话,指出影响《红楼梦》传播的因素:中国的书面语言对欧洲读者实在是太难了。文章的最后一部分对库恩译本中的诗词翻译和名词翻译提出了批评意见:小说中大量的诗词只有很少一部分被译成了德文,这些被译成德文的诗歌,我认为应该有别的更好的翻译。再就是,我也很不喜欢库恩对人名

---

① Monika Motsch:*Liu Shu und Franz Kuhn, zwei frühe Übersetzer*, in:*Hefte für Ostasiatische Literatur* 5, September 1986, S.82. Zetiert nach:Bauer, Wolfgang:Entfremdung, Verklärung, Entschlüsselung:Grundlinien der deutschen Übersetzungsliteratur aus dem Chinesischen in unserem Jahrhundert; zur Eröffnung des Richard Wilhelm-Übersetzungszentrums der Ruhr-Universität Bochum am 22.April 1993 = Alienation, glorification, deciphering/Wolfgang Bauer, Bochum:Ruhr-Univ., 1993, S.20.

② Andrian Hsia:*Franz Kuhn als Vermittler chinesischer Romane*, in:*Die horen*, Zeitschrift für Literatur, Kunst und Kritik.Hrsg.von Kurt Morawietz, Hannover, 34.Jg, 1989.Bd. 3, S.89-93.

③ Andrian Hsia:*Franz Kuhn als Vermittler chinesischer Romane*, in:*Die horen*, Zeitschrift für Literatur, Kunst und Kritik.Hrsg.von Kurt Morawietz, Hannover, 34.Jg, 1989.Bd. 3, S.91.

④ *Deutsche Wacht*, eine Zeitschrift für die Ortsansässigen Deutschen in Niederlandisch Ostindien, 19.1933:7, S.29-30.Nr.224.Batavia, 1933.Zitiert nach:*Erwin Ritter von Zach*:(*1872-1942*);*gesammelte Rezensionen*;*chinesische Sprache und Literatur in der Kritik*/hrsg.von Hartmut Walravens, Wiesbaden:Harrassowitz, 2006, S.171-172.

和建筑物名的译法。1937年,海因里希·埃格特(Heinrich Eggert)以《〈红楼梦〉的产生历史》为题写了第一篇关于《红楼梦》的学术论文,主要是将中国"新红学"的观点介绍给德国读者。① 1953年,埃尔文·拉斯在《世界文学史》中对《红楼梦》进行了介绍,②但其显然受到了前人对《红楼梦》评价的影响,没有什么新意。这期间,尤其值得关注的是,顾彬于2008年发表在《红楼梦学刊》的一篇题为《诗意的栖息,或称忧郁与青春——〈红楼梦〉(1792年)在德国》的学术论文。③ 这篇文章在本书中多次被引用,这里不再重复。

1993年4月22日,鲍吾刚(Wolfgang Bauer,1941—2005)在《异化、神化、破译:我们这个世纪译自中文的德国文学翻译主线》④一文中分析了库恩翻译特点及其形成的原因,并对其进行了评价。文章认为库恩的翻译特点是:提供了一道适合德国读者口味的中国美味。他进一步解释说:将中国古典小说翻译成欧洲语言有两种可能性:一种是适合专业人士的、完全按照语言学要求的严格的翻译,另一种是适合广大德国读者和书商的、生动的、充满创造性的意译。库恩的"生动的、充满创造性的意译" ⑤的翻译特点也正是人们对其进行评价的重点。在德国学术界,有人对库恩的翻译给予高度评价,也有人对此提出尖锐批评。

在这里,作者引用鲍吾刚的话来总结库恩在德国翻译界的地位:

> 在德国翻译界有三个杰出的翻译家,他们是菲兹迈(或译作:普茨迈尔,August Pfizmaier,1808—1887)、传教士翻译家卫礼贤和汉学家及自由职业翻译家库恩。同时,与卫礼贤和菲兹迈相比较,库恩突破了卫礼贤的翻译技巧:卫礼贤的翻译直到今天仍然是许多翻译家学习的典范,因为他很好地找到了科学的翻译和可读性之间的平衡点,这是一部翻译作品赢得广大读者不可缺

---

① Heinrich Eggert:*Die Entstehungsgeschichte des Hung-lou-meng*. Dissertationsdruck A.Preilipper, Hamburg 11, Admiralitätsstr.16.1939.

② Erwin Laaths:*Geschichte der Weltliteratur*, München, Zürich:Droemersche Verl.Anst. Knaur, 1953, S.199.

③ 顾彬:《诗意的栖息,或称忧郁与青春——〈红楼梦〉(1792年)在德国》,《红楼梦学刊》2008年第六辑,第276—292页。

④ Wolfgang Bauer:*Entfremdung, Verklärung, Entschlüsselung, Grundlinien der deutschen Übersetzungsliteratur aus dem Chinesischen in unserem Jahrhundert*; zur Eröffnung des Richard Wilhelm-Üersetzungszentrums der Ruhr-Universität Bochum am 22. April 1993, Bochum:Ruhr-Universität 1993, S.8-24.

⑤ Wolfgang Bauer:*Entfremdung, Verklärung, Entschlüsselung, Grundlinien der deutschen Übersetzungsliteratur aus dem Chinesischen in unserem Jahrhundert*; zur Eröffnung des Richard Wilhelm-Üersetzungszentrums der Ruhr-Universität Bochum am 22. April 1993, Bochum:Ruhr-Universität 1993, S.19-20.

少的要素;库恩超越了菲兹迈的翻译数量:库恩的翻译数量远远超出了多产翻译家菲兹迈。他一生翻译了12部长篇巨著、30部短篇小说,另外还有多种翻译被转译成多种世界语言①。

四、语言形式上的归化，文化内容上的异化

王薇在她的博士论文中称，库恩德文译本是以归化为主,兼及异化的翻译。② 王薇的论文以语言分析和文本对照为主要任务,本书尝试涉及翻译活动在主体文化里面运作的问题,运用多元系统理论从文化研究的角度介入,进一步将库恩的翻译策略概括为语言形式上的归化,文化内容上的异化。

从翻译的策略来看,库恩的译本是归化与异化的综合,只不过从语言上来说,归化占有绝对的优势。这种情况与库恩所处时代特定的社会与文化背景有密切关系。根据多元系统理论,如果在某一时期,本土文学系统十分强大,使翻译文学处于一个次要地位,译者往往会采取归化的翻译方法;反之,译者则多采取异化的翻译。库恩所处的时代,虽然在第一次世界大战中精神受到创伤的德国人更向往东方文明和文化,并期望借助中国文化和智慧恢复和振兴本国文化。但中国和德国是两个文化差异很大的民族,一向以自身悠久的历史和文化骄傲为荣的日耳曼民族对中国文化的需求只是出于一种好奇的心理和为我所用的目的,他们需要的是从中国的文学作品中找到他们想象的中国形象而不是真实的中国。这样的文化态度导致了库恩对《红楼梦》的翻译很不"充分":他翻译的主要目的是向德国读者介绍中国的"异域风情",《红楼梦》的艺术价值在一定程度上被忽视;节译本是一种偏离原作、大量删节的高度归化的翻译。下面本书将运用多元系统理论,以文化研究的视角,从"读者的可接受性""库恩翻译的策略"和"译作本身的例子"三方面探讨库恩德文译本翻译策略的选择以及译作获得成功的具体原因。

从多元系统理论来看,当翻译文学处于文化的边缘地位时,译者要考虑的是

---

① Wolfgang Bauer: *Entfremdung, Verklärung, Entschlüsselung, Grundlinien der deutschen Übersetzungsliteratur aus dem Chinesischen in unserem Jahrhundert*; zur Eröffnung des Richard Wilhelm-Üersetzungszentrums der Ruhr-Universität Bochum am 22. April 1993, Bochum: Ruhr-Universität 1993, S.11-18.

② 王薇:《〈红楼梦〉德文译本研究兼及德国的〈红楼梦〉研究现状》,山东大学博士学位论文,2006年5月。

读者的可接受性。在《红楼梦》德文译本产生的年代,德国评论家和出版商更注重译作的可读性,一般德国读者也喜欢通顺易懂的译文。德国读者与《红楼梦》原著的读者处于不同的国度、不同的文化和不同的时代,他们的文化素养、理解水平也参差不齐,库恩在翻译《红楼梦》时注意把握德国读者的接受取向,对《红楼梦》的删改不是因为不懂原文而投机取巧,而是与当时的时代要求相契合。作为一个自由职业的翻译家,库恩当时主要靠稿费生活,许多人对他在艰苦的经济条件下仍保持翻译中国文学作品的热情深感佩服。为了生存,库恩必须尽量使自己的译作能够符合出版社的要求。当时出版社对库恩的要求主要有两方面:一是时间上的,二是译文的篇幅上的。与库恩合作的莱比锡岛屿出版社要求《红楼梦》的德文翻译不能超过800页,每月要完成大约64页的译文,这种要求影响了库恩《红楼梦》翻译方式的选择和翻译风格的形成。出版社出于盈利目的,要求译作必须符合德国读者的欣赏需求,将德国读者对中国古典文学作品的接受作为首要目的。库恩为了适应这种需求,不可避免地要对《红楼梦》原著进行删节和修改。从积极的层面来看,这种以读者的接受为第一位的翻译目的,促成了库恩的《红楼梦》德文译本在当时德国的热销。为了保证译作的可读性,库恩选择了归化的翻译策略,在语言上选择德国读者愿意接受的流利通顺的德语,保证《红楼梦》德文译本在篇幅上没有超过800页。此外,库恩的节译本由著名的莱比锡岛屿出版社出版,也是库恩译本赢得市场取得成功的一个重要因素,因为读者会乐意购买自己熟悉和信任的出版社的出版物。

库恩独特的个人魅力也是《红楼梦》德文节译本广为流传和被读者接受的一个不容忽视的因素。库恩最大的成功在于,以独特的手法和翻译策略契合了德国读者在特定的文化交会点上的独特要求,使得德国读者在德国本土语境下感受到中国古典文学巨著《红楼梦》中和德国同时代文学作品完全不同的中国文化风情。作为一个自由职业的翻译家,库恩当时主要靠稿费生活,读者是库恩的衣食父母,库恩将自己的翻译原则定位为向广大有教养的德国读者而不是少数专家队伍呈献一道美味的中国大餐。这种以读者为中心的翻译原则,也决定了库恩的翻译以归化翻译为主。当时德国的多数读者对中国文化知之甚少。因此,为了迎合德国读者的口味,库恩采取了归化的翻译策略。从中德文化差异出发,库恩对《红楼梦》的主题、结构和人物进行了大规模的改造,对小说按照自己的理解进行删改,删去德国人无法理解的诗词、心理描写;为了迎合读者的口味,库恩详写贾宝玉、林黛玉和薛宝钗三个人的爱情故事,保留了德国人感兴趣的细节描写;为了避免逻辑上的缺陷,保证小说的完整性,库恩保留了理解小说所必需的主要情节。从这一角度讲,归化的翻译策略也保证了库恩以读者为中心的翻译原则的实现。

库恩翻译《红楼梦》的目的是促进东西方的相互了解。考虑到德国读者对《红楼梦》感兴趣的主要原因是想了解18世纪的中国人的生活,库恩在《红楼梦》德文译本中保留了大量的中国特色。从德文译本来看,这具体体现在以下几个方面:库恩对小说的中国元素尽量详细描述。当时的德国读者感兴趣的只是中国,而不是《红楼梦》这部小说,他们渴望从中读到与德国不同的中国,库恩在小说中保留了大量中国风俗习惯的描写。译本极尽笔墨地描写了秦可卿的葬礼和元妃省亲的过程,详细解释"夏至"等中国特有的节气和德国人感兴趣的中医原理等。库恩翻译《红楼梦》时,在采用当时流畅地道的德语的同时,又保留了中国语言特色。在语言方面保留了许多有中国特色的简单词汇,如姐姐(Tsiä Tsiä)、妹妹(Meh meh)、叩头(Kotau)、姑娘(Kuniang)、奶奶(nainai)、阿弥陀佛(A mi to fo)等;还创造了一些简单的中德文混合的词汇,如alte Tai tai(意为"老太太","太太"用的是拼音,"老"用的是德文alt)、tsing an Gruß(意为"请安","请安"用的是汉语的发音,加上德国请安一词Gruß)。

由于两国差异巨大的文化背景,许多元素都不能简单地从中国文化移植到德国文化,中文和德文两种语言所传递的文化信息与表达方式不尽相同时,库恩就将其归化为德语的表达方式。如:"Hauskobold"是德国古老民间传说中的"家神、地神、小精灵鬼",这是库恩译本中,老祖宗向黛玉介绍王熙凤时用的一个词,用得很传神;"麻将"被译为"Dominospiel(多米诺游戏)";贾琏对"平儿"的昵称"我的心!我的肝!我的小肉球"被译为"Mein Herz! Mein Leber! Mein Fleischklößchen";称"道观观长"为"Prior(修道院院长)"。库恩对德语的娴熟把握让德国读者感到亲切,这也是他的翻译赢得读者的一个重要原因。

库恩的节译本采用"语言形式上归化,文化内容上异化"的翻译策略,不讲究一对一的文字翻译,而是努力让读者通过译作体验到与读原著一样的感受。虽然库恩的德文译本很难和中文原著进行对照,但由于翻译策略的恰当选用,《红楼梦》的意蕴和思想却被成功移植过来,使德国读者仿佛置身于18世纪的中国。

第四节 待人评说的全译

杜松柏在《国学治学方法》中谈及搜集学术资料的困难时说:

> 学术资料的获得,除了自然科学以外,其他的门类,均非易易。由于以往的事实,亲见亲知其事者已少,能真实地记录其事的更属小数,被记录而未湮没讹传的,尤其少;何况事实一往而不可复现,吾人无法重新考察,凡此可见资料之获得不易。①

由于《红楼梦》德文全译本出版时间尚短,关于史华慈和他的德文全译本前80回的研究资料,作者大多只能通过和史华慈本人的直接交流获得。这一部分的大部分资料是作者直接经过搜集、整理了解到的真切的实事。作为一个"亲见亲知"德文全译本译者的人,争取真实地记录历史,为以后学者的研究提供借鉴。从2006年7月开始到本书完成,作者通过面对面交流(采访)、电话和邮件交流等方式搜集了大量的第一手资料。本书以第一手资料为主,以二手资料为辅,在论述中,首先尝试通过考察史华慈的中国文学翻译作品总结出史华慈的翻译特点;在此基础上,再将目光聚焦在《红楼梦》德文全译本前80回上,以期能对《红楼梦》德文全译本和翻译家史华慈有一个较为全面的考察。

一、史华慈与《红楼梦》80回全译本

史华慈1946年12月6日生于德国柏林。父亲是家具厂的木工,母亲原来是

① 杜松柏:《国学治学方法》,北京:中国人民大学出版社,2005年,第109页。

扎花环、花束的工人，结婚以后改做全职家庭妇女。1946 年父母离婚后，史华慈跟着母亲住在第二次世界大战后的苏占区，即后来的民主德国。因为从小就对中国怀有浓厚的兴趣，史华慈在中学读书期间，就开始在柏林一家业余学校学习汉语。1958 年到 1963 年，史华慈在德国柏林洪堡大学东亚学院主修汉学，辅修历史。大学毕业以后，他在德国科学院东方研究所工作，并撰写博士论文《中国海员工会革命化的历史》。从 1971 年春季到 1975 年秋季他常住北京，在民主德国驻华使馆商务处担任汉语翻译。1975 年，他回到德国科学院东方研究所继续从事中国职工运动的历史研究，同时出于个人爱好将《中国民间故事》翻译成德文，该书后来由莱比锡岛屿出版社出版。从 1978 年年初开始，史华慈成为自由职业者，常常往返于中国和德国之间，大部分时间从事将中国文学作品翻译成德文的工作，有机会也为民主德国的一些工业企业（主要是轨道车辆制造厂）做些口头翻译。他翻译的规模最大的文学作品是曹雪芹著《石头记》（80 回本），整个翻译历经 10 年，由于种种原因，1990 年完成的《石头记》德译本直到 2007 年才出版。①

二、翻译家史华慈的中国文学翻译研究

由史华慈翻译出版的各种中国文学图书有 11 本，短篇翻译和与中国有关的学术文章有 30 多篇。② 本书搜集到的应该是截至目前史华慈最全面的作品集。③这些作品被分为译著、短篇翻译、学术文章和讲话四种，每种作品又按照发表的时间顺序排列。需要说明的是，史华慈除了做中德文翻译，还坚持把俄文翻译成德文，目前由他从俄文翻译成德文出版的图书有 4 本。

史华慈觉得自己不算是一个高产的翻译家，他自称："因为我对翻译很挑剔。只有自己对翻译满意了，我才肯出版。有很多作品初看内容懂，具体翻译时往往

---

① 关于史华慈的生平简介译自史华慈自己提供的德文简历。

② 参看附录 6 中的《史华慈作品详表》。

③ 史华慈译作也可以参看魏汉茂在《红楼梦》全译本的后序。Hartmut Walravens：*Zur ersten vollständigen deutschen Übersetzung des Shitouji* 石头记 *Geschichte des steins*（*Hongloumeng* 红楼梦）*und zum Übersetzer der ersten 80 Kapitel*. In：Tsau Hsü ä-tjin：*Der Traum der Roten Kammer oder Die Geschichte vom Stein*，Bochum：Europäischer Universitätsverlag 2006， 3 Bde.Nachwort： S.viii.

会遇到根本无法解决的语言问题,在这种情况下,我就宁可放弃。”①由史华慈从中文翻译成德文的文学作品大概可以分为三种类型:第一种完全是史华慈自己喜欢的,出于个人喜爱先将作品从中文翻译成德文,然后找出版社协商出版事宜。这样的译作包括《沂山民间故事八篇》《夜谭随录选》《谐铎选》《海录》《子不语选》《扬州十日记》和《思痛记》等。为将这些真心喜欢的中国文学作品翻译成德文,史华慈倾注了许多心血。但这一类译著的出版情况并不理想,《夜谭随录选》和《谐铎选》的德文译本直到今天也没有正式出版,只好在魏汉茂的帮助下,在德国柏林国立图书馆作为内部参考资料保存。第二种是史华慈喜欢、出版社也有意向、经双方协商后翻译出版的中国文学作品。这包括史华慈规模最大的文学翻译项目《红楼梦》及《浮生六记》《雷峰塔奇传》和《耳食录选》等。第三种是出版社主动向史华慈约稿,史华慈按照合同来翻译的中国文学作品。这包括《中国民间故事·汉族的故事》和《习惯死亡》两部译作。

从这些译作也可以看出史华慈翻译兴趣的发展变化。史华慈最初的兴趣点集中在中国民间故事上,翻译出版了他的处女作《沂山民间故事八篇》,之后由于莱比锡岛屿出版社向他约稿,继续翻译出版了《中国民间故事·汉族的故事》。之后,莱比锡岛屿出版社和史华慈签订了《红楼梦》的翻译出版合同,史华慈出于了解《红楼梦》小说时代背景的需要开始关注中国清朝的文学作品,如《浮生六记》《子不语选》《耳食录选》《夜谭随录选》《谐铎选》等。这些书有的是和清朝有关的笔记体小说,有的是志怪小说,有的是回忆录,是关于中国清朝乾隆时期中国人的生活情况和想法的书,从其中可以看到当时中国人的生活情况、方式和梦想。

史华慈在选择译作时,多从个人爱好出发,选择方便出版和阅读的短篇小说集中德国人喜欢的章节。虽然他选择的书都是中国古典文学作品,可由于这些文学作品在中国也并非尽人皆知,要想赢得德国读者就更加有难度了。尹虹在2004年12月1日寄给史华慈《耳食录选》的评论②时,写了附言给史华慈,信的开头写着这么一句话:“顺便说一句,这本书提不起我的兴趣,我也不会进一步研究

---

① 姚珺玲:《十年心血译红楼——德国汉学家、〈红楼梦〉翻译家史华慈访谈录》,《红楼梦学刊》2008年第二辑,第287页。

② *Das neue China*, Nr. 2/Juni 2004, 31. Jahrgang, S. 35-36.

它。”连尹虹这样的德国汉学家也不喜欢《耳食录选》这样的中国文学作品，就更不要说对中国古典文学知识知之甚少的德国普通读者了。

通过各种书评也可以看到，这些书译成德文的翻译质量是好的。这些书在德国并没有流行，恐怕和时代背景有很大关系。正如费利克斯 · M. 维泽讷所分析的那样：像岛屿出版社和迪特里希出版社这样的出版社也渐渐失去了出版中国文学作品的兴趣。正像新闻媒体所说的，每年印刷品的数量如此巨大，没有强大的广告宣传，即使最好的书籍也很少能畅销。① 好在翻译家史华慈的翻译态度十分乐观，他享受的是整个翻译过程，正像他在采访录中说过的那样：

> 我喜欢做翻译，尤其是翻译文学作品。我翻译的基本都是自己喜欢的东西。一个人坐在书桌前，写书、看书，这是一种享受。人的生命是有限的，可我的翻译是永存的。一想到许多人通过我的翻译了解中国文学，我就感到很满足。对我来讲，这是一个有意思、有用处的工作。②

史华慈声称自己没有翻译理论，只有翻译精神和翻译实践。经过认真研究和分析，本书将史华慈的“翻译精神”总结如下。

1.最好的翻译也无法和原著一样

史华慈欣赏中国后秦佛教学者、佛教翻译家鸠摩罗什（Kumārajīva，344—413）所说：“改梵为秦，失其藻蔚。虽得大意，殊隔文体。有似嚼饭与人，非徒失味，乃令呕哕也。”③史华慈同样觉得日本作家冈仓觉三（Kakuzo Okakura，1863—1913）在《茶书》中关于翻译的比喻非常形象：中国明代有一个作家说翻译就是“叛逆”，最好的翻译不过像锦缎的反面，丝线都在，颜色和花纹却不如正面好看。④基于这种思路，史华慈认为翻译是“不得已而为之”，研究者和汉学家最好还是看原著。“我认为文学作品最好看原文。可不是每个人都能做到，所以，只好借助翻译。把《红楼梦》译成德文给德国读者看，是迫不得已的办法。”⑤

---

① *Der Verlag Die Waage am Scheidewege*：Felix M.Wiesner zur Buchmesse Frankfurt 1996.

② 姚珺玲：《十年心血译红楼——德国汉学家、〈红楼梦〉翻译家史华慈访谈录》，《红楼梦学刊》2008 年第二辑，第 286 页。

③ 郑振铎：《插图本中国文学史》，北京：人民文学出版社，1957 年，第 193 页。

④ Kakuzo Okakura：*Das Buch vom Tee*，Insel Verlag. Leipzig，1949，S.40.这句话原来出自宋代赞宁的《高僧传三集》卷三《译经篇论》，原文如下：“翻也者，如翻锦绮，背面俱花，‘但其花有左右不同耳’。”

⑤ 姚珺玲：《十年心血译红楼——德国汉学家、〈红楼梦〉翻译家史华慈访谈录》，《红楼梦学刊》2008 年第二辑，第 282 页。

2.翻译家无权随便压缩、删除、改写原著的任何部分

史华慈认为,翻译家的署名应该放在不显眼的地方,不应该抢作家的风头。他反对库恩节译《红楼梦》:"翻译家对文学作品做这样大规模的更改,我认为是不合理的,并且是不妥当的。因为《红楼梦》原本是用中文写的,很少德国人懂中文,在这种情况下,库恩先生才有机会这样做。恐怕任何人不敢对托尔斯泰的《战争与和平》采取同样的办法。"①史华慈决定翻译《红楼梦》全译本的原因主要也是基于对库恩的节译本不满意,具体体现在以下两点:第一,库恩的翻译压缩得太厉害。被删节的部分远远超过了库恩所说的长度,实际上节译本只是翻译了原著的二分之一。第二,库恩的翻译虽然保留了原著的主线,但和原著相去甚远。他按照自己的方式将"中国风味"改良了,译文本身也是为了适应 20 世纪 30 年代德国受教育的读者群体。同时,库恩忽略了书中许多有价值的中国现实情况的描写。

3.翻译原则:尽可能一字一字地翻译,需要灵活一些的就灵活一些,但绝不改写原著的具体内容

史华慈认为,译者应该做到:原著是什么样,就怎么样翻译。在翻译方法上,他欣赏库尔特·土霍尔斯基(Kurt Tucholsky,1890—1935)总结的翻译原则:"汉姆生、托尔斯泰、刘易士等人是怎样写书的,我们想看到的就是和他们的书一样的德文翻译。"②史华慈坚持将中国文学作品直接从中文原文翻译成德文。一些人怀疑他的《红楼梦》德文翻译是从俄文本或者英文本转译成德文的。可史华慈对根本不存在西方语言译本的中国文言小说《耳食录选》《夜谭随录选》《谐铎选》的翻译实践,有力地驳斥了这种怀疑。在具体的翻译过程中,遇到实在不明白的中文时,他也会参看俄文和英文的译文,以便更好地理解中文原文,但最后还是按照中文原文来翻译。文言文有时有"白话本",考虑到文言文的白话译文也不一定完全准确,他参看白话本也只是为了理解文言文,最终还是按文言本原文来翻译。史华慈在翻译时坚持作家怎么写他就怎么翻译,先把中文原文的词汇和语法关系弄清楚,然后用德语的对应词汇、准确的语法、可读的文笔等表达原文的意思。由

---

① 姚珺玲:《十年心血译红楼——德国汉学家、〈红楼梦〉翻译家史华慈访谈录》,《红楼梦学刊》2008 年第二辑,第 281 页。

② 库尔特·土霍尔斯基:《翻译家》(出版地和出版单位不详),1927 年。

于坚持以上原则，史华慈非常自信，认为曹雪芹《红楼梦》的每句话他的德文译本里都有。可由于德文的表达方式和中文不同，中国和欧洲的词汇差别太大，诸如火炕、粥、豆腐、黄酒、酱油、丫头等中国词汇在德文中根本没有，许多中文的抽象概念德文中也没有，所以德文译文不可能和小说的中文原文完全一样，需要进行一些灵活变通。史华慈翻译《红楼梦》的灵活性体现在人名翻译上，“王熙凤”在小说中有多种不同的称呼，如“凤哥儿”“凤姐儿”“琏二奶奶”等，在史华慈的德文译作中都统一被翻译为“Hsi-fëng”，为的是避免德国读者认为这是不同的人。

关于翻译的风格，库尔特·土霍尔斯基曾有如下表述：

> 怎样翻译？不怎么好说。这是一件很难的事，这是真的。理想的翻译到底应该什么样？是值得讨论的一个问题。译文应不应该还让人感到外语的存在？懂外语的人，应不应该只是吃到包子皮，就已经知道馅儿的味道？是不是应该保留俗语的原文表达方式，使读者还能稍微感觉到原文的脉搏。以上这是一种可能性。或者译文读起来应该很通顺，使人根本不能发现这一篇文章是从外文翻译过来的，这是另一种可能性。①

在这里提到两种翻译风格：一种是保持异国风情，一种是让读者感觉不到译文是从原文翻译过来的。史华慈选择的是第一种译风，他认为库恩的译本是德国人仿造的中国艺术。没看过《红楼梦》中文原著的德国人认为库恩的译本就是《红楼梦》原来的样子，就像没去过中国的德国人吃惯了改良的中餐，对真正的中餐反而不感兴趣。波茨坦的“中国茶屋”也是个形象的反映，其中许多“中国人”的雕塑，在德国人看来是中国人，可在中国人看来却是穿着中国服装的外国人。其中的中国龙是带翅膀的，和中国传统意义上的龙也不一样。

4.翻译家必须有翻译能力

德国汉学家认为翻译家应该具备熟练驾驭两种语言的能力，要成为一个优秀的中国文学翻译家就要既了解中国的语言和文化，又有用德语来感觉、鉴别、理解和表达这种文化的能力。②“如此说来，你掌握了汉语——你也掌握了德语了吗？”

---

① Kurt Tucholsky: *Drei Minuten Gehör*! Herausgeben von Hans Marquardt, Verlag Phllipp Reclam Jun. Leipzig, 1963, S.188.

② Wolfgang Bauer: *Entfremdung, Verklärung, Entschlüsselung, Grundlinien der deutschen Übersetzungsliteratur aus dem Chinesischen in unserem Jahrhundert*; zur Eröffnung des Richard Wilhelm-Üersetzungszentrums der Ruhr-Universität Bochum am 22.April 1993, Bochum: Ruhr-Universität 1993, S.24.

"汉语水平不错,德语怎么样?"① 库恩这样具备丰富知识技能的优秀翻译家还被怀疑是否完全具备了这种能力。史华慈认为这句在德国翻译界广为流传并经常被引用的话,正是对翻译家翻译能力的要求:一个翻译家应该至少掌握两种语言,尤其要掌握目的语。顾彬对这句话的诠释是:

> 这问题是暗示德语的复杂性,或许也已经暗示了这么一种疑心:许多德国汉学家或许是带着自己的眼光来理解(古代)汉语的,但是他们不见得能把它翻译成德语的文学语言。德语是一种丰富的语言,需要多年有意识的训练,才写得出我称之为完美的德语句子的那种东西。②

梅薏华理解这句话更深的意思是:"我相信你懂汉语,你能不能把原来中文小说的艺术水平用德语再现出来?"③

作者认为这些诠释都表达出这样一种含意:作为一个翻译家只懂一种语言是不够的,掌握高水平的目的语言对翻译家来讲是必需的。只是对原文理解,却没有百分之百的表达水平,对目的语言不熟悉,说的写的都是对的,可母语国家的读者马上就会发现这样的翻译家在语言表达上的缺陷。曾有一家德国出版社邀请一个在德国生活多年、精通汉语的中国人翻译《封神演义》,可德国人看不懂这个中国人翻译的德语。为此,出版社专门派出一个德国工作人员和译者沟通,最后还是弄不明白译者中国式的德语,不得不放弃原订的出版计划。译者懂德文,可德语又不是他的母语,所以缺乏德语的语感,就无法写出完全符合德语文学表达方式的德语。歌德对一个爱好翻译却不具备翻译能力的年轻人的评价,也很好地解释了这种缺陷:

> 一个外国人有一段时间经常来拜访歌德,并说他想翻译歌德的著作。他是一个好人,歌德说,可在文学领域他只能算是一个文学爱好者。他还不太会说德语,可就开始想着翻译的事情。这也是业余爱好者常犯的错误,常常

① Hatto Kuhn: *Franz Kuhn (1884–1961) Lebebsbeschreibung und Bibliographie seiner Werk*, Franz Steiner Verlag GmbH. Wiesbaden, 1980, S.17.

② 顾彬:《诗意的栖息,或称忧郁与青春——〈红楼梦〉(1792年)在德国》,《红楼梦学刊》2008年第六辑,第282—283页。

③ 姚军玲:《我对德译本〈红楼梦〉的几点看法——访德国汉学家梅薏华》,《国际汉学》2015年第2期,第17页。

做自己没有能力做的事情。①

5.非有复译不可

1534年,马丁·路德把《圣经》译成德文,当时的德语和现在不一样,所以教会每过一段时间就会对这个翻译进行整理(最近一次是在1987年),名义上是路德的翻译,但在词汇和语法上更接近现代德语。鲁迅在《非有复译不可》一文中说:"即使已有好译本,复译也还是必要的……但因言语跟着时代的变化,将来还可以有新的复译本的……"②史华慈对此还有更深一层的看法:他知道自己的德语水平不是最好的,也不知道自己的翻译是否真的很好。尹虹曾说过,他对《红楼梦》译作出版一事不太积极。其中一个原因是觉得自己的翻译不是最好的。他曾在采访录中勾勒出对《红楼梦》的一种理想翻译:

> 我理想中的《红楼梦》德文译本应该由德国人和中国人合作翻译。首先,德国的汉学家在中国的汉学家或者文学家的帮助下,完全弄懂《红楼梦》。然后,德国诗人和作家共同研究出德文的表现方式。这样的集体合作当然是理想的。这种合作应该是没有个人目的的,坦率的,经过反复讨论一定可以使翻译上一个新台阶。可我也知道,在资本主义条件下,这种做法费用高、耗时长。所以,这实在只是我的一种理想。③

尹虹是对史华慈关注较多的一个人,她为史华慈的三篇译作写了评论。1991年,她撰文评论《浮生六记》④,对史华慈的译作给予了肯定:这对德国读者来说是一件好事,现在《浮生六记》有了一个很好的德文翻译。并进一步评价:译作的语言极其缜密,文字表达很流利,读起来是一种文学享受。2004年,她在评论史华慈翻译的《耳食录选》⑤时,没有对史华慈的翻译做具体的评价,可通过文中"译文对想学习中国文言文的人来讲是一种很好的教材"一语也可以间接看出尹虹对史

---

① Johann Peter Eckermann: *Gespräche mit Goethe in den letzten Jahren seines Lebens*, Aufbau-Verlag, 1982, S.191-192.

② 鲁迅:《且介亭杂文二集·非有复译不可(1935)》,《鲁迅全集》第六卷,北京:人民文学出版社,2005年,第284—285页。

③ 姚珺玲:《十年心血译红楼——德国汉学家、〈红楼梦〉翻译家史华慈访谈录》,《红楼梦学刊》2008年第二辑,第282页。

④ Irmtraud Fessen-Henjes: *Die Freuden der Ehe*, in: *Das neue China*, Nr.3/Juni 1991, S.39.

⑤ Irmtraud Fessen-Henjes: *Anekdoten, Geister-und Wundergeschichten*, in: *Das neue China*, Nr.2/Juni 2004, 31.Jahrgang, S.35-36.

华慈译作质量的肯定。2007 年发表的《前 80 回》是《红楼梦》全译本出版后德国学者对史华慈的翻译公开发表的第一个评论,这一评论的作者也是尹虹。在评论中,尹虹对翻译家史华慈和《红楼梦》德文全译本进行了评价。文章这样评价史华慈的翻译能力:汉学家、历史学家和翻译家史华慈在洪堡大学学习时(1958—1963),就具备了扎实的历史学和语言基础,并有多年的口译经验。译作优点:史华慈的翻译很好,这是特别对于每个词的准确性和精确性来说。译作读起来很流畅。许多的暗示、历史人物、含义丰富的名字、地名和建筑物名称对读者和翻译者的要求都很高。译作缺点:特别遗憾的是,在小说头几回,译者没有找到一个让人理解和可读性相统一的语言表达方式。对可读性的质疑:我尊重翻译家了不起的工作,可还要重复一个问题,这本书的阅读对象到底是完全不懂中国文化的外行还是红学家,因为只有红学家才有能力指出其中的不足。①

马丁·策林格是第二个针对德文全译本写文章的人,他在文章中称全译本是"原著的意译"。② 顾彬虽然没有专门撰文评价全译本,可在《诗意的栖息,或称忧郁与青春——〈红楼梦〉(1792 年)在德国》一文中多次提到史华慈和全译本。他称赞史华慈的译本风格上过人,指出史华慈在翻译实践上似乎超过了库恩,承认史华慈花费了 10 年的这一次的翻译堪称上乘之作。顾彬还间接提到马汉茂也觉得史华慈的译本足够好。顾彬自己也说:"我现在能够说的,是我读了 2007 年出版的这份译稿之后,我得说它是优秀的。"③

除此之外,梁雅贞(Yea-Jen Liang)曾对史华慈《中国民间故事·汉族的故事》的德文翻译发表了如下评论:这本书的特色是对中文原著的精确翻译,成语、语法和句法结构,甚至中国的度量衡都被忠实地从原文翻译出来了。④ 乌韦·康德(Uwe Kant)针对史华慈《浮生六记》的德文翻译写过如下评论:史华慈的翻译是

---

① Irmtraud Fessen-Henjes: *Die ersten 80 Kapitel*, in: *Das neue China.* Zeitschrift für China und Ostasien. GDCF [Gesellschaft für deutsch-chinesische Freundschaft] Berlin. Heft 4/2007, S.36-37.

② Martin Zähringer: *Der Traum der roten Kammer-Ein Klassiker aus China und seinen deutsche Übersetzung*, in: *Literatur Nachrichten*, 25. Jahrg. Nr. 98. Frankfurt a. M. Litprom-Gesellschaft zur Förderung der Literatur aus Afrika, Asien und Lateinamerika e.V.2008 Herbst, S.8-9.

③ 顾彬:《诗意的栖息,或称忧郁与青春——〈红楼梦〉(1792 年)在德国》,《红楼梦学刊》2008 年第六辑,第 283 页。

④ Yea-Jen Liang: *Kinder-und Hausmärchen der Brüder Grimm in China, Rezeption und Wirkung*. 1996, Otto Harrassowitz Wiesbaden. S.141.

内行的翻译,翻译尽可能地避免了由于不了解中国文化而可能产生的笑话。①1994年有人这样评价史华慈的《习惯死亡》的德文译文:译作在内容和形式上都忠实于原文,在语言和风格表达上尤其成功。②

理论来自实践,实践验证理论。作者发现史华慈的翻译实践和中国的许多翻译理论不谋而合。中国古代佛经翻译家的"新译":玄奘(602—664)明于佛法,兼通梵汉语言,译笔谨严,多用直译,善参意译,世称"新译"。③ 中国近代的瞿秋白也曾说过:"翻译应当把原文的本意,完全正确的介绍给中国读者,使中国读者所得到的概念等于英俄日德法……读者从原文得到的概念。"④1944年朱光潜在《谈翻译》中对"信"表述如下:"所谓'信'是对原文忠实,恰如其分地把它的意思用中文表达出来……绝对的'信'只是一个理想,事实上很不易做到。"⑤

由于文化背景、语法结构等不同,将中文译成德文时存在"不可译"的内容,如诗词、笑话等,所以史华慈坚持认为再好的翻译也无法等同于原作。但史华慈并没有因此放弃翻译,而是更加忠实原作进行翻译,尽量不对原作进行删改。客观认识到语言的时代性,史华慈接受"复译"的存在。

本书借用柯若朴(Philip Clart)和马汉茂(Helmut Martin,1940—1999)两位汉学家的观点来评价史华慈的翻译精神。柯若朴在将史华慈的翻译和澳大利亚翻译家卡姆·路易(Kam Louie)和爱德华兹(Louise Edwards)进行比较后,高度评价了史华慈的翻译:

> 跟路易和爱德华兹马马虎虎的意译相比,史华慈忠实原文的翻译达到了一个新的水平。这个翻译保持了18世纪原著的风格,对专业学者和一般读者来说都是一种享受。⑥

马汉茂则针对《雷峰塔奇传》一文将史华慈的翻译水平和库恩做了比较,对

---

① Uwe Kant:*Ausgelesenes*, in:*Das Magazin*, Berlin, Jahrgang 1990.H. 7, S.75.

② Helmut Martin [Rezension]: *Die wunderbare Geschichte von der Donnergipfelpagode*, in: *Bochumer Jahrbuch zur Ostasienforschung*, Bd. 21(1997), München: Iudicium Verlag, S.225 .

③ 罗新璋:《翻译论集》,北京:商务印书馆,1984年,第3页。

④ 罗新璋:《翻译论集》,北京:商务印书馆,1984年,第7页。

⑤ 罗新璋:《翻译论集》,北京:商务印书馆,1984年,第8页。

⑥ Philip Clart: *Chinesische Geistergeschichten*, in: *Orientierungen*, *Zeitschrift zur Kultur Asiens*, Herausgegeben von Berthold Damshäuser und Wolfgang Kubin, H.2/2008, S.159-161.

史华慈的翻译做出了很高的评价,称史华慈是库恩的“接班人”。①

三、史华慈的《红楼梦》80回全译本

本书在这里将针对《红楼梦》前80回的德文全译本具体翻译、出版过程及其所用中文版本等国内学者关注的话题展开论述。

史华慈翻译《红楼梦》前80回的德文全译本历时10年。他和《红楼梦》的缘分开始于1977年12月1日,具体的翻译工作是从1980年3月6日与莱比锡岛屿出版社签订出版合同开始,至1990年1月21日截止。从1990年开始,史华慈先后和莱比锡岛屿出版社、波鸿鲁尔大学翻译中心、瑞士苏黎世天平出版社、波鸿欧洲大学出版社、《华裔学志》、卡尔·汉泽尔出版社、人民文学出版社等7家出版社协商过《红楼梦》德文全译本的出版事宜,2007年这一译作终于由波鸿欧洲大学出版社正式出版。

作为一个翻译家,史华慈只是希望自己的译作能够找到一个严肃的、肯出版中国古典文学作品的出版社。②可从1990年翻译完成到2007年《红楼梦》德文全译本正式出版,历经17年7家出版社,史华慈是否如愿找到了这样一家出版社呢?看了下面的各种评论一切都不言自明了。对于德文全译本的具体出版形式,评论家们颇有微词。尹虹这样评价这本书:“出版人说出版的目的是呈现一部‘一方面实现语言上完整、直接的翻译’……‘另一方面适合广大的读者’的作品……为了赢得广大的读者,译本的外观、印刷的形式以及语言的写法、流利程度和可读性都不容忽视。这套书有一个引人注目的有三种颜色的书皮(因为印错一个字,在原书封面上又加了一层书皮),可一打开书,许多东西让人觉得诧异。整个内页设计,特别是每页文字的表现形式,看起来不像小说,而更像是学术论文。出版人哗众取宠的前言以及每卷后面的出版社的广告(40页),对改变人们对出

---

① Helmut Martin: *Die wundersame Geschichte von der Donnergipfelpagode*, Herausgabe, Übersetzung und Nachwort von Rainer Schwarz. Leipzig 1991, Reclam, S.163.

② 2000年7月17日,史华慈写给魏汉茂的信。

版物的不良印象毫无帮助。”①

顾彬则直言译本无法被德国公众接受的主要障碍是出版社自身：

这家出版社多少有些小。你甚至可以说那是吴漠汀的私人出版社。……对普通的德国读书界而言，出版社的名字，出版家的名字，是非常重要的。有些出版家太不同凡响，你可以放心地闭着眼睛买他们出的书。但是，大多数小出版社在性质上就大不相同了。大家踌躇于买他们的产品，即便东西是真好！②

史华慈本人对全译本也不满意，在他赠送给李德满等人的《红楼梦》全译本书皮上贴上了这样的声明：

第1—80回的译文有许多内容、修辞、语法等方面的错误。这些错误都是出版者和他委托的不能胜任的校对员在违反合同、违犯法律的情况下导致的。尽管向我保证“所有问题的最后决定权当然归你”，这些错误在译本中还是没有改正。

译者

可在作者看来，《红楼梦》德文全译本的出版无论是对德国读者来说，还是对学术界来说毫无疑问都是一件有意义的事：中国著名长篇小说《红楼梦》德译本的出版，是该小说诞生200多年后第一部德文完全译本。德国波鸿汉学家吴漠汀教授和他的柏林同事史华慈博士一同编辑了这套书。因此，吴漠汀教授得到了“欧洲科学基金”授予的“心愿2007”奖，以印刷补贴及奖金的形式给予一万欧元。

“史华慈翻译时所用的中文底本是什么？”这本来根本算不上是一个问题，因为史华慈本人清清楚楚地说过：

我翻译用的中文底本有两种③。《红楼梦》新校订本还没有出版以前，我用的是庚辰本。因为我相信庚辰本是各种早期手抄本当中最完整、最可靠的

① Irmtraud Fessen-Henjes: *Die ersten 80 Kapitel*, in: *Das neue China*. Zeitschrift für China und Ostasien. GDCF [Gesellschaft für deutsch-chinesische Freundschaft] Berlin. Heft 4/2007, S.36-37.

② 顾彬：《诗意的栖息，或称忧郁与青春——〈红楼梦〉（1792年）在德国》，《红楼梦学刊》2008年第六辑，第284页。

③ 最主要是这两种版本，在此之前史华慈还使用了俞平伯的校订本（《红楼梦八十回校本》，人民文学出版社，1958年）。此外，史华慈在翻译时使用的一本由宫田一郎编订的重要的工具书《红楼梦词汇索引》（Miyata, Ichirō, *Kōrōmu qoi Sakuin*, Nagoya, 1973），也是以俞平伯的校订本为基础编订的。

一本。而新校订本恰恰也是依据庚辰本。所以,新的校订本出版后,我就用它,又把我前一部分稿子在这个基础上重新整理了一次。①

可是在2006年出版的德文全译本中,出版人吴漠汀却对全译本的底本进行了这样的阐述:

第一个德文全译本是依据红楼梦研究所1982年在人民文学出版社出版的三卷本《红楼梦》翻译完成的。这一版本综合了各种底本的研究成果。这一版本基本上依据出自1791年、由程伟元作序的、最早的120回木活字《新镌全部绣像红楼梦》(简称"程甲本")。②

如果这件事情发生在史华慈千古以后,恐怕又会在学术界引起一场争论。好在史华慈先生和他所用的版本都在,看到这一说法,史华慈立即撰文进行了辩驳:第一句话可能是针对出版人的81—120回译文而言。这一说法不完全适用于我翻译的1—80回。史华慈还在该文中对自己所用版本进行了进一步的详细描述:

1980年年初,我开始翻译工作时,就已经知道一个新的校勘本正在筹备中。可是,由于我和莱比锡岛屿出版社的约定,为了按时完成翻译,我不能等到这一版本出版才开始翻译。这套书出版时,适逢国家安全部对我发出持续四年之久禁止去华的禁令,所以直到1984年年底,我才在北京拿到了盼望已久的书。书的扉页上有这样的题词:

史华慈先生存念

冯其庸

一九八四.十二.③

其实早在全译本出版前的2005年,在吴漠汀咨询底本问题时,史华慈就专门写信对自己所用底本进行了解释:

我翻译的《石头记》基本上是依据1760年的庚辰本。我用的是四卷平装本(《脂砚斋重评石头记》,人民文学出版社,1975年)。因为刚开始手头没有

---

① 姚珺玲:《十年心血译红楼——德国汉学家、〈红楼梦〉翻译家史华慈访谈录》,《红楼梦学刊》2008年第二辑,第279页。

② Tsau Hsüä-tjin: *Der Traum der Roten Kammer oder Die Geschichte vom Stein*, Bochum: Europäischer Universitätsverlag, Bd.1 und 2, 2006 [2007].

③ Rainer Schwarz: *Einige Bemerkungen zur deutschen Neuübersetzung des 红楼梦Hongloumeng*, in: *Nachrichten der Gesellschaft für Natur- und Völkerkunde Ostasiens* (*NOAG*), Hamburg, Nr.181-182, 2007, S.187-195.

这一版本,我最初的一些章节用的是俞平伯校勘本(《红楼梦八十回校本》,人民文学出版社,1958 年)。具体多少章节出自上述版本,时至今日已经无法确定。从第 67 回开始,我以 1760 年版本为基础校勘出版的三卷本(《红楼梦》,人民文学出版社,1982 年)为底本。最后,我又以这一底本为基础对全部译文进行了校订。①

可是不知出于什么样的原因,吴漠汀先生没有采纳翻译者史华慈的说法,在全译本中坚持了上述错误说法。

2008 年 12 月 2 日,作者来到德国柏林史华慈家中,再次向译者本人核实了底本问题,并从中获取了更多的细节。1980 年 3 月,史华慈和莱比锡岛屿出版社签订了翻译合同。② 1982 年 2 月 1 日,出版社单方面签订了一份补充合同,作为翻译合同的补充。③ 1990 年,双方再次签订了编选合同。④ 1997 年 4 月,双方签订了解雇合同:⑤宣布原来的所有合同无效,版权退给史华慈。1977 年 12 月 1 日,当时莱比锡岛屿出版社的主编李德满问史华慈是否愿意翻译《红楼梦》。之后,在签订翻译《红楼梦》德文译本的合同之前,莱比锡岛屿出版社想考察史华慈的翻译水平,曾要求史华慈翻译出《红楼梦》中的两回作为样本。史华慈经过慎重考虑,在当时他手边的版本中选择了俞平伯校订本为底本,翻译了其中包括第 1 回和其中的另外两回给出版社看。⑥ 1978 到 1979 年,史华慈几次去中国,从当时旅馆免费提供的《人民日报(海外版)》上得知,红楼梦研究所准备出版《红楼梦》的新校订本,就决定一定要想办法去红楼梦研究所。1980 年 5 月,史华慈在北京期间,经韩仲民介绍,见到了著名红学家冯其庸,并与其探讨了《红楼梦》的底本

---

① Rainer Schwarz:*Einige Bemerkungen zur deutschen Neuübersetzung des 红楼梦Hongloumeng*, in:*Nachrichten der Gesellschaft für Natur- und Völkerkunde Ostasiens*(*NOAG*),Hamburg,Nr.181-182,2007,S.187-195.

② 1980 年 2 月 19 日,出版社在翻译合同上签字,3 月 6 日史华慈在该合同上签字。

③ 补充合同的大概内容是,出版社为翻译文字里面的诗词再附加稿费:每一行付 5 元东德马克。签订这一合同的原因是,出版社觉得翻译合同中的每标准页(德文的标准页,用打字机 30 行,每行 60 字,每标准页 1800 德文字母)22 元东德马克的稿费标准太低。

④ 1990 年 5 月 16 日,出版社在编选合同上签字,6 月 1 日,史华慈签字。编选合同涉及选择原文文本、注释和后记的具体写法等事项,规定史华慈在 1992 年 12 月底把后记完成交给出版社。

⑤ 1997 年 4 月 29 日,出版社在解雇合同上签字,4 月 30 日史华慈签字。

⑥ 当时,除了俞平伯校订本,史华慈手边的中文底本还有《戚廖生续本石头记》(线装本,人民文学出版社,1973 年 2 月),《乾隆抄本百廿回红楼梦稿》(12 册,北京:中华书局,1963 年)。可史华慈还是选择了俞平伯校订本作为底本,因为经过比较,他觉得这个版本的校订水平比另两种高。

问题。冯其庸认为俞平伯的校订本所用底本不好,庚辰本要比这一版本好得多,并告诉史华慈,自己的新校订本最早会在1982年年底出版。在这次见面中,冯其庸将其签名的《论庚辰本》(上海文艺出版社,1978年4月)①送给了史华慈,建议史华慈在其新校订本出版之前,以庚辰本为底本来翻译《红楼梦》,并答应送给史华慈一套庚辰本。当时冯其庸手边没有庚辰本,后在1980年6月委托韩仲民通过莱比锡岛屿出版社寄给史华慈一套四卷本的庚辰本②。史华慈接受了冯其庸的观点和建议,在1984年12月从冯其庸处得到新校订本之前,一直以庚辰本为底本③来翻译《红楼梦》。最后在全部翻译好之后,又按照人民文学出版社1982年出版的《红楼梦》新校订本,将以俞平伯本和庚辰本为底本翻译的章节重新校订了一遍。如今,在史华慈的德文全译本中还可以发现一些庚辰本的痕迹:德文全译本1399—1400页,在第75回,中秋节贾宝玉和贾兰按照贾政的要求写诗。出版社在应该排宝玉之诗的地方留了2—3行的空④。在1399页的脚注中,史华慈做了以下说明:“宝玉和贾兰的诗歌,曹雪芹从来没写过。”这里依据的是庚辰本,庚辰本是留的空,因为这不是曹雪芹的定稿。同时译本刻意保留了贾宝玉和贾元春的年龄矛盾以及贾母年龄的前后矛盾。

关于全译本《红楼梦》所用底本的“悬案”经翻译家史华慈的亲笔、亲口证言宣告破解。可惜德文全译本中“关于史华慈所译前80回所用底本”的错误却保留下来了,将来难免有人只看到这一全译本却没有看到史华慈的辩驳,而对史华慈所用底本产生误解。好在全译本还会有再版,希望吴漠汀能够在第二版中将这一错误订正,或者邀请史华慈在译本之后自己也写一个“说明”来解释一切,避免类似错误的发生。

中文《红楼梦》的前80回在曹雪芹在世时就已经有传抄本问世。今传乾隆时

---

① 冯其庸在该书扉页上写着:史华慈先生存念 冯其庸一九八四.十二.。见附录7。冯其庸认为,庚辰本所据以抄成的底本,是曹雪芹生前的本子,是一个比较接近原稿的、比较完整的本子(共有78回)。

② 《脂砚斋重评石头记》(内部发行),人民文学出版社,1975年。因为当时私人带中文书,有被海关没收的危险,所以只好通过出版社转寄。

③ 据史华慈回忆,1980—1984年期间,由于不能去中国,他用于翻译的时间很多,以庚辰本为底本翻译到了第66回。

④ 校订本中第1077页贾宝玉的诗,1078页贾兰的诗用的是省略号,同时在第75回的脚注10,注明两首诗都缺少,脂砚斋注明这两首诗缺少。

期的抄本就有十多种。后经程伟元、高鹗配以后40回于乾隆五十六年(1791)以木活字排印行世。由于时代相隔久远等因素,《红楼梦》的版本不一,导致外文翻译情况非常复杂。许多翻译家在选择翻译版本上有很大的随机性,碰到什么版本就翻译什么版本,根本不考虑或者无暇考虑版本质量的优劣。即便有的译者想到了选择版本,也往往感到非常费心。戴维·霍克思在其译本第一卷的前言里也谈到了《红楼梦》的版本问题,除第一章根据程本外,主要是以脂评本为底本,并参考了其他底本,并且为英语读者着想,做了较小的校订工作。可还是有人发现由于版本的影响,戴维·霍克思翻译中的某些地方使原著的人物形象大打折扣,有些地方甚至违背了曹雪芹的创作意图。可见版本的选择是会影响到翻译的质量的。史华慈选择底本的起点很高,接受了冯其庸关于《红楼梦》版本的意见,选择了人民文学出版社1982年出版的《红楼梦》——这一高质量的版本作为德文全译本的底本,奠定了译本高质量的基础。可在版本上,史华慈坚持只翻译前80回。他的观点是:

> 我翻译了曹雪芹写的80回,后40回我没有翻译。因为我认为后40回不符合曹雪芹的写作计划。我们不要忘记在《红楼梦》还没有出版之前,只有80回的手抄本,虽然不完整,但是很受欢迎。除此之外,我觉得欧洲人对不完整的文艺作品并不反感。①

史华慈坚持这种观点基于两点:一是从学术上来讲,认为后40回不是曹雪芹写的;二是从欧洲的文化观来讲,认为欧洲人对不完整的文艺作品并不反感。史华慈在坚持只译前80回的同时,设想通过以下几种方式来弥补德文译本没有后40回的不足。一是通过写前言来详细介绍《红楼梦》,帮助读者理解小说。二是利用写后记的方法,按照曹雪芹和脂砚斋的暗示来分析《红楼梦》主要人物后来的命运。三是制作一个人名索引,以贾宝玉为中心来介绍《红楼梦》中的人物(例如紫鹃,贾宝玉表妹林黛玉的丫鬟),并注明人物的性别和出现的回目,同时尽可能说明人名的含义。

本书对史华慈的这一观点不完全苟同。首先,作者承认中西方对不完整文艺

---

① 姚珺玲:《十年心血译红楼——德国汉学家、〈红楼梦〉翻译家史华慈访谈录》,《红楼梦学刊》2008年第二辑,第279页。

作品的看法确实存在不同。例如,清朝沈复的《浮生六记》,实际上只有四记,没有后面的二记。1980年,人民文学出版社俞平伯先生的校订本也只有四记。该书出版后,接到读者来信,声称见过该书的全本。为此,当时的责任编辑专门进行了考证,指出后二记是伪造的。① 这在学术界已经是一个不争的事实。可直到现在,市面上出版的《浮生六记》都是包括"后二记"在内的全本。可能和中国读者追求"全"的心态有关。类似的例子在欧洲也有,却是完全不同的表现方式。古罗马流传下来的小说非常少,因此而显得弥足珍贵。由古罗马作家佩特洛尼厄斯(Petronius)撰写的《讽世书》(*Satiricon*)一书,由于描写了当时的有趣风俗而深受读者喜爱。可惜这部小说在流传中遗失了部分篇章,现存的版本内容不完整。1692年在鹿特丹曾出现了轰动一时的"完整本",但很快被证实是一个文学仿本。② 从此以后,欧洲市面上的《讽世书》一直是不完整本,欧洲读者也普遍接受这种"不完整"。这反映了欧洲读者"求真"的心态。

尽管如此,可作者认为德译本还是以120回出现较好。从学术上来讲,史华慈坚持将《红楼梦》的原貌展示给德国读者,可中国人看到的《红楼梦》是120回而不是80回版本。中国的学术界也基本认同120回。著名红学家冯其庸先生在由他主笔的1982年版三卷本120回《红楼梦》出版前言中写道:

> 现存《红楼梦》的后四十回,是程伟元和高鹗在公元一七九一年即乾隆五十六年辛亥和公元一七九二年即乾隆五十七年壬子先后以木活字排印行世的,其所据底本旧说以为是高鹗的续作,据近年来的研究,高续之说尚有可疑,要之非雪芹原著,而续作者为谁,则尚待探究。续书无论思想或艺术较之原著,已大相悬殊,然与同时或后起的续书相比,则自有其存在之价值,故至今仍能附原著以传。③

冯其庸在新的校订本《瓜饭楼重校评批〈红楼梦〉》里,承认前80回是曹雪芹的原著,后40回是程伟元和高鹗整理刊行。因为有资料显示,后40回是无名氏所作。乾隆末年,前80回由于后40回传播更广了。后40回保留了前80回的形

---

① 乔雨舟:《狗尾续貂王钧卿》,冒襄、沈复、陈裴之、蒋坦:《影梅庵忆语 浮生六记 香畹楼忆语 秋灯琐忆》,长沙:岳麓书社,1991年,第220—222页。

② Petronius: *Satiricon*, Rütten &Loening, Berlin, 1965, S.313.

③ 曹雪芹、高鹗:《红楼梦》,北京:人民文学出版社,1982年,第5页。

式,情节发展和原著差别太大,但比别的好一些。从这一角度来讲吴漠汀翻译后40回的想法是符合时代潮流的。

事实上,许多人认为有翻译《红楼梦》前80回实践经验的史华慈是翻译后40回的不二人选。他翻译前80回用了10年时间,翻译后40回5年也应该够了。可史华慈始终坚持只译前80回,不止一次拒绝了继续翻译后40回的要求。魏汉茂曾建议史华慈继续翻译后40回,被他婉言谢绝。瑞士苏黎世天平出版社的老板,也就是出版了《聊斋》《肉蒲团》德文译本的费利克斯·M.维泽讷主动和史华慈联系,商量出版《红楼梦》译本,前提条件之一是把《红楼梦》后40回也翻译了。可史华慈认为这不符合自己的学术观点,再加上稿费不太合理,双方没有合作成功。作为后40回最佳人选的史华慈由于版权和学术观点的问题,拒绝继续翻译,作者一方面佩服史华慈对自己学术观点的坚持,又为后40回失去一位好的翻译家表示遗憾。

史华慈具体的翻译过程如下表所示:

时间	翻译过程
1979年2月	在北京买北京外文出版社《红楼梦》英译本第一、二卷
1979年11—12月	以俞平伯校订本为底本翻译了第1回和其中的另外两回,作为给莱比锡岛屿出版社的样本
1980年1月	在北京买《红楼梦仕女图谱》和蔡义江著《红楼梦诗词曲赋评注》
1980年3月6日	在莱比锡签订翻译合同
1981年1月8日	开始翻译《红楼梦》第8回
1981年12月16日	《红楼梦》第26回翻译完成
1982年1月7日	开始翻译《红楼梦》第27回
1982年6月30日	《红楼梦》第37回翻译完成
1983年1月7日	开始翻译《红楼梦》第38回
1983年12月30日	开始翻译《红楼梦》第53回

（续表）

时间	翻译过程
1984 年 1 月 2 日	继续翻译《红楼梦》第 53 回
1984 年 11 月 5 日	《红楼梦》第 66 回翻译完成，12 日，隔四年之久再去华
1985 年 1 月 5 日	开始翻译《红楼梦》第 67 回
1985 年 8 月 23 日	《红楼梦》第 77 回翻译完成
1986 年 7 月 2 日	开始翻译《红楼梦》第 78 回
1986 年 9 月 20 日	《红楼梦》第 80 回翻译完成
1989 年 4 月 3 日	开始修改《红楼梦》第 57 回
1989 年 12 月 31 日	《红楼梦》第 77 回修改完成
1990 年 1 月 3 日	开始修改《红楼梦》第 78 回
1990 年 1 月 13 日	《红楼梦》第 80 回修改完成
1990 年 1 月 21 日	《红楼梦》第 77 回到第 80 回注解完成

史华慈历经 10 年完成的前 80 回翻译是打印机的打印稿。据史华慈回忆，从 2001 年 1 月 4 日至 10 月 5 日，他又历时 9 个月完成了打印稿录入计算机的工作。

2007 年 8 月 15 日，我在德国柏林采访了《红楼梦》德文全译本的翻译家、德国著名汉学家史华慈。在提到《红楼梦学刊》时，他拿出一篇他发表在《红楼梦学刊》1992 年第二辑上的在《红楼梦学刊》五十辑纪念会上的发言稿，并讲述其中鲜为人知的故事。

1990 年东、西德统一以后，德国政府鼓励汉学家申请奖学金促进中德文化交流。当时史华慈的《红楼梦》已经翻译完毕，可是他还是以写后记的名义申请到 5000 西德马克。1991 年 10 月 7 日，史华慈离开柏林，8 日到达北京。12 日找到了冯其庸。冯其庸说 3 天后要召开《红楼梦学刊》五十辑纪念会，史华慈就在当时的金廊大酒店写了这篇讲话稿。

史华慈的《红楼梦》80 回全译本 1990 年已经完成，直到 2007 年才正式出版。

在这10年间,先后有莱比锡岛屿出版社、波鸿鲁尔大学翻译中心、瑞士苏黎世天平出版社、《华裔学志》、波鸿欧洲大学出版社、卡尔·汉泽尔出版社、人民文学出版社等7家出版社对出版史华慈的80回全译本表示兴趣,具体情况如下:

★ 1980年3月,史华慈和莱比锡岛屿出版社签订了《红楼梦》翻译合同。1982年2月1日,出版社单方面签订了一份补充合同,作为原翻译合同的补充。1990年,双方再次签订了编选合同。1997年4月,双方签订了解雇合同:宣布原来的所有合同无效,版权退给史华慈。

和史华慈签订《红楼梦》翻译出版合同的莱比锡岛屿出版社,和古斯塔夫·基澎霍伊尔出版社、莱比锡和魏玛出版社、莱比锡迪特里希出版社、莱比锡保罗·利斯特出版社共同属于古斯塔夫·基澎霍伊尔集团。1990年,德国统一以后,出版社被拆分,凡是以莱比锡岛屿出版社名义签订的出版合同归西德岛屿出版社。

东、西岛屿出版社合并以后,凡是原来在古斯塔夫·基澎霍伊尔出版社名义下签订合同的基础上产生的版权和相关财产由德国政府托管局私有化。他们对史华慈的《红楼梦》译本不感兴趣,所以将版权让给了古斯塔夫·基澎霍伊尔出版社。

在此情况下,原来古斯塔夫·基澎霍伊尔集团的主编李德满找了一个有钱的伙伴将版权买了下来,成了新的古斯塔夫·基澎霍伊尔出版社的老板。

李德满一直关注《红楼梦》,致力于完成《红楼梦》的出版。可托管局认为,李德满在购买出版社时隐瞒了出版社藏有著名诗人宝贵诗稿的事实,存在欺骗行为,取消了原来和李德满签订的购买合同。李德满不再是古斯塔夫·基澎霍伊尔出版社的老板。之后伦珂维茨(Lunkewitz)从托管局手中买了版权,成为古斯塔夫·基澎霍伊尔出版社的新老板。新老板对出版《红楼梦》完全没有兴趣,就将版权退给了史华慈。

★ 1993年1月4日,马汉茂第一次给史华慈写信。在“我怀着极大的兴趣和敬意读了你的翻译”的前提下,马汉茂对史华慈的《红楼梦》译本表现出极大的兴趣,希望自己的“波鸿鲁尔大学翻译中心”能够有机会出版这一文学巨著,并迫切索取译稿的样本,希望先睹为快。他真诚地向史华慈伸出友谊之手,将自己的私人电话告诉史华慈,希望有机会能和史华慈在柏林见面。

1993年1月9日,史华慈回复了马汉茂的请求,介绍了《红楼梦》译本当时的情况。由于版权问题,史华慈无法和马汉茂合作出版《红楼梦》。但史华慈表示非常愿意将译文的一个章节寄给马汉茂审读。针对这一状况,马汉茂提出了如下希望,并给了史华慈一些承诺:如果你能从出版社要回你的版权,我们可以考虑帮你支付因此而需要的费用。我也可以考虑付给你比你原来的出版社优厚的稿费。

1993年2月2日,在通了一封信后,马汉茂迫不及待地来到史华慈的家里,两人在柏林见面,双方促膝长谈,从11点到15点,谈了许多问题,史华慈还向马汉茂赠送了自己的译作。

1993年2月8日,马汉茂再次写信给史华慈,书面通知史华慈,他的出版中心愿意尽一切可能来帮助史华慈编辑和出版《红楼梦》德译本。在信中还具体谈到了《红楼梦》译文的修改和排印问题。马汉茂对史华慈译稿的第77回提出了中肯的批评:译文尚需要德语语言上的润色,并表示愿意在适当的时候向史华慈展示自己的修改意见。针对译稿是用老式打印机打印的现状,马汉茂对排印提出了建议:希望史华慈将译稿扫描或者重新录入计算机。

1997年8月8日,马汉茂写给史华慈最后一封信。信中再次询问《红楼梦》的出版进度,问版权是否回到了史华慈手中,问是否有兴趣让他帮助出版。

1997年8月18日,史华慈回信告知马汉茂:苏黎世的费利克斯·M. 维泽讷对出版《红楼梦》也表示出兴趣。史华慈同时在信中告知马汉茂他已经寄出第80回的译稿给费利克斯·M. 维泽讷。在信中史华慈还写道:"我已经从出版社要回了版权。"

马汉茂对史华慈是尊重的、佩服的,对史华慈的《红楼梦》译作是欣赏的。当版权回到史华慈手中后,以前阻碍马汉茂出版《红楼梦》德译本的唯一障碍消除了,可为何马汉茂不再谈出版之事?这成了历史谜团。或者是因为马汉茂觉得苏黎世的出版社比自己更适合出版《红楼梦》?或许是东、西德统一以后,马汉茂从大企业得到的科研经费减少,他没有经济实力来实现这一计划?

★ 1996年7月2日,史华慈主动写信给瑞士苏黎世天平出版社,联系《红楼梦》德译本出版事宜。精明的出版家费利克斯·M. 维泽讷当即就看到了《红楼梦》的出版价值,但由于当时“出版社正面临抉择”,明确表示“只有觉得会卖出好价钱”,才会出版《红楼梦》这样的译作。①

时隔一年,当出版社经营状况稍微好转时,费利克斯·M. 维泽讷主动写信给史华慈,索要《红楼梦》的译稿。② 1997 年 7 月 1 日,史华慈回信,告知版权已经回到自己手中。双方开始探讨有关译稿的一些具体问题。从 1997 年 7 月 1 日到 1997 年 12 月 24 日,双方共通信 11 封,探讨《红楼梦》的标题、回目、名词翻译等问题。一个是精明的出版人,一个是严谨的学者,双方在这些具体问题上存在学术分歧,特别是在后 40 回的翻译问题上,维泽讷坚持《红楼梦》只有 120 回完整本才有出版价值,史华慈坚持只翻译前 80 回曹雪芹的真本。

这是一个学者和一个书商的交往,学者坚持学术观点不肯让步,书商坚持商家利益。最终由于学术观点的分歧和付费方式的不同意见,未能达成出版计划。

★ 2001 年 2 月 22 日,魏汉茂写信通知史华慈:《华裔学志》有兴趣出版他的《红楼梦》译著。由于《华裔学志》在德国是一个信誉很好的知名出版社,史华慈非常希望自己的书能在这个出版社出版。

《华裔学志》的罗曼·马雷凯神甫(P[ater] Roman Malek)具体负责此事。可《华裔学志》一方面对出版《红楼梦》德译本有兴趣,另一方面出版却迟迟不见进展。在等待和观望过程中,波鸿欧洲大学出版社向史华慈伸出了出版的“橄榄枝”。经过权衡,2005 年 11 月 1 日,魏汉茂写信给史华慈,劝告其彻底放弃《华裔学志》出版《红楼梦》的希望。

2008 年 2 月 17 日 ,在波鸿欧洲大学出版社出版了《红楼梦》全译本之后,魏汉茂写信给史华慈,称《华裔学志》 对未能出版《红楼梦》表示遗憾。

★ 2003 年 8 月 12 日,波鸿欧洲大学出版社的吴漠汀写信给史华慈表示对《红楼梦》译本感兴趣。史华慈因为不认识吴漠汀,对此反应冷淡,直到 2004 年 1 月 27 日,因为魏汉茂的关系才愿意和吴漠汀接触,并且由于个人原因拒绝和吴漠

① 1996 年 9 月 30 日,维泽讷写给史华慈的信。
② 1997 年 5 月 30 日,维泽讷写给史华慈的信。

汀见面,将出版的事宜全权委托给了魏汉茂。

2004 年 4 月 14 日,魏汉茂写信给史华慈:我已经和吴漠汀先生会面了,很高兴你的译作有了新的出版机会。魏汉茂同时表示,在此之前他对这个出版社也知之甚少。

2004 年 7 月 2 日,吴漠汀写信通知史华慈:《红楼梦》的第 81 回译文已经在《(中德协会)通报》2004 第 1 期出版。看到第 81 回的译稿出版,以及杂志中关于《红楼梦》全译本的出版广告①中"2004 年 8 月可供货"的话,史华慈觉得出版社很有诚意,遂于 2004 年 7 月初和波鸿欧洲大学出版社签订了出版协议(波鸿欧洲大学出版社早在 2004 年 2 月 3 日已经在合同上签字)。

这样,从 2003 年 8 月吴漠汀初次和史华慈联系,仅用了一年的时间,双方就达成了出版协议。由此可见,波鸿欧洲大学出版社办事效率之高。

合同签订后的 2004 年 12 月 29 日到 2006 年 1 月 19 日,史华慈和波鸿欧洲大学出版社共计有 13 封书信,双方在信中主要探讨了译文的修改问题。对于译文的修改,双方存在重大分歧:史华慈拒绝出版社修改自己的译文,出版社坚持译文有修改的必要。

从出版的全译本来看,出版社坚持了史华慈并不同意的修改。史华慈对出版社的这一做法很不满意,在收到样书后,当即写信给出版社。②

在此之后,出版社和史华慈经过多次协商,决定签订一个新的出版合同,在第二版全译本出版中改正第一版的错误。波鸿欧洲大学出版社 2008 年 2 月 23 日在新合同上签字,史华慈 2008 年 2 月 26 日在新合同上签字。

★ 在《红楼梦》80 回全译本完成 17 年后,2007 年 5 月 10 日,卡尔·汉泽尔出版社的迪儿克·施腾佩尔(Dirk Stempel)因为从维基百科看到消息,对出版《红楼梦》表现出极大兴趣。

当时史华慈已于 2004 年和波鸿欧洲大学出版社签订了出版协议。出版社原定 2004 年出版译作,可事实上直到 2007 年也没有见到译作出版。尽管事情的发

---

① *Mitteilungsblatt der Deutschen China-Gesellschaft*, Heft 47 (1/2004) auf S.47. 广告中有如下字样:Cao Xueqin: *Die Geschichte vom Stein*(主标题) *Der Traum der Roten Kammer*(副标题)。

② 见史华慈 2007 年 8 月 11 日写给吴漠汀的信。

展并不像史华慈想象的那样顺利，可从波鸿欧洲大学出版社要回版权又不太可能。①

2007年5月21日，卡尔·汉泽尔出版社回信表示愿意帮助史华慈要回版权，请求见面并索要手稿。史华慈回信指出波鸿欧洲大学出版社不会轻易放弃版权。另外，因为合同规定，所以不能给卡尔·汉泽尔看手稿，只能让他们看看发表在《(中德协会)通报》2004年第1期的《红楼梦》的第81回译文。②

2007年8月6日，卡尔·汉泽尔出版社再次写信给史华慈，要求看手稿的前两章，表示出强烈的合作欲望。

2007年8月9日，史华慈写信告诉卡尔·汉泽尔出版社收到了全译本的样书。至此，卡尔·汉泽尔出版社才不得不遗憾地放弃了出版《红楼梦》的打算。

★ 2008年6月10日，中国知名出版社人民文学出版社写信给史华慈，商议在中国出版《红楼梦》全译本前80回中文—德文对照本的事宜，并随信按照中国的标准提出了报价建议。

史华慈接到邮件，非常高兴自己的译作能够有机会在中国出版，当即回信表示自己同意出版。但由于版权在波鸿欧洲大学出版社，建议人民文学出版社的工作人员和该出版社联系。③

人民文学出版社在收到邮件的当天，立即给吴漠汀写了一封邮件。④ 吴漠汀答复让人民文学出版社和波鸿欧洲大学出版社的宋宜(Song Yi)联系。⑤

2009年2月12日，史华慈接到人民文学出版社的邮件："很遗憾，我社和吴漠汀先生始终未能就您译文在中国的出版达成一致……于是我们和莱比锡岛屿出版社签署了协议，购买了库恩的译本。"

据悉，人民文学出版社未能和波鸿欧洲大学出版社合作的原因是："他(吴漠汀)在未完成后40回翻译前不愿和我们合作，而非财务问题。"⑥

---

① 见2007年5月17日，史华慈写给汉泽尔的信。
② 见2007年5月23日，史华慈写给汉泽尔的信。
③ 见史华慈2008年6月10日写给人民文学出版社的邮件。
④ 见人民文学出版社2008年6月10日写给史华慈的邮件。
⑤ 见人民文学出版社2008年7月10日写给史华慈的邮件。
⑥ 见人民文学出版社2009年2月13日写给史华慈的邮件。

通过对史华慈《红楼梦》前80回德译本出版大事的陈述，也可以看出“15年来史华慈尝试寻找合适的出版商，但大多数的出版商都放弃了”这一说法所传达的信息不够客观，尚待商榷。

史华慈精通德语、汉语、俄语。顾彬称赞史华慈的翻译成就甚至可以和最伟大的作家们匹敌。史华慈历经10年将前80回《红楼梦》译成德文，在这期间，为解决翻译中遇到的问题，查阅了大量关于《红楼梦》的资料，撰写了《〈红楼梦〉德译书名推敲》一文。该文严谨、客观，是其多年的厚积薄发，也是人们研究《红楼梦》德文全译本不可或缺的重要资料。作者将该文译为中文，且经史华慈本人审阅，现放在本书的附录中呈现给读者。

有这样一种学术观点，要使研究比较稳定，需要一点时间和距离，被研究者至少应该已经去世。从这一观点来讲，研究史华慈这位活跃在现在德国中国古典文学翻译界的翻译家有一定的难度。①史华慈在德国默默无闻，在中国更是鲜为人知，翻译成就无法和库恩相比，在德国只有一些对他翻译作品的零散评论，在中国则还没有人具体评论他的翻译。由史华慈翻译的《红楼梦》德文全译本前80回自2007年初次印刷出版至今，作者因为写作博士论文的关系，通过面对面采访、电话和电子邮件等联系方式对史华慈和他的翻译进行了跟踪研究，搜集了大量关于史华慈的第一手资料。作者对史华慈《红楼梦》翻译的研究资料多以此为基础。史华慈是《红楼梦》德文全译本的翻译者，由他来介绍《红楼梦》的德文翻译是再合适不过了。史华慈想保持译作原汁原味的想法，决定了他的翻译以异化翻译为主的翻译策略。

按照多元系统理论，从文化内容的层面来讲，翻译应该以异化为主，以归化为辅。这是由翻译的目的决定的。翻译的首要目的是文化传播，而传播的内容又是异域文化，故翻译应该采取异化策略。史华慈翻译的目的是让德国读者了解中国的文化和风情，同时他认为保留中国文化的特点能丰富德语文化和德语表达方式，尝试尽量把自己理解的《红楼梦》完整地传递给德国读者。在具体的翻译实

---

① 《红楼梦》德文全译本后40回2010年正式在德国出版，目前还没有看到关于这部分译文的评价。作者查阅到的文献也鲜有对德国翻译家吴漠汀的翻译介绍。受到种种限制，作者在文章中只是就德文全译本前80回的翻译家史华慈的翻译策略进行研究。

践中他用10年时间持之以恒地将《红楼梦》前80回翻译出来，以行动实践了"全译"二字。在翻译过程中史华慈坚持尽可能一字一字地翻译，需要灵活一些的就灵活一些，但绝不改写内容。史华慈对《红楼梦》前80回的翻译采取异化的策略，在内容上重视原作，努力保留《红楼梦》里的所有内容，不做任何删节。在语言文字和表达方式上也尽量追随原著的风格，原著中的人名用拼音，原著中的诗行用诗歌，根据不同人物的身份设计不同的语言。考虑到中德文化的巨大差异，力求利用注释在译文中展示中国文化的全貌。

归化和异化策略本来就没有明确的界限，在翻译实践中也没有绝对的归化和异化。史华慈翻译《红楼梦》是为了向德国的普通读者展示一个真实的《红楼梦》。在向德国读者介绍自己认同的中国文化时，他保持清醒的文化意识，意识到中德两种文化的不同，考虑到德国读者对中国文化也不可能全盘接受，必须做出适当的调整以适应德国读者的文化需要。由于中德文化差异很大，很多元素都不能从一个文化体系移植到另一个文化体系中去，因此在具体的语言翻译上他也注意采取适当的归化策略，这在全译本的忌讳词翻译上表现尤为突出。忌讳词的意思并不难懂，但在具体选择用哪个词语才能准确表达人物性格上就存在困难，如果完全按照字面意思翻译，不符合德国人的习惯，德国人就看不明白。史华慈考虑到中德两国不同的文化背景，对这类词语进行了适当的"德国化"。在具体翻译时，史华慈不是将汉语用德语简单地复述出来，而是考虑到说话人的具体身份和说话场景，参考或者借用其他语境（欧洲的小说或者生活场景等），并且在尽量保持中国风格的情况下，考虑到德国的国情和文化，避免了无意识笑话的产生。如在翻译"肏屁股"一词时，史华慈参考了希腊以男孩的爱情（Die Knabenmuse）为主题的两首诗①，因为欧洲文化中存在和中国相似的情况，所以将"肏屁股"一词翻译成"Arschfick"，对欧洲人来讲就非常好懂，也能从中领会到文中的奥妙。《红楼梦》原文中有一段醉金刚倪二的妻子对酒鬼丈夫的责骂，粗俗至极，因为十分痛恨丈夫的习惯，言辞中也充斥着恶毒的情绪。史华慈将"王八"翻译成"hahnrei"，这段德文翻译恰当表达出了"市井"的恶毒语言，对德国人来讲就像听到一个欧

---

① *Die Griechische Anthologie*, in: *Drei Bänden*. Aufbau-Verlag Berlin und Weimar, 1981, S.179–180. Nr.243 und Nr. 245.

洲的妻子骂酒鬼丈夫一样。

多元系统理论提供了研究翻译文学的新思路。译者对翻译策略的选择，译文在接受文化系统中的命运等，都不是作为语言转换的实际翻译操作活动所能决定的。理论上讲，异化翻译努力再现《红楼梦》的语言形式与文化特色可以帮助德国读者更多地了解《红楼梦》，丰富德国文学创作，吸收对德国有利的语言与文化特色。可是由于翻译者的意图和读者的理解也存在不可预知性，虽然史华慈努力使自己的译作再现真实的《红楼梦》，却无法保证他有能力再现真实的《红楼梦》。即使《红楼梦》的德文译本真实地再现了《红楼梦》的“原汁原味”，可德国读者在读了《红楼梦》德文全译本后，对《红楼梦》的误读仍然无法避免。马丁·策林格是生活在德国柏林的自由文艺记者和文学批评家，在读过史华慈的德文翻译后，竟然说男主人公贾宝玉是一个“雌雄同体”的角色，认为贾政鞭打宝玉有家庭暴力的倾向。这表明即便是史华慈的译作展现了一个真实的《红楼梦》，但由于现代德国和中国18世纪完全不同的文化差异，德国读者也无法“领会”到一个“原汁原味”的《红楼梦》，产生文化误读是不可避免的。史华慈译本的异化尝试对于那些对中国文化非常了解的德国读者来讲是可取的。把原文的内容和形式原汁原味地传递给那些德国的“中国通”读者，这应该是文学翻译的理想标准。可事实上，绝大多数德国读者不熟悉中国文化，看到完全中国化的翻译会产生文化生疏感，这种生疏感会影响对翻译的理解和阅读兴趣。一般的读者在阅读时会尝试跳过这些阅读障碍，但如果这样的障碍过多，读者就会产生畏难情绪，最终放弃阅读。由于文化修养、知识水平、欣赏趣味及个人经历的不同，《红楼梦》在中国和德国被接受的状况肯定不同。比如在《红楼梦》的众多人物中“多姑娘”被中国人认为是放荡的女子，也很少有人觉得“多姑娘”可爱。可一些德国读者在阅读这部小说时，觉得“多姑娘”很值得同情，也很“有魅力”。德国读者认为“多姑娘”的丈夫酗酒，她有权利追求自己的幸福；她与贾琏偷情是两个人的私事，不能把责任推到“多姑娘”一人身上；既然有那么多男人喜欢她，说明“多姑娘”是一个有魅力的女子。从这种理解，我们可以看到德国文化的特点和德国年轻人对生活和人生的不同看法。但同时也应看到，即使《红楼梦》以德文全译本的形式在德国文学系统里流通，德国读者对这部小说的理解很可能和中国读者不同，要使德国读者也能欣赏《红楼梦》，以他们能够理解的方式讲出《红楼梦》的妙处，的确还需要做很多努力。

史华慈的译本也存在缺陷,随着对中国文化的了解,人们希望看到中国文化的真实的要求也越发强烈,译者自身的文化观念及读者的接受视野等都决定了不同时代应该有不同的译作,我们期待更好的译作出现。

四、吴漠汀的《红楼梦》后40回

吴漠汀1969年出生于联邦德国北威州明斯特市,1989—1995年,在波鸿大学学习汉学、日尔曼学、东亚社会学、国际语言比较文学。1998年,在波鸿大学东亚系汉学部以论文《20世纪的中国散文作家》获得博士学位。2002年,通过德国外交部语言分部中文翻译考试。历任歌德学院北京分院德语教师、波鸿大学语言文学系学者及教师等职。2000年,任德国阿海恩经济文化学院副教授及语言学院副院长。2004年,在维藤大学任研究助手。2006年,任维藤大学副教授。2007年,任慕尼黑应用语言大学教授。吴漠汀精通德语(母语)、英语、法语、汉语、拉丁语等,坚持用德语、汉语、英语、法语等发表文章、出版书籍。2006年,他出版了德文《红楼梦》前两卷,并翻译了《红楼梦》后40回。

2003年8月12日,吴漠汀写信给史华慈,和史华慈及《红楼梦》德译本结缘。从此,他致力于《红楼梦》德文全译本的宣传和出版工作,几经波折和努力促成了该书的出版。2004年,《红楼梦》第81回译文在《(中德协会)通报》出版。这一期杂志刊登了吴漠汀撰写的《〈石头记〉或者〈红楼梦〉第81回新翻译试刊》一文、魏汉茂介绍《红楼梦》的文章和《红楼梦》全译本的出版广告,广告中说《红楼梦》的德文全译本将在“2004年8月供货”。在这篇文章里,吴漠汀介绍了第81回译文的内容、《红楼梦》在中国的情况、库恩和他的翻译,并提到了自己德文全译本的翻译计划——我决定翻译最后三分之一部分,这样……欧洲大学出版社就可以出版这部小说的完整本了。①

吴漠汀不仅在德国而且在中国积极为《红楼梦》德文全译本的出版宣传、造

---

① *Zur Neuübersetzung der Geschichte vom Stein oder des Traums der Roten kammer und zum Vorabdruck der Übertragung des 81. Kapitels*, in: *Mitteilungsblatt der Deutschen China-Gesellschaft*, Heft 47(1/2004).

势。值得关注的是,吴漠汀2006年发表的《〈红楼梦〉在德国》①一文。在这篇文章里吴漠汀介绍了《红楼梦》德文译本情况以及西方学者对《红楼梦》的理解和评价。吴漠汀在介绍和评价了库恩的德文译本之后,再次谈到了自己全译本的出版计划:"在很多国家《红楼梦》都拥有全译本,而德语版直至今天也不存在完整的全译本。因此,本人决定参与翻译并出版一本《红楼梦》全译本的项目,其中曹雪芹著的前80回由赖讷·施瓦茨(Rainer Schwarz)翻译;后40回由我本人翻译。"②这篇文章的学术价值在于吴漠汀从比较文学的角度谈到"德国长篇小说《布登勃洛克一家》和《红楼梦》的比较"③,并将《红楼梦》定义为"德国汉学学生的推荐读物"④。

2006年,吴漠汀出版了《有关〈红楼梦〉作为一部有文学意义的作品的评价》⑤一书,在书中介绍了《红楼梦》,并发表了自己翻译的第81回——《〈石头记〉或者〈红楼梦〉第81回新翻译试刊》。

2007年,吴漠汀为《红楼梦》德文全译本写了前言,其内容基本是以上几篇文章的总结。

在2007年德文全译本出版时,吴漠汀以德语、汉语、英语和法语发表了"新书摘要":中国著名长篇小说《红楼梦》德译本终于在今年8月发表,这是该小说诞生250年后第一部德文完全译本。文章介绍了《红楼梦》德文全译本的翻译和出版计划,提到吴漠汀和史华慈属于不同的学派。史华慈博士喜欢前面80回,而吴漠汀更看重120回。史华慈翻译了前80回,吴漠汀用了2年的时间修改,并翻译了剩下的40回。

吴漠汀还计划撰写《〈红楼梦〉文学史方面和接受美学方面的分析》(*Zur Rezeption*〔*in Planung*〕: *M. W., Literaturhistorische und rezeptionsästhetische Analyse des*

---

① 吴漠汀:《〈红楼梦〉在德国》,《红楼梦学刊》2006年第五辑,第241—252页。
② 吴漠汀:《〈红楼梦〉在德国》,《红楼梦学刊》2006年第五辑,第244页。
③ 吴漠汀:《〈红楼梦〉在德国》,《红楼梦学刊》2006年第五辑,第247页。
④ 吴漠汀:《〈红楼梦〉在德国》,《红楼梦学刊》2006年第五辑,第251页。
⑤ *Kriterien der Literaturbewertung*: *Der Traum der Roten Kammer als bedeutendster chinesischer Roman* Bochum: Europ. Univ.-Verl., 2006, 3. Aufl.S.23-64.

Traums der Roten Kammer)。①最早看到的吴漠汀的《红楼梦》德文翻译是第 81 回译文②,作者在读第 81 回德文译文时,发现了一些很明显的错误:如"Gu yuefu"被错误地翻译成"Gulefu ";"Xing Xiuyan"被错译为"Geng Xiuyan";"Xiren"被错译为"Xinren";"Li Qi"被错译为"Li Ji";"Beiming"在小说原著中是贾宝玉的小厮,是男性,在吴漠汀译文中被用阴性冠词"die"指代,很明显把"Beiming"当成了女人。译文对多次出现的同一人物和事物使用不同的德文翻译,很容易让人误以为是不同的人物和事物。"贾母"在第 81 回被译为"Laotaitai""die ehrenwerte Tante""Mutter Jia""die alten Damen""Ehrwürdige Vorfahrin""Ehrenwerte Ahnin"等多个不同的德语名字;王熙凤在第 81 回则被译为"Großtante Lian""Fengjie""Fengge""Schwester Feng";"炕"一会儿被译为"Kang",一会儿被译为"Ofenbett";"潇湘馆"一会儿被译成"Xiaoxiangguan",一会儿又被译成了"Bambushütte"。一些名词的拼写不完全正确:"Zilingzhou"应为"Ziling Zhou";"Xiaoxiangguan" 应为"Xiaoxiang Guan";"Xiang Ling""Tan Chun""Xiu Yan"都是名字,正确的写法应该是"Xiangling""Tanchun""Xiuyan"。一些翻译不够准确:如吴漠汀将"孙家那混账行子"这句话翻译成"der Familie Sun(孙家)",史华慈将这句话翻译成"des Bastards aus der Familie Sun(孙家的混账)"。经过分析比较可以发现,史华慈的翻译非常准确地表达了中文原意,而吴漠汀的翻译只是不完全的字面翻译。再如"嫁鸡随鸡,嫁狗随狗"这句话,吴漠汀将这句话译为"Eine Ehefrau folgt ihrem Mann ungeachtet seiner Persönlichkeit(妻子不顾尊严地跟着丈夫)";史华慈对这句话的翻译是"Wer einen Hahn heiratet,muß mit ihm fliegen,wer einen Hund heiratet,muß ihm nachlaufen(跟鸡结婚,就要跟着它飞;跟狗结婚,就要跟着它跑)"。吴漠汀对这句话的翻译通俗易懂,可同时又让人觉得过于随便,而史华慈的翻译则要形象、准确得多。

吴漠汀是一位年轻有为的汉学家,对《红楼梦》德文全译本而言,他有双重身份。首先,作为出版人,吴漠汀出版了《红楼梦》德文全译本。虽然到目前为止,许多人对已经出版的《红楼梦》德文全译本第一版有一些看法:史华慈在收到新

① *Mitteilungsblatt der Deutschen China-Gesellschaft*, Heft 47(1/2004), S.59.

② *Kriterien der Literaturbewertung: Der Traum der Roten Kammer als bedeutendster chinesischer Roman*, Bochum: Europ.Univ.-Verl., 2006, 3. Aufl, S.23-64.

译本以后,对出版人修改了他的译文及书的标题没有按照合同执行表示不满。顾彬则认为,阻止史华慈漂亮的《红楼梦》新译本成功的主要障碍是出版社自身。抛开对出版社和出版人的看法,就《红楼梦》德文全译本出版这件事本身来讲,吴漠汀是一个功臣。因为德文全译本《红楼梦》的出版填补了德国汉学界的一项空白,也正是因为这个原因,吴漠汀获得了"欧洲科学基金"授予的"心愿2007"奖及一万欧元的奖金。其次,吴漠汀的另一个身份是翻译者。虽然只是翻译,但要将后40回译得和前80回风格统一,也需要很高的"文学织补"技巧。比如说,全书的人名和地名至少应该是统一的。可在第81回的翻译中,作者却看到就是在同一回中这一点也没有做到。吴漠汀在谈到自己的出版计划时说:"一方面,译本要在语言文字上符合原著的要求,译文要完整、直接;另一方面,文字的描述要更加通俗易懂,适应于更广泛的德国读者群。这一点可以从人物名称中看出,在库恩的译本中,名称一部分是意译,一部分是音译;在这部新的译本中,名称的翻译将统一采用正式的拼音系统及拼写方法。音译不是按照官方的惯用的拼音翻译,而是按照德语书写方式,这样做的目的是希望尽可能地吸引更多读者的关注。"①吴漠汀计划在新译本中采用德语书写方式的拼音,可在第81回的试刊中用的却是汉语拼音。这一切都说明,出版计划在不断改进、完善、补充中。第81回虽然有错误,但毕竟不是正式出版的翻译。德文全译本还会出第二版,我们也期望在以后的出版中,评论者提出的意见能被采纳,以便让读者看到一个在不断完善中的《红楼梦》德文全译本。

五、史华慈对后40回的校对

德文全译本的后40回是吴漠汀翻译的,译本出版后,作为合作者的前80回的译者史华慈从自己的学术角度出发,对后40回的翻译提出了自己与吴漠汀不同的学术观点。

在征得史华慈先生的同意后,本书将史华慈的校对摘录如下,以飨读者。

---

① 吴漠汀:《〈红楼梦〉在德国》,《红楼梦学刊》2006年第五辑,第244—245页。

<table>
<tr><td colspan="2">S.23</td></tr>
<tr><td colspan="2">(Die Kapitelüberschrift ist in der Übersetzung kein Parallelsatzpaar. Ein Wort "Glücksfische" gibt es nicht; "Glücksfische angeln" für ~ "... angeln Fische, um ihr künftiges Geschick zu ergründen" ist ungenau.)</td></tr>
<tr><td>四美</td><td>vier schöne Frauen—vier Schöne(Es sind keine Frauen, sondern Mädchen.)</td></tr>
<tr><td colspan="2">S.24</td></tr>
<tr><td>抚养了一场</td><td>(一场 fehlt in der Übersetzung.)</td></tr>
<tr><td>在旁边</td><td>neben ihr—an der Seite.</td></tr>
<tr><td>这种光景</td><td>in welch bemitleidenswerter Lage (zu frei übersetzt).</td></tr>
<tr><td>我实在替他受不得</td><td>Wenn ich an ihrer Stelle wäre—damit kann ich mich ihretwegen wirklich nicht abfinden.</td></tr>
<tr><td>咱们这样人家的姑娘,那里受得这样的委屈</td><td>Es ist unvorstellbar, dass einem jungen Mädchen aus unserer Familie so ein Unglück widerfahren ist—Wie soll ein Mädchen aus einer Familie wie der unseren eine dermaßen ungerechte Behandlung ertragen?</td></tr>
<tr><td colspan="2">S.25</td></tr>
<tr><td>向来不会和人拌嘴</td><td>sie stritt sich nie mit anderen—Sie hat sich nie darauf verstanden, jemandem Widerworte zu geben.</td></tr>
<tr><td>遇见这样没人心的东西</td><td>Wie schlimm, dass gerade ihr etwas so Unmenschliches passiert—Sie mußte ausgerechnet auf so einen gewissenlosen Kerl treffen.</td></tr>
<tr><td>一点儿不知道女人的苦处</td><td>Bis dahin wusste sie nichts von den Schwierigkeiten, denen Frauen begegnen können—..., der überhaupt kein Verständnis für die Leiden einer Frau hat.</td></tr>
<tr><td>昨儿夜里</td><td>Gestern nacht—letzte/vergangene Nacht.</td></tr>
<tr><td>回明</td><td>überreden—berichten.</td></tr>
<tr><td>老太太</td><td>Laotaitai(Warum in Umschrift? Was soll das? Wer soll das verstehen?)</td></tr>
</table>

（续表）

S.25	
紫菱洲	Zilingzhou（Warum in Umschrift? Und wenn schon, dann korrekt Ziling Zhou.）
省得受……气	können wir den Zorn...vermeiden—so kann sie ...entgehen.
孙家那混账行子	der Familie Sun—des Bastards aus der Familie Sun.
S.26	
咱们留……	blieben wir... —behielten wir sie... hier.
有好脑	verstimmt—ärgerlich.
做了女孩儿	Wenn eine Tochter geboren wird—（Wer）ein Mädchen（ist）.
S.27	
娘家那里顾得	Dort ist sie nur ein Gast—Wer nimmt dort auf sie Rücksicht?
只好看他自己的命运	Sie muss lediglich auf ihr eigenes Schicksal achten—Alles hängt davon ab, welches Schicksal ihr（vom Himmel）beschieden ist.
嫁鸡随鸡，嫁狗随狗	Eine Ehefrau folgt ihrem Mann ungeachtet seiner Persönlichkeit—Wer einen Hahn heiratet, muß mit ihm fliegen, wer einen Hund heiratet, muß ihm nachlaufen.
妃 = Nebenfrau ersten Ranges —	（元春 Yuanchun ist Nebenfrau dritten kaiserliche Nebenfrau Ranges; 1. Rang: 皇贵妃, 2. Rang: 贵妃）
脾气	Charakter —Temperament.
过几年	Nach einiger Zeit—Nach ein paar Jahren...
生儿长女以后	Nach Geburt und Aufziehen von Sohn und Tochter—Wenn sie erst Kinder haben, ...
那就好了	nimmt alles ein gutes Ende（Wieso Ende?）—wird alles gut.
在老太太跟前	... vor deiner Laotaitai...（Wieso deiner? Sie ist die älteste Herrin und damit Gebieterin über das ganze Anwesen.）
老太太	bedeutet nicht "Großmutter".
无精打彩的出来了	... kam dann gesenkten Hauptes heraus—ging dann niedergeschlagen hinaus.

（续表）

S.27	
憋着一肚子闷气	von Wut und Zorn erfüllt—Er war total verbittert.
走到园中	kam in die Mitte des Gartens—ging in den Garten.
潇湘馆	Xiaoxiangguan（Warum in Umschrift? Und wenn schon, dann korrekt Xiaoxiang Guan.）
S.30	
宝玉低着头，伏在桌子上	verblieb Baoyu mit gesenktem Kopf auf dem Tisch—... ließ den Kopf hängen, beugte sich über den Tisch, ...
一会子	Auf einmal—Nach einer Weile ...
还是我得罪了你呢	..., bin ich es, der dich stört? —... oder habe ich dir etwas getan? /... bin ich es, die dir etwas getan hat?
摇手道	... verneinte und sprach:"Nein, ..."—...winkte ab und sagte:...
都不是	..., es liegt nicht an dir—Weder（das eine）noch（das andere）.
伤起心来	fühlst du dich so elend—bist du so traurig.
S.31	
更觉惊讶	erschrak... noch mehr—erschrak ...erst recht.
我告诉你，你也不能不伤心	Aber ich kann es dir nicht verraten, sonst machst du dir auch Sorgen—Wenn ich es dir erzähle, wirst auch du（unbedingt）traurig sein.
二姐姐	meine große Schwester（迎春 Yingchun ist nicht Baoyus Schwester, sondern seine Kusine, Tochter seines Onkels 贾赦 Jia She.）
回来的样子和那些话	... gesehen und gehört, was sie sagte—Du hast ja auch gesehen, in welchem Zustand sie hier ankam, und gehört, was sie sagte.
受人家这般苦处	Welche Mühsal einem die Schwiegereltern bereiten! —Was man（unter den Leuten, d. h. dem Mann und den Schwiegereltern）zu leiden hat!
大家吟诗做东道	Gedichte vortrugen—..., als wir alle Gedichte machten und abwechselnd den Gastgeber spielten.

（续表）

<table>
<tr><td colspan="2">S.31</td></tr>
<tr><td>宝姐姐</td><td>Tante Bao(Wieso Tante? Gemeint ist Kusine 宝钗 Baochai.)</td></tr>
<tr><td colspan="2">Xiang Ling (Warum nicht Xiangling? Es ist ein Rufname und wird folglich zusammen geschrieben.)</td></tr>
<tr><td>出了门子了</td><td>ist wieder gegangen—hat das Haus verlassen (als sie geheiratet hat).</td></tr>
<tr><td>谁知……</td><td>Wider Erwarten (hat meine Mutter es mir verboten) .... verbat es mir—verbot es mir (“verbat” ist Präteritum von “verbitten”, nicht von “ver-bieten”).</td></tr>
<tr><td>我又不敢言语</td><td>Ich wagte es nicht mehr [,] den Mund aufzumachen—So daß ich mich nicht mehr traue, etwas zu sagen (der Großmutter nämlich).</td></tr>
<tr><td>园中光景已经大变了</td><td>... in welch kurzer Zeit der Garten sich verändert hat— ...wie sehr sich der Anblick des Gartens verändert hat (Woher die kurze Zeit?)</td></tr>
<tr><td>园中</td><td>N.B.:hier heißt (der Garten, oben, S.27, sollte es noch die Mitte des Gartens sein).</td></tr>
<tr><td>黛玉听了这番言语……</td><td>Daiyu hörte ihm bis ans Ende zu, senkte den Kopf (Wieso bis ans Ende?)—Als Daiyu ihn angehört hatte, ließ sie langsam den Kopf sinken...</td></tr>
<tr><td>身子渐渐的退至炕上</td><td>setzte sich ... gemächlich auf den Kang—zog sich allmählich ... zurück.(Warum heißt es hier Kang, auf S. 23 aber Ofenbett?)</td></tr>
<tr><td colspan="2">S.32</td></tr>
<tr><td colspan="2">Zijuan brachte... Tee hinein—... herein.
zur Bambushütte(Oben, S. 27 hieß es noch Xiaoxiangguan.Woher soll der Leser wissen, daß beides dasselbe ist? Und warum-hütte?)</td></tr>
<tr><td colspan="2">sah Baoyu —erblickte Baoyu.</td></tr>
<tr><td colspan="2">Hier sind sie also,... Ahne verlangt Sie zu sehen. Ich vermutete sie ...(Wie denn nun?)</td></tr>
<tr><td>黛玉听见是袭人</td><td>Daiyu bemerkte, dass es Xiren war—... erkannte an der Stimme, daß es ...</td></tr>
</table>

（续表）

S.32	
贾母	Mutter Jia（Eine problematische Sache. So müßte man meinen，sie hieße mit Familiennamen Jia，sie heißt aber Shi 史，war mit 贾代善 Jia Daishan verheiratet und ist die Mutter von 贾赦 Jia She，贾政 Jia Zheng und 贾敏 Jia Min.）
却已经歇晌	die… bereits eingeschlafen war—die aber schon ihren Mittags-schlaf hielt.
怡红院	zum roten Hof（Yihong Yuan＝"Hof der Freude am Roten" ist ein Gebäude-，also Eigenname，folglich wäre rot groß zu schreiben；im Titel des Buches wird Rote，obwohl dort kein Eigenname，groß geschrieben. Vgl. auch u. S. 58. in den Frohen Roten Hof）.
宝玉睡了中觉起来，甚觉无聊，随手拿了一本书看	Am Nachmittag hielt er ein Schläfchen，bis er dessen überdrüssig wurde. Er nahm ein Buch und begann zu lesen—Als Baoyu nach dem Mittagsschlaf wieder aufgestanden war，litt er unter quälender Langeweile. Er griff sich aufs Geratewohl ein Buch und las darin.
袭人见他看书，忙去沏茶伺候	Xiren erblickte ihn beim Lesen und begann sofort [，] Tee aufzugießen—Als Xiren sah，daß er las，ging sie rasch hinaus，um ihm Tee zu brühen.
谁知宝玉拿的那本书是《古乐府》	Er blätterte zufällig im "Gulefu"，einer Sammlung… —Das Buch，nach dem Baoyu zufällig gegriffen hatte，erwies sich als das "Gu yuefu"（Alte Gedichte im Stil der Musikamtlieder）.
S.33	
不觉刺心	Das ihn missmutig stimmte—das ihm unwillkürlich einen Stich ver-setzte.
因放下这一本，又拿一本看时，却是晋文	Er ergriff ein anderes Buch mit Literatur der Jin-Dynastie—Also legte er das Buch beiseite und griff nach einem anderen，das sich als Prosa der Jin-Zeit erwies.
你为什么……	Warum hast du bereits… —（Oben，Z. 23/24 hat Xiren ihn gesiezt，jetzt duzt sie ihn. Ist das Absicht? Des Verfassers? Des Übersetzers?）

（续表）

S.33	
trank einen Schluck und stellte ihn zurück —... und stellte die Teeschale zurück (ihn bezieht sich sonst auf den Schluck).	
忽见宝玉站起来，嘴里咕咕哝哝的说道	... bis er plötzlich aufstand—bis er plötzlich aufstand und murmelte:...
又不敢问他	traute sich jedoch nicht, ihm zu antworten —..., ihn deswegen zu fragen.
到园里逛逛	so geh dir doch den Garten anschauen —dann geh doch im Garten spazieren.
也省得闷出毛病来	machst du dich nur unglücklich damit —ehe du vor lauter Verdruß krank wirst.
口中答应	murmelte vor sich hin —stimmte zu.
S.35	
沁芳亭	Pavillon des zarten Duftes—(Hier wird ein Gebäudename plötzlich übersetzt.)
又来至蘅芜院	Wieder am Hof der Düfte gekommen—Als er dann zum... kam, (Auch hier ist der Gebäudename übersetzt. 蘅芜 heißt nicht Düfte, sondern Haselwurz.)
更是香草依然，门窗掩闭	... roch es dort noch stärker nach Vanille als zuvor. Türen und Fenster aber waren verriegelt—war dieser Eindruck noch stärker, die Duftkräuter wuchsen nach wie vor, Türen und Fenster aber waren geschlossen. (Der Eindruck war deswegen noch stärker, weil Kusine da ist, die hier gewohnt hatte.—Wieso Vanille?)
转过藕香榭	Im Vorbeigehen am Lo[s]tusduft-Pavillon—Als er abbog und am ... vorbeikam.
远远的只见几个人在蓼溆一带栏杆上靠着	konnte man nur ein paar Menschen in der Ferne in Liaoxu am Geländer angelehnt erkennen—sah er von ferne, daß in der Gegend von... ein paar Gestalten ans Geländer gelehnt standen (Warum ist Liaoxu nicht übersetzt?)

(续表)

S.35	
几个小丫头	Ein paar Mädchen—ein paar kleine Sklavenmädchen.
轻轻的走在假山背后	ging hinter einen kleinen Felsen—trat vorsichtig hinter einen künstlichen Felsen.
只听	Hörte nur —..., und hörte/Er hörte...
看他上来不上来	Mal sehen, ob er zuschnappt—Mal sehen, ob er heraufkommt oder nicht!
好,下去了	Na gut, ich gehe dann—Prima, er ist abgetaucht!
S.36	
Tan Chun (Warum wird dieser Rufname getrennt geschrieben? Vgl. Xiang Ling.)	
邢岫烟	Geng Xiuyan —Xing... (oben, S. 23 steht für ihre Tante richtig Frau Xing.)
宝玉忍不住	... konnte sich nicht zusammenrei ßen—... konnte sich nicht beherrschen.
一块小砖头	... nach einem kleinen Stein —einen kleinen Ziegelbrocken.
咕咚一声	Das dumpfe Geräusch des ins Wasser fallenden Steins —Plumps! / Platsch! machte es, und... das Geräusch
... erschrak die vier Mädchen —... erschreckte... (Zu beachten ist der Unterschied zwischen transitivem und intransitivem, erschrecken'. N. B.: Hier sind es auf einmal vier Mädchen, in der Kapitelüberschrift waren es vier... Frauen.)	
从山子后	hinter dem Hügel hervor (Eben, war das noch ein [künstlicher] Felsen.)
二哥哥	unser großer Bruder (Der [Halb-] Bruder ist Baoyu nur von der hier sprechenden Tanchun, mit den drei anderen Mädchen ist er sehr entfernt verschwägert. Tanchun [Hier plötzlich zusammen geschrieben].)
wieder gut machen —wiedergutmachen.	
我还要罚你们呢	Dafür muss ich euch nach wie vor bestrafen —Dafür werde ich euch bestrafen/Dafür habt im Gegenteil ihr Strafe verdient.

（续表）

S.37	
Tan Chun(Hier wieder getrennt geschrieben)	
Bao Yu(Plötzlich wird auch dieser Rufname getrennt geschrieben)	
Wohingegen Bao Yu meinte —Worauf Baoyu erwiderte.	
头里原是我要唬你们顽,这会子你只管钓罢	Eigentlich wollte ich euch ja bloß erschrecken, aber es stört dich nur, dass du den Fisch nicht fangen konntest — Eben habe ich euch nur zum Spaß einen Schreck einjagen wollen, jetzt kannst du unbesorgt angeln.
探春把丝绳抛下	Tan Chun warf die Angelleine ins Wasser —Tanchun warf die Angel aus.
杨叶窜儿	Elritze (Höchst unwahrscheinlich; Elritzen leben in klaren Fließgewässern, nicht in Gartenteichen)— Beilbauch-Weißfisch (Hemiculter leucisculus).
Dai Shu (Ebenfalls ein Rufname,der zusammen zu schreiben ist)	
两手捧着，搁在……	griff nach dem Fisch und legte ihn mit beiden Händen —ergriff den Fisch mit beiden Händen und setzte ihn…
die Angelrute —die Angel.	
warf die Angelleine ebenfalls ins Wasser —Auch… warf die Angel aus.	
又挑起来	und mit einem Ruck riss sie sie heraus —wieder zog sie sie heraus.
把那钩子拿上来一瞧	nahm den Haken näher —nahm den Haken hoch und sah ihn sich an.
忙叫素云	bat sie Su Yun —rasch befahl sie Suyun…/schnell ließ sie Suyun (Suyun ist Li Wens Sklavenmädchen.)
zurecht zu biegen—zurechtzubiegen.	
S.38	
贴好了苇片儿	… wurde noch ein zusammengerolltes Blatt angebracht —wurde ein Stückchen Schilfhalm befestigt (Ein Schilfhalmstück diente den chinesischen Anglern als Schwimmer an der Angel.Offenbar hatten die Mädchen zuvor ohne Schwimmer geangelt.)

（续表）

S.38	
垂下去一会儿	eine Weile im Wasser geruht hatte —Einige Zeit, nachdem sie die Angel ausgeworfen hatte,…
见苇片儿沉下去	stak das Blatt(,das als Pose diente,) senkrecht im Wasser —war zu sehen, wie das Schilfhalmstück senkrecht in die Tiefe sank.
是一个二寸长的鲫瓜儿	einen fünf Zentimeter großen Karpfen —einen zwei Cun langen Goldkarpfen(moderne europäische Maßangaben in altchinesischen Texten sind ein Anachronismus).
Xiu Yan (oben, wurde dieser Name noch richtig zusammen geschrieben)	
李绮	Li Ji —Li Qi(wie oben, und unten,).
探春道："不必尽着让了。你看那鱼都在三妹妹那边呢，还是三妹妹快钓罢。"	"Ihr verpasst eure besten Chancen. Dort drüben bei Su Yun sehe ich Blasen. Schnell, Schwester, versuch du es doch!"—"Ihr mü8ßt einander nicht in einem fort nur den Vortritt lassen," empfahl Tanchun. "Seht mal, die Fische sind alle dort bei Schwester Drei [= Li Qi]. Sie muß schnell angeln!"
李绮笑着接了……	Li Qi nahm scherzend die Angel—Lachend/Lächelnd nahm Li Qi die Angel entgegen.
…fing er sofort einen Fisch(Wieso er? Li Qi ist eines der vier angelnden Mädchen.)	
S.39	
然后岫烟也钓着了一个，随将竿子递给探春，探春才递与宝玉	Nachdem Xiuyan an der Reihe war, bekam Tanchun die Angel[,] und dann kam erst Baoyu dran—Anschließend fing auch Xiuyan einen Fisch, dann gab sie die Angel an Tanchun zurück, und erst aus ihren Händen bekam Baoyu sie.
坐在池边钓起来	setzte sich an den Teichrand—setzte sich an den Rand des Teiches und begann zu angeln.
那钓丝儿动也不动	so biss doch gar kein Fisch an—aber die Angelschnur bewegte sich nicht einmal.

（续表）

S.39	
急的宝玉道："我最是个性儿急的人，他偏性儿慢，……"	Aufgeregt sprach Baoyu: "Ich bin halt aufgeregter Natur, ..."—Das regte Baoyu dermaßen auf, daß er sagte: "Ich bin ein unruhiger Geist, er aber hat die Ruhe weg, ..."
S.40	
钓丝微微一动	da schlug die Angel an—da bewegte sich die Angelschnur ganz leicht.
der Faden riss ebenfalls—(Oben ist es eine Angelleine, richtig eine Angelschnur, hier auf einmal ein Faden.)	
werweißwohin —wer weiß wohin.	
众人越发笑起来	Die Umstehenden begannen immer mehr zu lachen—Alle lachten erst recht laut heraus.
再没见像你这样卤人	So einen unbeholfenen Kerl wie dich gibt[']s kein zweites Mal—So einen Tölpel...
麝月慌慌张张的跑来	kam Sheyue aufgelöst herbeigeeilt—kam Sheyue Hals über Kopf angestürzt.
"二爷，老太太醒了……"	"Zweiter Onkel, die ehrenwerte Tante ist erwacht ..."—"Zweiter junger Herr, die alte gnädige Frau ist aufgewacht ..." (Wieso Onkel? Wieso Tante?)
老太太叫二爷什么事	Worum hat die ehrenwerte Tante den zweiten Onkel gebeten? —In welcher Angelegenheit läßt die alte gnädige Frau den zweiten jungen Herrn rufen?
S.41	
闹破了	es gehe um einen Skandal—irgend etwas ist offenbar geworden.
琏二奶奶	Großtante Lian—(Wieso Großtante? Gemeint ist 王熙凤: Wang Xifeng, die Frau des zweiten jungen Herrn 贾琏: Jia Lian. Wenn sie eine Großtante sein soll, müßte ja jemand in der nächstfolgenden Generation, der Gras-Generation also, schon ein Kind haben, aber das sind mit wenigen Ausnahmen alles selbst noch Kinder.)

（续表）

S.41	
"…zweiter älterer Bruder, gehen Sie schnell… schicken Sie…"(Warum siezt Tanchun ihn plötzlich?)	
Mutter Jias Zimmer (Vgl.o.).	
S.42	
你前年那一次大病	Als du letztes Jahr einmal schwer krank warst—Als du im vorvorigen Jahr so schwer krank warst.
那会子病里，你觉得怎么样	Wie hat sich damals die Krankheit angefühlt? —Was hast du empfunden, als du damals krank warst?
我记得得病的时候，好好的站着，倒象背地里有人把我拦头一棍	… als ich krank wurde, wenn ich aufrecht stand, das Gefühl hatte, …—als ich krank wurde, stand ich ganz friedlich da, und plötzlich schien mir jemand hinterrücks mit einem Knüppel auf den Kopf zu schlagen, …
躺在炕上，觉得	Wenn ich auf dem Ofenbett lag, …—Als ich auf dem Ofenbett lag, …
一片金光直照到我房里来	… direkt auf mein Zimmer—direkt in mein Zimmer.
S.43	
这个样儿也就差不多了	So sah es auch aus—Diese Beschreibung entspricht dem in etwa.
凤姐	Fengjie (Fengjie ist kein Name, sondern bedeutet "Kusine [Xi-] Feng". Wie soll der Leser das wissen? Woher weiß er, das dies die Großtante Lian ist?)
见了贾母	und sah die alten Damen dort sitzen —begrüßte die Herzoginmutter (Mutter Jia).
见过了王夫人	als sie… Frau Wang erblickte—nachdem sie Dame Wang begrüßt hatte.

(续表)

S.43	
老祖宗	Ehrwürdige Vorfahrin —Alte Ahne/Ahnfrau(Ein Wort Vorfahrin gibt es wohl kaum.)
"… was willst du mich fragen?"(Tanchun siezt den eigenen Bruder, Xifeng aber duzt die Familienälteste, die Mutter ihres Schwiegervaters.)	
前年	letztes Jahr —vorletztes Jahr.
S.44	
…andere Menschen zu töten—Leute umzubringen.	
见什么,杀什么	ging auf jeden los, der mir unter die Augen kam —was ich sah, das brachte ich um/wollte ich umbringen.
好像空中有人说了几句话似的	als ob die Luft erfüllt sei von Stimmen—als ob in der Luft/vom Himmel her jemand ein paar Sätze zu mir sagte.
这么看起来竟是他了	So wie du es beschrieben hast,klingt es so,als sei sie dafür verantwortlich gewesen—Demnach sieht es so aus,als sei sie es gewesen.
他姐儿两个	(Die Anfälle) deiner Schwester—(der Zustand) von beiden,Kusine und Vetter,…
S.45	
"Warum interessieren Sie sich denn…, ehrwürdige Vorfahrin?"(Hier wird die Familienälteste auf einmal gesiezt;vgl.o.).	
老爷	dein ehrwürdiger Großvater—der Herr(Gemeint ist 贾政:Jia Zheng, Dame Wangs Mann,der Xifengs angeheirateter Onkel und zugleich der Bruder ihres Schwiegervaters ist.)entlarvt.
被锦衣府	von der Polizei —~Kriminalpolizei.
刑部监	ins Gefängnis —ins Gefängnis des Justizministeriums.
要问死罪	wo sie jetzt auf ihre Hinrichtung wartet —wo sie eines Verbrechens angeklagt werden soll, auf das die Todesstrafe steht.
S.46	
前几天被人告发的	(Fehlt:)Vor ein paar Tagen ist sie von jemandem angezeigt worden.

（续表）

S.46	
因他常到当铺里去，那当铺里人的内眷与他好的	weil sie öfter bei der Familie des Pfandleihers vorbeischaute—weil sie oft in die Pfandleihe ging und mit den weiblichen Angehörigen des Pfandleihers befreundet war.
果然见效	(Fehlt:)…,was auch wirklich half.
S.47	
向人家内眷要了十几两银子	dafür bekam sie von ihnen fast zwanzig Silberstücke—von den Angehörigen hat sie einige zehn Liang(Tael) Silber verlangt.(Im alten China zahlte man mit ungemünztem Silber nach Gewicht. Zu Cao Xueqins Lebzeit waren zwar auch schon ausländische Silberdollar im Umlauf, aber diese wurden auch eindeutig so genannt.)
应该败露	wurde sie bald entlarvt—mußte die Sache notwendig herauskommen.
许多纸人	mehrere Papierpuppen—viele Papierfiguren.
正诧异着呢	Er war sehr überrascht, als …—Während er sich noch darüber wunderte, kam…
这里的人就把他拿住，身边一搜	Er hielt sie fest und durchsuchte sie—Die(d.h. seine) Leute hielten sie fest und nahmen eine Leibesvisitation vor.(Wie kann ein einzelner Mann sie festhalten und durchsuchen?)
S.48	
送到锦衣府去	Er hat sie… zur Polizei gebracht— … zur Kriminalpolizei …
所以知会了营里	wurden andere Polizisten losgeschickt—wurde der Polizeitruppe Meldung gemacht.
七星灯	Siebensternelampe—eine siebenflammige Öllampe (wie vor einer Buddhafigur).
S.50	
我当初还猜疑了几遍，总不知什么原因	Damals wusste ich noch nicht, warum ich so verunsichert war—Ich hatte von Anfang an ein paar Mal (an ihr) gezweifelt, wußte aber nie, warum.

（续表）

S.50	
怪不得人治我	hassen mich manche Leute sogar—ist es kein Wunder, wenn die Leute mit mir abrechnen (wollen).
宝玉可和人有什么仇呢	Aber wieso sollte sich jemand auf so grausame Art und Weise an Baoyu rächen wollen? —Aber mit wem ist Baoyu verfeindet?
竟给你们种了毒了呢	Das sät Zwietracht —Damit habe ich dieses Unglück über euch gebracht.
已经问了罪	wurde bereits verurteil—wird bereits angeklagt/steht bereits vor Gericht.
决不好叫他来对证	Deswegen werden wir wohl nie erfahren, wie es wirklich war—Wir können sie nicht gut herkommen lassen, um einen Beweis zu erbringen.
没有对证,赵姨娘那里肯认帐	Es gibt keinen Beweis für die Schuld von Konkubine Zhao—Ohne Beweis wird Nebenfrau Zhao nicht gestehen.
S.51	
闹出来,外面也不雅	Wenn diese ganze Geschichte bekannt wird, verlieren wir jegliches Ansehen—Wenn das publik wird, macht es keinen guten Eindruck.
等他自作自受,少不得要自己败露的	Aber wir können nicht verhindern, dass sie sich früher oder später selber verrät—Warten wir ab, bis sie auslöffeln muß, was sie sich eingebrockt hat! Sie wird sich mit Notwendigkeit selbst verraten.
没有对证,也难作准	Ohne Zeugen gibt es für diese Geschichte keine Beweise—Ohne Beweis kann man schlecht entscheiden.
姐儿两个	die beiden Schwestern— Kusine und Vetter(vgl.o.).
如今又比谁不济了呢	haben sich doch mittlerweile erholt—sind heute wieder so (gesund) wie nur irgendeiner.
凤哥	Fengge("Bruder" Feng ist der Kindheitsname von 王熙凤 Wang Xifeng, aber woher soll das der Leser wissen?)
凤哥也不必提了	... Fengge, lasst uns nicht mehr an das Vergangene denken—..., auch du solltest nicht mehr an der Vergangenheit rühren.

（续表）

S.51	
在我这边吃晚饭再过去罢	müssen du und deine Tante unbedingt noch mit mir essen—du mußt mit… hier bei mir zu Abend essen, bevor ihr…
S.52	
凤姐	Schwester Feng (oben, S. 4, Z. 31 ist das mit Fengjie übersetzt, welcher Leser soll das begreifen?).
赶忙笑道	… sagte hastig und verschmitzt—sagte rasch mit lächelnder Miene.
老祖宗	Ehrenwerte Ahnin (vgl.o.;ein Wort Ahnin gibt es genauso-wenig wie Vorfahrin).
凤姐	Frau Feng（Noch eine neue Variante! Vgl.o.).
几个媳妇	einige Dienstmädchen—ein paar Frauen.
sagte sofort einer Dienstmagd,Essen zu bringen(sagen…,zu… geht im Deutschen nicht; richtig wäre:befahl…, zu…/… sagen,sie sollten…).	
我和太太都跟着老太太吃	Die ehrenwerte Tante und ich essen zusammen—Ich esse mit der gnädigen Frau zusammen bei der alten gnädigen Frau.
老爷要找一件什么东西,请太太伺候了老太太的饭完了自己去找一找呢	Das Ding,das der ehrenwerte Hausvorstand sucht, möge die Tante, wenn sie mit der ehrenwerten Tante gegessen hat, selbst suchen—Der gnädige Herr möchte etwas herausgesucht haben und lä8ßt darum bitten, daß die gnädige Frau selbst,nachdem sie der alten gnädigen Frau beim Essen aufgewartet hat, danach sucht.
保不住你老爷有要紧的事	… wahrscheinlich hat dein ehrenwerter Onkel etwas Wichtiges—wer weiß, ob es nicht etwas Wichtiges ist,was der Herr (=dein Mann)will.
便留下凤姐伺候	Nachdem nur noch Schwester Feng verblieben war—ließ… zurück, um aufzuwarten.
自己退了出来	sie selbst ging… nach hinten raus—sie selbst zog sich zurück.
S.55	
Jiazheng—Jia Zheng(Familien- und Rufname sind getrennt zu schreiben).	
贾政便问道	Jiazheng fragte（mitfühlend)—Dann erkundigte sich Jia Zheng…
geschwünschten—gewünschten.	

（续表）

S.55	
Daheim—daheim.	
因把迎春的话述了一遍	Yingchun hatte ihr nämlich davon berichtet—Dann berichtete sie, was Yingchun ihr erzählt hatte.
不是对头	… dass das nichts wird —…daß er nicht der Richtige (für sie) ist.
已说定了	wenn mein Bruder, …, etwas beschließt—da mein Herr Bruder die Sache abgesprochen/versprochen hatte.
seit Kurzem —seit kurzem.	
嗤的一笑	Dann kicherte sie—Sie lachte auf.
今儿早起特特的到这屋里来	Heute kam er früh morgens zu mir—Heute nach dem Aufstehen kam er extra hierher.
S.56	
生女儿不得济	Wenn die Erziehung der Tochter misslingt—Wenn man eine Tochter hat, die nichts taugt…
生儿若不济事	Aber einen schlechten Sohn zu haben —Einen Sohn zu haben, der nichts taugt, …
关系非浅	bringt Schwierigkeiten—ist von nicht geringer Tragweite.
也是南边的人	(einen Lehrer) aus dem Süden—er ist aus dem Süden (wie wir).
不肯给没脸，一日哄哥儿似的	…, der nicht hart durchgreift—der sich nicht blamieren lassen will und ihnen den ganzen Tag als Herrensöhnchen schmeichelt.
外头的	(keine) Auswärtigen—keine Fremden.
儒大太爷	Taiye (Taiye ist kein Name, sondern eine Verwandtschaftsbezeichnung, der Mann heißt mit Rufnamen 代儒 Dairu, wovon 儒 Ru die familiäre Abkürzung ist; das 大 vor dem 太爷 besagt, daß er der Älteste seiner Generation ist).
不至以颟顸了事	lässt sich nicht von ihnen weichklopfen—läßt nicht aus Dummheit den Dingen einfach ihren Lauf.

（续表）

S.57	
自从老爷外任去了	Seit Ihr außerhalb der Stadt als Beamter arbeitet—Nachdem Ihr auf den Posten in der Provinz versetzt worden wart,…
竟耽搁了好几年	hat deswegen seine Studien in den letzten Jahren stark vernachlässigt—und hat deswegen ein paar Jahre (den Unterricht) versäumt.
温习温习	wiederholen —auffrischen.
说些闲话	Merkte noch ein paar nicht weiter nennenswerte Dinge an—plauderte noch ein Weilchen(über Belanglosigkeiten).
…bevor die Diener kamen und…—Als Baoyu…,kamen die Dienerknaben und…	
Studienzimmer—Studierzimmer.	
请了安站着	wo er auf weitere Anweisungen wartete—entbot seinen Gruß und blieb(abwartend)stehen.
Obwohl es viele Schriften gibt, sind sie doch oft trivial. (Dieser Satz hat im Chinesischen keine Entsprechung.)	
散荡	unbändiger(wilder)—ausgelassener (zügelloser).
你天天在园子里和姊妹们顽顽笑笑,甚至和那些丫头们混脑	dass du dich jeden Tag im Garten mit Mädchen triffst,mit denen du viel lachst und herumalberst—daß du Tag für Tag im Garten mit deiner Schwester und deinen Kusinen herumalberst und sogar mit den Sklavenmädchen Allotria treibst.
做得几句诗词,也并不怎么样,有什么稀罕处	Zwar hast du ein bisschen was an Poesie geschrieben,aber das ist ja wohl nicht der Rede wert! —Du hast zwar ein paar Gedichte geschrieben, aber sie taugen nicht viel.Welche gelungenen Stellen sind schon darin enthalten?
S.58	
再不许做诗做对的了	Von heute an darfst du keine Gedichte mehr schreiben—…keine Gedichte mehr schreiben und keine Parallelsätze mehr bilden.
八股文	8-Partien-Aufsätze—achtgliedrige Aufsätze.

（续表）

S.58	
若毫无长进	wenn du… keine deutlichen Fortschritte gemacht hast—wenn du (überhaupt) keine Fortschritte machst.
你也不用念书了	brauchst du überhaupt nichts mehr [zu] lernen—brauchst du nicht weiterzulernen.
亲自送他到家学里去	bevor Baoyu wieder in die Familienschule geht —und dann bringe ich selbst ihn… Zu Baoyu wies er an:…—Baoyu befahl er ("anweisen" wird mit Akkusativ ohne "zu" gebraucht).
到怡红院	in den Frohen Roten Hof (oben, sind dieselben Zeichen als roter Hof übersetzt).
袭人	Xinren—Xiren.
有我呢	kannst du dich an mich wenden—bin ich ja (auch noch) da/laß mich nur machen.
S.59	
焙茗	Beiming… sie (Beiming ist ein Dienerknabe!).
S.61	
催了两遍	zwei Mal scheuchen—mahnen/antreiben (gescheucht werden Tiere).
老爷	der ehrwürdige Vater—der gnädige Herr.
清客相公	ein Hofberater—einer seiner Hausgäste.
老爷	den würdigen Herrn—den gnädigen Herrn.
请……回话	bat… um ein Gespräch—bat darum, Bericht erstatten zu dürfen.
连忙	plötzlich —rasch.
恰好贾政着人来叫，宝玉便跟着进去。贾政不免又嘱咐几句话	… erreichte diese gerade [,] als sein Vater nach ihm rufen ließ. Er folgte ihm und horchte seinen Instruktionen—…, als Jia Zheng eben jemanden beauftragt hatte, ihn hereinzurufen. Baoyu ging mit dem Boten hinein, und wie nicht anders zu erwarten, erteilte ihm Jia Zheng noch ein paar Verhaltensmaßregeln.

（续表）

S.62	
带了宝玉上了车，焙茗拿着书籍，一直到家塾中来	Daraufhin stiegen sie in seine Sänfte, die direkt ins Innere der Privatschule getragen wurde—Er nahm Baoyu mit in seinen Wagen, Beiming trug die Bücher, und so gelangten sie geradewegs in die Familienschule.
代儒拉着手问了安	Jiazheng nahm ihn bei der Hand und erkundigte sich nach seiner Gesundheit—Dairu griff nach seinen Händen und begrüßte ihn.
又问：“老太太近日安么？”	und der (Gesundheit) der alten Dame—…und fragte: “Ist die alte gnädige Frau dieser Tage bei guter Gesundheit?”
因为求托一番	…, da ich eine Bemerkung zu machen habe—… weil ich darum bitten möchte, Euch mit etwas beauftragen zu dürfen.
要学个成人的举业，才是终身立身成名的事	für das Beamtenstudium zu lernen, sowie sich zu behaupten, um sich einen Namen zu machen—er muß sich das Rüstzeug aneignen, mit dem etwas aus ihm werden kann. Nur das ist es, wodurch man es im Leben zu etwas bringt und sich einen Namen macht.
与一生的正事毫无关涉	(haben…) keinen Einfluß auf sein weiteres Leben—haben sie nichts mit seiner Lebensaufgabe zu tun.
他相貌也还体面，灵性也还去得	Er sieht wie ein intelligenter junger Mann aus—Er sieht nicht schlecht aus, und auch seine Intelligenz ist ganz passabel.
为什么不念书	Warum versucht er es nicht mit einem Studium? —Warum studiert er nicht die Schriften?
S.63	
原是如此	Es war ursprünglich so —Es ist nämlich so.
倘或不听教训	Falls er bei den Vorlesungen nicht anwesend ist—Falls er auf Ermahnungen nicht hört.
然后说了些闲话	(Fehlt:) Dann äußerte er noch ein paar Belanglosigkeiten, ehe er…
老太太前替我问好请安罢	richtete der ehrwürdigen Ehefrau beste Grüße aus—Grüßen Sie bitte die alte gnädige Frau von mir.

（续表）

S.63	
贾政答应着，自己上车去了	Jiazheng nickte, stieg in die Sänfte und wurde weggetragen—Jia Zheng versprach es, stieg in den Wagen und fuhr los.
代儒回身进来	Dairu drehte sich um—Als Dairu kehrtmachte und wieder hineinging, …
看见宝玉……摆着一张花梨小桌	erblickte Baoyu … am Tisch sitzen—sah er, daß für Baoyu … ein Tischchen aus Rosenholz aufgestellt worden war.
右边堆下两套旧书，薄薄儿的一本文章	auf der rechten Seite waren Klassische Werke sowie Essays aufgestapelt—… lag ein Stapel aus zerlesenen Büchern in zwei Kassetten sowie einem dünnen Aufsatzheft.
叫焙茗将……都搁在抽屉里藏着	Er rief Beiming, die… in den Schreibtisch räumte —Er befahl Beiming(♂),… in die Schublade zu räumen.
你前儿有病	… dass du vor Kurzem krank warst—daß du (vor einiger Zeit) krank gewesen bist.
如今可大好了	Geht es dir inzwischen wieder besser? —Bist du (jetzt) wieder ganz gesund?
大好了	Ja, viel besser —Ja, ich bin ganz gesund.
如今论起来，你可也应用功了	Heute beginnen wir mit der Theorie, du musst sehr fleißig sein —~ Vorweg sei gesagt, daß du dich anstrengen mußt.
你父亲望你成人恳切的很	Dein Vater betrachtet dich als erwachsenen und ernstzunehmenden [ernst zu nehmenden!] Mann —Dein Vater hat den dringenden Wunsch, daß etwas aus dir wird.
S.64	
念几遍文章	lies einige Artikel—lies ein paarmal Aufsätze.

（续表）

S.64	
宝玉答应了个“是”	Baoyu wiederholte:“Das ist es schon”—... erwiderte:“Sehr wohl!”(im Sinne von “Ja!”oder “Zu Befehl!”).
回身坐下时，不免四面一看	drehte sich um, setzte sich und blickte in alle vier Himmelsrichtungen—als er sich umwandte, um sich wieder hinzusetzen, sah er sich unwillkürlich nach allen Seiten um.
Klassenkameraden —Mitschüler (in altchinesischen Privatschulen gab es keine Schulklassen).	
都是粗俗异常的	... alle plump und ungewöhnlich wirkten—allesamt außeror-dentlich grob und unkultiviert waren.
代儒告诉宝玉道:“近日头一天，早些放你家去罢。明日要讲书了。但是你又不是很愚夯的，明日我倒要你先讲一两章书我听，试试你近来的工课何如，我才晓得你到怎么个分儿上头。”	Dairu teilte Baoyu mit dass heute sein erster Tag sei und er deshalb früher nach Hause gehen könn[n]te. Morgen werde er Texte analysieren. Er sei auf keinen Fall blöd. Wenn er morgen für ihn ein paar Texte analysieren wird, kann er sehen, wieviel er in letzter Zeit gelesen hat und welchen Standard Baoyu habe—Da sagte Dairu zu ihm:“Weil du heute den ersten Tag hier bist, lasse ich dich früher nach Hause gehen. Morgen wollen wir Texte interpretieren. Aber du bist ja nicht dumm, deshalb möchte ich, daß morgen zunächst du mir ein, zwei Textabschnitte auslegst, um zu sehen, was für ein Pensum du in der letzten Zeit erledigt hast.Dann erst werde ich wissen, auf welchem Niveau du stehst.”
欲知明日听解如何	Die Geschichte, wie sich Baoyu morgen schlägt, ...—Wer erfahren möchte, wie Baoyu am nächsten Tag dem Unterricht folgte, ...

第三章

德文译本比较研究例释

一般来说,研究《红楼梦》的德文译本,将德文译本和中文原著进行比较是其中不可或缺的一部分,比如库恩的节译本和中文原著相差很大,一些中国学者还是尝试将德文节译本和中文原著相比较,从回目信息、具体章节等方面分析译本和原著在内容上的不同及在语言上的差异。这种做法其实忽略了一个事实:德国翻译家翻译《红楼梦》是给德国人读的,评价德译本的好坏应该更多地关注德国读者的看法,而不能拘泥于译本和原著内容的不同。鉴于上述原因,本书另辟蹊径,在"《红楼梦》在德国"这一语境下运用比较文学的研究方法,尝试研究德国学者、德国翻译家和德国读者对《红楼梦》德译本的感受,通过德译本中的诗词、人名、注释、拼音运用和忌讳词的翻译实例,探讨中德两国文化的差异。

第一节　诗词翻译比较研究

诗歌是可译的,却又是难译的。早期研究中德文学的代表人物陈铨在分析研究德国翻译改编的中国小说戏剧后,得出了这样的结论:

> 我们发现翻译工作,异常困难,因为中国语言,中国人的人生观同德国(人)太不一样。这一种困难,到了抒情诗,可以算到最高点了。①

德国人冯·查阿纳(Eduard Horst von Tscharner)在他的一篇文章里,从中国人的世界观、人生观、内心世界,中国的语言特色以及中国诗特有的韵三个方面阐述了中国诗歌在德译过程中存在的问题。②难译不代表不能成功翻译。就中国诗的德译来讲,存在许多成功的范例。歌德成功翻译了《中国女诗人》《梅妃》等中国诗歌,并在中国诗歌的影响下写出了《中德季日即景》诗。陈铨把歌德的这种翻译称作"移植中国抒情诗到德国"③,也就是说歌德在翻译中国诗歌时采用的是意译而不是直译。史华兹(Ernst Schwarz,1886—1958)1969年第一次出版的中国诗歌翻译文集《镜中菊花》珍藏本④以及以后出版的《中国爱情诗》⑤得到了德国读者的广泛喜爱和各界的不同评价。史华兹和歌德的相同之处是:两人都既是诗人,又是翻译家;两人都只是保留了中文诗歌的主要内容,却按照德国诗歌的形

---

① 陈铨:《中德文学研究》,沈阳:辽宁教育出版社,1997年,第91页。

② Eduard Horst von Tscharner: *Chinesische Gedichte in deutscher Sprache, Probleme der Übersetzungskunst*, in: *Ostasiatische Zeitschrift*, Neue Folge, 8. Frankfurt am Main. S.189-209.

③ 陈铨:《中德文学研究》,沈阳:辽宁教育出版社,1997年,第91页。

④ Ernst Schwarz: *Chrysanthemen im Spiegel, Klassische chinesische Dichtungen*, Herausgegeben, aus dem Chinesischen übertragen und nachgedichtet von Ernst Schwarz: Rütten & Loening Verlag, 1969, Berlin.

⑤ Ernst Schwarz: *Chinesische Liebsgedichte aus der drei Jahrtausenden*, Gustav Kiepenheuer Verlag Leipzig und Weimar, 1978.

式来写诗。当然这种翻译也存在明显的缺陷,《镜中菊花》节选了从周朝开始,一直到1911年两千多年的中国诗歌。可这两千多年的中国诗歌被翻译成德文后,德国读者感觉不出这些诗歌有时代和朝代的差别,原因是这些诗歌的翻译者是一个人,他没有模仿中国诗歌的形式。

关于诗人是否在翻译诗歌方面比一般翻译家更有优势这一问题,学者黄杲炘提出了独特的见解:“身为诗人的译者,如果用自己习惯的形式与语言去套外国诗人有独特个性与意象的原作,那么,读者从译文里看到的,恐怕是译者的东西多于原作的。”①不管怎样,中外诗歌翻译的实践都一次次证明诗歌是可译的。

库恩和史华慈对《红楼梦》诗词的翻译也印证了上述观点。两位翻译家在具体的翻译问题上有许多的不同观点,可如果问起“《红楼梦》中最难翻译的是什么”这一问题,恐怕两人的答案会惊人地一致:诗词。事实也正是这样。生活在德国柏林的史华慈在听到这个问题时,毫不迟疑地回答:“当然是诗词。”史华慈还多次表示:我不是诗人,写诗的水平不高,为了保持《红楼梦》全书的完整性,我被迫将其中的诗歌译成了德文。这一部分翻译也是我个人最不满意的部分。库恩已经无法当面回答这一问题,可他的《红楼梦》德文节译本却代替他回答了这个问题。在这个节译本中,库恩对诗词的翻译采取的是“敬而远之”的做法,尽量“绕”开诗词翻译,能不翻译时尽量不翻译。一个明显的证据是,他把《红楼梦》诗歌比较集中的第37回到第41回这5个回目压缩成一回,用了不到两页的德文来概括《红楼梦》诗词最集中的第38回:这一整回的诗歌都没有翻译,只是简单提到有人发出邀请建立诗社,大家决定以菊花为题来作诗,罗列了众人所写诗歌的名字,指出写得最好的三首诗。本书尝试通过比较库恩和史华慈对《红楼梦》原著第1回诗歌的德语翻译实例,来分析两位翻译家不同的诗歌翻译策略和风格。

一、“内容服从形式”还是“形式服从内容”

【实例1】

通过下面的这个例子,可以看出两位翻译家在无法保证中国诗歌的内容和形

---

① 黄杲炘:《从柔巴依到坎特伯雷——英语诗汉译研究》,武汉:湖北教育出版社,1999年,第306页。

式完美统一时，对“内容服从形式”还是“形式服从内容”的取舍。

假作真时真亦假，无为有处有还无。①

库恩的德语译文如下：②

Sch**ein** wird S**ein**, und S**ein** wird Sch**ein**,

K**eins** wird **eins**, und **eins** wird K**eins**③

这一部分回译成中文为：

假象变成存在，而存在变成假象；

没有变成了有，而有变成了没有。④

史华慈的德语译文如下：

Wenn Falsches wahr ist, wird auch Wahres falsch,

Wo Nichts Sein ist, wird auch Sein zum Nichts⑤

这一部分回译成中文为：

当假的是真的，真的也就变成了假的。

哪里不是就是是，是也就什么也不是了。

“假作真时真亦假，无为有处有还无”是曹雪芹为太虚幻境撰写的对联，用的是对仗的修辞方式，工整、精练。这副对联看似简单，道理却相当深刻。库恩对这两句诗歌的德语翻译看起来很像一首诗，Sch**ein**，S**ein**，K**eins**，**eins** 四个单词既保持了中文押韵的感觉，也使这首翻译成德文的诗歌很有中国诗歌的“外形”。在这段译文中库恩为了押韵，将中文的“假”译作德文“Schein”（假象、借口、幌子），和原诗相比意思表达不是太清楚。可以看到为了押韵的形式，库恩不惜改变中文原文的意思：内容服从形式。史华慈在看了蔡义江的解释，弄清原意后，对中文进行了意译，坚持形式服从内容，为了尽量忠实原文的意思，没有考虑押韵。德语“Wenn：如果，当……的时候”，甚至保证德语的词性和中文原诗的词性相对应。

---

① 曹雪芹、高鹗：《红楼梦》，北京：人民文学出版社，1982 年，第 9 页。以下《红楼梦》中的中文原文皆出自该书。

② 画线并加粗的部分为德语押韵的部分，以下同。

③ Tsao, Hsüe-kin: *Der Traum der roten Kammer, ein Roman aus der Mandschu-Zeit, aus dem Chinesischen übers. von Franz Kuhn*, Leipzig: Insel-Verlag 1932, S.8.以下库恩的德语译文皆出自该书。

④ 文中德语的中文回译皆出自本书作者，以下同。

⑤ Tsau Hsüä-tjin: *Der Traum der Roten Kammer oder Die Geschichte vom Stein*, Bochum: Europäischer Universitätsverlag 2006, 3 Bde. Bd.1, S.12. 以下史华慈的德语译文皆出自该书。

“假作真时真亦假”一句中的第一个“假”是名词,被译为德语的名词“Falsches”;第二个“假”是形容词,对应德语的形容词“falsch”,十分形象和准确。译文虽不押韵,但注意读的节奏,两个句子都是 10 个音节,德国读者诵读起来很有节奏感。库恩的翻译形式好,史华慈的译文内容更为准确。

二、文化缺省

【实例 2】

文化缺省是指作者在与读者交流时省略双方共有的相关文化背景知识。中德两国文化差异的客观存在造成了中德两国读者对诗词理解的差异,一些事实对中国读者来讲不言而喻,德国读者甚至译者往往对此不知所云。通过下面的例子来看看库恩和史华慈是怎样处理诗歌翻译中的文化缺省问题的。

惯养娇生笑你痴,菱花空对雪澌澌。

好防佳节元宵后,便是烟消火灭时。①

库恩的德语译文如下:

Dein Vaterherz zum Narrn dich m**acht** – a

Der zarten Blüte Rauhreif dr**oht** – b

Um Neujahr, am Laternfest, hab **acht** – a

Es kommt die Zeit der Feuersn**ot**② b

这一部分回译成中文为:

父亲的心把你变成丑角,

娇嫩的花受到霜的威胁。

在新的一年,在元宵节,注意

火灾的时间就要到了。

史华慈的德语译文如下:

Töricht, sich um das Kind zu sorgen,

① 曹雪芹、高鹗:《红楼梦》,北京:人民文学出版社,1982 年,第 10 页。

② Tsao, Hsüe-kin: *Der Traum der roten Kammer, ein Roman aus der Mandschu-Zeit, aus dem Chinesischen übers. von Franz Kuhn*, Leipzig: Insel-Verlag 1932, S.9.

unnütz im Schnee blüht die Wassernuß.

Sei auf der Hut zum Laternenfest,

wenn das rauchende Feuer verlischt![1]

这一部分回译成中文为：

为孩子操心是愚蠢的，

欧菱在雪地上开花是徒劳。

小心元宵节，

便是烟消火灭时！

这首诗是香菱命运的暗示诗，第一句暗示香菱将来在薛家的悲惨命运，第二句是说香菱在元宵节后被人拐走。库恩的德语译文采取的是“abab”的押韵方式，第一句的德语“m**acht**”和第三句的“**acht**”押韵，第二句的“dr**oht**”和第四句的“Feuersn**ot**”押韵，为了押韵努力寻找合适的表达方式，使读者觉得这首诗歌和普通的不押韵的德国诗歌有所区别。诗的语言保持了德国诗歌的文雅的表达方式，这具体体现在“Vaterherz”和“hab acht（口语讲 pass auf）”在译文中的运用。为了押韵等原因，库恩对这首诗的语法结构做了适当的改变，将动词放到句子的最后面。可惜的是，库恩的翻译忽略了中文原诗的重中之重，没有体现出来“雪”暗指薛蟠，“菱”暗指香菱。库恩在这首诗中显然没有理解“雪” 和“菱”所包含的寓意，只是按字面的意思翻译中文原文，对文化缺省没有做任何解释。史华慈的德文译文每句 9 个音节，使德国读者读起来有节奏感，朗朗上口。由于保留节奏比选择押韵的余地大，史华慈的译文基本保留中文原意。从这首德文诗歌来看，两位翻译家运用德语写作的文风明显不一样，这和两个人所受的教育、阅读的书籍以及人生的阅历有关。史华慈的德文译文给人的感觉不像是诗歌，保留了曹雪芹的原意。考虑到中德两国的文化差异很大，为帮助德国读者更好地理解这首诗包含的对人物命运的寓意，史华慈借助注释明确“雪”指薛蟠，“菱”指香菱，将这首诗的重中之重体现了出来。显而易见，史华慈对这首命运暗示诗的意思把握准确，可以帮助德国读者理解小说人物命运，而库恩没有理解曹雪芹的意图，他的这

① Tsau Hsüä-tjin: *Der Traum der Roten Kammer oder Die Geschichte vom Stein*, Bochum: Europäischer Universitätsverlag 2006, 3 Bde. Bd.1, S.13.

部分翻译"徒有其表",不太成功。

三、中文特有词汇的翻译

【实例3】

在诗歌翻译中遇到中文特有而德语中没有对应的词汇时,两位翻译家采取了不同的处理方式:一个坚持"科学的翻译",另一个则在德语中找一个词来代替中文的意思。

玉在椟中求善价,钗于奁内待时飞。①

库恩的德语译文如下:

Der Edelstein verborgen schm**achtet.** a
Wann wird sein Wert die Welt entz**ücken**. b
Im Kästlein die Agraffe tr**achtet**. a
Nach Flügeln, um die Braut zu schm**ücken**.② b

这一部分回译成中文为:

隐藏的宝石受难,
它的价值什么时候才使世界喜爱。
在小箱子里的胸针渴望翅膀,
能装饰新娘。

史华慈的德语译文如下:

Der Jade wartet auf günstigen Preis;
kommt seine Zeit, fliegt der Haarpfeil davon.③

这一部分回译成中文为:

玉等待好的价格,
时间到了,钗就要飞走。

---

① 曹雪芹、高鹗:《红楼梦》,北京:人民文学出版社,1982年,第13页。

② Tsao, Hsüe-kin: *Der Traum der roten Kammer*, ein Roman aus der Mandschu-Zeit, aus dem Chinesischen übers. von Franz Kuhn, Leipzig: Insel-Verlag 1932, S.12.

③ Tsau Hsüä-tjin: *Der Traum der Roten Kammer oder Die Geschichte vom Stein*, Bochum: Europäischer Universitätsverlag 2006, 3 Bde. Bd.1, S.17.

玉和钗本身都是珍贵的东西，但一个在椟中，也就是盒子里，一个在奁内，也就是梳妆盒里。美好的东西没有被发现，所以一个"求善价"，一个"待时飞"。

库恩这首诗的德文译文继续坚持在诗歌的形式上尽量体现中国诗歌押韵的特色，让读者感觉到这是一首中国诗歌。诗歌的译文保持了"abab "的押韵方式，德语"schm**achtet**"和"tr**achtet**"押韵，"entz**ücken**"和"schm**ücken**"押韵；将原诗由两行变成四行；为了押韵使用了一些德语中不太常用的词 "Welt entzücken"，增加了中文里不存在的意思"um die Braut zu schmücken（能装饰新娘）"。在这里，库恩将中文特有的"钗"在德语中找到了"Agraffe（胸针）"来代替，德国"Agraffe"和中国的"钗"都是女性的装饰品，却是两种完全不同的概念，这样翻译可以说是不科学和不准确的。中国的"玉"被库恩用德语"Edelstein（宝石）"来指代，因为中国人最看重玉，而欧洲人则看重宝石。所以这种翻译可以理解为库恩为了便于德国读者理解而做的德国化翻译。

史华慈的翻译保持了原诗两句的结构，每句保持 10 个音节，将中文"玉"和"钗"按照科学翻译的原则翻译为德语的"Jade"和"Haarpfeil"，保持了中文原意。为了帮助德国读者理解"钗（Haarpfeil）"这个德文里没有的词和"玉（Jade）"在中国文化中的含义，特别给这两个词加上了注释，帮助德国读者理解诗歌的含意。史华慈对这首诗的翻译严格科学，却完全失去了中文诗歌的感觉，让德国读者感觉不到这是一首诗。"时间到了，钗就要飞走"一句虽然是严格按照中文的翻译，却让人不知所云。经过比较，发现库恩的翻译虽然是意译，却较好传达了中文原诗的意境，要比史华慈的翻译更胜一筹。

四、多种混搭的翻译

【实例 4】

前面 3 个例子分别展示了两位翻译家在处理内容和形式、文化缺省以及中德两国特有词汇上的不同翻译策略，而他们对《好了歌》的翻译则集中了以上三个例子的特点。下面让我们来看看，两位翻译家的翻译策略集中体现在一首诗歌中时会产生怎样的阅读效果。

好了歌

世人都晓神仙好,惟有功名忘不了!
古今将相在何方?荒冢一堆草没了。
世人都晓神仙好,只有金银忘不了!
终朝只恨聚无多,及到多时眼闭了。
世人都晓神仙好,只有娇妻忘不了!
君生日日说恩情,君死又随人去了。
世人都晓神仙好,只有儿孙忘不了!
痴心父母古来多,孝顺儿孙谁见了?①

库恩的德语译文如下:

O Weltflucht! O Einsiedelei!
Was hungert ihr nach Ruhm und Ehre?
Was endet schließlich aller Großen L**auf**?
Ein Hügel Lehm, ein Büschel Gras dar**auf**.

O Weltflucht! O Einsiedelei!
Was dürstet ihr nach Gold und Schätzen?
Die Hände können nicht genug err**affen**?
Und müssen eines Tages doch erschl**affen**.

O Weltflucht! O Einsiedelei!
Was schmachtet ihr nach schönen Frauen?
Durchs Leben wollen sie mit Einem w**andern**.
Der Eine stirbt Schon folgen sie dem **Andern**.

O Weltflucht! O Einsiedelei!
Was jammert ihr nach Kindern,Enkeln?

---

① 曹雪芹、高鹗:《红楼梦》,北京:人民文学出版社,1982 年,第 17 页。

Umsonst erschöpft sich euer Elternh**erz**.

Was ist der Dank der Kinder? Schm**erz**!①

这一部分回译成中文为：

哦，避世！哦，隐居！

你们为什么渴望名声和荣誉？

所有的大人物最终怎么样？

一个黏土丘，上面长着草。

哦，避世！哦，隐居！

你们为什么渴求金银和珠宝？

两只手抓的不够多。

总有一天会疲劳。

哦，避世！哦，隐居！

你们为什么痴迷美丽的女人？

她们会愿意一辈子和一个人生活？

一个人死了，她们会跟别的人。

哦，避世！哦，隐居！

你们为什么苦求孩子、孙子？

不过是父母操碎心。

孩子给的回报是什么？伤心！

史华慈的德文翻译如下：

Alle wissen, es wäre gut, unsterblich zu sein,

doch von Ruhm und Ehre wollen sie nicht lassen.

Wo sind die Generäle und Kanzler von einst?

---

① Tsao, Hsüe-kin: *Der Traum der roten Kammer*, ein Roman aus der Mandschu-Zeit, aus dem Chinesischen übers. von Franz Kuhn, Leipzig: Insel-Verlag 1932, S.6-17.

In verfallenen Gräbern, bewachsen mit Gras, liegen sie.

Alle wissen, es wäre gut, unsterblich zu sein,
doch von Gold und Silber wollen sie nicht lassen.
Immer jammern sie, es sei nicht genug,
doch reicht es endlich, machen sie die Augen zu.

Alle wissen, es wäre gut, unsterblich zu sein,
doch von ihrer schönen Frau wollen sie nicht lassen.
Solange der Mann lebt, spricht die Frau von Treue,
doch ist er tot, geht sie mit einem anderen fort.

Alle wissen, es wäre gut, unsterblich zu sein,
doch von Söhnen und Enkeln wollen sie nicht lassen.
Törichte Eltern hat es schon viele gegeben,
doch wer hat schon folgsame Kinder gesehen?①

这一部分回译成中文为：

大家都知道，成为永远不死的人是好的，
可他们不愿意抛下名声和荣誉。
古代将军们和首相们到底在哪儿？
他们躺在长满草的坟墓里。

大家都知道，成为永远不死的人是好的，
可不愿舍弃金银。
一直埋怨金银不够多，
他们有足够金银的时候，他们也该闭眼了。

① Tsau Hsüä-tjin: *Der Traum der Roten Kammer oder Die Geschichte vom Stein*, Bochum: Europäischer Universitätsverlag 2006, 3 Bde. Bd.1, S.21.

大家都知道,成为永远不死的人是好的,
可不愿舍弃他们的美丽爱人。
丈夫还活着,女人诉说忠诚,
他死了,她们会跟别人离开。

大家都知道,成为永远不死的人是好的,
可他们不愿放弃儿子和孙子。
愚蠢的父母付出很多,
可谁看到过听话的孩子?

《好了歌》是《红楼梦》的主题,集中体现了曹雪芹的出世思想。《好了歌》是跛足道人随口吟唱的,内容比较好懂,没有过多的文化意象和象征暗示;诗歌的形式也比较随意,不是严格的律诗;诗歌一共四个小节,每节前两行都是"世人都晓神仙好,惟有功名忘不了"的模式,每句的结尾都是"了"。相对来讲比较容易翻译。库恩在对《红楼梦》原著进行大量删节的同时,注意保留与原著的主要故事情节相关联的部分并注意渲染原著中佛家的色空观念和道家的清静无为思想。《好了歌》是库恩译作中被完整翻译的一首诗歌,德文译文给人一种很好的诗歌形式的感觉:相同的单词、标点符号和句子长度。每小节都以"O Weltflucht! O Einsiedelei!"开头,这是一种模仿某首欧洲诗歌形式的意译。每小节的后两句押韵:"L**auf** 和 dar**auf**""err**affen** 和 erschl**affen**""w**andern** 和 **Andern**""Elternh**erz** 和 Schm**erz**"。

为了保持诗歌在形式上的美感,用了四个相同结构的句子和相同的词尾"?":"Was hungert ihr nach Ruhm und Ehre?""Was dürstet ihr nach Gold und Schätzen?""Was schmachtet ihr nach schönen Frauen?""Was jammert ihr nach Kindern,Enkeln?"为了配合德语文法,扩展了中文原诗没有表达的意思,尝试用"hungert""dürstet""schmachtet""jammert"四个不同的德语动词来表示差不多的意思。

史华慈解释自己的这段译文说:

《好了歌》对我来讲是一首很不好翻译的诗歌,当时我用了不少时间来翻译,很担心由于自己的翻译不准确,影响到读者对全书的理解。所以参考了参考书籍，尽量保持意思的准确，为此，有些句子就无法保留相同的音节了。

两个人都用诗歌的形式来翻译原诗，并尽量使翻译诗歌化，用德文读起来都能感到诗歌的节奏和韵味。但再仔细诵读，就会发现两篇译文风格各异：库恩的翻译表达出了原诗的感觉和情绪；史华慈的翻译简单明了，意思表达准确。

两位翻译家对文化缺省问题的处理，具体体现在对“神仙”一词的处理上。“神仙”在中国文化中主要有两种指代：一是指神话中能力非凡、超脱尘世、长生不老的人物，二是指道家变神成仙的最高理想。库恩在理解中国的“神仙”含义后，在德语中找到了“Einsiedelci（隐居）”来代替。实际上在欧洲的文化传统中，“Einsiedelei”和中国的“神仙”不太一样。在中国的传统中，“神仙”很好，避世和隐居都是为了通过修炼最终成为神仙。在欧洲的文化传统中，“Einsiedelei（隐居）”是因为“凡人的罪太多”，是为了赎罪。史华慈直接将“神仙”翻译成“unsterblich（不死）”，其实也不太准确，因为在西方文化中只有上帝才是永生不死的，而在中文原诗中“神仙”明显是指代道家变神成仙的理想，和西方文化中的“unsterblich（不死）”相距甚远。在翻译中国古代特有的“将相”和“金银”二词时，两个人都延续了在前面例子中的做法。库恩在翻译这两个词时顺应了德国人的思维方式，在德语中找到了相对应的德国化翻译：“将相”译为“aller Großen（大人物）”，“金银”译为“Gold und Schätzen（金子和宝贝）”；史华慈坚持和中文相对应的字译：“将相”译为“Generäle und Kanzler”，“金银”译为“Gold und Silber”。

经过以上4个例子的分析，我们可以清楚地看出库恩和史华慈在诗词翻译上采取的不同的翻译策略。

库恩的翻译从语言层面上来看是意译为主，从文化层面上看是归化为主。库恩为了让德国读者理解中文原诗，采取了归化的翻译策略，努力适应德国读者的思维习惯，尝试“主动接近” 读者，模仿中国诗歌的形式，使诗歌内容“德国化”，使德国读者能从自己的翻译中获得阅读的快感。可由于库恩在翻译中忽略了对文化缺省的翻译，德国读者无法体会到中国诗歌原文中的美好文化意象，从而被隔绝在真正的中国诗歌之外。

史华慈的翻译从语言层面上看是直译为主，从文化层面上看是异化为主。史华慈努力按照作者曹雪芹在中文原诗中的意图去再现原诗，很少去“主动接近”

德国读者，而是让德国读者来接近中国诗歌。史华慈在翻译诗歌时，为了保持原作的意思，不注意音律。从内容来看，几乎字字可以和中文原诗相对，但严格来讲这样的翻译也并非完全符合原意。史华慈尝试把中文原诗的内容原汁原味地传递给德国读者，可绝大多数德国读者不熟悉中国文化，看到完全中国化的翻译会产生文化生疏感，这种生疏感会影响德国读者对中国诗歌翻译的理解和阅读兴趣，使他们对阅读产生畏难情绪。

从多元系统论来看史华慈和库恩的翻译，不同的翻译目的决定了两位翻译家选择了不同的翻译策略。库恩和史华慈是严谨、认真的翻译家，但两个人的翻译目的不一样。库恩翻译的目的是："如何使这些古老的小说……在现代富有生命力，这正是我们的生产（指翻译和出版）秘密、我们的专利。"①所以他的翻译坚持可读性和文学性，坚持翻译的德国化。库恩往往为了押韵或者追求诗歌的形式进行节译或者省略一些名词。史华慈则更看重翻译的内容和原文保持一致。在保证内容的情况下，追求形式的完美。如果内容和形式无法兼顾，则放弃形式，保留内容。这是因为史华慈翻译全译本的目的是："我的《红楼梦》德文译本是给德国的普通读者看的，不是给汉学家看的。我努力通过我的译本，让德国读者接触到一个真实的《红楼梦》。"②在翻译中，他坚持科学的翻译，以尊重中文原文为第一要素，翻译诗歌是为了帮助德国读者理解《红楼梦》这部小说。所以史华慈在名词的翻译上比库恩更为严谨和准确。很明显，在文中的前 3 个例子中，史华慈在翻译短诗时，对中文原意的把握要比库恩成功。正像《文心雕龙 · 明诗》所言，诗歌创作要通过文辞来表达情志。诗歌的翻译亦然，对诗歌的领悟能力也是诗歌翻译的一个要素。库恩的翻译，虽然不如史华慈的翻译那样接近原文，可在文学价值上则高出一筹。这在《好了歌》的翻译中充分体现了出来。尽管中国诗歌结构上的均衡美和独特的押韵无法在德语译文中得到全面体现，但库恩对齐整句式的独特处理样式却给读者提供了发现中国诗歌"独特性"的空间。库恩的翻译是对原文整齐对称结构形式的消化吸收和再创作。从库恩的翻译中，我们可以看出，

---

① Monika Motsch：*Liu Shu und Franz Kuhn, zwei frühe Übersetzer*, in：*Hefte für Ostasiatische Literatur* 5, September 1986, S. 84.

② 姚珺玲：《十年心血译红楼——德国汉学家、〈红楼梦〉翻译家史华慈访谈录》，《红楼梦学刊》2008 年第二辑，第 282 页。

他理解了这首诗歌并且进行了艺术再创造，成功用德文诗歌的形式表达了《好了歌》。

歌德认为，把英文诗译成德文很难，英语的单音词已经很难用德语的多音词来表达。① 英语和德语都是字母文字，彼此之间的共同点很多。汉语是象形文字，和德语的差别很大，从中文翻译到德文就更加不容易，中文诗歌的内容尚好译，其形式则难以模仿，中文诗歌的声调和韵脚在翻译成德语时无法传达。

中文和德文两种语言的差异至少具体表现在以下两个方面：一方面，中国诗词的形式在德语中根本无法保留。五言诗、七言诗等只是中文的形式，德文根本无法达到，翻译家只好按照德国诗的形式来翻译中国诗歌；另一方面，押韵是中国诗歌的特点，译成德文很难保留原来的韵脚。中文的同音字很多，并有《佩文韵府》这样专供文人挑选押韵对句的类书。德文中押韵的字很少，中国诗歌译成德文后，要找到和中文相对应的意思同时又符合德文韵脚的单词难度太大。中文的字，同时也是词，要用德文完全表达中文原意，要么太长，要么无法押韵。抛开语言的差异，中文诗歌中蕴含的文化底蕴也是在德译过程中无法翻译的。

在《红楼梦》中占很大比重的诗词曲赋对故事的开始、发展、结局以及对人物性格命运的介绍、描写都有很大作用，如果这些诗词曲赋无法被准确地翻译成德文，人物性格也就无法在译文中被准确表达出来。所以，库恩对《红楼梦》中的诗词大量删节的做法势必会影响小说的艺术完整性。虽然史华慈的翻译并不完美，可他科学准确地翻译中文原意对读者理解小说还是有一定帮助的。

诗词是可译但较为难译的。面对中西文化的差异，大胆尝试，努力寻求一种合理的翻译方式，是翻译家的追求。史华慈为理想的《红楼梦》德文诗词翻译描绘出这样一个场景："首先，德国的汉学家在中国的汉学家或者文学家的帮助下，完全弄懂《红楼梦》。然后，德国诗人和作家共同研究出德文的表现方式。这样的集体合作当然是理想的。"②

---

① Johann Peter Eckermann: *Gespräche mit Goethe in den letzten Jahren seines Lebens*, Aufbau-Verlag, Berlin; Weimar, 1982, S. 462.

② Junling Yao: *Zehn lange Jahre sind viel für ein Buch-Interview mit Rainer Schwarz*, in: *Orientierungen, Zeitschrift zur Kultur Asiens*, München, H.2/2008, S. 45 ff.

第二节　人名翻译研究

《红楼梦》中人物数量众多,因此每一位翻译家都不得不重视人名的翻译。

《红楼梦》中到底写了多少人物,自清嘉庆朝姜祺以来,曾作过统计。但公布的数目不一,准确的统计应该是975人,其中有姓名称谓的732人,无姓名有称谓的243人。总人数包括:宁荣两府本支和贾家本族119人,贾府姻娅95人,丫环73人,仆人266人,小厮27人,皇室人物15人,宫女太监55人,封爵人物51人,官吏67人,医生14人,门客12人,优伶30人,僧道17人,尼婆84人,外国人2人,其他48人。其中,有相当部分人物是有血有肉、有鲜明个性特征的典型形象。①

一些外国翻译家在翻译这些人名时,由于方法不当和理解错误,闹出了一些荒唐的笑话。在早期英文版本中,黛玉被翻译成"Black Jade",也就是"黑色的玉"。可是,问题出在英文本身。"Jade"的引申义有两个:一个是"loose woman",有"放荡的女人"之意;另一个是"horse(马)"。"Black Jade"的引申义就是"放荡的女人"或者"马",这两个含义与《红楼梦》里的"黛玉"都相差甚远。在杨宪益的《红楼梦》英文译本中,"袭人"被翻译为"Hsi-jen(assails men)","Hsi-jen"是音译,括号里的注释是译者给英文读者解释这个人名的意思。可是,注释却错了:"assails men"是"袭击男人"的意思。这就完全曲解了"袭人"这个词的本义,"袭人"之名是取自"花气袭人知昼暖"诗句,而不是"袭击男人"的意思。②

---

① 南京大学图书馆、南京大学中文系古典文学教研组:《〈红楼梦〉人名索引》(内部资料),1974年。

② 裴钰:《莎士比亚眼里的林黛玉——〈红楼梦〉海外言情趣谈》,北京:北京航空航天大学出版社,2008年。

作者认为杨宪益先生关于"袭人"一词的翻译值得探讨。众所周知,杨译本的翻译家是杨宪益和戴乃迭夫妇:杨宪益掌握了高水平的汉语,戴乃迭的母语是英语,两人应该不会犯如此错误。两人的英文译本也翻译有袭人名字来源的诗句。所以,这里的"men"应该不是专指"男人",而是指代表普遍意义的"人"。因为英译本是翻译给英语读者看的,而不是给中国人学习英语的,相信英语是母语者的读者不会误解杨宪益的这一翻译。

当然在人名翻译上也不乏成功的例子。戴维·霍克思在翻译《红楼梦》中的人物姓名时采取了灵活策略,把男女主角姓名音译,把佣人及次要人物姓名意译,有时对照字面翻译,有时对照性格翻译,这样就在很大程度上照顾到原文的诗词曲赋及判词等暗含人物姓名的特点,使译文读者感受到诗词曲赋等暗含人物身世结局或情节发展的传统中国文化特色。①

库恩的德文节译本中,一些人名是意译,一些是音译。具体来讲就是男名音译,女名部分音译、部分意译。库恩节译本对中国人名的翻译方法得到了许多德国读者的认可,费利克斯·M. 维泽讷就曾建议德文全译本翻译家史华慈采用库恩的人名翻译方法。②德国汉学家梅薏华也肯定了库恩对《红楼梦》中人名的翻译:

> 我个人认为库恩对《红楼梦》小说人名的翻译基本是成功的,因为德国人记不得中国人名,特别是《红楼梦》人物众多,所以,将人名译成德文能让德国读者有印象,从而发生心灵沟通。③

现在我们来看看库恩是怎样翻译人名的。"黛玉"被译作"Blaujuwel(蓝色的宝石)","黛"的中文原意是"一种青黑色颜料"或"青黑色"的意思,所以被翻译成德文"blau(蓝色)"显然不够准确,"玉"也不是德文的"Juwel(宝石)",而是"Jade"。字对字翻译成"Schwarzjade"才对。富有象征意义的"湘云"被库恩翻译成毫无意义的"Wölkchen(小云朵)",许多名字经过库恩的翻译缺少定语,如:"熙凤"被翻译为"Phönix(凤凰)","紫鹃"被翻译成德文"Kuckuck(杜鹃)","文杏"被翻译成"Aprikose(杏子)","绣桔"在库恩的笔下变成了"Orange(橙)"等。在

---

① 刘士聪:《红楼译评——〈红楼梦〉翻译研究论文集》,天津:南开大学出版社,2005年,第336页。
② 见维泽讷1997年8月17日写给史华慈的信。
③ 见附录3。

库恩的译本中“宝玉”和“宝钗”的名字是音译,“黛玉”被翻译成了“Blaujuwel”,这样在中文原文中三个主要人物名字上存在的三角关系就不清楚了。

“袭人”被库恩翻译成“Perle(珍珠)”,因为她在当贾母丫鬟时叫“珍珠”。这样一来,第23回贾政问“袭人是何人”,宝玉以“花气袭人知昼暖”的典故说明这个名字的来历,这个重要的场面就无法翻译了。库恩将“袭人”和“晴雯”的名字翻译为两个人以前的名字“珍珠”和“彩云”,可能是因为这两个人后来的名字原本都是从诗中得来的,而这些诗因库恩觉得翻译的难度较大或出于章节需要被删节了。如果“珍珠”是物,“彩云”也是物,显然要容易翻译也容易被德国读者记住,因为这两个人是宝玉的两个重要的大丫鬟,应该有个容易记住的名字。从全书来看,这样做也并没有影响德国读者对这两个人物的理解,因为两个人的性格仍在,是原汁原味的。没看过原著的德国读者因为从来不知道“袭人”和“晴雯”,自然接受了“珍珠”和“彩云”。而中国读者读到这两个人物,自然会明白她们就是“袭人”和“晴雯”。王夫人被翻译成“政太太”,因为她是贾政的“正妻”;邢夫人被翻译成“赦太太”,因为她是贾赦的“正妻”;尤氏被翻译成“珍女侯”,因为她的丈夫是“贾珍”;等等。在中国读者看来,这个翻译方法有些违反常理,妻子婚后跟从丈夫的姓曾经是欧洲的一种习惯,可是很少见到妻子跟从丈夫名字的情况。陈铨曾指出库恩在《红楼梦》德文节译本中犯了一个明显的错误:将“贾蔷”翻译成“Tschia-Së”。这当然不行,因为在中文小说原著以后的回目里,有一个文字游戏,就是以“贾蔷”和“假墙”为由头展开的。这反映出库恩并没有理解《红楼梦》原著的这一寓意,尽管他想将小说的六分之五翻译成德文。①由此可见,库恩对人名翻译的处理也存在一些不足。正是看到这些不足,史华慈拒绝像库恩一样翻译人名:“凯巴特兄弟(Otto Kibat、Arthur Kibat)和库恩在翻译中国小说人物的人名时,有时翻译(当容易翻译时),有时不翻译。我个人认为,这种做法值得商榷。我在自己的翻译中,尽量不像他们那样处理人名,也不模仿。”②

在德国,不少中国文学作品被翻译成德文时,对人名采用的都是和史华慈看

---

① Chuan Chen: *Die chinesische schöne Literatur in deutschen Schrifttum*, Inaugul-Dissertation, Kiel, 1932. Anhang - Kurze Darstellung der Gründe für die häufigsten Übersetzungsfehler, S.12.

② 见史华慈1997年9月2日写给维泽讷的信。

法一致的德式拼音。德译本《水浒传》①中的人名,采用的是贝喜发(Siegfried Behrsing)的德式拼音。德译本《西游记》②也是采用的贝喜发的德式拼音:"观音"译为"Guanjin","行者"译为"Ssing-tschö","三藏"译为"Ssan Tsang","八戒"译为"Ba Djä","沙僧"译为"Scha Ssöng"。在该书第49页中"老孙在这里呀!"也是用的德式拼音"Lau Ssun dsai dshö li jä!"《儒林外史》德译本③中的人名也是音译,用的是莱辛·奥滕默拼音方案(Das Lessing-Othmer-System)。

史华慈在全译本中,对大部分人名一概用德式拼音。元春、宝玉、袭人等小说中有说明的人名,史华慈也有德文说明,人名原则上不译,对于小说中一个人的不同称呼统一译成一个名字。考虑到"贾母"不姓贾,姓史,是两个"公"的母亲,所以译成"Herzoginmutter(公爵妈妈)"。史华慈的全译本出版后,顾彬对史华慈的人名翻译方式进行了批评,觉得史华慈应该采用汉语拼音对人名进行翻译。④事实上,史华慈翻译的所有中国文学作品中的人名都是采用了音译法。一直关注史华慈翻译的德国汉学家尹虹曾这样评价史华慈《浮生六记》中的名词翻译"地名、人名、植物名、建筑物名和时间名词的翻译都很精确"⑤。

史华慈清楚地知道采用音译并不是《红楼梦》人名翻译的完美方法。为适应德国读者的阅读习惯,史华慈原来打算在自己的德文译本后面加一个人名索引,在每个名字后面以贾宝玉为中心说明这个人是谁,例如:王夫人——贾宝玉的生母,贾政的正妻;贾蓉——贾宝玉的堂兄,贾珍的儿子;雪雁——贾宝玉表妹林黛玉的丫鬟;等等。每个人名后面均注明性别是男还是女。属于贾家的人名说明属于哪一代(代、文、玉、草等)。每个名字尽可能地用德语说明含义,基于典故的名字尽可能地提供说明,解释出处。在每个人名后面写出这个人在书中出现的章回。这样做的好处是,德国读者碰到不熟悉的人名,就可以了解是否是第一次出现,或者小说前面什么地方已经出现了。可惜,由于种种原因,史华慈的这一设想

---

① Johanna, Herzfeldt: *Die Räuber vom Liangshan*, Insel-Verlag, Leipzig, 1968.

② Wu Tschöng-Ön: *Die Pilgerfahrt nach dem Westen*, Rudolstadt, Greifenverlag, 1962.

③ Wu Djing-Dsi: *Der Weg zu den weissen Wolken-Geschichten aus dem Gelehrtenwald*, übersetzt von Yang En-Lin und Gerhard Schmitt, Gustav Kiepenheuer Verlag, Weisner, 1962.

④ 顾彬:《诗意的栖息,或称忧郁与青春——〈红楼梦〉(1792年)在德国》,《红楼梦学刊》2008年第六辑,第282—283页。

⑤ Irmtraud Fessen-Henjes: *Die Freuden der Ehe*. in: *Das neue China*, Nr. 3/Juni 1991, S.39.

到目前也没有实现。

因为《红楼梦》中文原著第 17 回有对大观园建筑物命名的解释,所以史华慈将小说中建筑物的名字翻译成德语。也正是由于原文对这些名字的解释,读者理解这些建筑物名字应该没有问题。本书现将库恩、史华慈和吴漠汀三人对《红楼梦》建筑物名字的翻译进行比较:

中文原名	库恩	史华慈	吴漠汀
潇湘馆	Bambusklause (竹子寺)	Herberge am Hsiau-Hsiang-Fluß (潇湘河边的客栈)	Xiaoxiangguan (潇湘馆)
怡红院	Begonienhof (秋海棠院)	Hof der Freude am Roten (喜欢红色的大院)	Der froh Rot Hof (快乐红大院)
蘅芜院	Dschungelhof (热带丛林院)	Haselwurzpark (蘅芜公园)	Hof der Düfte (香院)

通过比较可以非常清晰地看到三个人的不同特点:

库恩对建筑物的名字尽量使用建筑物中有特色的植物来代表,如"Bambus(竹子)""Begonien(秋海棠)""Dschungel(热带丛林)"。这样做的特点是很形象,便于读者记忆,缺点是没有顾及小说原著中这些名字深厚的文化底蕴。库恩之所以敢于这样翻译和他的译本是节译本有关:因为节译,他没有翻译小说原著中关于这些名字来源的诗句,这样就可以随意翻译建筑物的名字,而不会造成译本前后的矛盾;同时也正是由于没有全译小说,他对这些建筑物的文化底蕴理解不够,所以也造成了翻译上的形象有余而准确不够。

史华慈的译本是全译本,原著是什么,他就翻译什么,所以对这些建筑物的文化底蕴理解精确,对它们名字的翻译更符合中文原意。"Herberge am Hsiau-Hsiang-Fluß(潇湘河边的客栈)"包含了一个美丽的中国神话传说在里面,"Hof der Freude am Roten(喜欢红色的大院)"也很好地表达了小说的深刻寓意,"Haselwurzpark(蘅芜公园)"则准确表达了中文"蘅芜"的定义。

库恩和史华慈的共同点是对建筑物名字都采取了意译。吴漠汀的翻译相对于他们则显得很随意,有时是音译,有时是意译。意译的名字"Der froh Rot Hof(快乐红大院)"和"Hof der Düfte(香院)"既没有库恩的翻译形象,也没有史华慈的翻译准确。

欧洲文学作品中的人名在被翻译成中文时,多是被直接音译,并没有中国化。因为欧洲人在选择人名时,考虑的因素是听起来是否好听,目前流行什么等。以列夫·托尔斯泰的《战争与和平》为例,书中一共有559个人物。安德列公爵、娜塔莎、皮埃尔之类的名字还可以,诸如尼古拉·安德烈耶维奇·博尔孔斯基、安娜·帕夫洛夫娜·舍列尔的姓名对中国读者来说,不容易记住,再加上一些爱称,如:“佩拉格娅”变成“佩拉格尤什卡”,“尼古拉”变成“尼古卢什卡”,这对中国人更难。但好像没有人要求翻译欧洲小说时,为了中国读者方便,把欧洲姓名翻译成中文或者简单化。但这些欧洲人名并没有影响中国读者对欧洲小说本身的喜爱。那么,中国人能接受欧洲人名,为什么德国人不能接受中国人名?因为中国的人名包含深刻的文化底蕴在里面,不好翻译,如果采取意译,很容易造成误解和笑话,影响对小说本身的理解,所以史华慈在翻译中将名字音译。虽然这一方法不是最理想的解决方案,但可以避免错误的出现,同时又保留了中国特色。或许在全球化趋势的影响下,外国人也应适应这种国际化趋势,习惯接受中国人名。

第三节　翻译中的注释研究

关于《红楼梦》外文译本中的注释是否必要这一问题，中国学者和外国学者各持己见。中国学者坚持注释对理解小说十分必要。许多中国学者认为杨宪益的《红楼梦》英文本很成功的原因之一就是利用直译加注释的翻译手法，成功保留了《红楼梦》原文中的中国文化形象。① 杨译本通常把《红楼梦》中的人物姓名音译，对于一些别有深意或者小说的重要人物则特殊对待，一般是在这些人名音译之后，再在脚注里对其谐音的含义加以注释，如"Chen Shih-yin(甄士隐)的脚注"真事隐去"与"Chia Yu-tsun(贾雨村)"的脚注"假语村言" 等。②著名红学家周汝昌则直言：

> 西方的翻译家们脾气很怪，肯为白文花大力气，却不肯为注解写一个字。我常常说，这样的翻译者，只做了他应该做的工作的一半，甚至是一小半。指望西方读者只看白文就能领会其间的森罗万象，恐怕这样的指望者思想方法有大毛病。……当然，要说设注的事，三百条是太少了。对西方，设上三千条也不为多。为什么？《红楼梦》不同于别的小说，这是一位非常高级的文学巨星写的书，用的手法极其超妙，讲的(含的)内容至关重大——中华民族文化物质和精神两方面的结晶式总宝库。如若不从这个角度态度去认识，只以为是"东方的罗密欧与朱丽叶"，什么"爱情悲剧"呀，什么"心理刻画"呀……西方人习惯上总是注目于这些，也满足于这些老生常谈，那当然连三十条注

---

① 刘士聪：《红楼译评——〈红楼梦〉翻译研究论文集》，天津：南开大学出版社，2005年，第357页。
② 刘士聪：《红楼译评——〈红楼梦〉翻译研究论文集》，天津：南开大学出版社，2005年，第33页。

也就不必赘设。①

另一位中国学者,认为《红楼梦》的意境很难传达,所以"把中国小说翻译过去不行,那要加很多注释,加多少注释也不行,真得用中国评点派的办法,一一评点才可以,不然很多象征性的、潜台词的东西不易理解"②。

德国部分学者则认为翻译中不当的注释形式造成了读者的阅读负担,恐怕会让读者对阅读小说产生畏难情绪。这一观点的代表人物是尹虹。在她为全译本写的评论中,这样评价译本中的注释:

> 对读者来说一个较大的负担是阅读书中大量的注释——正常情况下,译者会在被注释的词后面加一个星号,注释写在书的后面,可这本书在每个被注释的词后面有一个号码,注释在每页下面(特别严重的是第35—38页因为有大量的历史人物的姓名,每页有10到16个注释,注释占到了整页内容的半页)……且不说,注释应该放在文章后面而不是每页的下面,有些地方我觉得可以在文字间做注释或者补充说明。比如"子建"和"西子"可以不用无聊地注释,在文章里直接写"诗人曹植"或"有名的美人西施",这样做看起来和理解起来都容易些。如果真的需要,可以再在书后做一个附页。在特别难懂的第5回,暗示将来的梦境和12首关于十二金钗命运的诗歌,如果注释少一些,或者能带给读者更多的阅读享受。③

但并不是所有的德国学者都认同尹虹的看法,德国汉学家柯若朴就认为注释是中国文学作品翻译成德语所必须具有的,并高度评价了史华慈译作中注释的作用。他在比较史华慈、卡姆·路易、爱德华兹翻译的《子不语选》之后,认为经过比较发现了截然不同的翻译技巧:路易和爱德华兹显然是为大众读者而译,他们的翻译没有注释,这种做法使得他们对一些中文原文及官名、地名、度量衡等采取了不精确的意译;史华慈的翻译与此相反,尽量忠实原文,并通过注释来完善翻

---

① 周汝昌:《欧西〈红楼梦〉研论得失之我见》,姜其煌:《欧美红学》,郑州:大象出版社,2005年,第5页。

② 刘士聪:《红楼译评——〈红楼梦〉翻译研究论文集》,天津:南开大学出版社,2005年,第19页。

③ Irmtraud Fessen-Henjes: *Die ersten 80 Kapitel*. Tsau Hsüä-tjin: *Der Traum der Roten Kammer oder Die Geschichte vom Stein*, in: *Das neue China*. Zeitschrift für China und Ostasien. GDCF [Gesellschaft für deutsch-chinesische Freundschaft] Berlin. Heft 4/2007, S. 36/37.

译。这样一来,既保证了翻译的精确性,又没有影响译文的可读性。①

反对注释的学者,主要是担心注释的存在会影响读者的兴趣,从而影响到小说的普及。库恩的节译本没有注释,这样做有一定的优点,也存在着明显的缺点。《金瓶梅》德文翻译家凯巴特兄弟就觉得库恩没有注释的翻译存在很大的缺陷。②马汉茂特别欣赏凯巴特兄弟德文全译本《金瓶梅》③对注释的处理方法。为了帮助德语区读者理解这部中国明朝的风俗小说,书中加了大量的注释,这本译本在译文正文中标注了数字,和正文同时出版了一本近200页的《〈金瓶梅〉注释》④。

史华慈的注释内容主要是针对中德文化差异,对需要向一般德国读者说明的人名、地名、风景名胜、历史情况等的注释,是一般德国读者理解《红楼梦》所必须的。史华慈关于注释的总原则是正视中德文化差异,为读者理解作品服务。至于注释的形式,由史华慈担任出版人的《浮生六记》是一个很成功的例子。在这本书的正文中没有任何标注,在书的后面设了注释一项,读者如果不喜欢注释就只读正文,如果觉得有必要就查阅注释,基本上做到了"两全其美"。尹虹所反对的德文全译本的注释形式,完全是出版人的决定,并不是史华慈的本意。

当然,写注释的人应该对注释很清楚,否则注释出现错误就要闹笑话了。史华慈为"霍元甲"一词在文中做的注释是,他说他要成为像霍元甲那样的武功高手。可英译本 *Getting used to Dying*(《习惯死亡》)的翻译家却在第129页脚注2这样写着:"霍元甲是明朝著名的将军。"这显然是一个错误的注释,势必误导读者。

中西文化差异较大,德国读者要想理解中国文学作品,没有注释的帮助是很困难的,因此注释在形式上可以讨论,却是必要的,只要处理得当,注释可以起到忠实原著和引领读者阅读的作用。

---

① Clart, Philip: *Yuan Mei, Chinesische Geistergeschichten* [Rezension], in: *Orientierungen, Zeitschrift zur Kultur Asiens*, München: Edition Global, Jg.1998, H.2, S.163.

② Otto und Artur Kibat: *Djin Ping Meh: Schlehenblüten in goldener Vase*; e.Sittenroman aus d. Ming-Zeit mit 200 Holzschnitten e.Ausg. von 1755, Ullstein Verlag, Berlin. Frankfurt/M., 1987, S.16.

③ Otto und Artur Kibat: *Djin Ping Meh: Schlehenblüten in goldener Vase*; e.Sittenroman aus d. Ming-Zeit mit 200 Holzschnitten e.Ausg. von 1755, Ullstein Verlag, Berlin. Frankfurt/M., 1987, S.16.

④ Otto und Artur Kibat: *Dsin Ping Meh Kommentare*, Ullstein Verlag, Berlin. Frankfurt/M., 1987.

第四节　拼音方案的优劣

怎样让德国读者顺利读出中国文学作品中的人名、地名、书名等？这是长久以来困扰德国翻译界的一个问题。早在DDR(德意志民主共和国)时期，东德的出版社就发现译成德文的中国文学作品出现了销售困难，因为多数德国人对中文书(同样对俄文书)的书名和人名还很不习惯，有拗口的感觉。① 为了让没有汉语知识的德国读者“没有难度”地读出他们不熟悉的中国名词，也为了方便翻译家翻译中国的人名等专有名词，在贝喜发的大力帮助下，当时的DDR根据1957年的中国拼音方案出版了《中国拼音方案》(*Chinesische Transkriptionstabellen*)②。之后，一系列在贝喜发影响下从俄语译成德文的中国书籍都使用了这一方案。例如，1957年出版的、根据苏联大百科全书翻译成德文的《中国》③第148页“李大钊：Li Da-dshau”中的“dsh”，“董必武：Dung Bi-wu”中的“Dung”等拼法，同样是在1957年出版的《孙子兵法》中“Ss”的写法和“Ds”后面的“`”④，以及1958年出版的《新中国历史》中“范文澜：Fan Wön-lan”中的“Wön”，“义和团：I-ho-twan”中的“twan”等拼法⑤，都体现了这种方案的典型特征。但并不是所有DDR时期的书都使用这种方案，有名的八卷本《迈尔新百科全书》⑥使用的就是另外一种拼音

---

① 尹虹：《对民主德国中国文学翻译的回顾》，张西平等：《德国汉学：历史、发展、人物与视角》，郑州：大象出版社，2005年，第604—626页。

② *Chinesische Transkriptionstabellen*, Richtline für den Verlagsredakteur und Übersetzer des Dietz Verlags, Dietz Verlag Berlin, 1958.

③ *China, Eine Großmacht im Wandel der Jahrtausende*, Berlin: Verlag Kultur und Fortschritt 1957.

④ Ssun-ds': *Traktat über die Kriegskunst*, Berlin: Verlag des Ministeriums für Nationale Verteidigung 1957.

⑤ Fan Wön-lan: *Neue Geschichte Chinas*, Bd.I, Berlin: VEB Deutscher Verlag der Wissenschaften 1959.

⑥ *Meyers neues Lexikon*, in acht Bänden, VEB Bibliographisches Institute Leipzig, Bd.1: 1961, Bd.8: 1964.

方案,这可以从该书第五卷第 510 页的“龙门: Lungmë”和“龙泉窑: Lungtjüan-yau”的拼音看出来。叶乃度撰写的《黄河和长城》①一书中用的也不是这种方案,这也可以从该书第 95 页“秦始皇帝:Tchin Schih-huang-ti ”和 “阿房宫:Ngo-pang-kung”的拼法看出来。

史华慈在翻译时,设想译作针对的是德国普通的读者,考虑到大多数德国读者没有学过汉语拼音的实际情况,所以根据自己学习汉语的实践经验和莱辛・奥滕默拼音方案设计了一种他认为适用于德国最普通的读者的拼音方案,正是他在现在的德文全译本②中使用的拼音方案。本书将史华慈的拼音方案列为表格(见下表),并加以说明。

Chin. Umschr.	Beispiel	Ausspr.	Dt. Ausspr.	Beispiel	Ausspr.	Dt. Umschr.
yan	烟	jɛ:n	−an			yän
(an	安	an	an	anders	andərs)	
ao	奥	ao	1.ao	Kakao	kɑkao	au
			2.ɑ:	Chaos	kɑ:ɔs	
e	俄	ɵ	1.ɵ	Leben	le:bɵn	ë
			2.e:	leben	le:bən	
ei	北	be:	bae	beide	baedə	ee
er	尔	ər	e:r	er	e:r	örl
i	1.地	di	1.i	Dia	dia	
	2.此	tsɵ		Katze	katsɵ	Ï
			2.I	dich	dIç	
yi	意	i:				i
(ya	牙	ja:		ja	ja:	ya)
ong	公	guŋ	uŋ	Gong	gɔŋ	u

---

① Eduard Erkes: *Gelber Fluss und Große Mauer*, Reise durch Chinas Vergangenheit und Gegenwart. VEB F. A. Brockhaus Verlag Leipzig, 1958.

② Tsau Hsüä-tjin: *Der Traum der Roten Kammer oder Die Geschichte vom Stein*, Bochum: Europäischer Universitätsverlag, Bd.1 und 2, 2006 [2007].

（续表）

Chin. Umschr.	Beispiel	Ausspr.	Dt. Ausspr.	Beispiel	Ausspr.	Dt. Umschr.
(un	滚	gun)				
u	1.独	du:				
	2.去	tçy				ü
(ü	女	ny:)				
ue	雪	sçyɛ	1.y	uelzeb	yltsən	üä
			2.u:ɛ	Lues	lu:ɛs	
ju	举	djy				dj
qu	去	tjy	kv	quetschen	kvɛtʃən	tj
xu	徐	sçy	ks	Marx		hs
zhi	直	dʒə				dsch
chi	赤	tʃə	1.ç	China	çi:na	tsch
			2.ʃ	Chef	ʃɛf	
			3.k	Chaos	kɑ:ɔs	
shi	石	ʃə	1.ʒ	Shiwago	ʒiva:go	sch
			2.ʃ	Sheriff	ʃɛrɪf	
zi	子	dsə	ts	Zink	tsɪŋk	ds
ci	此	tsə	1.ts	Circe	tsɪrtsə	ts
			2.k	Campus	kampus	
ri	日	ʒə	r	Riga	Ri:ga	j

表格将中文的拼音和德语的拼音进行了比较说明。表格的上半部分为元音，下半部分为辅音(以一条粗线为界)。表格的左边为汉语拼音，右边为德式拼音(以一条粗线为界)。例如："an" 在汉语中有两种读法，在"烟"中的发音"yan"，在"安"中的发音"an"。可不懂汉语拼音的德国读者，看到"an"只会读作"an"在德语单词"anders"中的德语发音。为了让德国读者读出和汉语相近的读音，史华慈认为"烟"的德语发音应该标注为"yän"，这样的德式拼音才和汉语读音接近。"ao"在汉语中只有一种读法，就是"奥"的发音"ao"。可在德语中"ao"有两种读

法,一是在"Kakao"中的发音"kɑkao",另一个是在"Chaos" 中的发音"kɑ:ɔs"。史华慈认为"ao"标注为德语发音"au",可以避免德国读者在读到中国名词时,将"ao"读成"Chaos"中的发音。表中其他的字母注音依此类推。史华慈曾在《中国民间故事·汉族的故事》中对自己的这一拼音方案进行了详细说明。

史华慈曾在2007年10月27日写给李德满的信中,这样解释自己使用此方案的原因:在我的翻译中,为什么要对不是汉学家的广大德国读者使用汉语拼音?普通的德国读者对汉语拼音一无所知,这样只会让他们把"Baoyu(宝玉)"读成"ba-oh-yuh"。史华慈觉得自己的拼音方案的最大的优点是,德国读者能够比较容易地按照拉丁字母德语发音读出来,是一个"适合德国读者发音习惯的拼音方案"。因为史华慈自己无论是在自学汉语时,还是在业余学校学习汉语时,用的都是这个方案,他自己觉得非常实用。这个方案对于一般德国读者不存在困难,对于汉学家来说更不存在问题。唯一存在的问题是,中国会德语的读者会觉得这种德国的拼音很奇怪,可史华慈觉得这部分读者不在他的译作读者的考虑范围之内,他的译作是给德国读者准备的,而不是为了帮助中国读者学习德文。

史华慈本人也掌握汉语拼音,在他的译作《浮生六记》中使用的是汉语拼音,在东、西德统一以前,他发表在*Sinn und Form*(《意义与形式》)的译文使用的都是汉语拼音。在自己的作品中何时使用德语传统拼音方案,何时使用汉语拼音,史华慈坚持两个原则:一是,如果出版社没有特殊要求,就使用自己觉得方便的德语传统拼音方案;如果出版社要求使用汉语拼音,他就使用汉语拼音。由于在出版《红楼梦》德文全译本时,吴漠汀没有要求史华慈使用汉语拼音,所以德文全译本用的是传统的德语拼音。二是,针对不同的读者对象使用不同的方案。对一般读者使用德式拼音,对汉学专业人士使用汉语拼音。① 事实上,史华慈最早给莱比锡岛屿出版社翻译的《沂山民间故事八篇》用的就是传统的德式拼音,出版社没有对此提出异议。该书1978年出版后很畅销,到1986年为止,这本书的印数达到了35000册。②

---

① *Chinesische Märchen*, *Märchen der Han*. Hrsg. von Rainer Schwarz. Leipzig: Insel-Verlag 1981, S.485-486.

② Junling Yao: *Zehn lange Jahre sind viel für ein Buch-Interview mit Rainer Schwarz*, in: *Orientierungen*, Zeitschrift zur Kultur Asiens, München, H.2/2008.

在DDR时期，虽然中华人民共和国官方的汉语拼音已经正式引入了，但史华慈在汉字的德语注音上，还是坚持用自己创造的德式拼音，他的许多译作销路很好，在德国拥有广泛的读者群。这几种传统德语拼音方式是否对现在的德国读者很方便呢？作者做了测试，发现对根本没有学过汉语拼音的德国人来讲，这几种传统德语拼音方式比较方便。而对于有汉语拼音基础的人来讲，则汉语拼音更加方便。实际上也是如此，对《红楼梦》德文全译本使用传统的德语拼音持批评意见的多是德国的汉学家们，如顾彬对库恩把《红楼梦》中的人名翻译成德语比较满意，他认为要让外国人把众多的中国人名记住，汉字太难，汉语拼音又会让名字变得枯燥无味。他这样谈及史华慈的拼音：

> 另外一桩恼人的事情，是音标体系。大家知道，汉语拼音在1970年代获得了世界范围的承认：在此之前，把汉字转写成外国字母，几乎每个国家都有自己的一套，德国也是一样……如今，也多少熟悉了汉语拼音的德国读者，也必得学习另一种转写体系，这个体系又是由不同的转写体系混杂而成的。不是Jia Baoyu，他读到的是D jia Bau-yü；在封面上的不是Cao Xueqin，他读到的是Tsau Hsüä-tjin：我担心这将为读者留下混乱的印象，这是阻止潜在的读者去读这小说，而不是鼓励他们对《红楼梦》的世界发生兴趣。①

为史华慈的德文译本写了首篇评论的尹虹在文章中这样说道，她无法在世界范围都在流行汉语拼音的时代，看到史华慈《红楼梦》德文译本中将作者“曹雪芹”用传统的德语拼音标注为“Tsau Hsüä-tjin”。②李德满收到史华慈新译本的样书，对译作的最终出版表示祝贺的同时说：“我个人对译本中的人名没有使用汉语拼音表示遗憾。”③魏汉茂在德文全译本后记中使用的是汉语拼音，这也表明了他的选择。

到底哪种方案更适合读者，是传统的德语拼音还是汉语拼音？作者认为这主要取决于读者。当读者是汉学家时，当然是汉语拼音更方便；当读者是对汉语拼音一无所知的德国人时，当然是传统的德语拼音更合适。例如，最近史华慈的《影

---

① 顾彬：《诗意的栖息，或称忧郁与青春——〈红楼梦〉（1792年）在德国》，《红楼梦学刊》2008年第六辑，第284—285页。

② Irmtraud Fessen-Henjes: *Die ersten* 80 *Kapitel*, in: *Das neue China*. Zeitschrift für China und Ostasien. GDCF [Gesellschaft für deutsch-chinesische Freundschaft] Berlin. Heft 4/2007, S.36-37.

③ 李德满2007年10月23日写给史华慈的信。

梅庵忆语》的汉德对照本在中国出版,由于这本书主要在中国市场出售,读者主要是中国人,所以史华慈在书中只能用让中国读者觉得方便的汉语拼音。所以,要讨论哪种方案更合适,首先要确定全译本的读者是哪些人。顾彬和尹虹是懂汉语拼音的人,从这个角度出发自然觉得使用汉语拼音更方便。李德满作为出版界的人,考虑的是占有最广泛的读者群,当然要考虑到适应国际趋势需要使用汉语拼音。而史华慈考虑到,德译本在德国出版,汉学家自然应该掌握各种不同的拼音方案,为完全不懂汉语拼音的德国普通读者着想,传统的德语拼音更能适合所有的读者。

事实上,德文全译本的读者到底是哪些人,由于译本刚刚出版,还无法统计购书者到底是哪些人。在读者无法确定的情况下,似乎不应肯定地说,哪种拼音方案对读者更好。另外,通过本文列举的例子,我们也可以看出,事实上,使用哪种拼音方案无法决定一本书是否畅销,因为对德国读者来讲,无论用何种拼音方案,要记住发音奇怪的汉语人名都不是一件简单的事。

第五节 忌讳词的翻译

在库恩的节译本中，被节译篇幅最大的是诗词；其次，恐怕就是忌讳词（Abszöne Wörte）了。节译诗词是因为诗词难翻译，还因为这些诗词是中国特有的，德国读者不好理解；节译忌讳词则和出版商的要求有关。

1932年5月28日，库恩写信和出版社探讨忌讳词的翻译问题：

> Das heute von mir eingesandte Manuskript enthält auf Seite 875 bis 880 eine ziemlich obszöne Textstelle. Ich möchte es Ihrem Ermessen überlassen, ob die Stelle zu sehr aus dem Rahmen fällt und deshalb besser wegzulassen ist. Im Original [des Traums der roten Kammer] ist die Stelle stilistisch ein Meisterstück subtiler Zweideutigkeit, und deshalb habe ich sie gebracht. Sollte Ihnen die Partie bedenklich erscheinen, so läßt sie sich leicht aus dem Zusammenhang herauslösen.①

1933年3月17日，出版社写给库恩一封信，提出这样的要求：

> Ich bitte, erotische Dinge nach Möglichkeit zu streichen, oder wenigstens so zu fassen, daß sie keinen Anstoß erregen. Bei „Kin Ping Meh" sind doch allerlei Vorwürfe gemacht worden, und wie mir scheint, nicht mit Unrecht. Man hätte da in der Streichung doch erheblich weiter gehen können.②

这就是说，库恩本不光是节本，同时也是所谓的洁本，为的是保证世界文学名

---

① Kuhn, Hatto: *Dr. Franz Kuhn*: (*1884–1961*); *Lebensbeschreibung und Bibliographie seiner Werke*, Franz Steiner Verlag GmbH. Wiesbaden 1980.

② Kuhn, Hatto: *Dr. Franz Kuhn*: (*1884–1961*); *Lebensbeschreibung und Bibliographie seiner Werke*, Franz Steiner Verlag GmbH. Wiesbaden 1980.

著译本的可卖性。库恩的节译本这样做，大大损伤了《红楼梦》的完整性和艺术性。

中国文学在“载道”的信条下和禁欲主义的礼教下，连描写男女间恋爱的作品都被视作不道德，更遑论描写性欲的作品……事实上，曹雪芹对情爱的描写很含蓄也很规矩，大多就虚避实。其中，忌讳词的运用，是为了更加形象、生动地刻画人物，正如袁珂所言“吾国小说则大抵皆从人物之动作语言上以表现其心理……”①如果将这些忌讳词删节，势必会影响读者对小说人物的理解。

诗词是中国所特有的，可忌讳词中国有，德国也有，翻译起来应该不会那么难吧？史华慈的回答是：“忌讳词的意思并不难懂，但在具体选择用哪个词才能准确表达人物性格上就存在困难。所以，在翻译时考虑的时间很长。如果字对字翻译不符合德国人的习惯，德国人就不懂，容易产生无意识的笑话。”

鲁迅先生在谈到“他妈的”一词的翻译时，写过这样的话：

> 在中国原极容易的，别国却似乎为难，德文译作“我使用过你的妈”，日文译作“你的妈是我的母狗”。这实在太费解，——由我的眼光看起来。……但是，虽在中国，说的也独有所谓“下等人”，例如“车夫”之类，至于有身分的上等人，例如“士大夫”之类，则决不出之于口，更何况笔之于书。②

本书仔细分析史华慈忌讳词的翻译，将其分为三种情况：

一、根据场景和人物身份，选择词汇

Achtundzwanzigstes Kapitel, S. 493:

... Aber schon sprach Hsüä Pan weiter:

„Des Mädchens Spaß: Ein Ding fährt ihr' rein.“

庚辰本，第 647 页：

> 薛蟠又道：“女儿乐，一根毛几毛巴往里戳。”

分析：这句话翻译的重点在于名词“毛几毛巴”和动词“戳”。薛蟠虽是主子，却是

---

① 袁珂：《神话论文集》，上海：上海古籍出版社，1982 年，第 216 页。

② 鲁迅：《论“他妈的！”》，《鲁迅全集》第一卷，北京：人民文学出版社，2005 年，第 231—232 页。

一个粗俗的人。“一根毬毽”显示出说话者的淫荡和粗俗。动词“戳”则显示出男人对女人的蛮横和视如儿戏。这句话是薛蟠在行酒令时说的话，“Ein Ding fährt ihr'rein”很好地表现出其中存在的“儿戏”。

Fünfundsiebzigstes Kapitel, S. 1392:

Ich möchte euch fragen, ihr beiden: Wenn der Herr Onkel verloren hat, dann hat er doch nur ein bißchen Geld verspielt, aber nicht seinen Schwanz, …

庚辰本，第1850—1851页：

我且问你：“两个旧[舅]太爷虽然今日输了，输的不过是银子钱，并没有输丢了毬毽……”

分析：德文对男性生殖器的说法：Geschlechtart/ Anaverkehr。可考虑到小说中说话人的身份和场景，将其直接翻译成了俗语 Schwanz。

Zwölftes Kapitel, S. 210:

… „Onkel Juee wollte mich schänden! “

120回通行本（人民文学出版社1963年版），第124页：

只见炕上那人笑道：“瑞大叔要肏我呢！”

庚辰本，第260页：

只见炕上那人笑道：“瑞大叔要臊我呢！”

I,416:

…(Erschrocken sprang Djia Yün zur Seite) und hörte den anderen fluchen: „Schänd deine Mutter! Hast du keine Augen im Kopf, daß du mich anrempeln mußt? “…

第24回

庚辰本Ⅱ，第539页：

……听那酒汗[汉]骂道：“臊你娘的，瞎了眼睛？蹦[碰]起我来了……”

分析：“Onkel Juee wollte mich schänden!”说话人是以玩笑的口吻，可毕竟说话的贾蓉是大家公子出身，将“要臊我”译为“wollte mich schänden”，翻译得很恰当，将一个浪荡的大家公子“玩笑”的感觉表现出来了。

说话的人“醉金刚”倪二是一个地痞，在他嘴里吐出“臊你娘”三个字是家常便饭，按照倪二的身份，这句话翻译成“ficken deine Mutter”比“schänd deine

Mutter”更合适。可在小说原著里曹雪芹用的是“臊”而不是“肏”，史华慈还是尊重原文将“臊”译作“schänd”。

二、考虑到不同的文化背景，对词汇进行适当的“德国化”

Neunundfünfzigstes Kapitel, S. 1065：

Frau Hë, deren Zorn auf Fang-guan noch nicht verraucht war und die sich ärgerte, daß Tschun-yän ihr nicht gehorchte, trat jetzt näher, gab Tschun-yän eine Ohrfeige und schimpfte: „Du kleines Hurending! Bist ein paar Jahre in feiner Gesellschaft und machst nach, was die liederlichen Weiber tun. Meinst du, ich werde nicht fertig mit euch? Wenn ich auch mit der Pflegetochter nicht fertig werde, aber du bist aus meinem eigenen Bauch geplumpst, glaubst du, da hätte ich Angst, dich zu belehren? Wenn ich auch dort nichts zu suchen habe, wo ihr kleinen Spitzbeine hingehört, so hast du doch dort aufzuwarten und dich nicht hier herumzutreiben!“

Dann griff sie nach den Weidenzweigen, fuchtelte damit vor Tschun-yäns Gesicht herum und fuhr fort: „Was soll das?“

Neunundfünfzigstes Kapitel, 第1396页：

他娘也正为芳官之气未平，又恨春燕不遂他的心，便走上来打3个耳刮子，骂道：“小娼妇(kleines Hurending)，你能上来了几年？你也跟那‘起轻狂浪小妇’(die liederlichen Weiber tun)学！怎么就管不得你们了？干的我管不得，你是‘我屄里掉出来’(aus meinem eigenen Bauch geplumpst)的，难道也不敢管你不成？既是‘你们这起蹄子’(kleinen Spitzbeine)到的去的地方我到不去，你就该死在那里伺候，又跑出来浪汉！”一面又抓起柳条子来，直送到他脸上，问道：“你这作什么？”

分析：由于各国文化背景和文化习惯不同，有时表达同样的意思用的是不同的语言。这是一个做下人的母亲在生气的情况下骂自己女儿的话。几个关键词翻译得很传神：“小娼妇”译为“kleines Hurending”，“起轻狂浪小妇”译为“die liederlichen Weiber tun”，“蹄子”译为“kleinen Spitzbeine”。

Fünfundsechzigstes Kapitel, S. 1185：

„Du dummer versoffener Hahnrei, laß dich mit gelber Brühe vollaufen, und wenn du genug hast, dann klemm deinen Schwanz zwischen die Beine und mach deinen Kadaver lang! “ schimpfte seine Frau.

同上,第 1574 页:

他女人骂道:“胡涂浑呛了的忘八,你撞丧那黄汤罢。撞丧醉了,夹着你那膫子挺你的尸去。”

分析:这是醉金刚倪二的妻子对酒鬼丈夫的责骂,粗俗至极,因为十分痛恨丈夫的这一坏习惯,言辞中也充斥着恶毒的情绪。

中国人都明白在这里“黄汤”指的是“酒”。可德国人理解这个词有难度,因为德国没有“黄酒”。德国人理解的酒是 Reiswein。可如果这样翻译,不能准确传达中文原文的意思。史华慈综合考虑中德文化差异,将“黄汤”翻译成“gelber Brühe”,德国人联系上下文的德语翻译,就可以知道,指的是“酒”。

这段德文翻译恰当表达出了“市井之人”的恶毒语言,就像听到一个欧洲的妻子骂酒鬼丈夫一样。

三、参考欧洲的文化,借用以往文学作品中的词汇

Neuntes Kapitel, S.173:

Inzwischen hatte Ming-yän Djin Jung am Arm gepackt und fragte ihn: „Hat das etwas mit deinem Schwanz zu tun, ob wir arschficken oder nicht? Schließlich haben wir nicht deinen Vater gefickt, verdammt noch mal! “...

庚辰本,第 207—208 页:

这里茗烟先一把揪住金荣问道:“我们肏屁股不肏屁股,管你毬𣯾相干?横竖没肏你爹去就罢了……”

“肏屁股”的翻译参考了希腊以 Die Knabenmuse(男孩的爱情)为主题的如下两首诗①:

---

① Die Griechische Anthologie, in Drei Bänden(希腊诗选三卷本)(第三卷), Aufbau-Verlag Berlin und Weimar, 1981, S.179-180. Nr. 243und Nr. 245.

243

Bracht mich auch das Arschficken um, und quält mich deswegen heute die leidige Gicht: Mach mich zur Fleischgabel, Zeus!

Straton

245

Jedes vernunftlose männliche Tier begatter nur Weibchen.
　　Wir, begabt mit Verstand, sind überlegen dem Tier,
Weil wir den Arschfick erfanden: Wer einzig von Frauen
　　　　Beherrscht wird,
der unterscheidet sich nicht von dem vernunftlosen Tier.

Straton

因为欧洲文化中存在和中国相似的情况，所以将“肏屁股”一词翻译成“arschficken”，对欧洲人来讲就非常好懂，也能从中领会到文中的含义。文中说话的茗烟是宝玉的贴身随从，虽然是下人，平时是不敢轻易乱讲脏话的，只有在情急之下才会露出本性来。文中“Schwanz”和“verdammt noch mal”的翻译也非常符合茗烟下人的身份。

忌讳词的翻译很好地体现了史华慈的翻译原则：尽可能一字一字地翻译，需要灵活一些的就灵活一些，但决不改写内容。

在具体翻译时，史华慈不是将汉语用德语简单地复述出来，而是考虑到说话人的具体身份和说话场景，参考或者借用其他语境（欧洲的小说或者生活场景等），并且在尽量保持中国风格的情况下，考虑到德国的国情和文化，避免了无意识笑话的产生。

综上所述，我们可以说，史华慈对忌讳词的翻译是成功的。

第六节　三种译本比较

人们对绝大部分世界文学名著的理解都依赖翻译,德国人对《红楼梦》的理解也是如此。不懂汉语的人不借助翻译就无法看懂中国的《红楼梦》。这种情况不只是针对《红楼梦》而言,由于中国人用中文写作,不懂中文的外国人想通过阅读中国文学作品了解中国文化,都需要通过翻译和介绍。从这一角度来讲,翻译家很重要,而且读者没有选择翻译家的自由,不懂中文的德国人心目中的《红楼梦》是由翻译家的描述来塑造的。本书尝试用比较文学的方法来分析《红楼梦》德文译本中的编译、节译和全译等三种不同形式的翻译,考察在中德文化之间的译者是如何在跨文化的语境中对《红楼梦》进行阐释的。

什么样的翻译算是好的译作?我们应该以什么样的态度看待不同形式的译作?作者认为,以歌德关于翻译的观点来考察《红楼梦》德文翻译的三种形式,很有借鉴意义。

歌德认为:"翻译有三种:第一种我们以自己的观点去认识外国……接着是第二个阶段,它尽管使我们置身于外国的情景中,本意却只是要化外国的为自己的,然后再努力以自己的方式将其表现出来……第三个时期可以称作最后的也是最高的境界,即努力使得翻译等同于原著,结果不是一个取代另一个,而是要努力使得翻译等同于另一个价值。"①

在《红楼梦》德文翻译的历程中,布尔可根据《红楼梦》改编的两幕剧《凋谢的花瓣》正是第一种的写照,库恩的《红楼梦》节译本恰恰符合歌德所说的第二阶

---

① *Goethe-Handbuch*, Verlag J. B.Metzler 1998, Bd.1, S.333-334.

段,史华慈的《红楼梦》前80回全译本正是朝着“努力使得翻译等同于原著”的第三阶段努力的产物。

一、《凋谢的花瓣》与节译本对比

1928年的两幕剧,可能是布尔可听别人讲了《红楼梦》的大概情节,在不完全清楚小说的具体情节的情况下,按照当时德国人的思维来写的。怎样看待两幕剧中的这些“德国特色”?要保持宽容的心态——可以不接受它,但要允许它存在,并承认它存在的合理性。走入德国汉学,我们经常会碰到一些类似的现象。两幕剧是德国《红楼梦》的一种表现形式,我们要学会不以中国的标准质询它的缺点,而是把自己的问题放到一边,去尝试发现什么是德国译者提出的问题,了解德国译者的意图,在相似中寻找差异,在差异中寻找相似,这才是最重要的。具体来讲,我们可以从积极意义来看这些“德国特色”:虽然改变很大,但这仍是《红楼梦》而不是《水浒传》《金瓶梅》或者其他小说。换一个角度来讲,如果贾宝玉和林黛玉生活在1928年的德国,也可能会说这样的话,做这样的动作,穿这样的衣服。这种“德国化”正是《红楼梦》的德国特色,不太合情,但合理。完全忠实于原著的不一定就是好的译作,将作品结合实际情况进行适当的改变是为了适应读者的阅读需要。对文学和文化来说,被接受是最主要的,不能被接受的作品不能算是好作品。但同时,我们应该看到,这些“德国特色”破坏了原著《红楼梦》原有的民族特色,由于改动太厉害,过分强化和揭示了译者对原作的接受和感悟,《凋谢的花瓣》失去了中国味道。所以更准确地说,是布尔可在《红楼梦》的影响下写了两幕剧,而不是将《红楼梦》改编成了两幕剧。

两幕剧的译者布尔可和节译本翻译家库恩的相同点是,两人都认为《红楼梦》的主要情节是宝玉、黛玉和宝钗的三角恋爱。德文全译本《红楼梦》前80回的翻译家史华慈则认为《红楼梦》描写了一个家族的历史。可为什么库恩成功了,而布尔可的两幕剧却很少为人所知?究其原因有以下几点:

第一,布尔可的两幕剧发表在德国的学术期刊《汉学》上,读者群小。

第二,这个编译内容的一小部分是《红楼梦》的,其他都是布尔可自己的构思。布尔可借取《红楼梦》内容编写的《凋谢的花瓣》让德国人认为中国文学和德国文学没有什么差别。如果把两幕剧中的中国人名换成德国人的名字,德国读者根本就看不出这是根据中国小说《红楼梦》改编的作品,因为在当时的德国也有许多类似的才子佳人小说,所以看了两幕剧很难形成对《红楼梦》的印象。

第三,这个两幕剧根本无法上演。《凋谢的花瓣》一共两幕,对白加起来也只有十几分钟,没有人会排演这样一个十几分钟的剧目,也不会有德国观众为了一个十几分钟的剧目而去剧院。

相比较而言,库恩的《红楼梦》节译本无论是在读者群、内容还是翻译特色上都有明显的优势。库恩节译本由著名的莱比锡岛屿出版社出版。出版社配合节译本发行的前期、中期和后期做了很多宣传。库恩的节译本基本保留了中国特色,人名、地名、建筑物名字和情节等都保留了中文《红楼梦》的样子。库恩有着与众不同的翻译才能,将《红楼梦》浓缩在800页德文中,既保持了中国味道,又使德国人读起来符合自己心目中的"中国形象"。因为当时欧洲人心目中的"中国形象"也很模糊,就像欧洲人仿造的中国的艺术品,是加入欧洲人想象的中国。关于库恩的节译本已经有太多的评价,本书引用诺贝尔文学奖获得者赫尔曼·黑塞对库恩翻译的评价:

> "788页,对原著作了极小的压缩后①,闻名遐迩的中国小说巨著现在第一次被译成了西方语言,这是弗朗茨·库恩的又一部了不起的译作。这部小说的情节源自中国封建社会晚期(1700年左右),小说浓墨重彩地描绘了一个过时的、丰富的、强弩之末的文化。小说展示了中国所有的大主题,包括古代的哲人们,包括宗教和圣迹,也包括诗歌和艺术的兴盛时期。""小说以高超的艺术技巧,描绘了荣国府和宁国府两个大家庭……"②

从赫尔曼·黑塞的评论可以看出,虽然对中国人来讲库恩的节译本和中文原著不一样,但德国读者还是从中感受到了小说的精髓,从这一角度来讲,库恩的节

① 库恩先生自己说他的译本代表了中文本的六分之五,可这显然是不可能的事儿。因为120回全部德文本有2000多页,库恩的译本却不过800页左右。当时出版德文本《红楼梦》的出版社老板认为德国读者不愿意看1000页以上的厚书,所以要求库恩把《红楼梦》缩短到这个程度。为了达到这个目的,库恩就在许多地方把整个章回或者半个章回省略了。结果,《红楼梦》里面许多动人的情节在他的德文译本里面找不到了。

② Hermann Hesse: *Sämtliche Werke*: [in 20 Bänden] Hrsg. von Volker Michels, Frankfurt am Main: Suhrkamp, 2003. Band 19. S. 367.

译本是一部成功的《红楼梦》德文译本。

二、节译本与全译本对比

节译本翻译家库恩和全译本翻译家史华慈生活在不同的时代,两个人的成长背景(学习内容)、翻译理论和对《红楼梦》的实际看法也不一样,谁的翻译更成功,目前还很难定论。历史已经初步证明库恩的节译本是成功的,史华慈则谦虚地认为:“也有可能读者不太喜欢这样完全忠实原文的翻译,可我最起码要试一试。”作为《红楼梦》真正意义上的翻译者,两个人有一些共同点:喜爱《红楼梦》这部小说,个人具备翻译的能力,都以出版社的稿费为生。可具体情况不同:在翻译《红楼梦》期间,东德的出版社每年给史华慈6000东德马克,平均每月500东德马克,这在当时可以维持史华慈基本的生活需求。和史华慈签约的出版社是国营的出版社,国家对出版有补贴,读者不买也没有问题。由于出版社不需要考虑书的销量问题,史华慈有机会按照自己的想法来翻译《红楼梦》:坚持《红楼梦》中文原著怎么写,翻译家就应该怎么翻译,尝试一种完全忠实于原著的翻译。岛屿出版社对库恩的要求是,在短时间内译出一本不超过1000页的书,因为出版社要考虑到出版物的可读性和预期盈利。库恩迫于出版社的要求,不得不压缩原书。大量资料表明:库恩和岛屿出版社的意见是一致的,觉得应该“用自己的语言来写给读者看”,而不是按照曹雪芹的语言来写。如果岛屿出版社要库恩保留120回的规模来翻译《红楼梦》,库恩恐怕还是要坚持按自己的语言来“讲述”《红楼梦》。而史华慈明确表态:如果出版社要求节译,我会拒绝翻译。

2007年出版的《红楼梦》德文全译本包括由史华慈翻译的前两卷:第一卷包括1—40回,第二卷包括41—80回。①2010年,包括吴漠汀翻译的后40回在内的德文全译本第二版出版。②“史华慈的翻译很好,译作读起来很流畅。许多的暗示、历史人物、含义丰富的名字、地名和建筑物名称对读者和翻译者的要求都很

① Tsau Hsüä-tjin: *Der Traum der Roten Kammer oder Die Geschichte vom Stein*, Bochum: Europäischer Universitätsverlag, Bd.1 und 2, 2006 [2007].

② Tsau Hsüä-tjin Gau Ë: *Der Traum der Roten Kammer oder Die Geschichte vom Stein*, aus dem Chinesischen übersetzt von Rainer Schwarz und Martin Woesler, Bochum: Europäischer Universitätsverlag, 2010.

高。特别遗憾的是，在小说头几回，译者没有找到一个让人理解和可读性相统一的语言表达方式。”①这是尹虹对史华慈翻译的评价。

一百个译者就有一百部《红楼梦》，既相似，又不尽相似。这些变了样的《红楼梦》是特色，还是对原著的不忠实？史华慈将《红楼梦》的这三种不同形式的译作比作照片：布尔可拍的照片太模糊了，具体什么人都看不清楚；库恩的照片稍微清楚些；而史华慈想拍出比库恩更清晰的照片。可要看到完全清晰的照片，只有看原著。

什么样的译作才算是好的译作呢？

按照歌德的标准来判断，两幕剧是“以自己的观点去认识外国”，由于失去了《红楼梦》原有的民族特色，犹如昙花一现，被湮没在历史长河中。

库恩的节译本“尽管使我们置身于外国的情景中，本意却只是要化外国的为自己的，然后再努力以自己的方式将其表现出来”，由于成功顺应了这一特征而名垂青史。

德文全译本“努力使得翻译等同于原著”，具体的结果我们拭目以待。我们无法预言，德文全译本是否能达到歌德所提到的“最高境界”，但可以肯定，德文全译本的出版符合时代的要求，对德国汉学和中国“红学”都是一件有意义的事情，为世界“红学”和“德语文学”写下了浓墨重彩的一笔。

---

① Irmtraud Fessen-Henjes: *Die ersten 80 Kapitel*, in: *Das neue China*. Zeitschrift für China und Ostasien. GDCF [Gesellschaft für deutsch-chinesische Freundschaft] Berlin. Heft 4/2007, S.36-37.

第四章

关于《红楼梦》的德文博士论文

第一节 陈铨:《德语中的中国文学》

1932 年库恩的节译本出版后,来自中国四川富顺的陈铨(1903 年 11 月 25 日—1969 年 1 月 31 日)在其德语博士论文①中对库恩的节译本进行了评价。

资料显示:陈铨自 1928 年 8 月起,先后留学于美国、德国,学习哲学、文学和外语。留学期间深受尼采哲学的影响。

1933 年 5 月 27 日,陈铨以博士论文《德语中的中国文学》(*Die chinesische schöne Literatur im deutschen Schrifttum*)在德国克尔(Kiel)大学获得博士学位,这是中国文学研究中较早出现的重要的比较文学论文。在论文中,陈铨从小说、戏剧、抒情诗三个方面对当时的德译中国文学进行了分析研究。在小说这一部分,专门分节讨论了《金瓶梅》(*Kin Pin Meh*)和《红楼梦》(*Traum der roten Kammer*)这两部由库恩翻译成德语的重要译作。陈铨在论文中写道:

> 比《金瓶梅》更难翻译的中国小说是《红楼梦》,它是中国最长的小说之一,共 120 回,每回平均字数超过 7000 字。除了不知名的和历史人物外,全书共有 232 个男人和 189 个女人出场。每个人物都各具特性,生动鲜活,我们熟悉他们胜过最亲密的朋友。这部长篇小说有着统一的结构,情节主次分明,每一部分都和主题紧密相关。②

论文还评价了库恩的《红楼梦》节译本:

> 库恩声称,1932 年出版的这个节译本将小说原著的六分之五译成了德

① Chuan Chen: *Die chinesische schöne Literatur in deutschen Schrifttum*, Inaugul- Dissertation, Kiel, 1933.

② Chuan Chen: *Die chinesische schöne Literatur in deutschen Schrifttum*, Inaugul-Dissertation, Kiel, 1933, S.35.

文。这显然是不准确的，他的节译本大概只是翻译了原著的一半而已。再就是，这个翻译不仅艺术结构不能让人满意，作为汉学研究也有所欠缺。①

论文提出了这样的观点：

外来文学的引入需要经历三个阶段：翻译时期、仿效时期和创造时期。翻译是重中之重：直到今天，仍然有许多重要的著作没有被翻译，这项工作必须要做，这是德国汉学家的重要工作之一。这项工作是进入下一阶段仿效时期不可或缺的前提。②

---

① Chuan Chen：*Die chinesische schöne Literatur in deutschen Schrifttum*，Inaugul-Dissertation，Kiel，1933，S.36.

② Chuan Chen：*Die chinesische schöne Literatur in deutschen Schrifttum*，Inaugul-Dissertation，Kiel，1933，S.37.

第二节 海因里希·埃格特:《〈红楼梦〉的产生历史》

1937年,德国汉堡的海因里希·埃格特(Heinrich Eggert)以《〈红楼梦〉的产生历史》(*Die Entstehungsgeschichte des Hung-lou-meng*)为题写了第一篇关于《红楼梦》的学术论文。①这篇论文主要引用了胡适在《红楼梦考证》和《考证〈红楼梦〉的新材料》中的研究成果,从四个方面进行了阐述:

第一,《红楼梦》前80回的作者曹雪芹。

第二,《红楼梦》后40回的作者高鹗。

第三,对其他《红楼梦》产生历史的说法的批判。

第四,研究结论和价值。

文章在第8页、第23页、第27页和第62页等处涉及库恩的《红楼梦》节译本,在第8页具体评价了库恩的节译本。

1942年,普实克在《东方文库》发表的名为《〈红楼梦〉问题的新材料》的文章对海因里希·埃格特的论文进行了评论,并补充了胡适关于《红楼梦》的新观点。

---

① Heinrich Eggert:*Die Entstehungsgeschichte des Hung-lou-meng*, Dissertationsdruck A.Preilipper, Hamburg 11, Admiralitätsstr. 16.1939.

第三节　常朋:《中国小说的欧洲化和现代化——库恩（1884—1961）译作研究》

1991年,一个中国学者常朋专门撰文研究库恩的所有关于中国文学的德语译作,并在其中对《红楼梦》节译本进行评介。这些成果体现在他的博士论文——《中国小说的欧洲化和现代化——库恩(1884—1961)译作研究》[*Modernisierung und Europäisierung der klassichen chinesischen Prosadichtung-Untersuchung zum Übersetzungswerk von Franz Kuhn(1884-1961)*]。

论文分五部分:

第一部分:翻译家库恩;

第二部分:德国翻译理论对库恩翻译的挑战;

第三部分:库恩翻译技巧;

第四部分:库恩翻译风格;

第五部分:库恩小说翻译的接受。

常朋在论文的第三部分以"《红楼梦》"(*Der Traum der roten Kammer*)为题,第五部分以"《红楼梦》被误读"(*Der Traum der roten Kammer-ein mißverstandener Roman*)为题,专门讨论了《红楼梦》德译本。论文在第三部分指出库恩的节译本影响了原著众多主题思想的表达,并且没有再现原著的结构艺术。论文这样评价库恩的《红楼梦》节译本:

> 翻译家意识到了小说的多种含意,可在译作中倾向于宝、黛、钗三角恋爱的爱情悲剧。事实上,这个爱情悲剧并不像库恩所说的,是小说的主要情节和发展主线,只能算是众多主线之一。库恩只是翻译了小说的主要内容,小

说原著中的丰富内容和许多描写技巧都没有表达出来。①

在论文的第五部分,文章首先提出"小说的真正接受是从库恩的节译本开始的"②,之后分析了库恩的《译后记》,指出阻碍《红楼梦》在德国的接受的主要障碍有两个:

一是,德国读者对小说发生的社会背景并不熟悉,接受这部有多重寓意的小说当然有难度。二是,库恩的翻译没有完全表达原著,这当然也阻碍了读者对小说的进一步理解。③

在分析了恩金、赫尔曼·黑塞和施纳底策等学者读了库恩节译本后写的关于《红楼梦》的评论后,得出这样的结论:

感谢库恩将《红楼梦》介绍给了德国读者,可这部只是将原著不到一半的内容翻译成德文的节译本,造成了德国读者对《红楼梦》的误读。④

---

① Peng Chang: *Modernisierung und Europäisierung der klassichen chinesischen Prosadichtung-Untersuchung zum Übersetzungswerk von Franz Kuhn(1884-1961)*, Peter Lang Frankfurt am Main.Bern.New York.Paris,1991,S.58-59.

② Peng Chang: *Modernisierung und Europäisierung der klassichen chinesischen Prosadichtung-Untersuchung zum Übersetzungswerk von Franz Kuhn(1884-1961)*, Peter Lang Frankfurt am Main.Bern.New York.Paris,1991,S.147.

③ Peng Chang: *Modernisierung und Europäisierung der klassichen chinesischen Prosadichtung-Untersuchung zum Übersetzungswerk von Franz Kuhn(1884-1961)*, Peter Lang Frankfurt am Main.Bern.New York.Paris,1991,S.149.

④ Peng Chang: *Modernisierung und Europäisierung der klassichen chinesischen Prosadichtung-Untersuchung zum Übersetzungswerk von Franz Kuhn(1884-1961)*, Peter Lang Frankfurt am Main.Bern.New York.Paris,1991,S.150-151.

第四节　姚彤:《文学的多样性：歌德的〈亲和力〉与曹雪芹、高鹗的中国古典小说〈红楼梦〉比较研究》

2006年姚彤出版了博士论文《文学的多样性:歌德的〈亲和力〉与曹雪芹、高鹗的中国古典小说〈红楼梦〉比较研究》(*Die Vielfältigkeit der Literatur: ein Vergleich zwischen den "Wahlverwandtschaften" von Johann Wolfgang von Goethe und dem klassischen chinesischen Roman "Der Traum der roten Kammer" von Cao Xueqin und Gao E*)。本书将其论文目录摘录如下:

1.歌德和中国

1.1 歌德和中国文学

1.1.1 中国小说

1.1.2 中国戏剧

1.1.3 中国文学对歌德著作的影响

1.1.4 歌德的中国诗歌翻译

1.2 歌德的《中德季日即景》

1.3 歌德的"世界文学"概念

1.4 歌德的作品《亲和力》

2.曹雪芹和高鹗的中国古典小说《红楼梦》

2.1 清朝早期历史回顾

2.2 两个作者和《红楼梦》的诞生

2.3 红学

2.3.1 旧红学

2.3.1.1 点评派

2.3.1.2 索引派

2.3.2 新红学

2.3.2.1 考证派

2.3.2.2 索引派

3.歌德的《亲和力》和《红楼梦》的比较

3.1 两个小说的主角比较

3.1.1 爱德华和贾宝玉

3.1.1.1 爱德华在《亲和力》中

3.1.1.2 贾宝玉在《红楼梦》中

3.1.1.2.1 贾宝玉和儒学

3.1.1.2.2 贾宝玉的人生问题

3.1.1.2.3 贾宝玉和道家

3.1.1.2.4 贾宝玉和父亲的冲突

3.1.1.2.5 贾宝玉和林黛玉的爱情

3.1.1.3 爱德华和贾宝玉比较

3.1.2 奥狄莉和林黛玉

3.1.2.1 奥狄莉在《亲和力》中

3.1.2.2 林黛玉在《红楼梦》中

3.1.2.2.1 黛玉的敏感和伤感

3.1.2.2.2 黛玉对宝玉的爱情

3.1.2.2.3 晴雯和林黛玉

3.1.2.3 奥狄莉和林黛玉比较

3.2 比较《亲和力》的“化学公式”和中国小说第五回宝玉的梦境

3.2.1《亲和力》

“化学公式”在歌德小说中

3.2.2 宝玉在第五回的梦

3.2.2.1 中国小说中梦的描写

3.2.2.2《红楼梦》中的梦

3.2.2.2.1 小说中的梦境与现实

3.2.2.2.2 梦及其文学寓意

3.2.2.3 12 个主角和 3 个配角的命运

3.2.2.4 中国小说的主题

论文将歌德的长篇爱情小说《亲和力》与中国古典小说《红楼梦》进行了比较研究。论文的第一章介绍了歌德与中国文化和文学的渊源。第二章介绍了中国小说《红楼梦》以及中国红学研究情况。第三章对两部小说进行了比较研究，比较了两部小说中的情侣：爱德华和奥狄莉以及贾宝玉和林黛玉。他们生活在两个完全不同的世界里，却有着相同的悲剧结局。姚彤比较了四个主人公的相同和不同之处，同时对两部小说的描写艺术进行了对比研究。曹雪芹在《红楼梦》中很早就通过梦境暗示了小说人物的命运；歌德在《亲和力》中也采用了暗示的写作方法，借用化学公式描写了小说主人公之间错综复杂的关系。

参考书目

[1]罗贝尔·埃斯卡皮.文学社会学[M].王美华,于沛,译.合肥:安徽文艺出版社,1987.

[2]卜松山.与中国作跨文化对话[M].北京:中华书局,2003.

[3]布吕奈尔,比叔瓦,卢梭.什么是比较文学[M].葛雷,张连奎,译.北京:北京大学出版社,1989.

[4]卞谦.理性与狂迷——二十世纪德国文化[M].北京:东方出版社,1999.

[5]蔡义江.红楼梦诗词曲赋评注[M].北京:北京出版社,1979.

[6]曹立波.红楼梦东观阁本研究[M].北京:北京图书馆出版社,2004.

[7]曹卫东.中国文学在德国[M].广州:花城出版社,2002.

[8]曹雪芹,高鹗.乾隆抄本百廿回红楼梦稿[M].北京:中华书局,1963.

[9]曹雪芹,高鹗.脂砚斋重评石头记[M].北京:人民文学出版社,1975.

[10]曹雪芹,高鹗.红楼梦[M].北京:人民文学出版社,1982.

[11]陈惇,刘象愚.比较文学概论[M].北京:北京师范大学出版社,2000.

[12]陈铨.中德文学研究[M].沈阳:辽宁教育出版社,1997.

[13]杜松柏.国学治学方法[M].北京:中国人民大学出版社,2005.

[14]方厚枢.中国出版史话[M].北京:东方出版社,1996.

[15]冯其庸,李希凡.红楼梦大辞典[M].北京:文化艺术出版社,1990.

[16]冯庆华.红译艺坛——《红楼梦》翻译艺术研究[M].上海:上海外语教育出版社,2006.

[17]冯庆华.母语文化下的译者风格——《红楼梦》霍克斯与闵福德译本研究[M].上海:上海外语教育出版社,2008.

[18]顾彬.诗意的栖息,或称忧郁与青春——《红楼梦》(1792年)在德国[J].红楼梦学刊,2008(6):276-292.

[19]海岸.中西诗歌翻译百年论集[M].上海:上海外语教育出版社,2007.

[20]何寅,许光华.国外汉学史[M].上海:上海外语教育出版社, 2002.

[21]胡适.胡适红楼梦研究论述全编[M].上海:上海古籍出版社,1988.

[22]胡文彬.红楼梦叙录[M].长春:吉林人民出版社,1980.

[23]胡文彬.《红楼梦》在国外[M].北京:中华书局,1993.

[24]黄杲炘.从柔巴依到坎特伯雷——英语诗汉译研究[M].武汉:湖北教育出版社,1999.

[25]吉少甫.中国出版简史[M].上海:学林出版社,1991.

[26]姜其煌.欧美红学[M].郑州:大象出版社,2006.

[27]乐黛云.比较文学与比较文化十讲[M].上海:复旦大学出版社,2004.

[28]乐黛云,陈跃红,王宇根,等.比较文学原理新编[M].北京:北京大学出版社,2006.

[29]栗长江.文学翻译语境化探索[M].北京:线装书局,2007.

[30]李福清,孟列夫.列宁格勒藏抄本《石头记》的发现及其意义[J].红楼梦学刊,1986(3).

[31]弗朗茨·库恩.《红楼梦》译后记[J].红楼梦学刊,1994(2):312-321.

[32]李雪涛.日耳曼学术谱系中的汉学——德国汉学之研究[M].北京:外语教学与研究出版社,2008.

[33]李致忠.古书版本学概论[M].北京:北京图书馆出版社,1990.

[34]梁归智.石头记探佚[M].太原:山西人民出版社,1983.

[35]刘士聪.红楼译评——《红楼梦》翻译研究论文集[M].天津:南开大学出版社,2005.

[36]刘勰.文心雕龙注释[M].北京:人民文学出版社,1981.

[37]鲁迅.鲁迅全集[M].北京:人民文学出版社,2005.

[38]鲁迅.小说旧闻钞[M].北京:人民文学出版社,1953.

[39]鲁迅.中国小说史略[M].插图本.上海:上海古籍出版社,2006.

[40]罗新璋.翻译论集[M].北京:商务印书馆,1984.

[41]张西平,李雪涛,马汉茂,等.德国汉学:历史、发展、人物与视角[M].郑州:大象出版社,2005.

[42]茅盾.茅盾散文集[M].北京:中国广播电视出版社,1995.

[43]孟列夫,李福清.前所未闻的《红楼梦》抄本[J].亚非人民,1964(5).

[44]潘承弼,顾廷龙.明代版本图录初编[M].上海:开明书店,1940.

[45]裴钰.莎士比亚眼里的林黛玉——《红楼梦》海外言情趣谈[M].北京:北京航空航天大学出版社 ,2008.

[46]曹雪芹.戚蓼生序本石头记[M].北京:人民文学出版社,1973.

[47]冒襄,沈复,陈裴之,等.影梅庵忆语　浮生六记　香畹楼忆语　秋灯琐忆[M].长沙:岳麓书社,1991.

[48]任骋.中国民间禁忌[M].北京:作家出版社,1991.

[49]曹雪芹.石头记[M].北京:中华书局,1986.

[50]宋柏年.中国古典文学在国外[M].北京:北京语言学院出版社,1994.

[51]陈惇,孙景尧,谢天振.比较文学[M].北京:高等教育出版社,1997.

[52]孙艺风.视角　阐释　文化——文化翻译与翻译理论[M].北京:清华大学出版社,2004.

[53]孙玉明.日本红学史稿[M].北京:北京图书馆出版社,2006.

[54]王金波.《红楼梦》德文译本底本再探——兼与王薇商榷[J].红楼梦学刊,2007(2).

[55]王丽娜.中国古典小说戏曲名著在国外[M].上海:学林出版社,1988.

[56]王薇.《红楼梦》德文译本研究兼及德国的《红楼梦》研究现状[D].济南:山东大学,2006.

[57]卫茂平.中国对德国文学影响史述[M].上海:上海外语教育出版社,1996.

[58]卫茂平,马佳欣,郑霞.异域的召唤 ——德国作家与中国文学[M].银川:宁夏人民出版社,2002.

[59]吴漠汀.《红楼梦》在德国[J].红楼梦学刊,2006(5):241-252.

[60]吴义雄.在宗教与世俗之间——基督教新教传教士在华南沿海的早期活动研究[M].广州:广东教育出版社,2000.

[61]谢天振.多元系统理论:翻译研究领域的拓展[J].外国语,2003(4).

[62]许渊冲.文学与翻译[M].北京:北京大学出版社,2003.

[63]阎国栋.俄国汉学史[M].北京:人民出版社,2006.

[64]姚珺玲.十年心血译红楼——德国汉学家、《红楼梦》翻译家史华慈访谈录[J].红楼梦学刊,2008(2):277-289.

[65]姚珺玲.战争时期的忠诚——罗勃聃的双重面具[M]//李雪涛.跨越东西方的思考——世界语境下的中国文化研究.北京:外语教学与研究出版社,2010.

[66]一粟.红楼梦书录[M].增订本.上海:上海古籍出版社,1981.

[67]应锦襄,林铁民,朱水涌.世界文学格局中的中国小说[M].北京:北京大学出版社,1997.

[68]尹虹.对民主德国中国文学翻译的回顾[C]//张西平,李雪涛,马汉茂,等.德国汉学:历史、发展、人物与视角.郑州:大象出版社,2005.

[69]余英时.红楼梦的两个世界[M].上海:上海社会科学院出版社,2002.

[70]袁珂.神话论文集[M].上海:上海古籍出版社,1982.

[71]张桂贞.弗朗茨·库恩及其《红楼梦》德文译本[C]//刘士聪.红楼译评——《红楼梦》翻译研究论文集.天津:南开大学出版社, 2004.

[72]张国刚.德国的汉学研究[M].北京:中华书局,1994.

[73]张西平.国际汉学[M].第十八辑.郑州:大象出版社,2009.

[74]朱安博.归化与异化:中国文学翻译研究的百年流变[M].北京:科学出版社,2009.

[75]郑振铎.插图本中国文学史[M].北京:人民文学出版社,1957.

[76]周汝昌.《红楼梦》笔法结构新思议[J].文学遗产,1995(2):85-95.

[77]周汝昌.欧西《红楼梦》研论得失之我见[M]//姜其煌.欧美红学.郑州:大象出版社,2005.

[78] Bauer, Wolfgang: *Entfremdung, Verklärung, Entschlüsselung, Grundlinien der deutschen Übersetzungsliteratur aus dem Chinesischen in unserem Jahrhundert*; zur

Eröffnung des Richard Wilhelm-Übersetzungszentrums der Ruhr-Universität Bochum am 22.April 1993,Bochum:Ruhr-Universität 1993.

[79] Baumgartner, Alexander: *Geschichte der Weltliteratur*, S. J. Freiburg i. B.: Herder 1901.

[80] Behrsing, Siegfried: *Chinesische Transkriptionstabellen*, *Richtlinie für den Verlagsredakteur und Übersetzer des Dietz Verlages*,Berlin:Dietz Verlag 1958.

[81] Berndt, Jürgen (Hrsg.): *BI-Lexikon Ostasiatische Literaturen*, Leipzig: VEB Bibliographisches Institut 1985.

[82] Bridgman, Elijah Coleman (und) Wells-Williams, Samuel: *General Index of subjects contained in the twenty volumes of the Chinese Repository*;*with an arranged list of the articles*,Canton 1851.

[83] Busse, Carl: *Geschichte der Weltliteratur*, Verlag von Verhagen & Klarsing , Bielefeld und Leipizig 1910.

[84] C.H.Burke-Yui: *Welkende Blätter*, in: *Sinica*, Frankfurt a.M., 3.Jg.(1928), H.3/4(Juli/September),S.141 ff.

[85] Chang, Peng: *Modernisierung und Europäisierung der klassischen chinesischen Prosadichtung-Untersuchungen zum Übersetzungswerk von Franz Kuhn (1884–1961)*, Frankfurt am Main [u.a.]:Lang 1991.

[86] Chen, Chuan: *Die chinesische schöne Literatur im deutschen Schrifttum*, Dissertation,Christian-Albrechts-Universität,Kiel 1933.

[87] *China*, *Eine Großmacht im Wandel der Jahrtausende*, Berlin: Verlag Kultur und Fortschritt 1957.

[88] *Chinesische Märchen*, *Märchen der Han*, Auswahl, Übersetzung, Einleitung und Kommentar von Rainer Schwarz,Leipzig:Insel-Verlag 1981.

[89] *Chun-lou-men* (*Traumgesicht auf dem rothen Thurm*) *oder Geschichte des Steins*, in: *Das Ausland*, München: Cottasche Buchhandlung, Nr.50(19, Februar) 1843, S.198 ff.

[90] Clart, Philip: *Yuan Mei*, *Chinesische Geistergeschichten* [Rezension], in: *Orientierungen*, *Zeitschrift zur Kultur Asiens*, München: Edition Global, Jg.1998, H.2, S.163.

[91] Cordier, Henri: *Bibliotheca Sinica, Dictionnaire bibliographique des ouvrages relatifs a l' empire Chinois*, Paris: Martino Publishing 1906/1907.

[92] Davis, John Francis: *Poeseos Sinensis Commentarii/On the Poetry of the Chinese*, in: *Transactions of the Royal Asiatic Society of Great Britain and Ireland*, London: J. L.Cox 1829, vol. Ⅱ (1830), S.393 ff.

[93] Debon, Günther: *Ostasiatische Literaturen*. Bd.23, zusammen mit Klaus von See und Ernst Fabian, Wiesbaden: Aula 1984.

[94] Ebener, Dietrich: *Die Griechische Anthologie*, Bd. 3, Berlin und Weimar: Aufbau-Verlag 1981.

[95] Eberhard, Wolfram: *Die Chinesische Novelle des 17-19 Jahrhunderts*, Eine soziolog. Untersuchung. Hrsg. mit Unterst. d. China-Inst., Bern, Ascona 〈Schweiz〉: Artibus Asiae 1948.

[96] Eckermann, Johann Peter: *Gespräche mit Goethe in den letzten Jahren seines Lebens*, Berlin: Aufbau-Verlag 1982.

[97] Eggert, Heinrich: *Die Entstehungsgeschichte des Hung-lou-meng*, Hamburg: Preilipper 1939.

[98] Williams, Elijah Coleman Bridgman S. Wells: *General Index of Subjects Contained in the twenty Volumes of the Chinese Repository*, Canton Dec.31st, 1851.

[99] Erkes, Eduard: *Chinesische Literatur*, Breslau: Ferdinand Hirt 1922.

[100] Erkes, Eduard: *Gelber Fluss und Große Mauer, Reise durch Chinas Vergangenheit und Gegenwart*, Leipzig: VEB F.A.Brockhaus Verlag 1958.

[101] Eva Müller/Junling Yao: *Meine Sicht auf Franz Kuhn, Interview mit der Sinologin Eva Müller*, in: *Das neue China*, Nr.3/Sept.2009, 36.Jahrgang.

[102] Fan, Wön-lan: *Neue Geschichte Chinas*, Bd.I, Berlin: VEB Deutscher Verlag der Wissenschaften 1959.

[103] Feifel, Eugen (übers.): *Geschichte der chinesischen Literatur*. Mit Berücksichtigung ihres geistesgeschichtlichen Hintergrundes, dargestellt nach Nagasawa Kikuya: Shina gakujutsu bungeishi. Hildesheim. Zürich. New York: George Olms Verlag 1982.

[104] Fessen-Henjes, Irmtraud: *Übersetzen chinesischer Literatur in der DDR Ein*

Rückblick, in: *Chinawissenschaften—Deutschsprachige Entwicklungen, Geschichte, Personen, Perspektiven* (*Mitteilungen des Instituts für Asienkunde, Hamburg*, 303), Hamburg: Institut für Asienkunde 1999, S.627 ff.

[105] Fessen-Henjes, Irmtraud: *Anekdoten, Geister-und Wundergeschichten*, in: *Das neue China, Zeitschrift für China und Ostasien*, Berlin, 31. Jg. (2004), H.2 (Juni), S.35 f.

[106] Fessen-Henjes, Irmtraud: *Die ersten 80 Kapitel*, in: *Das neue China*, Zeitschrift für China und Ostasien, Berlin, 34.Jg. (2007), H.4 (Dezember), S.36 f.

[107] Fessen-Henjes, Irmtraud: *Die Freuden der Ehe*, in: *Das neue China*, Berlin, 21.Jg. (1991), H.3 (Juni), S.39.

[108] Franz Kuhn (übertr.): *Der Traum der roten Kammer, ein Roman aus der frühen Tsing-Zeit*, Wiesbaden: Insel-Verlag 1951.

[109] Franz Kuhn (übertr.): *Der Traum der roten Kammer, ein Roman aus der frühen Tsing-Zeit*, Wiesbaden: Insel-Verlag 1959.

[110] Goldsmith, Oliver: *Der Weltbürger*, Leipzig und Weimar: Gustav Kiepenheuer Verlag 1977.

[111] Grube, Wilhelm: *Geschichte der Chinesischen Litteratur* (Die Litteraturen des Ostens in Einzeldarstellungen), Leipzig: Amelang 1909.

[112] Johanna, Herzfeldt (übers.): *Die Räuber vom Liangshan*, Leipzig: Insel-Verlag 1968, 2 Bde.

[113] Hung lou meng (*the Dream of the Red Chamber*, a Chinese novel). Transl. by H.B.Joly, vol.1, Hongkong, 1892, vol.2 Macao 1893.

[114] Kakuzô, Okakura: *Das Buch vom Tee*, übertr. von Horst Hammitzsch, (Insel Taschenbuch 412), Frankfurt a.M.: Insel-Verlag 1981.

[115] Kaltenmark-Ghéquier, Odile: *Die chinesische Literatur* (*La Litterature chinoise, deutsch*), übersetzt von Hans Penth. (Was weiß ich? Nr.19). Hamburg 1960.

[116] Kant, Uwe: *Ausgelesenes*, in: *Das Magazin*, Berlin, Jg.1990, H.7, S.75.

[117] Kibat, Otto und Artur: *Djin Ping Meh*: *Schlehenblüten in goldener Vase*; e. Sittenroman aus d. Ming-Zeit mit 200 Holzschnitten e. Ausg. von 1755, Ullstein Verlag, Ber-

lin.Frankfurt/M.1987.

[118] Klöpsch, Volker [und] Müller, Eva: *Lexikon der chinesischen Literatur*, München: Beck 2004.

[119] Korš, Valentin Fëdorovič: *Allgemeine Literaturgeschichte* (Vseobščaja istorija literatury), Bd.1, Petersburg 1880.

[120] Kubin, Wolfgang (Hrsg.): *Hongloumeng: Studien zum Traum der roten Kammer*, Bern: Lang 1999.

[121] Kubin, Wolfgang (Hrsg.): *Geschichte der chinesischen literatur*, München: KG Saur Verlag 2002.

[122] Kuhn, Hatto: *Dr. Franz Kuhn (1884–1961), Lebensbeschreibung und Bibliographie seiner Werke*, (Sinologica Coloniensia, 10), Wiesbaden: Franz Steiner Verlag 1980.

[123] Laaths, Erwin: *Geschichte der Weltliteratur*, München, Zürich: Droemersche Verlagsanstalt Knaur 1953.

[124] Lackner, Michael und Xu, Yan: *Loyalitäten in Zeiten des Krieges: Die Masken des Robert Thom (1807–1846)*. Irmela Hijiya-Kirschnereit zu Ehren. Festschrift zum 60. Geburtstag, München: Iudicium Verlag 2008.

[125] Leutner, Mechthild (Hrsg.): *Chinesische Literatur, zum siebzigsten Geburtstag von Eva Müller* (Berliner China-Hefte 27), Münster: LTI 2005.

[126] Liang, Yea-Jen: *Kinder-und Hausmärchen der Brüder Grimm in China, Rezeption und Wirkung*, Wiesbaden: Otto Harrassowitz 1986.

[127] Martin, Helmut: *Die wunderbare Geschichte von der Donnergipfelpagode* [Rezension], in: *Bochumer Jahrbuch zur Ostasienforschung*, München: Iudicium Verlag, Bd.21 (1997), S.195 ff.

[128] Martin, Helmut [und] Hammer, Christiane (Hrsg.): *Chinawissenschaften—Deutschsprachige Entwicklungen, Geschichte, Personen, Perspektiven*, (Mitteilungen des Instituts für Asienkunde, Hamburg, 303), Hamburg: Institut für Asienkunde 1999.

[129] *Meyers neues Lexikon*, Leipzig: VEB Bibliographisches Institut, Bd.1: 1961–Bd.8: 1964.

[130] Petronius: *Satiricon*, Berlin: Rütten & Loening 1965.

[131] Schneditz, Wolfgang: *Stumm die Jadeterassen-herbstlich die Nebel wallen. Chinesische Romane-Marksteine der Weltliteratur*, in: *Salzburger Nachrichten* vom 1.6.1954.

[132] Schott, Wilhelm: *Entwurf einer beschreibung der chinesischen literatur, Eine in der königlich preußischen akademie der wissenschaften am 7.Februar 1850 gelesene abhandlung*, Berlin: Ferdinand Dümmler 1854.

[133] Schwarz, Ernst: *Chrysanthemen im Spiegel, Klassische chinesische Dichtungen*, Berlin: Rütten & Loening 1969.

[134] Schwarz, Ernst: *Von den müßigen Gefühlen, chinesische Liebesgedichte aus drei Jahrtausenden*, Leipzig und Weimar: Gustav Kiepenheuer Verlag 1978.

[135] Schwarz, Rainer (übers.): *Die Gingkofee, Acht chinesische Volksmärchen aus der Provinz Schandung*, Leipzig: Insel-Verlag 1978.

[136] Schwarz, Rainer: *Heinrich Heines chinesische Prinzessin und seine beiden chinesischen Gelehrten sowie deren Bedeutung für die Anfänge der deutschen Sinologie*, in: *Nachrichten der Gesellschaft für Natur-und Völkerkunde Ostasiens (NOAG)*, Hamburg, Nr.144, 1988 (Erscheinungsjahr 1990), S.71 ff.

[137] Schwarz, Rainer: *Einige Bemerkungen zur deutschen Neuübersetzung des Hongloumeng*, in: *Nachrichten der Gesellschaft für Natur-und Völkerkunde Ostasiens (NOAG)*, Hamburg, Nr.181-182, 2007, S.187 ff.

[138] Spengler, Tilman: *Geistermauern, Chinesische Reisebilder*, Hamburg: Rowohlt Taschenbuch Verlag 1991.

[139] Ssun-ds': *Traktat über die Kriegskunst*, Berlin: Verlag des Ministeriums für Nationale Verteidigung 1957.

[140] Tao, Iven: *Zhang Xianliang: Gewohnt zu sterben* [Rezension], in: *Bochumer Jahrbuch zur Ostasienforschung*, München: Iudicium Verlag, Bd.21 (1997), S.224 f.

[141] Tscharner, Eduard Horst von: *Chinesische Gedichte in deutscher Sprache, Probleme der Übersetzungskunst*, in: *Ostasiatische Zeitschrift*, Berlin und Leipzig, N.F., H. 8 (1932), S.189 ff.

[142]Tsao,Hsüe-kin:*Der Traum der roten Kammer,ein Roman aus der Mandschu-Zeit,aus dem Chinesischen übers.von Franz Kuhn*,Leipzig:Insel-Verlag 1971.

[143]Tsao Hsueh-chin and Kao Ngo:*A Dream of Red Mansions*,transl.by Yang, Hsien-yi and Gladis Yang,Peking:Foreign Languages Press,Bd.1,1978.

[144]Tsau,Hsüä-tjin:*Der Traum der Roten Kammer oder Die Geschichte vom Stein* (Sinica,Bd.14),Bochum:Europäischer Universitätsverlag 2006 [2007],Bd.1 und 2, übers.von Rainer Schwarz.

[145]Tsau Hsüä-tjin Gau Ë:*Der Traum der Roten Kammer oder Die Geschichte vom Stein*,aus dem Chinesischen übersetzt von Rainer Schwarz und Martin Woesler,Bochum:Europäischer Universitätsverlag 2010.

[146]Tucholsky,Kurt:*Drei Minuten Gehör*! Herausgeben von Hans Marquardt, Verlag Phllipp Reclam Jun.Leipzig 1963.

[147]Tucholsky,Kurt:*Übersetzer*,in:*Gesamtausgabe*,Band 9:Texte 1927,Reinbek b.Hamburg:Rowohlt Verlag 1998.

[148]W. Y. Ting:*Ausgewählte Kapitel aus dem Roman Hung Lou Mong(der Traum des Roten Schlosses)*,in:*Sinica*,Frankfurt a.M.,4.Jg.(1929),H.2(Mai),S.82-89,H.3(Juni),S.129 ff.

[149]Walravens,Hartmut:*Karl Friedrich Neumann (1793 - 1870) und Karl Friedrich August Gützlaff (1803-1851),zwei deutsche Chinakundige im 19.Jahrhundert (Orientalistik Bibliographien und Dokumentationen,12)*,Wiesbaden:Harrassowitz 2001.

[150]Walravens,Hartmut:*Erwin Ritter von Zach(1872-1942),gesammelte Rezensionen,chinesische Sprache und Literatur in der Kritik*,Wiesbaden:Harrasssowitz 2006.

[151]Wilhelm,Richard:*Die chinesische Literatur*,Wildpark-Potsdam:Akademische Verlagsgesellschaft Athenaion 1926.

[152]Wiesner,Felix M.:*Ich bin am Scheidewege*,in:Der Schweizer Buchhhandel, Zürich,Jg.1996,Nr.19(7.11.),S.11 f.

[153]Wiegler,Paul:*Geschichte der Weltliteratur*,im berlag Ullstein,Berlin,1926.

[154]Woesler,Martin:*Zur Neuübersetzung der Geschichte vom Stein oder des Traums der Roten Kammer und zum Vorabdruck der Übertragung des 18.Kapitels*,in:*Mit-*

teilungsblatt, *Deutsche China-Gesellschaft*, Bochum, H.47(1/2004), S.58 ff.

[155] Wu, Djing-Dsi: *Der Weg zu den weissen Wolken-Geschichten aus dem Gelehrtenwald*, übersetzt von Yang Enlin und Gerhard Schmitt, Weisner: Gustav Kiepenheuer Verlag 1962.

[156] Wu, Tschöng-Ön: *Die Pilgerfahrt nach dem Westen*, übers. von Johanna Herzfeldt, Rudolstadt: Greifenverlag 1962.

[157] Yan, Baoyu: *Buddenbrooks-ein deutscher Hong Lou Meng*? in: *Neohelicon*, *Akadémiai kiadó*, Amsterdam: John Benjamins B.V., Bd. XVIII(1991), H.2, S.273 ff.

[158] Yao, Junling: *Die deutsche Hongloumeng-Forschung*, *Interview mit Wolfgang Kubin*, in: *Das neue China*, 35.Jahrgang, Berlin, Nr.4/Dez.2008.S.34 ff.

[159] Yao, Junling: *Zehn lange Jahre sind viel für ein Buch-Interview mit Rainer Schwarz*, in: *Orientierungen*, *Zeitschrift zur Kultur Asiens*, München, H.2/2008, S.45 ff.

[160] Zähringer, Martin: *Der Traum der roten Kammer－Ein Klassiker aus China und seinen deutsche Übersetzung*, in: *Literatur Nachrichten*, Litprom-Gesellschaft zur Förderung der Literatur aus Afrika, Asien und Lateinamerika e.V., Frankfurt a.M., 25. Jg.(2008), Nr.98(Herbst), S.8 ff.

[161] Zhang, Xianliang: *Getting Used to Dying*, transl. and ed. by Martha Avery, London: Flamingo(Harper Collins) 1991.

附 录

附录1 十年心血译红楼

——德国汉学家、《红楼梦》翻译家史华慈访谈录①

2007年,《红楼梦》的德文全译本终于由欧洲大学出版社出版了。这可以说是德国文学界,也同时是中国文学界的一件大事。这本书的德文译者史华慈(Rainer Schwarz,德国汉学家)也再次成为人们关注的焦点。

在许多德国人的眼里,史华慈是一位游离于德国学术界之外的"怪人";在中国读者眼里,他是一个用10年时间将《红楼梦》译成德文的"奇人"。经过采访,我认为史华慈是一位严谨的汉学家,了不起的翻译家,是一位值得尊敬的学者和师长。

2007年8月22日,按照预约的时间,我拜访了住在柏林东北部Prenzlauer Allee(普伦茨劳大道)附近的一幢朴素的公寓楼里的史华慈先生。以下是我对史

---

① 姚珺玲:《十年心血译红楼——德国汉学家、〈红楼梦〉翻译家史华慈访谈录》,《红楼梦学刊》2008年第二辑,第277—289页。本文选入本书时,略有删改。

华慈先生的采访记录。

姚珺玲（以下简称“姚”）：您是什么时候开始接触到《红楼梦》这部中国小说的？

史华慈（以下简称“史”）：我上中学时，第一次看到了库恩（Franz Kuhn）翻译的《红楼梦》节译本，觉得有些地方很奇怪，但对这部小说有了初步的印象。

1958 年至 1963 年，我在柏林洪堡大学东亚学院学习汉学和历史。我的中国教授开了有关《红楼梦》的文学课，我开始发现库恩的《红楼梦》德文节译本和《红楼梦》中文原文不完全一样。

1966 年，我第一次接触到《红楼梦》的中文本。当时为了撰写博士论文《中国海员工会革命化的历史》，我到莫斯科收集论文资料，在莫斯科国际书店买到了四本中文《红楼梦》（人民文学出版社 1963 年版）。

1971 年春季到 1975 年秋季，我作为民主德国驻华使馆商务处的翻译，常驻北京。初到北京，商务处给新来的翻译做语言培训，培训内容可以自由选择。我请中国老师跟我谈《红楼梦》，但遭到拒绝，因为当时《红楼梦》是禁书。当时使馆的一般工作人员要值夜，深夜才允许睡觉，负责安全，收发电报并及时汇报紧急情况。我就在当时开始精读《红楼梦》。我花了两年时间做笔记，关注《红楼梦》中提到进口品的地方，希望写成论文。后来发现有人已经写了这样的论文，就没有继续写。

1975 年，我回到德国柏林，在科学院继续从事中国职工运动的历史研究，同时将我在北京后两年值夜的时候，出于爱好翻译成德文的《沂山民间故事八篇》寄给莱比锡岛屿出版社。这本书 1978 年出版了，一推出即受到读者欢迎。因为民主德国是社会主义国家，所以非政治内容的书很受欢迎。除此之外，因为国家给予补贴，所以民主德国的书价比较低。到 1986 年为止，这本书的印数达到了 35000 册。

1978 年，莱比锡岛屿出版社提议，由我翻译《红楼梦》。1980 年，我和出版社签订了翻译协议，出版社每年年底付给我 6000 民德马克，我每年完成一定的翻译量。从此，我开始了《红楼梦》的翻译工作，前后一共用了 10 年时间。1990 年才真正完成了《红楼梦》的德文翻译工作。

姚：《红楼梦》的中文版本很多，您在翻译时用的是哪一种底本呢？

史：我翻译用的中文底本有两种。《红楼梦》新校订本还没有出版以前，我用的是庚辰本。因为我相信庚辰本是各种早期手抄本当中最完整、最可靠的一本。而新校订本恰恰也是依据庚辰本。所以，新的校订本出版后，我就用它，又把我前一部分稿子在这个基础上重新整理了一次。我用的两种底本都是当时红楼梦研究所所长冯其庸给我提供的。冯其庸是我在1980年5月通过当时文化部文物局的韩仲民介绍认识的。

我在1984年年底才拿到新校订本，因为从1981年年初到1984年深秋，民主德国国家安全部不允许我前往中国。采取这个措施的原因尚未能澄清，应该是他们认为我或者有政治问题，或者有道德问题。

姚：您的《红楼梦》德文译本只有前80回，为什么没有将120回全部翻译呢？

史：这也是我的新的德文本《红楼梦》的一个重要特点。我翻译了曹雪芹写的80回，后40回我没有翻译。因为我认为后40回不符合曹雪芹的写作计划。我们不要忘记在《红楼梦》还没有出版之前，只有80回的手抄本，虽然不完整，但是很受欢迎。除此之外，我觉得欧洲人对不完整的文艺作品并不反感。比如，在巴黎卢浮宫博物馆展出的爱情女神维纳斯石像虽然没有胳膊，但还是世界上最美丽的女人石像。德国作曲家舒伯特未完成的交响曲还经常演奏，深受听众的欢迎。著名德国作家托马斯·曼所写的《大骗子克鲁尔自白》就写了第一部，第二部从来没有写，大家还是很愿意看，不会等先写好第二部，创造一个完整的东西再看。类似的例子还有很多。所以我希望，我翻译的80回德文本《红楼梦》同样可以受到德国读者的欢迎。

姚：为什么您翻译的德文译本《红楼梦》1990年就已经完成了，却直到2007年才正式出版呢？

史：1990年春天，我将翻译好的《红楼梦》终稿寄给了莱比锡岛屿出版社。由于历史原因，在1990年东西德统一后，民德企业和出版社都要私有化。原来的出版人由于无法预料今后的发展，推迟了《红楼梦》德文译本的出版。后来这个出版社换了老板。新老板对中国古典文学不感兴趣，1997年决定将《红楼梦》德文全译本的出版权退给我。

在此之后，瑞士苏黎世天平出版社的老板，也就是出版了《聊斋》《肉蒲团》德文译本的Felix M. Wiesner（费利克斯·M. 维泽讷）主动和我联系，商量出版我的

《红楼梦》译本。但因为以下几个原因,我没有同意。首先,他要求我把《红楼梦》后 40 回也翻译了,这不符合我的学术观点。我不愿意翻译后 40 回,原因我前面已经讲过。再就是具体的稿费不太合理。所以,双方没有合作成功。

直到 2003 年 8 月 12 日,吴漠汀博士(Dr. Martin Woesler)写了一封措词很美的信,和我商量《红楼梦》德文译本的出版问题。我后来通过瓦拉文斯博士(或译作:魏汉茂,Dr. Hartmut Walravens)将译文存盘交给了吴漠汀。瓦拉文斯博士一直努力寻找愿意出版我翻译的《红楼梦》德译本的出版社。之后,我一直通过书信和吴漠汀联系。2007 年,我的《红楼梦》德文译本由欧洲大学出版社出版了,书上写着吴漠汀是出版人,瓦拉文斯博士为该书写了后记。

姚:在德国,从 1932 年起到现在都十分流行库恩的《红楼梦》节译本,而且这本书也很受德国广大读者的欢迎,一再再版。您怎样看待库恩的译本?

史:首先,我认为库恩的翻译很不错,有它成功的地方。可是就像纠摩罗什说"改梵为秦,失其藻蔚。虽得大意,殊隔文体。有似嚼饭与人,非徒失味,乃令呕哕"那样,把嚼好的东西给别人吃,这样的东西不好吃。在我看来,库恩的德文译本有几个不足的地方:

第一,它不全。库恩先生自己说他的译本代表了中文本的六分之五,可这显然是不可能的事儿。因为 120 回全部德文本有 2000 多页,库恩的译本却不过 800 页左右。当时出版德文本《红楼梦》出版社的老板认为德国读者不愿意看 1000 页以上的厚书,所以要求库恩把《红楼梦》缩短到这个程度。为了达到这个目的,库恩就在许多地方把整个章回或者半个章回省略了。结果,《红楼梦》里面许多动人的情节在他的德文本里面找不到了。

我现在还记得,1959 年或 1960 年,我在大学念书时,有一次刘泮溪教授在谈《红楼梦》的时候,准备跟我们德国学生讨论王熙凤这个人物的性格。谁知我们发现教授所说的王熙凤和我们德国同学认识的王熙凤完全不一样。原因很简单,教授看的当然是《红楼梦》原文,学生们看的却是库恩先生翻译的德文本。

翻译家对文学作品做这样大规模的更改,我认为是不合理的,并且是不妥当的。因为《红楼梦》原本是用中文写的,很少德国人懂中文,在这种情况下,库恩先生才有机会这样做。恐怕任何人不敢对托尔斯泰的《战争与和平》采取同样的办法。

第二，我认为库恩先生的德文本，严格地来说不是翻译，库恩把《红楼梦》的主要内容（就是他认为的主要内容）用他自己的语言来叙述。结果，从语言方面来说，德文本《红楼梦》和曹雪芹《红楼梦》之间的差距很大。德文本纯粹是20世纪20年代德国流行的文学语言。

也正是因为上述原因，我觉得有重新把《红楼梦》翻译成德文的必要。

姚：您怎样看待文学作品原文和译本之间的关系？

史：我认为文学作品最好看原文。可不是每个人都能做到，所以，只好借助翻译。把《红楼梦》译成德文给德国读者看，是迫不得已的办法。我努力把握原文的意思，尝试用高水平的德文来表达。可翻译毕竟是翻译。日本作家冈仓觉三在《茶の本》（《茶书》）中写到，中国明代有一个作家说翻译就是"叛逆"，最好的翻译不过像锦缎的反面，丝线都在，颜色和花纹却不如正面好看。这个比喻很贴切。例如，中国和欧洲的词汇差别太大，许多中国词德国根本没有，诸如火炕、粥、豆腐、黄酒、酱油、丫头等。许多抽象概念，中国有，德国却没有。这就为翻译带来了许多困难。

姚：库恩的节译本《红楼梦》是给广大德国读者看的，您的译本是给学者和汉学家们看的吗？

史：不，完全不是这样。我的《红楼梦》德文译本是给德国的普通读者看的，不是给汉学家看的。我努力通过我的译本，让德国读者接触到一个真实的《红楼梦》。汉学家应该看《红楼梦》的中文原著。曹雪芹写《红楼梦》用了10年，我翻译这本书也用了10年。可我认为我的这个翻译只是初步的翻译，起到的只是抛砖引玉的作用，希望以后能出现比我的翻译更好的德文译本。如《红楼梦》的日文译本就很多，这样可以使翻译不断完善。我理想中的《红楼梦》德文译本应该由德国人和中国人合作翻译。首先，德国的汉学家在中国的汉学家或者文学家的帮助下，完全弄懂《红楼梦》。然后，德国诗人和作家共同研究出德文的表现方式。这样的集体合作当然是理想的。这种合作应该是没有个人目的的，坦率的，经过反复讨论一定可以使翻译上一个新台阶。可我也知道，在资本主义条件下，这种做法费用高，耗时长。所以，这实在只是我的一种理想。

姚：您对新出版的《红楼梦》德文译本满意吗？

史：我认为吴漠汀出版的德文译本不太理想，还存在一些错误和问题。在出版前,吴漠汀曾经将译本的修改本寄给我,我当时不同意修改,坚持按照我译本的原件来出版。而实际2007年出版的《红楼梦》德文译本中的许多改动没有经过我同意。例如,红楼梦的书名,对德国人就很难(顾彬也有类似的观点)。我认为正式书名应该是*Die Geschichte vom Stein*,*Der Traum der roten Kammer*允许作副书名,现在却作了正式书名。Der Traum der roten Kammer并不是"红楼梦"的意思。德文没有"红楼"这个词,roten Kammer是"红色小房屋"的意思,读者无法理解这是什么东西。Der Traum der... Kammer不是在小房屋里做的梦,也不是梦见小房屋的意思,而是"小房屋做的梦"的意思,所以这个书名根本说不通。英文书名*The Dream of the Red Chamber*也差不多,早在1885年已经有著名英国汉学家Herbert A.Giles提出这个问题。库恩的翻译roten,是小写,可吴漠汀是用Roten。按照德语的语法规则,形容词大写就成了具体的房间名。库恩用半页纸说明书名。可吴漠汀没有说明。

姚:翻译《红楼梦》时您用了哪些参考书?遇到哪些困难?

史:我开始翻译《红楼梦》是在1980年,当时可用的资料和工具书很少,主要有以下几种:钟敬文送给我的《红楼梦注释》内部资料,上海古籍出版社出版的《小说词语汇释》。其中一本《红楼梦词汇索引》是日本出版的,在当时民主德国复印机会受限制的情况下,还是我"走后门"全部复印出来的。这本索引帮了我很大的忙,比如当我不知道"打架"一词时,我可以通过这本书找到这个词在《红楼梦》里出现的章节和页数,然后从不同上下文就能得出该词的精确含义,这样我就明白了。最重要的、最常用的一本工具书是1957年的《汉语词典》,都快被我翻烂了。后来也查阅1979年至1983年出版的《辞源》。这些都是一些中国同事及朋友陆续寄给我的。再就是韩仲民送给我的1979年版的《辞海》,这本书对我的作用不大,主要是当我碰到动植物名字时,可以查到它们的拉丁文学名,再通过拉丁文学名可以很容易找到德语名字。蔡义江1979年的《红楼梦诗词曲赋评注》对我理解书中的诗词曲赋帮助也不小。有的时候,还要查万有文库本《佩文韵府》。它是我20世纪70年代偶然在上海一家旧书店买到的。

姚:许多汉学家书面功夫好,口语不好。可您的汉语说、读、写都很好。请谈谈您是怎样和汉语结缘的。

史:我出生在1940年。八九岁时,正是中华人民共和国刚成立的时候,我从老师和报纸、杂志等媒体得到不少关于中国的消息,这增加了我对中国的兴趣。更早的时候,我的母亲给我们兄弟仨读童话和其他故事,其中也包括安徒生童话。安徒生《夜莺》一开始就谈到了中国皇帝。母亲当时大概也跟我谈了她所了解的中国情况。在我的小脑袋里就产生了这样一个概念,中国人、中国汉字和德国人、德文不一样,我很想知道中国人怎样不用字母把意思记下来。我幼年时,战后的柏林,大部分的楼房、工厂都被英美空军炸毁了,家里住得很拥挤,物资供应状况也很紧张。在这种贫困情况下,我就梦想变为中国人。我想象中的中国非常好,总认为中国的情况和德国不一样,至于怎么不一样,不清楚,就是觉得很好。不知道中国人什么样,只是觉得做个中国人太好了。

我上小学时,学习了俄语。一次和其他孩子们参加一个国际少先队夏令营。夏令营里有来自捷克、匈牙利、挪威的小朋友。因为会俄语,可以和捷克小朋友交谈,当时我就认识到外语在交流中的重要性。

我非常想学汉语,当时没有汉德辞典可买,我就买了一本汉俄辞典,还准备把它译成德文。我的一位小学同学的已故父亲原来在中国当过传教士,家里有一本《汉语通释》。他把这本书卖给了我。我如获至宝,开始自学汉语。后来我听说柏林亚历山大广场附近的业余学校开了汉语课,就跑去问。可小学生不允许在业余学校学习,要满 14 岁才能学。1955 年年初,我刚满 14 周岁就开始在这个学校学汉语。刚开始的两年,是跟一位在 20 年代原来准备去中国当传教士的德国人学汉语。这个班刚开始有 12 人,由于汉语太难学,人越来越少,可我一直坚持下来了。后来我在这个学校跟一位叫杨恩霖的华侨学汉语。1958 年我中学毕业,老师在我的毕业证上的评语是:他特别爱好汉学,这一方面成绩卓然。后来我在柏林洪堡大学学了五年汉学。在这期间,对我影响最深的是汉语老师赵国璋。当时赵国璋一个人在德国,每周在自己的客房安排一次聚会,每次聚会我必去。我还利用和他共同爱好摄影的机会,争取到许多学习汉语的机会。

《海录》是我的第一本真正的汉语文言教科书。我在大学主要学了现代汉语,文言文学得不多又不深。到科学院工作以后,慢慢对中国文言文和古代文化产生了兴趣。通过《海录》这本书,我初步掌握了将文言文译成德文的本领。因为这本书的内容是鸦片战争以前,一个中国人在多年环球旅行中积累的知识,我当时很感兴趣,就把它译成了德文。我在科学院的一位同事是我的老师。他在中国出生,跟随在广州附近做传教士的父亲在中国生活了 14 年,是中国古代汉语方面的专家。借助他的帮助和我自己的努力,我掌握了中国文言文。

1971 年春季到 1975 年秋季,我常驻北京,做商务处的汉语翻译。在此期间我的汉语得到进一步锻炼。记得有一次遇到一个特殊情况,我一个人为德国、苏联、保加利亚、古巴、匈牙利、朝鲜等几个国家的商务参赞聚会进行翻译,在德语、俄语、汉语和英语之间来回翻译,真是一种很有趣的经历。

从 1978 年年初开始,我辞去在科学院的工作,开始当自由职业者,一方面将中国文学作品翻译成德文,另一方面为民主德国一些工业企业(主要是轨道车辆制造厂)搞口头上的翻译工作,常常去中国。

姚:您的汉语这么流利,对中国的文学作品又有如此深厚的理解,为什么没有想到去当老师,或者做其他工作,而是选择了做文学翻译?

史:我喜欢做翻译,尤其是翻译文学作品。我翻译的基本都是自己喜欢的东西。一个人坐在书桌前,写书、看书,这是一种享受。人的生命是有限的,可我的翻译是永存的。一想到许多人通过我的翻译了解中国文学,我就感到很满足。对我来讲,这是一个有意思、有用处的工作。

至于去大学当老师,我很少想这个问题,或许完全是我个人性格所致,我不喜欢这个职业。

姚:顾彬 1992 年在德国波恩召开了"《红楼梦》200 年"学术研讨会,当时邀请您参加,可您拒绝了,为什么?我个人认为人们可以称呼您为汉学家、红学家、翻译家,您更喜欢哪个称呼?

史:当然可以说我是汉学家和翻译家。我不是红学家。我觉得我是一个普通的翻译家,不是什么红学家。就像曹雪芹写了《红楼梦》,可曹雪芹不是红学家。所以顾彬先生曾邀请我参加《红楼梦》研讨会,我拒绝了。

姚:谈谈您具体是怎样翻译《红楼梦》的。10 年时间面对一本书,您有没有厌烦过?

史:曹雪芹写《红楼梦》用了 10 年,我翻译《红楼梦》也用了 10 年。我喜欢《红楼梦》的内容,所以 10 年来一直觉得这项工作很有意思。

10 年间,只要我看到《红楼梦》的资料都会尽量收集,还想办法通过复杂手段买到中国台湾地区出的《红楼梦图咏》。我最喜欢的一本《红楼梦》插图是上海人民美术出版社出版的《红楼人物百图》。这部图里的每个人的面部表情和身体姿势都很丰富,富有表现力。我觉得比《红楼梦图咏》中人人都一样的模板式面部表情好得多。可因为它是按照120回来画的,黛玉这个人物画的是黛玉焚稿的场景。为此,我专门请这部书的画家戴敦邦重新画了黛玉葬花的图,准备用在我的德文译本中。

我翻译时,《红楼梦》的资料很少。我有个习惯,只有自己全部读了,才翻译。所以,我觉得我可以说全读懂了《红楼梦》。翻译《红楼梦》时也遇到很多问题,诗词不好翻译,要把原文弄清楚后,做一首德文的诗。我认为自己的诗词翻译保持了《红楼梦》原文内容的一半。如果全部保持原文的翻译,附录会增加一倍。诗词部分,我借助了蔡义江的《红楼梦诗词曲赋评注》。遇到实在解决不了的问题时,我就先把它放一放再考虑。有些先翻译,回头再完善。全文校对时再考虑,打字机打字时又考虑一遍。因为是真心喜欢《红楼梦》,所以我从来没有厌烦过。书的翻译和通读不一样,所以我一直觉得很有意思。

我在具体翻译时的一般过程是这样的:先整个章看,再一段段看,一句句看。

姚:*您觉得自己是一个高产的翻译家吗?*

史:我个人认为自己不算是一个高产的翻译家。因为我对翻译很挑剔。只有自己对翻译满意了,我才肯出版。有很多作品初看内容懂,具体翻译时往往会遇到根本无法解决的语言问题,在这种情况下,我就宁可放弃。

我除了做中德文翻译,还坚持把俄文翻译成德文。目前,由我翻译出版的各种中国文学书籍有10本,小翻译和论文应该有近30篇。我的中文翻译大概可以分为三种类型:第一种完全是我自己喜欢的,出于喜爱先从中文翻译成德文,然后找出版社协商出版的。就像《沂山民间故事八篇》。这是我正式翻译的处女作。另外,《耳食录选》和《子不语选》也属于这一种。《夜谭随录选》和《谐铎选》同样出于自己的爱好而翻译成德文,可是没有找到出版社,只好在瓦拉文斯的帮助下,在柏林国立图书馆当内部资料复印。第二种是我喜欢,出版社也有意向,我和出版社协商后,翻译出版的。我规模最大的文学翻译项目《红楼梦》就是在这种情况下的翻译。《浮生六记》和《雷峰塔奇传》也是这样。第三种是出版社向我约稿,我来翻译的。

沈复的《浮生六记》是我很喜欢的一本书,内容很有意思,沈复写的都是他的心里话,我从中读出了他的为人。

姚:据我观察,在德国出版的德文版中国文学作品并不很多,您认为是什么原因所致?是德国读者不喜欢这样的译作?是出版社不愿意出版?还是有别的什么原因?

史:我个人认为民主德国期间德文版的中国文学出版物少的原因,并不是大家所普遍认为的德国读者不喜欢,出版社不愿意出版,或者推到政治原因上,而是因为这样的翻译少,没有人来翻译这样的作品,出版社其实很愿意出版这样的东西。我本人多次询问出版社是否需要这样的中国文学作品的翻译,很多出版社都表示很欢迎。

姚:非常感谢您接受我的采访,也祝您翻译出更多更好的中国文学作品。

史华慈家中到处都是关于《红楼梦》的东西,每一样都可以看出史华慈对《红楼梦》的热爱。当我问及可不可以把《红楼梦》德文译本称为"您的孩子"时,史华慈不同意这种说法,坚持称翻译《红楼梦》只是他热爱的工作,还说:我一想到以后我不在了,我搞的东西还在,就感到欣慰。

"望燕斋"是史华慈书房的名字。书房里挂着写有"望燕斋"几个字的匾。这几个字是著名红学家冯其庸题写,在北京刻好,送给他的,上面还有冯其庸的图章。书斋的名字起源于齐白石的一幅《望春图》,这幅画是红学家赵国璋在1959年送给史华慈的。图上画着一棵柳树还没有发芽,应该是早春。两只燕子在天空自由飞翔,黄牛马上就要开始繁重的春耕,仰望天空的燕子,充满羡慕和向往。史华慈将这幅画解释为黄牛的梦想:黄牛的角不会飞,没有翅膀,根本就没有飞翔的本领,也许还是渴望像燕子一样在天空自由飞翔。史华慈说,他从这幅画吸取的教训是:不要梦想绝对不现实的希望还能成为现实,《望春图》的意思有点像《浮生六记》中沈复所说"鹤善舞而不能耕,牛善耕而不能舞"。

附录2 德国红学今昔谈

——与顾彬谈《红楼梦》的德译及其在德国的接受①

采访顾彬(Dr. Wolfgang Kubin)是一种考验。采访前做足了功课,信心满满,可采访完,心里却充满了郁悒。他特有的客观、真实,让人感到一些"残酷":"德国没有真正的《红楼梦》研究""不敢说自己真正理解了《红楼梦》"的说法,真实得不带一点"粉饰",让人无从落笔。他的回答总是那么出人意料,不仅是答案,还包括答案的长度,有时出乎意料地长,有时又出乎意料地短,让人在惊喜和失落中起伏,这是一种考验。

在中国,有不少人认为顾彬是一个"狂妄"的人。可在我看来,这种"狂妄",包括更多的勤奋和客观在里面。有"狂",可不见得有"妄"。他的"狂妄"是因为太客观、太真实。

顾彬的官方称谓是"当今德国最负盛名的汉学家、翻译家及诗人,波恩大学汉学系主任"。顾彬也是德国汉学界和《红楼梦》渊源颇深的汉学家。顾彬本人曾"狂妄"地说"或许我是德国唯一为《红楼梦》做过些什么的人"。他与《红楼梦》的渊源至少表现在以下三个方面:

1.组织并参加了1992年4月21—23日在德国波恩召开的"200 Jahre *Traum der roten Kammer*(《红楼梦》200年)"学术研讨会——德国历史上唯一的一次关于《红楼梦》的学术研讨会。会后,他作为出版人出版了德国历史上唯一的一部关于《红楼梦》的论文集——《〈红楼梦〉研究》(*Studien zum Traum der roten Kammer*),并为该书写了长达13页的序言。

---

① 姚军玲:《德国红学今昔谈——与顾彬谈〈红楼梦〉的德译及其在德国的接受》,《国际汉学》2014年第二十五辑,第20—24页。本文选入本书时,略有删改。

2.由顾彬主持编写的《中国文学史》(*Geschichte der chinesischen Literatur*),相对于其他在德国已经出版的关于中国文学史的著作,对《红楼梦》做了较为详细的介绍。

3. 2006年刚刚指导一名博士生完成了题为《文学的多样性》(*Die Vielfältigkeit der Literatur*)的博士论文。论文把《红楼梦》和歌德的小说进行了比较。

2008年4月2日,在北京师范大学的兰惠公寓,笔者和顾彬一起回顾了德国《红楼梦》研究的历史轨迹。

姚军玲(以下简称"姚"):请简单介绍一下德国《红楼梦》研究的情况。

顾彬(以下简称"顾"):在中国,红学是和敦煌学、甲骨学并列的三大显学之一。与中国"红学"的兴盛相比,可以说"德国没有真正的《红楼梦》研究"。1992年,我曾十分诧异地听一位德国非常有名的中国古典文学家说"我从来没有看过《红楼梦》"。大部分德国汉学家对《红楼梦》是陌生的,根本不知道该怎么办。在德国,汉学家们也很少跟别人谈起《红楼梦》。《红楼梦》的书名对许多德国人来讲就是不可思议的,"红楼"对德国人来讲并不是一个适合做梦的地方,这个名字是想说明"一个关于红楼的梦"还是"在红楼里做的梦"? 由于文化背景和世界观的不同,理解《红楼梦》这部中国古典巨著,对德国人来讲实非易事。

可《红楼梦》的魅力吸引着德国汉学家们,现在《红楼梦》的德文全译本已经出版了,相信这会促进德国的《红楼梦》研究。

姚:请谈谈您是怎么和《红楼梦》"结缘"的。

顾:我多年来一直在努力走进《红楼梦》,我不敢说了解《红楼梦》,可一直都在尝试着去了解《红楼梦》。

在我还是一名汉学系的学生时,我就读了库恩(Franz Kuhn)1932年出版的《红楼梦》德文节译本,可当时这部小说并没有引起我太多的共鸣。20世纪70年代,我在波鸿大学学习时,参加过一个《红楼梦》的阅读课,可对小说的感觉也是似懂非懂。可能是我当时还年轻,实在无法理解历尽沧桑的曹雪芹对人生的感悟。在这之后,我一直在努力尝试以各种方式来理解《红楼梦》。作为波恩大学汉学系的主任,我在波恩大学开设过《红楼梦》的阅读课,和学生们一起来读《红楼梦》中文原著的一些章节。直到今天,我还是无法完全理解曹雪芹"满纸荒唐言,一把心酸泪! 都云作者痴,谁解其中味"的真正含意,不敢说自己真正理解了

《红楼梦》,但我会继续努力来理解曹雪芹的“其中味”。

姚:“《红楼梦》200 年”学术研讨会是德国唯一的一次关于《红楼梦》的专题研讨会,请您介绍一下您当时主持召开这次研讨会的动机,以及研讨会的基本情况。

顾:研讨会是在 1992 年召开的,我当时组织召开座谈会的动机主要有两个:一是希望在德国建立“红学”,二是希望通过研讨会进一步了解这部中国最重要的古典小说。因为当时在德国研究中国文学的学者本来就不多,对《红楼梦》感兴趣的学者也不算多,《红楼梦》德文翻译也只有库恩的德文节译本,几乎没有专门研究《红楼梦》的汉学家。

考虑到《红楼梦》对德国人来讲是一本很复杂的小说,为了这次研讨会,我在 1989 年 6 月 5 日就开始发研讨会邀请,希望有兴趣参加研讨会的学者早点动手准备。实际情况也是这样,许多对《红楼梦》有兴趣的学者都接受了邀请,可由于种种原因,最后不得不放弃了。1992 年,20 多个来自德国各地的汉学家们参加了研讨会。他们从中医、中国小说、语言、版本等不同的角度来谈《红楼梦》,研讨涉及面很广。从会后出版的论文集也可以看出,与会者的学术水平还是非常高的。

我清楚地记得,当时与会者对《红楼梦》得出两点结论:一是曹雪芹的《红楼梦》是符合现代文学标准的优秀小说;二是全书 120 回是一个统一的整体,虽然后 40 回是高鹗写的,但符合曹雪芹的精神。

通过这次研讨会,德国汉学家们对《红楼梦》有了进一步的认识,打破了多年来德国《红楼梦》研究的沉寂局面。

姚:您觉得翻译对《红楼梦》在德国的传播重要吗?请简单评价一下《红楼梦》的德文译本。您怎样看待翻译和原著的关系?您认为存在统一的评价翻译的标准吗?

顾:一本好的《红楼梦》的德文译本对德国的《红楼梦》研究当然是十分重要的。早在 1992 年,我就说过,“德国《红楼梦》研究需要一个新的、完整的德文译本,仅仅是库恩的节译本是不够的”。因为知道当时史华慈(Rainer Schwarz)已经完成了《红楼梦》德文全译本的翻译,只是由于种种原因尚未出版,我还特意邀请史华慈参加研讨会,可惜他婉言谢绝了。

从翻译的角度来讲,我觉得库恩掌握了《红楼梦》的精要,是从整体性来翻译

《红楼梦》的。他的节译本是一个不错的翻译。库恩翻译《红楼梦》时中国刚刚开始有"红学",德国关于《红楼梦》的参考文献极少,在这种情况下,库恩以他有限的能力所出版的节译本已经相当不错了。节译本语言优美,符合德国人的阅读习惯,又基本保持了《红楼梦》的中国特色,所以才会一再再版,并被转译成多国语言。

可仅仅有节译本,对德国的《红楼梦》研究当然是不够的,所以时代呼唤一个新的全译本。我很高兴史华慈的《红楼梦》德文全译本2006年终于出版了(实际上是2007年出版的)。可由于出版这本书的出版社不大,书的印数也少,恐怕这本书只有专家会看,普通的德国读者恐怕连知道这本书的机会也没有。

这本书,我刚刚开始看,目前不想过多评价。

关于翻译和原著的问题,我认为,如果有可能当然要看原文,如果看译本,也要尽量和原文相结合,应该知道语言是什么,尝试比较两种语言。就像我现在可以用汉语来思考和写文章,因为用德语和汉语的思考是不一样的,不仅是指语言的差异,思路也完全不一样,所以,为了保持学术的严谨,我的研究成果还是会用母语来写。

我认为翻译家应该从整体、全部和精神上来翻译作品,翻译的语言也很重要,一部语言不美的译作,不能算是一部好的翻译作品。

姚:请您介绍一下德国唯一的一部关于《红楼梦》的学术论文集《〈红楼梦〉研究》(*Studien zum Traum der roten Kammer*)的情况。

顾:由于经费等原因,研讨会是1992年召开的,1999年论文集才正式出版,当时我是该书的出版人,为论文集写了序言,序言涉及会议情况、论文内容以及当时《红楼梦》研究的最新问题。

该文集一共收录了14篇论文,我按照四部分对它们做了分类,其中有关《红楼梦》文学描写方面的5篇,涉及《红楼梦》语言和风格、文化历史、接受历史的分别为2篇、3篇、4篇。这些学术论文各具特色,学术价值还是很高的。

姚:请讲一讲您是怎样走上汉学之路的。

顾:我在学习神学时,无意间读到了一首英文和德文两种语言翻译的李白的《黄鹤楼送孟浩然之广陵》,当时就被诗中"故人西辞黄鹤楼,烟花三月下扬州。孤帆远影碧空尽,惟见长江天际流"的意境"引诱"了,自此开始和汉语结缘。我的中文名字“顾彬”，就是我的第一位汉语老师给我起的，为了表示对老师的尊重，多年来我一直使用这个非常“中国化”的名字。

1974年至1975年，我在当时的北京语言学院（今北京语言文化大学）进修汉语。当时来中国学习的外国人很少，我们班上只有6个人，老师也非常负责。我每天从早上6点到晚上11点都在如饥似渴地学习汉语。学习结束之后，我又坚持每天复习学过的词汇，并大量阅读关于中国文学（包括诗歌）和绘画的文章，慢慢走上了汉学之路。1991年之后，我有机会经常来中国；2000年之后，我经常用汉语上课；我有一个中国太太，我们家一周7天都讲汉语。这一切都是我汉语流利的原因。

姚：许多人都认为诗词是中文译德文的难点。您本人是诗人，写诗，也翻译中国诗歌，请谈谈您翻译中文诗歌的经验，并对《红楼梦》的诗歌翻译提些建议。

顾：我偶尔也会以《红楼梦》为题材来写诗。我认为诗歌是一种独特的体裁，不能用正常的逻辑来判断一首诗歌的好坏。比如，我写诗时，90%的内容是清楚的，10%的内容连我自己也不清楚，我也不想清楚。

在翻译中国诗歌时，如果我和诗人的背景差不多，我会很容易把诗歌译成很好的德文，比如北岛的诗歌。可我经常不知道翟永明在说什么，如果不能问诗人本人，我在翻译翟永明的诗歌时，就会依靠自己的灵感，考虑德文的创造，但我不能说真正懂得原诗。

中国的诗歌有自己的特色，《红楼梦》里的诗歌和唐诗有些相似的地方，完全按照字面来翻译诗歌不是好的翻译，可以创造另外一种德文翻译的方法。我个人认为德博（Günther Debon）是世界上最好的唐宋诗词德文翻译家。他有时为了保留唐诗的押韵和语调而翻译，有时又会创作出一首德文诗，而不是完全按照字面的意思来翻译唐诗。或许《红楼梦》的诗词翻译可以借鉴一下德博的做法。

姚：请您谈谈对“德国红学”的希望。

顾：我希望“红学”在德国蓬勃发展。期望有一天，不仅是德国汉学家们真正了解《红楼梦》，广大的德国读者也了解和喜欢《红楼梦》—— 这部中国最重要的小说。

姚：谢谢您接受我的采访，预祝您为中德文化交流做出更大贡献。

附录3 我对德译本《红楼梦》的几点看法

——访德国汉学家梅薏华①

当我开始关注《红楼梦》的德文译本时，发现要找到一个经历《红楼梦》德文节译本和全译本的出版发行、本人参与其中，并且至今仍然活跃在德国汉学界的人，并非易事。而我幸运地找到了这个人—— 德国汉学家梅薏华(Eva Müller)。

梅薏华1933年5月10日出生在东普鲁士。1951年，18岁的她开始在莱比锡外语学校(Fremdsprachenschule Leipzig)学习汉语，在此期间作为旁听生在莱比锡大学东亚学院(Ostasiatisches Institut der Universität Leipzig)聆听了来自中国南京的诗人赵瑞蕻的讲座，从此执着于中国文学之路。1954—1960年她在北京大学留学，师从北大名师，1960年取得硕士学位后回到柏林。梅薏华从1961年开始在柏林洪堡大学东亚部任教，同时准备博士论文，1966年取得博士学位后继续在洪堡大学执教，直到退休。退休后仍然活跃在德国汉学界，在柏林自由大学担任客座教授。梅薏华研究的重点涉及女性文学、中德文学关系等方面。

2004年，梅薏华70岁寿诞时，《中国社会与历史》(*Berliner China-Hefte-Chinese History and Society*)杂志专门出版了《中国文学：纪念梅薏华70寿诞》(*Chinesische Literatur: Zum siebzigsten Geburtstag von Eva Müller*)的特刊。尹虹(Irmtraud Fessen-Henjes)撰写的《梅薏华70岁寿诞颂词》(*Laudatio zum* 70. *Geburtstag von Eva Müller*)一文这样评价梅薏华：大家都认识并崇敬的高等学校教师、文学研究者、出版人和中国文学翻译家。

沿着梅薏华的人生轨迹，我发现了她和我关注的《红楼梦》有很多的交会点：

① 姚军玲：《我对德译本〈红楼梦〉的几点看法——访德国汉学家梅薏华》，《国际汉学》2015年第2期，第14—17页。本文选入本书时，略有删改。

1. 1955 年,在北京大学接受汉语强化培训时,聆听了吴组缃 —— 中国著名的现代小说家、当时的《红楼梦》研究会主席举办的关于《红楼梦》的专题讲座,深受启发,并由此与《红楼梦》结缘。①

2. 1971 年为弗朗茨·库恩(Franz Kuhn,1884—1961)的《红楼梦》德文节译本写了后序。

3. 1985 年,梅薏华为词典《东亚文学词典》(*BI-Lexikon Ostasiatische Literaturen*)撰写了"曹雪芹"词条。②

4. 1990 年参加了顾彬(Wolfgang Kubin)在波恩举行的"《红楼梦》200 年"学术研讨会,并发表了题为《〈红楼梦〉中的女性美》(*Zur Ästhetik des Weiblichen im Hongloumeng*)的演讲。

5.积极将《红楼梦》引入教学实践,20 世纪 90 年代,在洪堡大学开设了《红楼梦》阅读课。

6.为大词典《中国文学词典》(*Lexikon der chinesischen Literatur*)撰写了"红楼梦"词条。③

7. 2007 年,在《红楼梦》德文全译本出版后,推荐年轻记者采访译者史华慈,并撰写采访文章。④

以下是我对梅薏华女士的采访记录。

姚军玲(以下简称"姚"):据我所知,欧洲知道《红楼梦》这部小说大概是在 20 世纪,大大晚于其他长篇小说传入欧洲的时间。要恰当地表达《红楼梦》原著充满诗意、精美绝伦的文学魅力和正确理解小说中宗教、神话的象征意义,对欧洲读者都存在着不小的困难,这也给翻译工作造成了很大困难。据您所知,德国关

---

① 梅薏华:《1953—1966 年首批来华的德国留学生》,张西平、李雪涛、马汉茂等:《德国汉学:历史、发展、人物与视角》,郑州:大象出版社,2005 年,第 303—316 页。另见德文版:Eva Müller(Berlin):*Unter den ersten deutschen Studenten in der Volksrepublik China(1953-1966)*,Helmut Martin, Christiane Hammer(Hrsg.),*Chinawissenschaften-Deutschsprachige Entwicklungen. Geschichte, Personen, Perspektiven*. Hamburg 1999, S.282-293.

② Jürgen Berndt[Hrsg.]:*BI-Lexikon ostasiatische Literaturen*, Leipzig:Bibliographisches Inst.,1985,S.132-133.

③ Volker Klöpsch und Eva Müller(Hrsg.),*Lexikon der chinesischen Literatur.* München:Beck 2004.

④ Martin Zähringer, *Der Traum der roten Kammer - Ein Klassiker aus China und seinen deutsche Übersetzung*, in:*Literatur Nachrichten*, 25. Jahrg.Nr.98. Frankfurt a.M.Litprom Gesellschaft zur Förderung der Literatur aus Afrika, Asien und lateinamerika e.V.2008 Herbst, S.8-9.

于《红楼梦》的记录是从什么时候开始的?

梅薏华(以下简称"梅"):我的研究重点是妇女与文学以及德中文学关系,《红楼梦》不是我的研究重点,但我本人对这部中国伟大的古典小说很感兴趣。据我所知,这个最早的记录者应该是顾威廉[或译作:顾路柏,本书译为葛禄博(Wilhelm Grube,1855—1908)]。1902年,也就是在100多年前,他在《中国文学史》(*Geschichte der chinesischen Litteratur*)中,首次向德国读者提及了《红楼梦》这部小说。

据中国传统的儒家观念,小说不是文学。可这部文学史却用了很大的篇幅来讲《白蛇传》等小说,从结构上把小说放到了最高峰。他关于《红楼梦》的介绍只有很少的篇幅:用很谦虚的措辞,认为小说内容太丰富,无法用简短的文字来概括。可我个人认为,这其中的另一个隐情,恐怕是因为《红楼梦》这部小说太难了。

姚:您是在什么情况下为库恩的译本写后序的?

梅:当时,人们对东德和中国的政治问题很敏感,我就把研究重点转向了中国古典文学,为一系列的中国古典小说写了后序和评论:1963年《中国古代寓言》(*Altchinesische Fabeln*)、1969年《好逑传》(*Eisherz und Edeljaspis*)、1976年《二度梅》(*Die Rache des jungen Meh*)、1989年《儒林外史》(*Der Weg zu den weißen Wolken*)。在这期间,于1971年为《红楼梦》(*Traum der roten Kammer*)写了后序。

姚:我读了您为库恩译本写的后序,觉得完全可以算得上是一篇经典的"红学"论文。整篇文章给人的感觉很"中国化"。对《红楼梦》所处时代的中国历史状况的描述非常专业,对《红楼梦》这部小说和作者曹雪芹家世的描述也很详细和准确。后序涉及中国小说史、爱情婚姻观、宗教观等内容,并对《红楼梦》的小说结构、人物刻画、内心世界描写、象征和比喻手法的应用等进行了阐述。整篇文章显示出您深厚的中国文化功底。可是我还是看出来,您在阅读《红楼梦》这部小说时,是以库恩的节译本为主,中文原著为辅的,因为您在提及"晴雯"时用的是"彩云"这个名字,这显然是受库恩节译本的影响。

梅:是的,为了写这篇后序,我阅读了大量的中文文献,借鉴了当时中国"红学"研究的最新成果,力求把一个真实、全面的《红楼梦》介绍给德国读者。

《红楼梦》这部小说对我来说并不容易,我在小说阅读上是采取德文本和中文原著相结合的办法，所以在提到“晴雯”时，不由自主地用了“彩云”这个名字。当时，我就意识到，库恩的节译本删节了许多重要的东西，对汉学家研究《红楼梦》是远远不够的，德国需要一个全译本。

姚：请您谈谈对库恩译本的看法。

梅：库恩是德国第一个成功翻译中国大小型小说的人。库恩的语言很活跃，很有艺术性和活力。库恩翻译的《金瓶梅》是一个艺术水平很高的译本，很多德国翻译家想模仿库恩的翻译风格。我个人认为库恩的节译本基本再现了《红楼梦》原著的语言水平。我在 1971 年出版的后序中，提出这个翻译太短了，不能让汉学家满意。其实，是出版社要求库恩少翻理论和抽象的东西，多写读者感兴趣的东西。可为了保证可读性，删掉了原著中的一些内容，很可惜。

我很欣赏库恩翻译语言的创造力，认为机械的翻译不是好的翻译。库恩因为翻译小说，而被严格的教授赶出来，因为在当时翻译小说不是一个严肃的汉学家应该干的事。可是事实证明库恩的翻译很有可读性，是许多人模仿的对象。很多德文没有的词，找到了一个词来代替中文的意思，库恩创造了很多这样的词。当谈到男性生殖器时，用了“Hausgerät”，德国人都明白。

我个人认为库恩对《红楼梦》小说人名的翻译基本是成功的，因为德国人记不得中国人名，特别是《红楼梦》人物众多，所以，将人名译成德文能让德国读者有印象，从而发生心灵沟通。

姚：作为参会者，请您谈谈对“《红楼梦》200 年”学术研讨会以及会后出版的论文集的印象。

梅：你所说的是 1992 年 4 月 21—23 日在德国波恩召开的“《红楼梦》200 年”（200 Jahre *Traum der roten Kammer*）学术研讨会，这也是德国历史上唯一的一次关于《红楼梦》的学术研讨会。会后，出版了德国历史上唯一的一部关于《红楼梦》的论文集——《〈红楼梦〉研究》（*Studien zum Traum der roten Kammer*）。我参加了这次研讨会，事过多年仍然印象深刻，这是一次很好的研讨会。唯一遗憾的是，有些与会者并不是真正了解《红楼梦》，完全是为了参加会议而写了一些应景的文章，导致学术论文的水平有些良莠不齐。

我在研讨会上结合自己的研究重点，宣读了名为《〈红楼梦〉中的女性美》（*Zur Ästhetik des Weiblichen im Hongloumeng*）的论文。论文主要从女权主义角度谈了两个观点:一、小说打破了中国传统对男女角色的定位,凤姐的角色里融入了男性特色,描写她的容貌时写到她的眼睛是三角形。宝玉抓周,抓的是女性的东西。林黛玉的书房很像男人的书房。这种开放性的描写和原来的传统描写方式很不一样。有人说脂砚斋是女人,所以可能她的评论融入了女性的观点。二、在曹雪芹之前,小说中的人物都是固定的,《三国演义》《水浒传》《儒林外史》中一个人的性格从开始到最后都是一样的。而《红楼梦》的人物性格一直在发展变化中,完全是个性化的性格描写 。《红楼梦》的艺术水平很高 ,和欧洲文学比用的也是现代手法。《红楼梦》之前的作品中人物性格是一成不变的,现在是发展变化的,这是一个非常现代的人物描写手法。从时间上看,曹雪芹使用这种手法比著名的俄罗斯大作家陀思妥耶夫斯基(Dostojewski)还早。《红楼梦》向读者提出了许多问题,没有明确说一个男人或女人是好人还是坏人,而是让读者自己来判定。德国读者对薛宝钗和王熙凤的看法也随时代的变化而变化。曹雪芹使用了完全现代的描写手法,远远超越了他所处的时代。

可惜后来由于种种原因我的这篇论文未能收入论文集中。

姚:您是少数几个把《红楼梦》列入教学实践的德国汉学家之一,请您谈谈当时开设《红楼梦》阅读课的情况。

梅:20 世纪 90 年代,大概是 1996 年或者 1997 年,我在洪堡大学开设了《红楼梦》阅读课,更确切地讲应该叫作中国古典小说阅读课,主要是阅读中国古典名著《三国演义》和《红楼梦》。参加阅读课的学生大多是通过库恩的翻译对《红楼梦》产生了兴趣。在我的指导下,他们又阅读了原著的一些篇章。在教学实践中,我发现,对德国学生来讲,《红楼梦》比《三国演义》难很多。刚开始参加阅读课的学生很多,最终坚持下来的大概只有五六个学生。学生们对《红楼梦》很感兴趣,讨论很积极。

姚:请您谈谈对中德文学翻译的看法。

梅:库恩第一次去岛屿出版社(Insel Verlag)时,以研究歌德闻名的该出版社的出版商安顿·基本伯格(Anton Kippenberg)说了一句话:“我知道你会汉语,你也会德语吗?”这句话被德国翻译界广泛引用。这句话更深的意思是:我相信你懂汉语,你能不能把原来中文小说的艺术水平用德语再现出来?

文学翻译如果能做到将一种语言用另一种语言通俗地叙述出来,保持原文的艺术魅力,并能被读者接受,就真正达到了翻译的目的。而事实上,限制翻译的不仅仅是语言上的差异,还有思维方式、世界观和思想体系以及美学观点等方面的差异。例如,中文的双重寓意,德文就很难翻译出来。《红楼梦》中的"贾雨村"寓意"假语村言",是很难翻译的。如果用大量的篇幅来解释,会干扰读者的阅读兴趣。如果不解释,读者根本无法理解其中的含义。从这一角度来讲,我认为翻译作品无法使读者享受到原著的所有精髓。读者对作品的理解,无法避免地受到文化背景的限制,如《红楼梦》中提到"醉翁亭",中国读者很容易就会想到大诗人欧阳修,这是德国读者无法做到的。我个人反对死译(pedantisch wortgetreue Übersetzung)——这样的翻译艺术水平不高,赞成能够在表达文章原意的一定程度上的意译(Paraphrase)。中国小说内容重复、小细节多,这两点是德国人不喜欢的。对德国人来讲,中国小说太琐碎、不含蓄,库恩的节译本故事情节很集中、很活跃,这很大一部分应归功于库恩的语言。对我来讲不是简单的删节,而是使小说内容更紧凑、更集中。库恩的翻译尊重原著,整个内容还在。我认为好的翻译是在读懂原文后,尊重原著,自觉用自己的语言所作的符合母语规律的翻译,我个人很反对"原文限制我的创造性"的观点。

姚:您在德国汉学界享有盛名,而且勤于耕耘,论著颇多。为什么您出版的书不多?

梅:由于政治原因,我的学术成果大多数体现在编纂各种大词典和教学实践上。再者国家小,对中国文学感兴趣的人少,也是一方面的原因。

姚:请您谈谈对《红楼梦》德文全译本的看法。

梅:我有幸看到了《红楼梦》德文译本在德国的发展历程,为库恩本写了后序,参加了《红楼梦》研讨会,撰写了相关论文,并积极在教学实践中推广《红楼梦》。我早说过库恩的节译本无法满足汉学家对《红楼梦》研究的需要,德国当然需要一个《红楼梦》的全译本。史华慈全译本的出版必将推动德国的《红楼梦》研究。所以,在得知全译本出版后,我积极向人们推荐这部译作,年轻记者马丁·策林格(Martin Zähringer)就是在我的推荐下采访史华慈并发表了关于全译本的文章。

附录 4 《红楼梦》德译书名推敲[①]

从1932年以来,德国读者就知道由弗朗茨·库恩(Franz Kuhn)翻译的中国名著《红楼梦》节本 *Der Traum der roten Kammer*。据说,这个节译本在三十年前就已经销售了九万本。这一个或那一个习惯思索的读者可能会提出这样的问题:der Traum der roten Kammer(红色小房间的梦)到底是什么意思呢?

欧洲大学出版社出版的第一部德文全译本的尝试,本来是重新研究德译书名的良机,遗憾的是,出版人坐失良机。他或者根本没有想到,或者认为用读者熟悉的书名,就可以少花一些广告费。不管怎样,他保留了库恩老版本的书名,只是用… der Roten Kammer…代替了… der roten Kammer…。这样做,根据德文正字法的规则,就变成了类似德累斯顿的有名"绿色穹顶"(das Grüne Gewölbe)的专有名词。因此书名就更神秘了。

那么,der Traum der roten Kammer 是什么意思呢?

先把中国特有的 rote Kammer(红色的小房间)放到一边去,考虑一下 der Traum der… Kammer 是什么意思。

梦是脑力活动的一种,事实上只有生物才能做梦,尤其人——这个"万物之冠"——善于做梦。喜欢狗的人都知道,狗也会做生动的梦。由此推测,其他的脊椎动物大概也会做梦。至于无脊椎动物是否会做梦,直到现在科学还没有定论。在诗歌中,还有另外一种形式的梦:"小溪和湖泊在冰下睡觉,森林在酣梦",这是德国童谣中的梦的描写。或许 rote Kammer 也同样做梦?梦想过去的黄金时代?

---

① *Überlegungen zum Traum der roten Kammer*,载 *inn und Form*(《意与形》季刊),柏林,第60卷,2008年第2期,第275—278页。

[德]史华慈(Rainer Schwarz)文,姚军玲译:《〈红楼梦〉德译书名推敲》,《红楼梦学刊》2010年第六辑,第205—212页。本文选入本书时,略有删改。

梦想更可爱的房客？梦想早就该做的修缮？都不是。

为表达谁在做梦、梦想什么、在什么情况下做梦，德语有好几种方式。第一种是使用简单的第二格来表达谁做梦：Eduards Traum（爱德华的梦）①是指爱德华做的一场梦。Der Traum eines glücklichen Bauern（一个幸福农民的梦）②也一样。同样用简单的第二格可以表达：什么时间做的梦，如der Traum der letzten Jahre（最近几年做的梦）。可是却不能用第二格来表达在什么地方做的梦。通过介词von的搭配可以表达不同的事实。使用von的搭配可以代替第二格来表达谁做梦，例如：der Traum von Onkel Gustav（古斯塔夫叔叔做的一个梦）是在表达古斯塔夫叔叔所做的一个梦。用von也可以表达什么时间做的梦，例如：der Traum von heute nacht（昨夜做的梦）。其他做梦情况可以用相应的介词来表达，例如：Träume in der Badewanne（在浴缸里做的梦），Träume unterm ③Hochbahnbogen（在高架铁道桥下做的梦），Träume in der Dämmerstunde（黄昏时做的梦），Träume aus der Kinderzeit（童年时代做的梦）等。因为von etwas träumen表达"做关于某事的梦"的意思，所以在Traum后边用介词von，也有和上面说的代替第二格不一样的情况，der Traum von etwas可以表达"关于某事的梦"，例如：der Traum vom großen Geld（关于一大笔款的梦）表达的是某人梦想拥有很多钱。

在德语里容易构成的，同时使德语难懂的复合词——参见马克·吐温（Mark Twain）著*The Awful German Language*（《可怕的德语》）一文——提供很丰富的表达方式。用Traum构成的复合词可以表达谁做梦：Jungmädchenträume意为"少女的梦"；梦想什么：Karrieretraum意为"关于高升的梦"；梦引起什么：Angsttraum意为"噩梦，直译是'令人恐惧的梦'"；在什么情况下做的梦：Wachtraum意为"白日梦，直译是'清醒状态下做的梦'"；什么时间做的梦：Kindheitstraum意为"童年的梦"，或者在哪里做的梦：Kaffeehausträume意为"咖啡馆里做的梦"。

当译者将《红楼梦》的中文书名翻译成德语时，应该从上述德语语言表达方式中选取一种。

---

① 德国画家、诗人和作家威谦·布施（Wilhelm Busch，1832—1908）的故事。——译者注

② 俄国作家斯拉托弗拉茨基（Nikolai Slatowratski，1845—1900）的小说。——译者注

③ unterm不是形容词unterer的第三格（unterem），而是介词unter和冠词der的第三格dem的组合形式。——译者注

小说中描写了哪些梦？其中一个是第五回，贾宝玉在秦可卿的华丽房间里做的梦；另一个是后来作为贾宝玉投生的通灵石头希望“在那富贵场中”（第一回）过的梦一般的生活（李白《春夜宴从弟李花园序》：“浮生若梦，为欢几何？”）。这也可以算“红楼”里做的梦，也可以算关于“红楼”的梦想。为了使几种情况协调一致，同时也选取像中文那么不明确的表达方式，在保留 rote Kammer 的条件下，或许可以构成 Rotkammerträume 这个复合词。可显然，这个像怪物一样的词不是解决问题的理想方式。

通过上面的阐述，可以得知，库恩将中文书名《红楼梦》翻译成 *der Traum der roten Kammer* 在语法和逻辑上是不对的。因为，一个 Kammer 是不会自己做梦的，在小说中也没有提到一个做梦的 Kammer。第一个翻译《红楼梦》书名的欧洲人是东印度公司的职员戴维斯（或译作：德庇时，John Francis Davis），他于 1829 年在一篇关于中国诗歌艺术的报告中，提到“一部叫作 *Dreams of the Red Chamber*（《红色房间的梦》）的小说”。

现在我们要提及普鲁士同乡郭实腊（或译作：郭士立，Karl Friedrich August Gützlaff）。他善于把《圣经·马太福音》第 28 章里的奉遣“以你们要去，使万民作我的门徒”和马基雅维里主义的原则“达到神圣目的的手段也是神圣”连接起来，为得到分发基督教小册子的机会，不惜给英国违法鸦片商做翻译，以获得乘船沿着中国海岸北上的机会。1842 年郭实腊在广东出版的一个英文杂志上，第一次用西欧语言介绍了《红楼梦》，他称这部小说是 *Dreams in the Red Chamber*（《红色房间里的梦》）。

波拉（Edward Charles Bowra）于 1868—1869 年将《红楼梦》的一些章节翻译成了英文，书名是 *The Dream of the Red Chamber*（《红色房间的梦》）。裘里（H. Bencraft Joly）——当时的英国驻澳门副领事，用的也是同样的书名。他在 1892—1893 年尝试将《红楼梦》全部翻译成英文，可惜只完成了前 56 回的翻译。早在 1885 年，英国有名的汉学家翟理士（或译作：翟理斯，Herbert A. Giles）就请大家考虑一下：“*Dreams of the Red Chamber* 是中文书名完全不准确的翻译。”他建议把书名意译为 *A Vision of Wealth and Power*（《关于富贵的幻想》），指的显然是通灵石头的梦想。

格鲁柏（或译作：葛禄博，Wilhelm Grube）在其 1909 年的《中国文学史》（*Ge-*

schichte der chinesischen Litteratur)中,可能以郭实腊为榜样,用的是 *Der Traum in der roten Kammer* 这个名字。

库恩大概继承了裘里的译法,在书后的“附言”还提到裘里的中断翻译项目。可是库恩恐怕没有注意一个重要的情况:因为英语中 to dream of 表达的是德语 von etwas träumen 的意思,所以 the dream of 不仅表达的是 der Traum des/der…的意思,也表达了德语介词词组 der Traum von etwas 的意思。

在解释过书名 *Der Traum der roten Kammer* 存在语言和逻辑上的错误之后,现在终于要澄清神秘的概念 rote Kammer 了。《红楼梦》中的“楼”字是多层建筑物的意思,在旧中国一般指的是两层建筑物,在当时是富贵荣华的人家住的地方。就狭义而言,“楼”是这样建筑物的上层,也就是女子住的地方。“红楼”的意思是,这个建筑物内外的装饰富丽堂皇。红色在中国是生命力、吉祥和财富的象征。新娘穿红色的衣服,喜烛和其他婚礼用品也是红色,新年对联写在红色的纸上。“红楼”真的刷红色油漆的部分大概只有柱、檩、梁、门、窗框、窗棂等,可能还有斗栱。

北京故宫有个名副其实的 rote Kammer,即位于坤宁宫里的皇帝大婚时住的洞房。这间大概十米见方的屋子,除了灰色的地砖、白色的墙和黄丝的床垫,几乎全是红色的。宣统皇帝回忆:“进入这间一片暗红色的屋子里,我觉得很憋气。”①贝尔纳多·贝尔多路奇(Bernardo Bertolucci)在电影《末代皇帝》中根据西方观众的口味再现的婚礼场景是一种杜撰。可这里的 rote Kammer 并不是“红楼”,因为故宫的建筑不是多层的,而只有一层。

在现代中国,每一个用红砖建造的多层建筑都可以叫作“红楼”,一个特别有名的例子是“北大红楼”。这所前北京大学四层楼,位于北京的内城临近故宫的东北角,也是后来毛泽东年轻时曾作为图书馆助理员工作过的地方。

德语的 rote Kammer 远远不能表达“红楼”的意思,尤其是 Kammer 在现在德语里定义为“小房间,常用来存放物品、生活用品或者是当作佣人的睡房”②。

为“红楼”找到一个真正对应词的困难也体现在书名《红楼梦》在西欧语言中

---

① 参见爱新觉罗·溥仪《我的前半生》的第三章《紫禁城内外》中的“三、结婚”。

② Karl-Heinz Göttert:*Neues Deutsches Wörterbuch*, 2007。

的不同翻译变形。在英语中有 red chamber(红色的房间)和 red mansions(红色的宅第),在法语中有 la chambre rouge(红色的房间)和 le pavillon rouge(红色的亭子)以及 l' appartement rouge(红色的住宅),在德语中甚至被翻译成 rotes Schloß(红色的宫殿)。

大概只有俄文的翻译——*Son v krasnom tereme*(《红楼里的梦》)——能表达《红楼梦》原文书名的真正意思,因为 krasnyj 不仅代表"红",也有"美丽""漂亮"的意思,terem 是"贵族住的很高的宅第",也专门指这种宅第楼上的闺房。唯一有些问题的是 son 这个词,因为它不仅有"梦"的意思,也是用作名词的"睡"的意思。俄国汉学家从一开始确定了"红楼梦"是红楼里做的梦。不仅翟理士建议把书名翻译成"关于……的梦"的样子,1978—1980 年北京外文出版社出版的三卷本英文全译本的书名也是 *A Dream of Red Mansions*(《关于红色宅第的梦》),1953 年版《苏联大百科全书》①也对书名进行了意译。这一恰当的俄语书名在该词目的德文单行本 *China*(《中国》,1957)中被不恰当地翻译成 *Träume der Jugend*(《年轻人的梦》),正确的德语翻译应该是 *Jugendträume* 或者 *Träume der Jugendzeit*(《年轻时代的梦》)。

通过上面的陈述,可以清楚地知道:《红楼梦》这一书名恰当的、唯一的德语翻译是不存在的。那么,怎么办?或者可以保留原来书名的拼音写法,《金瓶梅》德译本就是这样做的,叫作 *Kin Ping Meh*。这一书名是从书中三位女主角的名字得来的,可是如果没有特别的说明,这一点是无从得知的。因为库恩把其中两位女主角的名字翻译成了德语 Goldlotos(金莲)和 Lenzpflaume(春梅),只有"瓶儿"的名字保留了拼音,没有翻译。德国读者对《肉蒲团》德译本书名 *Jou Pu Tuan* 这个拼音形式比易懂的意译书名 *Die Andachtsmatte aus Fleisch*(《肉质的拜垫》)熟悉得多。或者可以使用《红楼梦》原先的书名。在作者在世和书以手抄本流传时期,这部小说的书名是《石头记》。《石头记》可以翻译成 *Die Geschichte vom Stein*,这包含着双重含义:一层意思是"石头的故事", 即那个通灵的、作为人投生的石头的故事;另一层意思是"来自石头上的故事",即在原书第一回所描写的,故事原来

---

① *Große Sowjet-Enzyklopädie* russ.Блъшая Советская Энцилопедия, abgekürzt БСЭ/ *Bolschaja Sowetskaja Enziklopedija* (*BSE*).

是刻在石头上的,有人看到后,抄下来,成为这部小说。霍克思(David Hawks)和闵福德(John Minford)翻译的五卷本英文全译本《红楼梦》(1973—1986)的书名也是*The Story of the Stone*(《石头的故事》)。

《红楼梦》新德译本 *Der Traum der Roten Kammer* 毕竟以 *Die Geschichte vom Stein* 为副书名。从库恩的翻译到现在第一版德语全译本的出版,75 年过去了,或许再过 75 年会有一个比现在的翻译更好的版本出现,希望到那时小说的书名不再是像 *Der Traum der roten Kammer* 这样一个愚蠢的虚构。

附录 5 德国柏林国立图书馆《红楼梦》藏本揭秘[①]

德国柏林国立图书馆②是什么时候开始有《红楼梦》这本书的?是什么样的版本?通过什么渠道得来的?图书馆现在还保存有这一版本吗?带着这些问题,

① 姚军玲:《德国柏林国立图书馆〈红楼梦〉藏本揭秘》,《华西语文学刊》2010 年第三辑,第 137—145 页。本文选入本书时,略有删改。本文为 2011 年度教育部人文社会科学研究青年基金项目“德国的红楼梦研究”(项目批准号:11YJCZH212)和河南省教育科学“十二五”规划 2011 年度课题(课题编号[2011]-JKGHAD-0304)研究成果。

② 1701 年成立普鲁士王国以前,柏林是勃兰登堡(选帝)侯国的首都。当时的图书馆也就是选帝侯图书馆。普鲁士王国成立以后,就是王立图书馆,当时这两个图书馆已经是公共图书馆,人人都可以在阅览室看书。1918 年革命以后,没有国王,因此图书馆被改名为普鲁士国立图书馆。1945 年德国投降以后,战胜国解散了普鲁士州,开始叫作勃兰登堡州,后来民主德国政府把勃兰登堡州分成三个区。因为普鲁士没有了,原先的普鲁士国立图书馆暂时叫作公共科学图书馆,民主德国的时候改名为德国国立图书馆。1990 年民主德国加入联邦德国以后,图书馆也合并了,现在叫作普鲁士文化财产基金会柏林国立图书馆(Staatsbibliothek Berlin),当然也可以翻译成国家图书馆,可是因为是国家经营的,而不是国家(机关)专用图书馆,所以国立图书馆的名称更合适。

先让我们来回顾一下德国柏林国立图书馆拥有中文图书的历史。①

德国柏林国立图书馆的前身是普鲁士国立图书馆。早在1943年,图书馆的东方部藏有总数接近7万册(本)的中文图书,在中文印刷书籍和手写书籍的总数和价值上居全德国首位,成为当时整个欧洲拥有最多最好的中文图书的图书馆。

这些中文图书的收集经历了一段很长的历史。早在勃兰登堡国弗里德里希·威廉(Friedrich Wilhelm,1620—1688)大选帝侯时代,这个图书馆就开始了中文图书珍品的收集。1665年中文图书第一次出现在当时的选帝侯图书馆。不是出于收集珍品的激情,而是出于对远东经济的兴趣,勃兰登堡选帝侯考虑购买当时非常昂贵,同时又很难买到的有关中国的书籍。在他的大力支持下,两个"汉学家":尼古拉教堂的牧师安德烈亚斯·米勒(Andreas Müller,1630—1694)和选帝侯的内廷参事兼御医克里斯蒂安·闵采尔(Christian Mentzel,1622—1701)接受了这一使命,通过荷兰东印度公司购买了在当时来说数量极大的中文图书。据记载,1683年柏林的选帝侯宫殿共有大概300册中文图书。通过购买和个人捐献两种主要渠道,1702年这一数字增长为45种著作,共计400册。在这些早期的中文图书中,有耶稣会教士的书籍,这在今天已经是非常珍贵了。有梅膺祚编纂的明万历四十三年(1615)序刊本《字汇》、编年史《资治通鉴》、"四书"以及一些重要的中国医学典籍。

在接下来的100年里,中文图书成了当时图书馆"被遗忘的角落",它的存量没有增加,因此曾一度在图书存量和内容的重要性方面被法国巴黎图书馆赶超过去。

东方学家尤利乌斯·克拉普罗特(Julius Klaproth,1783—1835)为这个图书馆带来了中文图书收集新的繁荣。在他的努力下,1810年和接下来的几年中,陆续有一些中文图书来到该图书馆,如著名的清朝《康熙字典》。克拉普罗特打开了中文图书阅读的方便之门,在1822年出版的图书目录里,他详细描述了57种著

---

① *Schätze Chinas in Museen der DDR. Kunsthandwerk und Kunst aus vier Jahrtausenden.* Für das Staatliche Museum für Völkerkunde Dresden herausgegeben von Herbert Bräutigam. Leipzig: VEB E. A. Seemann Buch- und Kunstverlag (1989). S 90-91: Helga Keller: "Libri Sinici".(《民德博物馆藏中国珍宝》4000年的手工艺品和艺术品,由赫伯特·布洛仪蒂冈为德雷斯顿国家民族学博物馆出版,莱比锡国营E.A. Seemann书籍和艺术出版社,1989年,第90—91页,赫尔加·克勒尔:"中国图书"。)

作,其中包括通俗小说《水浒传》《东周列国志》和史书《三国志》的 17 世纪木刻插图本,这在今天被看作是珍本。该图书馆藏有的乾隆四年(1739)刊行的《明史》初版本,是由普鲁士著名政治家卡尔·奥古斯特·冯·哈登贝格(Karl August von Hardenberg,1750—1822)捐献的。

之后,中文图书的数量不断通过新的渠道增加,汉学家威廉· 硕特(Wilhelm Schott,1794—1865)在 1822—1840 年为中文图书的搜集和整理做出了贡献。在这期间值得一提的是,1831 年,慕尼黑人卡尔·弗里德里希·诺伊曼(Karl Friedrich Neumann,1793—1870)从中国为当时的图书馆购买了 236 种共计 2410 册中文图书。

这些数量巨大、涉及各个学科领域的图书奠定了德国柏林国立图书馆中文藏书的坚实基础。图书馆还有来自不同捐赠的单册精品。其中许多是普鲁士国王的捐赠。在亚历山大·冯·洪堡(Alexander von Humboldt,1769—1859)1830 年和 1832 年的捐赠中,有一份北京城市地图,这是他在中亚旅行时带来的。还有普鲁士部长克里斯蒂安·冯·罗特尔(Christian von Rother,1778—1849)作为赠品送给图书馆的一卷广东省和广州市的彩色地图。再就是 1834 年到 1845 年传教士郭士立(Karl Friedrich August Gützlaff,1803—1851)来自中国的捐献。汉学家夏德(Friedrich Hirth,1845—1927)也为图书馆购买了许多重要图书,其中最有价值的是清朝的类书《中文图书集成》和编年史《廿四史》。1901 年,东方学家缪勒(或译作:米勒,F. W. K. Müller,1863—1930)将自己的 36 种中文图书捐献给了图书馆,这其中有北京出版的 8000 多本"蝴蝶装"①佛家经典《大藏经》。

我们将这段历史阶段性地介绍到 19 世纪,是因为《红楼梦》正是在 19 世纪开始出现在当时的这个图书馆。那么,是哪几位名人成就了《红楼梦》在这个图书馆的收藏呢?

德国柏林国立图书馆藏书的电子目录显示:现在该馆的《红楼梦》藏本多是 1980 年以后的版本。而事实上,这个图书馆除了电子目录外,还有许多其他形式的目录。

---

① "Faltbuch"中文叫作"蝴蝶装"本子,德文也叫作 Leporello(buch)。《德汉标准大字典》写:"Leporello:雷波累罗[西班牙小说胡安(Don Juan)之仆人名]~ album 折子式照相本(雷波累罗曾以其主人胡安先生所有爱人之照相列成折子式照相本,故名)。"

如前所说，在克拉普罗特1822年出版的图书目录里，包括通俗小说《水浒传》《东周列国志》和史书《三国志》，还未提及《红楼梦》。但就是在这之后不久，《红楼梦》经由汉学家威廉·硕特之手，走进了这个图书馆的目录。

经过耐心寻找，笔者找到了由硕特手写的珍贵的书本式图书目录。据悉，硕特编写的中文图书目录1840年印刷出版过一次，1840年以后，德国柏林国立图书馆就只有硕特接着这个目录续写的手写中文图书目录了。

柏林国立图书馆东亚部（Staatsbibliothek Berlin，Ostasiatische Abteilung）的手写书本式目录的扉页上这样写着"Codices manuscripti et libri sinici. Alte Sammlung"（中国手写本和书籍　旧书部分）①。因为当时这个图书馆的工作人员只有硕特懂汉语，所以，虽然目录没有署名，笔者大胆推测这个目录就是硕特写的。现将这一目录内容转录如下：②

No 1013 [korrigiert in] 1015-1016. Hung-leu-mung. Träume im roten Pavillon./ eine Sammlung Novellen./ 4 Voll./：Sind 2 Exemplare desselben Werkes，jedes enthält 2 Voll.:/

20 H

Donum Ölrichs，Bremen，1844

No 1013 1015-1016. Hung-leu-mung 是用拉丁文写的，其中1013后面的"[korrigiert in]"是笔者加上的，因为在1013上面是一个表示"划掉"意思的"/"。有意思的是leu不知为什么不是lou。"Träume im roten Pavillon./eine Sammlung Novellen."是用一种特殊而古老的德文字体写的。"4 Voll."是用拉丁文写的，因为"Voll."是拉丁文。"Sind 2 Exemplare desselben Werkes，jedes enthält"也是用特殊而古老的德文字体写的。"2 Voll."用的是拉丁文。这些内容全都是用墨水笔写的。

"20 H 和 Donum Ölrichs，Bremen，1844"是用铅笔写的。

---

① 珍贵图影见附件1。

② 卡片珍贵图影见附件2。

这段夹杂拉丁文和德语的文字可以翻译如下：

第 1013[后改为]1015—1016。红楼梦，红色亭子里的梦/ 中篇小说集/ 4 卷/ 两个相同的存档样本，每个存档本包括两卷/

20 册

（Ölrichs 捐赠品，不来梅，1844 年）

目录显示，这几本书的藏书号，开始是从 1013 到 1016，后来改为 1015 到 1016，估计是刚开始认为是不同的 4 种书，后来发现是两套书，所以，序号也改了。小说标明的 4 卷，显然是德国人为了藏书方便，对原来的书籍进行了重新装订。两个相同的存档样本，每个样本包括 2 卷。“20 册”和“Ölrichs 捐赠品，不来梅，1844 年”①，是用铅笔写的，显然是后来的工作人员为这一目录做的补充②。现存的这个书本式目录中，有些中文书籍的名字前面有红色钩，有些则没有。据图书馆的工作人员介绍：打钩的，是经过他们检查，现在还在图书馆保存有的；剩下的则是已经不知什么原因找不到或已经丢失了的。不幸的是，《红楼梦》的书名前，没有这个红色的钩，这表示这个图书馆现在已经没有这个藏本了。

在图书馆的另外一张目录③上，这样写着：

Alter Zettelkatalog（Hermann Hülle）

Hung-lou-mêng 紅樓夢

Neudr.1811　　Lib sin 1015-1016.

Hung-lou-mêng 是用英国的中文拼音写的，所以是 Hung 不是 Hong，而且在 mêng 上有一个特殊的标注。“红楼梦”是用繁体中文写的。

Neudr.是 Neudr[uck]的简写；Lib sin 是 Lib[ri] sin[ici]的简写。

译为中文：

旧卡片目录(赫尔曼 · 序勒 编)

---

① 怀疑捐赠者的名字正确的写法是 Oelrichs 不是 Ölrichs。因为现在德国的不来梅还至少有七个家庭用 Oelrichs 这个姓。对外国人来讲 Oe 和 Ö 的读音是一样的，可许多德国人的姓是依照传统写下来的。比如：一个姓 Mueller 的德国人坚持自己和 Müller 不是一个姓，可对外国人来讲读音是一样的。

② 后经考证，“Donum Ölrichs，Bremen，1844”是赫尔加 · 克勒尔（Helga Keller）用铅笔加上的。而 20H 是赫尔曼 · 序勒在查看了《红楼梦》这套藏书后，在这里作的补充说明。

③ 卡片书影见附件 3。

Hung-lou-mêng. 紅樓夢

重刊本:1811　中文图书 1015—1016.

后来,国立图书馆懂汉语的图书管理员赫尔曼·序勒(Hermann Hülle),也是后来该图书馆东方部的部长,确定了《红楼梦》的出版年代为 1811 年。"中文图书 1015—1016",证明这里所记载的《红楼梦》和硕特书本式手写目录记载的《红楼梦》是同一种书。

原来正如《红楼梦》在中国的传播历史一样,《红楼梦》在德国柏林国立图书馆最初并没有受到任何重视,在 1844 年之前图书馆曾多次购买中国图书,《红楼梦》一直没有被列入购买之列,就在离 1844 年很近的 1831 年,慕尼黑人诺伊曼购买的 2410 册中国图书中也没有《红楼梦》。

我们真正要感谢的是那位来自不来梅的叫 Ölrichs 的捐赠人。这是一个怎样的人?为什么他有机会买到《红楼梦》并捐给图书馆?他具体是干什么的?这些都不清楚。他的家乡不来梅是一个港口,当时经常有船去中国的广州。所以,我们可以推测,这个人是商人或者是别的什么人,有机会去中国的广州,在中国了解了《红楼梦》,就买了两套,送给了图书馆;当然 Ölrichs 不一定自己去过广州,或者委托别人代买(这个人有可能是不来梅的某个船长或者商人,甚至是海员)。Ölrichs 这个人是否懂汉语不太清楚,是否看过《红楼梦》无法得知。他是把《红楼梦》当作商品还是文学作品买来的,也是个历史之迷。但有一点可以肯定,他要有经济实力,对中国感兴趣,并能通过一定渠道购买中文图书。

对于 Ölrichs 和中国古典小说《红楼梦》的故事,德国汉学家、《红楼梦》翻译家史华慈(Rainer Schwarz)做出了以下的猜想:①

Oelrichs 赠给图书馆的其他六种中文图书②是:

1. *K'ang-hsi-tzû-tien*《康熙字典》[道光版,可能是道光七年(1827)];

2. *Wu-ching*《五经》;

3. *Tung-hua-lu*《东华录》;

4. *Yü-chiao-li*《玉娇梨》;

---

① 这是笔者和史华慈教授面谈时他所告知,而由笔者记录下来的;其中的人名 Ölrichs 根据我们的意见一律写作 Oelrichs。

② 卡片书影见附件 4。

5.*Yang-ching*(/*ch'ing*)*-yen-lu*《银录》;

6.(*Ch'in-ting-*)*Ch'ien-lu*《(钦定)钱录》。

看样子,Oelrichs 对中文感兴趣,准备自学中文。因此把一定数量的银元交给去广州商船的船长,委托他买中文书。买什么书,委托书可能是这样写的:

a dictionary, some books on philosophy and history, some novels; 因为很可能 Oelrichs 像当时许多欧洲知识分子一样有集硬币的爱好,所以另外还要 some books on Chinese coins。商船到广州以后,船长委托某一家洋行的英国商人买书。英国商人自己不懂中文,所以叫他洋行的中国买办去买,同时当然告诉他买什么内容的书。买办买好了书以后,告诉洋商,都买了什么书。洋商按照买办的话把书名和/或内容用英文写下来如下:

(dictionary)—*Imperial Dictionary of Taou Kwong*.8 voll.=

道光钦定字典 8 函(硕特确定是道光新版《康熙字典》);

(philosophy)—*Woo King or Five Classics with Notes*.14 voll.=

《五经》的附有注释的版本 14 函;

(history)—*History of the Present Dynasty Tartar*① *Dynasty*.4 voll.=

本朝即清朝的历史,4 函(硕特确定是《东华录》);

(novels)—①*Yu Keaoule*.A Novel.2 voll.=

小说《玉娇梨》2 函;

②*Dreams of the Re*(*a*)*d*② *Chamber*.A Novel.4 voll.=

小说《红楼梦》4 函;

(Chinese coins)—①*Work for the Assaying of Coins*.2 fascic.=

鉴定硬币的书籍, 2 册(硕特确定是《银录》);

②*Coins of the Different Dynasties*.2 voll.=

历代硬币,2 函(硕特确定是《钱录》)。

添置目录里的记载都是英文的,可以说明原来是驻粤英国人写的。

---

① Tartar 是鞑靼人的意思,欧洲人当时把满族人称为鞑靼人。

② 洋商不经意写错了,可能是因为动词 read 的过去时态 read 的发音和 red 一样。

Oelrichs 或其他德国人怎么要写英文？Oelrichs 后来把这些书赠给图书馆，可能是因为他发现了光靠这些书，没有懂中文的老师，根本不能学习中文。硕特在 Libri sinici 目录里记载这几条信息的时候，手下应该没有那本添置目录，所以不知道那里写有 *Dreams of the Re(a)d Chamber*. A novel（一部［长篇］小说），自己重新翻译书名，写“*Träume im rothen Pavillon*，一部短篇小说集”。

Oelrichs 把这些书赠给柏林国立图书馆，可以说明他是比较富裕的人，否则的话，可以试图将图书变卖。1844 年，不来梅并不属于普鲁士王国，是属于德意志联邦的自由城市，Oelrichs 把书赠给普鲁士王国首都柏林国立图书馆的原因不清楚，现在恐怕也已经无法澄清。

上边所写当然只不过是我的猜测，可是我认为没有更好的说明。

藏书目录最初是由硕特写的，他注明《红楼梦》是“中篇小说集”，说明他根本就不知道《红楼梦》到底是什么，因为看到小说有很多本组成，小说内容又有许多回目，就说是小说集。硕特是当时很有名的汉学家，他在 1854 年写了德国最早的一部研究中国文学史的著作《中国文学述稿》①，同时也是柏林大学的第一个汉语教授。硕特是当时柏林汉语水平很高的人，对“四书”“五经”和中国的历史、地理都很感兴趣，可是对中国文学不感兴趣。在硕特整理中文图书目录的 1844 年，郭士立②和科万科（A. I. Kovanko）③关于《红楼梦》的文章都发表了，可他都没看到，所以在图书卡片上认为《红楼梦》是小说集，而且在《中国文学述稿》中只字未提《红楼梦》。从这一情况可以看出，当时德国的汉学研究并不发达，也表明中国小说在当时的德国人眼里并不是中国的“显学”，或者也从另一个侧面表明德国人对中国感兴趣是“出于对远东经济的兴趣”。

根据目录上的信息，硕特没有说明《红楼梦》是多少册，后来的赫尔曼·序勒写了 20 册。可没有注明是两个样本一共 20 册，还是一个样本 20 册，两个样本共 40 册。

德国人所写的 Band（卷）和中国的不太一样，有重新装订的问题。这里所说

---

① Schott, Wilhelm: *Entwurf einer Beschreibung der chinesischen Litteratur*. Berlin 1854.

② 德国传教士郭士立（Karl Gützlaff，1803—1851）1842 年 5 月在《中国丛报》上撰文介绍《红楼梦》。

③ 科万科 1843 年 1 月在俄国用笔名“德明”发表了他的俄语《红楼梦》译文，1843 年 2 月这篇译文的德语翻译就在慕尼黑的 *Das Ausland*（《外国》）发表了。

的"册"是否和中文定义中的"册"一样呢？可惜只有目录，书已经不在了。德国柏林国立图书馆的中文图书在战争中遭到严重破坏，许多有价值的重要图书丢失了，或者还没有从战争期间的保存处运回图书馆。战前的中文图书只有2.4万册还在现在的国家图书馆亚非部，也就是以前的东方部。① 所以我们无法查证《红楼梦》具体是什么时候不在的。

可是根据目录上的1811年的重要信息，我们很快在现有的关于《红楼梦》版本的记录中，找到了和信息相符合的版本。

根据清楚的年份，几乎可以肯定柏林国家图书馆原藏的1811年版的《红楼梦》是一粟在《红楼梦书录》中记载的《新增批评绣像红楼梦》：

> 嘉庆十六年(1811)东观阁重刊本，一百二十四回。扉页题："嘉庆辛未重镌，文畲堂藏板(版)，东观阁梓行，新增批评绣像红楼梦"，背面有题记。首程伟元序，高鹗序，次目录，次绣像24页，前图后赞。正文每面10行，行22字。有圈点、重点、重圈及行间评。题记及回目全同东观阁本……②

根据曹立波关于1811年东观阁本的意见，这个版本的情况比较复杂，累计有10多部，可分为三类。第一类，单纯由"东观阁梓行"的1811年评本。第二类，带有"文畲堂藏本"字样的东观阁1811年评本。第三类，善因楼刊本。

那么，柏林国立图书馆的《红楼梦》究竟属于哪一种呢？

如前所说，柏林国立图书馆曾经藏有的1811年的《红楼梦》原书已经不在了，先让我们来看看天津图书馆收藏的一部保存完好的1811年的《红楼梦》。

> 扉页镌："嘉庆辛未重镌，东观阁梓行，新增批评绣像红楼梦"。背面有东观主人的题记，正文每面十行，每行二十二字。有圈点、重点、重圈及行间评。天津市图书馆的书录卡上还写有"红楼梦一百二十回，清曹霑撰，清嘉庆十六年(一八一一)年，东观阁刻巾裫本，四十八册(八函)，有图……十行二十二字，白口，单边"等内容。与之相同的本子据目前所知，还有四部，藏于世界各地。③

感谢详细的描写，使我们如见原书。可惜书中"四十八册(八函)"的信息，明

---

① 指的是1989年。德国统一，图书馆合并以后的情况不一样，具体情况无法得知。

② 冯其庸，李希凡：《红楼梦大辞典》，北京：文化艺术出版社，第934页。

③ 曹立波：《红楼梦东观阁本研究》，北京：北京图书馆出版社，2004年，第48—49页。

显和德国柏林国立图书馆藏书“每个存档本包括两卷/20本”的信息不符。

笔者详细阅读了曹立波的三种分类,认为德国柏林国立图书馆藏书极有可能属于第二个分类带有“文畲堂藏本”字样的东观阁1811年评本。也就是笔者最初推断的一粟在《红楼梦书录》中记载的《新增批评绣像红楼梦》。曹立波在文中写道:

> 一粟在《红楼梦书录》中介绍一种东观阁1811年评本,与天津藏本大体相同,只是扉页多出“文畲堂藏本”五字……另外,杜春耕先生藏有一部,可能为“文畲堂藏本”的东观阁评本。此书仅缺扉页,共二十册(两函)。与天津本校对,大体相同,某些字刻印的笔画有细微差异。①

这篇文字提供了“共二十册(两函)”的信息,和柏林国立图书馆“每个存档本包括两卷/20本”的信息基本相吻合:都是20本。所以可以肯定赫尔曼·序勒写的20册,是指一个样本20册,两个样本共40册。

至于柏林国立图书馆所指的“两卷”,如笔者前文所说是该馆在收藏时德国人重新装订的。

结论:根据以上信息,我们可以肯定地说柏林国立图书馆曾经收藏的最早的1811年的《红楼梦》的准确名字应该是嘉庆十六年(1811)东观阁重刊本《新增批评绣像红楼梦》,也就是“文畲堂藏本”东观阁1811年评本。

那么,柏林国立图书馆现存的较早的《红楼梦》版本是什么呢?据笔者所知,目前这个图书馆存有两个清朝的《红楼梦》版本:一个是光绪年间,上海百宋宅铅印本《增评补石头记》②,书号为:B.Fr.241③。另一个是光绪二年(1876)聚珍堂刊本《绣像红楼梦》④,书号为:N.S.771⑤。

---

① 曹立波:《红楼梦东观阁本研究》,北京:北京图书馆出版社,2004年,第50页。

② 一粟:《红楼梦书录》,上海:上海古籍出版社,第56—58页。

③ 这是柏林国立图书馆图书号。B.Fr.是 Bibliothek Franke(弗兰克图书馆)的简写。

④ 一粟:《红楼梦书录》,上海:上海古籍出版社,第46—47页。

⑤ 这是柏林国立图书馆图书号。N. S.是 Neue Sammlung(新收藏)的简写。

附件 1

最原始的硕特手写目录封皮图影（书号为：N.S.771）

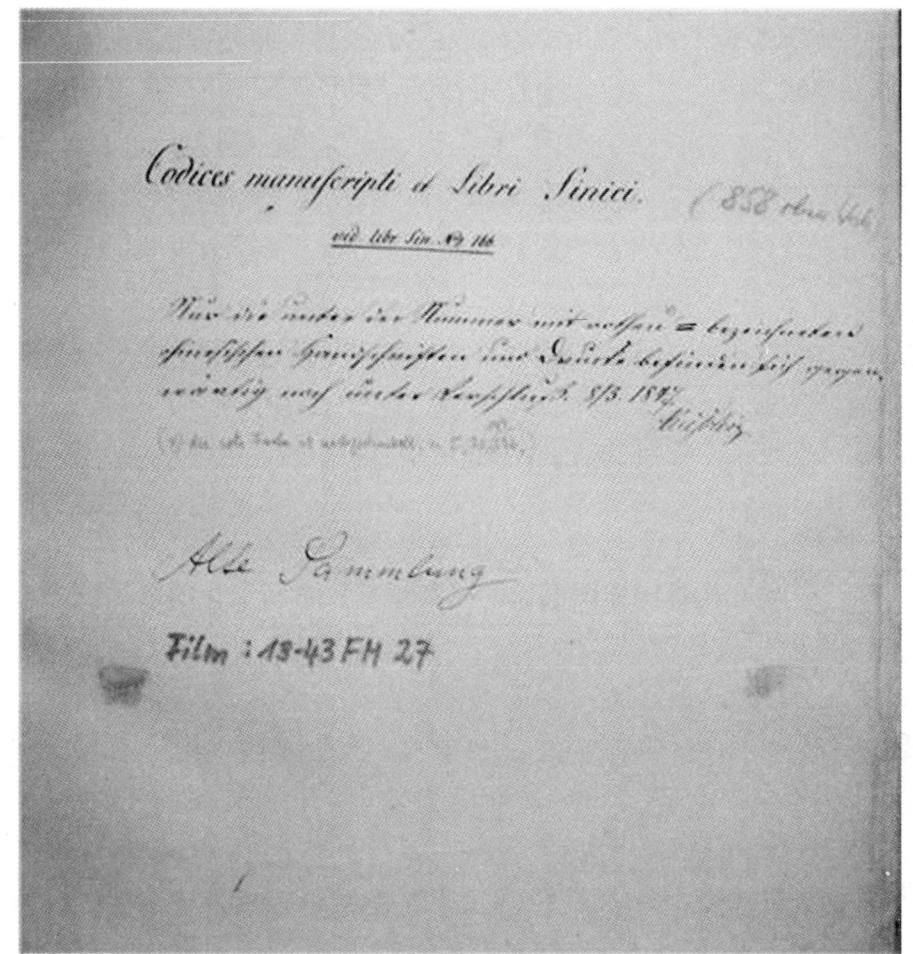

附件 2

最原始的硕特手写原稿图影

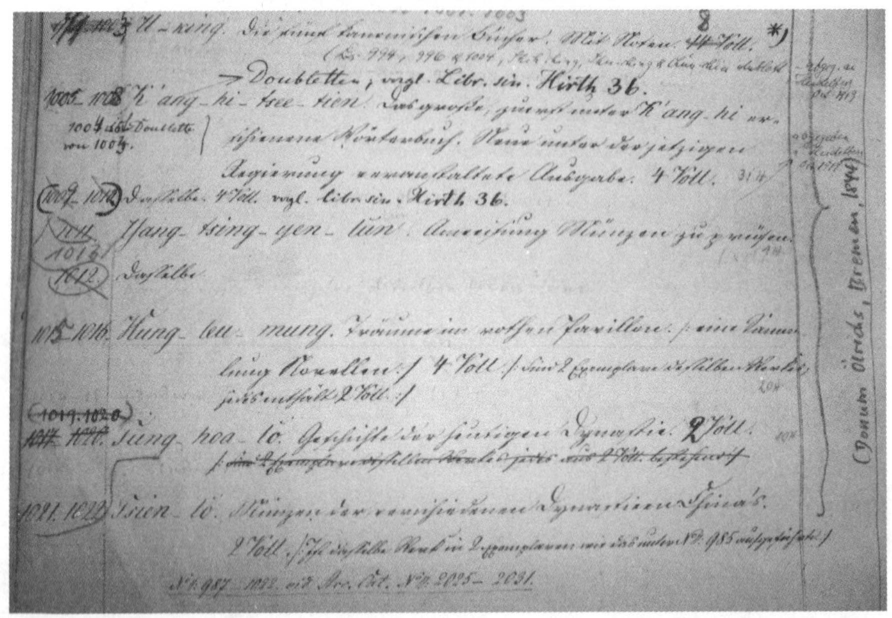

附件 3

现存柏林国立图书馆的《红楼梦》手写卡片图影

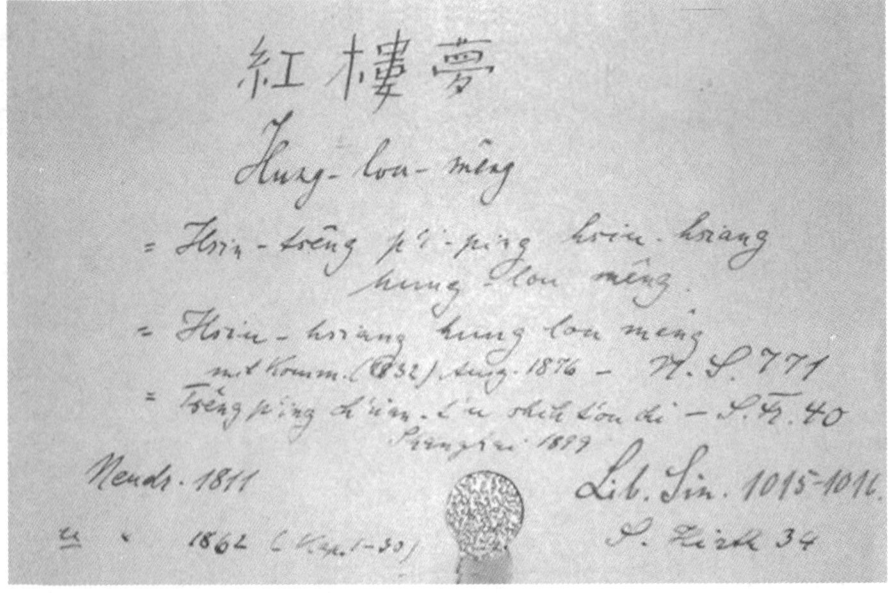

紅樓夢

Hung-lou-mêng

= Hsin-tsêng p'i-ping hsiu-hsiang hung-lou mêng

附件 4

德国柏林国立图书馆现存 Ölrichs 捐献目录图影

1844

Libri Sinici, impressi:

Jan 16.	2025	Woo King or five classics with notes 14 voll.	Donum Oelrichsii, Bremensis.	libr. Sin. No. 989–1002.
	2026	Imperial Dictionary of Taou Kwong 8 voll.	"	1003–1010.
	2027	Work for the assaying of coins. 2 fascic.	"	1011. 1012.
	2028	Yu Keaoule. A Novel 2 voll.	"	987. 988.
	2029	Dreams of the read Chamber. A Novel. 4 voll.	"	1013–1016.
	2030	History of the present Dynasty Tartar Dynasty 4 voll.	"	1017–1020.
	2031	Coins of the different Dynasties. 2 voll.	"	1021. 1022.

附录 6 史华慈作品详表①

1.译自中文的德文译著

1.1 *Die Gingkofee, acht chinesische Volksmärchen aus der Provinz Schandung*(《沂山民间故事八篇》),(Insel-Bücherei Nr. 566 [2]), Leipzig: Insel-Verlag, 1978 (1–20. Tsd.), 92, 1986(21–35.Tsd.), 94.

1.2 *Chinesische Märchen, Märchen der Han*(《中国民间故事·汉族的故事》),

① 由史华慈先生亲自整理并提供。

Leipzig: Insel-Verlag, 1981 [1.-20.Tsd.], 1982 [21.-25.Tsd.], 1986 [26.-37.Tsd.], Mitdruck für Drei Lilien Verlag, Wiesbaden, 571 页.; Neuauflage im Insel Verlag Frankfurt am Main und Leipzig 1991 (5000 Ex.).

1.3 Shen Fu (沈复): *Sechs Aufzeichnungen über ein unstetes Leben* (《浮生六记》), Leipzig: Verlag Philipp Reclam 1989 (Mitdruck für Müller & Kiepenheuer, Hanau, und für Büchergilde Gutenberg, Frankfurt am Main, Olten, Wien), 275.

1.4 *Die wundersame Geschichte von der Donnergipfelpagode* (《雷峰塔奇传》), (Reclam-Bibliothek Bd.1390), Leipzig: Reclam-Verlag 1991, 160.

1.5 Zhang Xianliang (张贤亮): *Gewohnt zu sterben* (《习惯死亡》), Berlin: edition q 1994, 287.

1.6 Yuan Mei (袁枚): *Chinesische Geistergeschichten* [*Auswahl*] (《子不语选》), (Insel Taschenbuch 1979), Frankfurt am Main und Leipzig: Insel Verlag 1997, 251.

1.7 Yue Jun (乐钧): *Geschichten vom Hörensagen* [*Auswahl*] (《耳食录选》), Novellen der Qing-Zeit, (Asien-Afrika-Studien der Humboldt-Universität zu Berlin, Bd. 14), Wiesbaden: Harrassowitz Verlag 2003, 202.

1.8 Hebengge (和邦额): *Nachschriften von Nachtgesprächen* [*Auswahl*] (《夜谭随录选》), (Staatsbibliothek zu Berlin, Neuerwerbungen der Ostasienabteilung, Sonderheft 11), Berlin: Staatsbibliothek 2006, 313.

1.9 Schën Tji-fën (沈起凤): *Die Scherzglocke* [*Auswahl*] (《谐铎选》), (Staatsbibliothek zu Berlin, Neüerwerbungen der Ostasienabteilung, Sonderheft 14), Berlin: Staatsbibliothek 2006, 133.

1.10 Tsau Hsüä-tjin (曹雪芹): *Der Traum der roten Kammer oder die Geschichte vom Stein* (《石头记/红楼梦》), hrsg. von Martin Woesler, Bochum: Europäischer Universitätsverlag 2006 (Erscheinungsjahr 2007, Buchausgabe), Teilband Ⅰ (Kapitel 1-40), Teilband Ⅱ (Kapitel 41-80), 1506 S. (*Sinica*, 14); 2009 (Paperback-Ausgabe, 120 Kapitel, *Sinica*, 14), 2176. (Kapitel 1-80, 1-1495).

1.11 Mao Xiang (冒襄): *Erinnerungen aus der Schattenaprikosenklause* (《影梅庵忆语》), Beijing: Foreign Language and Research Press (外语教学与研究出版社),

2009,149.

2.短篇翻译

2.1 In *Sinn und Form*,Berlin:

2.1.1 Xu Guangping(许广平):*Lu Xun als Vater*(《鲁迅先生与海婴》),34.Jg.(1982),H.1,87–99.

2.1.2 Jin He (金河):*Das Wiedersehen*(《重逢》),41. Jg.(1989),H. 6, 1252–1271.

2.1.3 Shen Yanbing(沈雁冰):*Erotik in der chinesischen Literatur*(《中国文学内的性欲描写》),43. Jg.(1991),H. 5, 929–942.

2.1.4 Zhang Zhenglong (张正隆):*Weiß der Schnee, rot das Blut* [*Auszüge*](《雪白血红选》), 44. Jg.(1992),H. 4,620–633.

2.1.5 Zhang Xianliang(张贤亮):*Mein erster Kuß*(《初吻》),45.Jg.(1993),H. 5, 791–809.

2.1.6 Li Yü (李渔):*Über Essen und Trinken*(《闲情偶寄 · 饮馔部》),57. Jg.(2005),H.3, S. 363–389, Anm. S.434 ff.

2.1.7 Yü Djiau(俞蛟):*Kurze Darstellung des Überfalls auf Lin-tjing*(《临清寇略》), 58. Jg.(2006),H. 2, 200–218.

2.1.8 Hebengge(和邦额):*Nachtgespräche*(《夜谭随录选》)[*Lu vom Ministerium für öffentliche Arbeiten*(陆水部),*Fëng Hsiä*(冯勰),*Mi Hsiang-lau*(米芗老)],58. Jg.(2006), H. 3, S. 293–306.

2.1.9 Dsëng Yän-dung(曾衍东):*Vier Geschichten aus der Kleinen Bohnenlaube*(《小豆棚选》)[*Tsuee-liu*(翠柳),*Die Falkenjagd*(放鹰),*Der kesse Tschu*(褚小楼),*Li der alte Gemüsehändler*(卖菜李老)],60. Jg. (2008), H. 2,261–270.

2.1.10 Tjiän Yung(钱泳):*Die fünf Arten des Glücks*(《五福》),60. Jg.,H. 2, 271–273.

2.1.11 Ma Dschung-hsi(马中锡):*Die Geschichte des Wolfs in den Dschung-schan-Bergen*(《中山狼传》),61. Jg. (2009), H. 5, 654–660.

2.2 其他

2.2.1 Hebengge(和邦额):*Nachschriften von Nachtgesprächen*(《夜谭随录

选》).

[*Vorwort des Verfassers*(自序), *Bibi*(碧碧), *Birnblüte*(梨花)],Hefte für ostasiatische Literatur, Nr. 39, November 2005, 21–33.

2.2.2 Wang Tao(王韬):*Eine kurze Lebensbeschreibung von Mary*(《媚黎小传》)(《淞隐漫录》,卷七), Nachrichten der Gesellschaft für Natur- und Völkerkunde Ostasiens(NOAG),Hamburg, Nr. 179–180, 2006, 271–280.

2.3 *Für die zweibändige Ausgabe des Kin Ping Meh*(《金瓶梅》),die bei Kiepenheuer(Leipzig und Weimar) in der Reihe "Die Bücherkiepe" erschienen ist(1983, 1984,1988), zwei Texte von Boris Riftin/Рифтин Борис Львович,die er für diese Ausgabe geschrieben hat, des weiteren drei kurze Auszüge aus Werken von Lu Xun (鲁迅), Zheng Zhenduo (郑振铎) und Robert Hans van Gulik.

3.和中国有关的学术文章

3.1 *Der chinesische Kompaß Alexander von Humboldts*, in: *Forschungen und Fortschritte*,41. Jg.(1967), H. 3(März), 76–78.

3.2 *Raub und Rückgabe astronomischer Instrumente des alten Pekinger Observatoriums durch das imperialistische Deutschland*, in: *Wissenschaftliche Zeitschrift der Humboldt-Universität zu Berlin, Gesellschafts- und Sprachwissenschaftliche Reihe*, Jg. 16.(1967),H. 3, 453–462.

3.3 *A Chinese Labour Organization of* 1919,*the Chung-hua Ch' üan-kuo Kung-chieh Hsieh-chin-hui*(中华全国工界协进会),in:*Mitteilungen des Instituts für Orientforschung* (*MIO*),Berlin, Bd. 15 (1969), H. 3, 517–523.

3.4 *Adam Lindner—ein Pionier des proletarischen Internationalismus*, in: *MIO*, Bd. 16(1970), H. 4, 587–595.

3.5 *Aspekte des nationalen Kampfes und des Klassenkampfes im Hongkonger.*

Seeleutestreik von 1922, in: *Nationalismus und Sozialismus im Befreiungskampf der Völker Asiens und Afrikas* (Deutsche Akademie der Wissenschaften zu Berlin, Veröffentlichungen des Instituts für Orientforschung, Nr. 74), Hrsg. Horst Krüger, Berlin: Akademie-Verlag 1970, 455–460.

3.6 *Chinesische Küstenkarten*, in: *MIO*, Bd. 17(1971), H. 1, 119–129.

3.7 *Das Statut des "Allchinesischen Arbeiterbundes des gemeinsamen Fortschritts* (中华全国工界协进会)(1919)",in:*MIO*,Bd.17(1972),H.4, 625-632.

3.8 *Ein Dokument zur Geschichte der Sun-Yatsen-Universität der Werktätigen Chinas in Moskau*,in: *Asien Afrika Lateinamerika*, *Zeitschrift des Zentralen Rates für Asien-, Afrika- und Lateinamerikawissenschaften in der DDR*, Berlin, Bd. 4 (1976),H. 2, 237-242.

3.9 *Bilddokumente aus der "Bewegung des* 30.*Mai" in Shanghai*,in:*Asien Afrika Lateinamerika*,Bd. 4(1976),H. 6,n. pag.

3. 10 *Brücken in Berlin und Leningrad* [*Deutsch-russische Brücken*], in: *Architektur der DDR*,Berlin, 30. Jg. (1981),H. 7(Juli), 441-445.

3.11 *Heinrich Heines "chinesische Prinzessin" und seine beiden "chinesischen Gelehrten" sowie deren Bedeutung für die Anfänge der deutschen Sinologie*, in: *Nachrichten der Gesellschaft für Natur-und Völkerkunde Ostasiens* (*NOAG*), Hamburg, Nr.144,1988(Erscheinungsjahr 1990), 71-94.

3.12 *Adelbert von Chamissos chinesisches Siegel*, in: *NOAG*, Nr. 157 - 158, 1995 (Erschei-nungsjahr 1996), 159-164.

3.13 *Werther und Lotte auf Glas*, *Goethes "chinesischer Ruhm"*, in: *NOAG*, Nr. 175-176, 2004, 139-144.

3.14 *Die Geschichten der Kurtisane*, *Sai Djin-hua* (赛金花) *und das Pekinger Ketteler-Denkmal*, in: *Sinn und Form*, 58. Jg. (2006), H.2, 219-230.

3.15 *Einige Bemerkungen zur deutschen Neuübersetzung des Hong loumeng*(《红楼梦》), in:*NOAG*, Nr. 181-182, 2007, 187-195.

3.16 *Der Traum der roten Kammer*, in:*Sinn und Form*,60. Jg. (2008),H. 2, 275-278.

3.17 *Sai Jinhua*(赛金花) *und das Ketteler-Denkmal*, *Widerlegung einer absurden Legende*, in:*NOAG*, Nr. 183-184, 2008, 149-166.

4.讲话

《在〈红楼梦学刊〉五十辑纪念会上的发言》(1991 年 10 月 15 日，北京)，载《红楼梦学刊》1992 年第二辑，第 339—341 页。

附录 7　珍贵书影

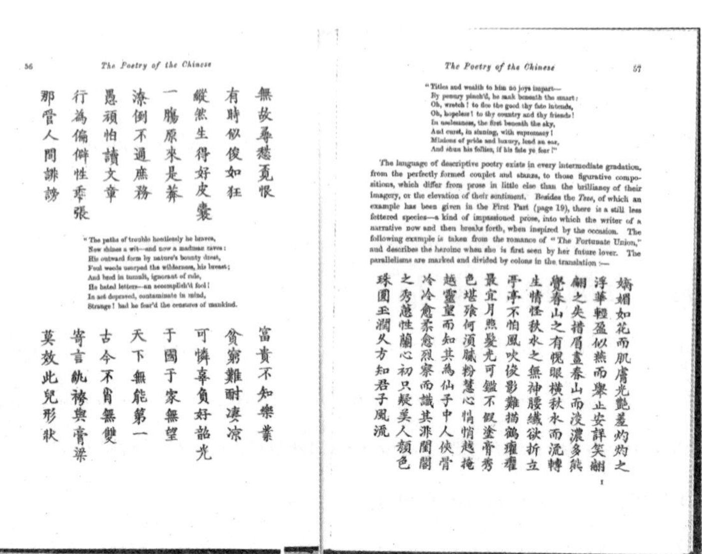

56　*The Poetry of the Chinese*

無故尋愁覓恨
有時似傻如狂
縱然生得好皮囊
一腸原來是莽
潦倒不通庶務
愚頑怕讀文章
行為偏僻性乖張
那管人間誹謗

"The paths of trouble heedlessly he braves,
Now shines a wit—and now a madman raves:
His outward form by nature's bounty drest,
Foul weeds usurped the wilderness, his breast;
And bred in tumult, ignorant of rule,
He hated letters—an accomplish'd fool!
In act depraved, contaminate in mind,
Strange! had he fear'd the censures of mankind.

富貴不知樂業
貧窮難耐淒涼
可憐辜負好韶光
于國于家無望
天下無能第一
古今不肖無雙
寄言紈袴與膏粱
莫效此兒形狀

The Poetry of the Chinese　57

"Titles and wealth to him no joys impart—
By penury pinch'd, he sank beneath the smart:
Oh, wretch! to flee the good thy fate intends,
Oh, hopeless! to thy country and thy friends!
In uselessness, the first beneath the sky,
And curst, in sinning, with supremacy!
Minions of pride and luxury, lend an ear,
And shun his follies, if his fate ye fear!"

The language of descriptive poetry exists in every intermediate gradation, from the perfectly formed couplet and stanza, to those figurative compositions, which differ from prose in little else than the brilliancy of their imagery, or the elevation of their sentiment. Besides the *Tsee*, of which an example has been given in the First Part (page 19), there is a still less fettered species—a kind of impassioned prose, into which the writer of a narrative now and then breaks forth, when inspired by the occasion. The following example is taken from the romance of "The Fortunate Union," and describes the heroine when she is first seen by her future lover. The parallelisms are marked and divided by colons in the translation :—

嬌媚如花而肌膚光艷羞灼灼之
浮華輕盈似燕而舉止安詳笑翩
翩之失措眉畫春山而淺濃多態
覺春山之有愧眼橫秋水而流轉
生情怪秋水之無神腰纖欲折立
亭亭不怕風吹傲影難描鶴癯癯
最宜月照髮光可鑑不假塗膏秀
色堪飧何須膩粉慧心悄悄越掩
越靈聰而知其為仙子中人俠骨
冷冷愈柔愈烈察而識其非閨閣
之秀蕙性蘭心初只疑美人顏色
珠圓玉潤久方知君子風流

I

德庇时《西江月》书影

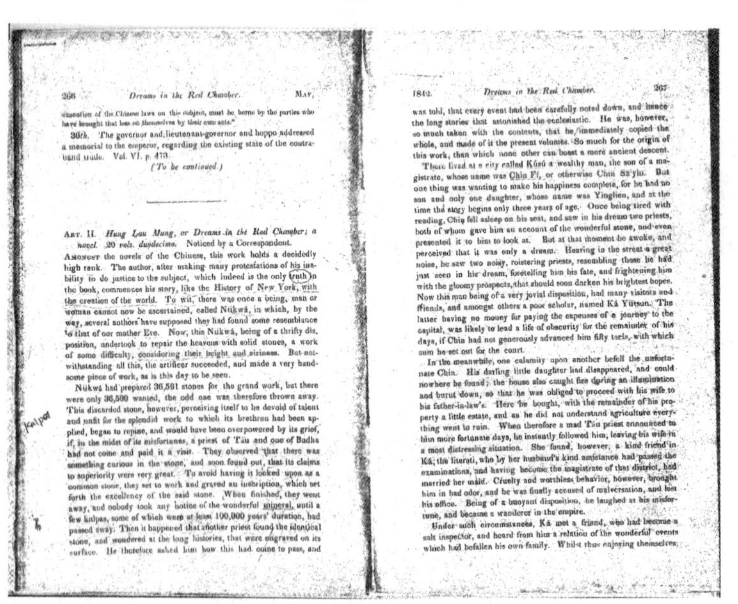

266　*Dreams in the Red Chamber.*　May,

execution of the Chinese laws on this subject, must be borne by the parties who have brought that loss on themselves by their own acts."

30*th*. The governor and lieutenant-governor and hoppo addressed a memorial to the emperor, regarding the existing state of the contraband trade. Vol. VI. p. 473.

(*To be continued.*)

Art. II. *Hung Lau Mung, or Dreams in the Red Chamber; a novel. 20 vols. duodecimo.* Noticed by a Correspondent.

Amongst the novels of the Chinese, this work holds a decidedly high rank. The author, after making many protestations of his inability to do justice to the subject, which indeed is the only truth in the book, commences his story, like the History of New York, with the creation of the world. To wit, there was once a being, man or woman cannot now be ascertained, called Nükwá, in which, by the way, several authors have supposed they had found some resemblance to that of our mother Eve. Now, this Nukwá, being of a thrifty disposition, undertook to repair the heavens with solid stones, a work of some difficulty, considering their height and airiness. But notwithstanding all this, the artificer succeeded, and made a very handsome piece of work, as is this day to be seen.

Nükwá had prepared 36,501 stones for the grand work, but there were only 36,500 wanted, the odd one was therefore thrown away. This discarded stone, however, perceiving itself to be devoid of talent and unfit for the splendid work to which its brethren had been applied, began to repine, and would have been overpowered by its grief, if, in the midst of its misfortunes, a priest of Tau and one of Budha had not come and paid it a visit. They observed that there was something curious in the stone, and soon found out, that its claims to superiority were very great. To avoid having it looked upon as a common stone, they set to work and graved an inscription, which set forth the excellency of the said stone. When finished, they went away, and nobody took any notice of the wonderful mineral, until a few kalpas, some of which were at least 100,000 years' duration, had passed away. Then it happened that another priest found the identical stone, and wondered at the long histories, that were engraved on its surface. He therefore asked him how this had come to pass, and

1842.　*Dreams in the Red Chamber.*　267

was told, that every event had been carefully noted down, and hence the long stories that astonished the ecclesiastic. He was, however, so much taken with the contents, that he immediately copied the whole, and made of it the present volumes. So much for the origin of this work, than which none other can boast a more ancient descent.

There lived at a city called Kúsú a wealthy man, the son of a magistrate, whose name was Chin Fi, or otherwise Chin Sz'yin. But one thing was wanting to make his happiness complete, for he had no son and only one daughter, whose name was Yinglien, and at the time the story begins only three years of age. Once being tired with reading, Chin fell asleep on his seat, and saw in his dream two priests, both of whom gave him an account of the wonderful stone, and even presented it to him to look at. But at that moment he awoke, and perceived that it was only a dream. Hearing in the street a great noise, he saw two noisy, roistering priests, resembling those he had just seen in his dream, foretelling him his fate, and frightening him with the gloomy prospects, that should soon darken his brightest hopes. Now this man being of a very jovial disposition, had many visitors and friends, and amongst others a poor scholar, named Ká Yütsun. The latter having no money for paying the expenses of a journey to the capital, was likely to lead a life of obscurity for the remainder of his days, if Chin had not generously advanced him fifty taels, with which sum he set out for the court.

In the meanwhile, one calamity upon another befell the unfortunate Chin. His darling little daughter had disappeared, and could nowhere be found; the house also caught fire during an illumination and burnt down, so that he was obliged to proceed with his wife to his father-in-law's. Here he bought, with the remainder of his property a little estate, and as he did not understand agriculture everything went to ruin. When therefore a mad Tau priest announced to him more fortunate days, he instantly followed him, leaving his wife in a most distressing situation. She found, however, a kind friend in Ká, the literati, who by her husband's kind assistance had passed the examinations, and having become the magistrate of that district, had married her maid. Cruelty and worthless behavior, however, brought him in bad odor, and he was finally accused of malversation, and lost his office. Being of a buoyant disposition, he laughed at his misfortune, and became a wanderer in the empire.

Under such circumstances, Ká met a friend, who had become a salt inspector, and heard from him a relation of the wonderful events which had befallen his own family. Whilst thus enjoying themselves,

郭士立《红楼梦》英文译文书影

A47

繪圖紅樓夢 Hoei-t'u Hung-lou-mêng

„Der Traum in der roten Kammer" mit Illustrationen Roman in 120 Kapiteln (17. Jahrh.), verfasst von 曹雪芹 Ts'ao Süeh-k'in 4 T'ao. in 24 Bände

O.O. Verlag: 王宅 Wang-tseh, Tao-kuang jen-shen (=1832). 8°.

Papier: gelb. Vgl. hierzu Grube's Literaturgeschichte pag. 430ff. und Wylie's Notes pag. 203. Ins Englische übersetzt: Hung Lou Mêng; or, the dream of the Red Chamber. A Chinese Novel. Transl. by H. Bencraft Joly. Hongkong 1892–1893. 2 Bde.

葛禄博《绘图红楼梦》手写卡片书影

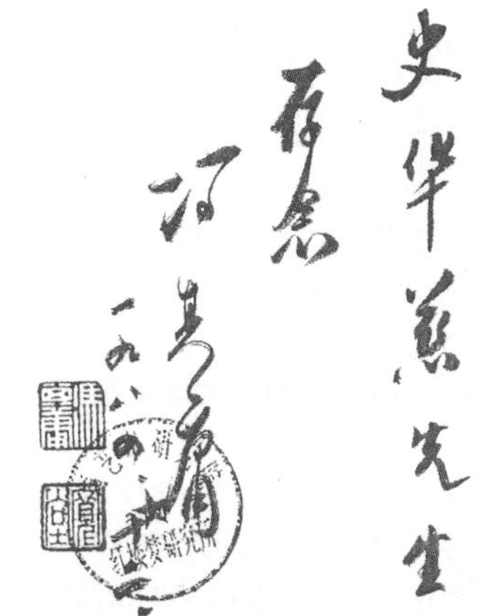

冯其庸的题字

《红楼梦》德文节译本和全译本对照书影

情况下，能够坚持了十二年，大非易事。我对编辑部和出版社的同志们怀着深深的敬意。同时，我也怀有和端木老同样的愿望：将来能够有机会再来参加《学刊》出版百期、乃至二百期的座谈会。

作为《学刊》的编委，我为《学刊》所做的事并不多，甚感惭愧。在这里，我特别要向邓庆佑同志道歉。那时，他还在主持《学刊》编辑部的工作。有一天，他驾临舍下，说他快要退居二线了，希望能在这之前，经他的手，发表我的一篇文章。我为他的真诚所感动，当即毫无犹豫地答应了下来。无奈在这之后受了其他事情的干扰，这一篇预约的文章只写了一个开头，没有能够按时完成。等到我把文章赶写出来，主持编辑部工作的人已经换上了杜景华同志。文章虽然最终还是在《学刊》刊出了，但我总觉得欠了邓庆佑同志的债，有点儿内疚。这次开会，邓庆佑同志接连打了两个电话来通知，尽管我另有急事等着要办，还是努力遵照他的嘱咐赶来参加了。

对于编辑部的工作，我只有几点小意见和要求。一、文章发表后，是否可以给作者抽印本五份或十份？这和赠送一本《学刊》不同，因为可以用来和更多的人展开学术交流。二、登载文章须坚持虚实结合的原则。虚的、空的，应尽量少登或不登。三、短文是否可以再多一些？四、可再开辟一些新的栏目，例如"红学书简"，篇幅不必长，内容不必全面，不必摆开写论文的架式，娓娓道来，如叙家常，读后可能会使人感到亲切而有所启发。

史华慈（德国汉学家，德文八十回本《红楼梦》译者）

尊敬的女士们、先生们！

请允许我以个人的名义借《红楼梦学刊》第五十期发表的机会向编辑部的朋友们表示祝贺。以个人的名义还有发言权吗？我认为多少有一点儿，因为我从事《红楼梦》的工作已经有十年多。怎么从事？很简单，又很不简单，我把《红楼梦》翻译成德文。

大家会问《红楼梦》为什么还要翻译成德文，早在60年以前不是已经有库恩先生的德文本吗？对，有是有的，不过那个德文本有几个不足的地方。

第一，它不全。库恩先生自己虽然说他的译本代表中文本六分之五，可是这个显然是不可能的事儿。因为120回全部翻译成德文的话，这个德文本起码应该有两千七百页左右。库恩本却不过800页左右。当时出版德文本《红楼梦》那个出版社的老板认为德国读者不愿意看一千页以上的厚书，所以要求库恩把《红楼梦》缩短到这个程度。为了达到这个目的，库恩就在许多地

《在〈红楼梦学刊〉五十辑纪念会上的发言》(1991年10月15日，北京)

主要西文人名译名索引（以拼音字母顺序排列）

A

埃尔文·拉斯(Erwin Laaths) 32,33,35,83
埃尔文·里尔特·冯·察赫(Erwin Ritter von Zach) 82
艾伯哈德(Wolfram Eberhard) 34,35
爱德华兹(Louise Edwards) 96,162
奥迪勒·卡登马克-切奎尔(Odile Kaltenmark-Ghéquier) 34,35,79
奥托华·恩金(Ottowar Enking) 79,81

B

保罗·维格勒(Paul Wiegler) 25,26
鲍吾刚(Wolfgang Bauer) 83
贝尔纳多·贝尔多路奇(Bernardo Bertolucci) 225
毕鲁直(Lutz Bieg) 38
裨治文(Elijah Coleman Bridgman) 14
波拉(Edward Charles Bowra) 48,224
卜松山(Karl-Heinz Pohl) 38,190

布尔可・瑞（C. H. Burke Yui） 39,57

D

戴维・霍克思(David Hawks) 51,102,156
德庇时(John Francis Davis) 7,10-14,17,19-21,48,224,244
德博(Günther Debon) 215,228
迪儿克・施腾佩尔(Dirk Stempel) 109
丁文渊(W. Y. Ting) 28,39,79

F

菲佛尔(Eugen Feifel) 31,32,35
菲兹迈（August Pfizmaier） 83,84
费利克斯・M. 维泽讷(Felix M. Wiesner) 16,90,104,107,108,156,203
冯・查阿纳(Eduard Horst von Tscharner) 141
弗朗茨・库恩(Franz Kuhn) 3,4,68,78,178,191,193,217,222
弗洛伊德(Sigmund Freud) 62
福兰格(Otto Franke) 22,27

G

盖洛・冯・维佩特(Gero von Wipert) 79
歌德(Johann Wolfgang von Goethe) 4,7,11,61,93,114,141,154,176,180,187-189,212,220
葛禄博（Wilhelm Grube） 23-26,29,30,33,57,73-76,78,79,218,224,245
顾彬(Wolfgang Kubin) 7,30,32,38,42,48,49,83,93,95,98,111,117,158,168,169,191,206,208,211,212,215,217
郭士立（Karl Friedrich August Gützlaff） 12-16,19-21,52,224,229,234,244

H

哈托·库恩(Hatto Kuhn)　68,79

海因里希·埃格特(Heinrich Eggert)　7,83,184

赫尔曼·黑塞(Hermann Hesse)　81,178,186

J

贾柏莲(Hans Georg Conon von der Gabelentz)　24,36

鸠摩罗什(Kumārajīva)　90

K

卡尔·布瑟(Carl Busse)　25,26,30

卡姆·路易(Kam Louie)　96,162

柯若朴(Philip Clart)　96,162

科万科(A. I. Kovanko)　15,234

库尔特·土霍尔斯基(Kurt Tucholsky)　91,92

L

李福清(Boris Lyvovich Riftin)　15,71,191,192

梁雅贞(Yea-Jen Liang)　95

伦珂维茨(Lunkewitz)　106

罗伯聃(Robert Thom)　16,17,19-21

罗曼·马雷凯神甫(P[ater] Roman Malek)　108

M

马丁·策林格(Martin Zähringer)　45,46,95,221

马国瑞(Rui Magone)　2

马克·吐温(Mark Twain)　223

梅薏华(Eva Müller)　7,38,40,48,49,79,81,93,156,216-218

莫妮卡·默奇(Monika Motsch) 38,81

P

佩特洛尼厄斯(Petronius) 103
普实克(Jaroslav Průšek) 79,184

Q

裘里(H. Bencraft Joly) 29,48,224,225

S

施寒微(Helwig Schmidt-Glintzer) 37,38
史华慈(Rainer Schwarz) 3,6-8,14,16,32,42-49,51,55,66,73,87-117,142-147,149,151-154,156-160,162,163,165-169,171,173-175,177,179,180,193,201,202,210,213,214,217,221,222,232,239,243,246
史华兹(Ernst Schwarz) 141
硕特(Wilhelm Schott) 11,17-21,30,232-234,237,238

T

陶德文(Rolf Trauzettel) 38
托马斯·曼(Thomas Mann) 36,80,203
陀思妥耶夫斯基(Dostojewski) 220

W

卫礼贤(Richard Wilhelm) 27-30,34,35,40,41,57,61,63,79,83
魏汉茂(Hartmut Walravens) 14,16,43,52,88,89,97,104,108,109,114,168,204
沃尔夫冈·施奈底茨(Wolfgang Schneditz) 81
乌韦·康德(Uwe Kant) 95
吴漠汀(Martin Woesler) 3,6,7,43-47,51,98-101,104,108-111,114-

117,159,167,179,193,204-206

Y

亚历山大·鲍姆噶如特纳(Alexander Baumgartner) 26

叶乃度(Eduard Erkes) 26,27,29,30,79,165

伊塔马·埃文-佐哈尔(Itamar Even-Zohar) 54

尹虹(Irmtraud Fessen-Henjes) 44,89,90,94,95,97,158,162-164,168,169,180,193,216

约翰·闵福德(John Minford) 51

Z

翟理斯(Herbert A. Giles) 17,48,224

主要西文人名译名索引（以外文字母顺序排列）

A

A. Giles, Herbert(翟理斯)　48,206,224

A. I. Kovanko(科万科)　15,234

B

Bauer, Wolfgang(鲍吾刚)　65,82-84,92

Baumgartner, Alexander(亚历山大· 鲍姆噶如特纳)　25

Bertolucci, Bernardo(贝尔纳多·贝尔多路奇)　225

Bieg, Lutz(毕鲁直)　38

Bowra, Edward Charles(波拉)　48,224

Bridgman, Elijah Coleman(裨治文)　14,15,195

Busse, Carl(卡尔·布瑟)　25,30

C

Clart, Philip(柯若朴)　96

D

Davis, John Francis(德庇时) 7,10-12,224

Debon, Günther(德博) 36,215

Dostojewski(陀思妥耶夫斯基) 220

E

Eberhard, Wolfram(艾伯哈德) 34,35

Edwards, Louise(爱德华兹) 96

Eggert, Heinrich(海因里希·埃格特) 57,83,184

Enking, Ottowar(奥托华·恩金) 79

Erkes, Eduard(叶乃度) 26,27,165

Even-Zohar, Itamar(伊塔马·埃文-佐哈尔) 54

F

Feifel, Eugen(菲佛尔) 31,32

Fessen-Henjes, Irmtraud(尹虹) 44,94,95,98,158,162,168,180,216

Franke, Otto(福兰格) 22

Freud, Sigmund(弗洛伊德) 62

G

Grube, Wilhelm(葛禄博) 23,218,224

Gützlaff, Karl Friedrich August(郭士立) 12,13,199,224,229

H

Hawks, David(戴维·霍克思) 51,227

Hesse, Hermann(赫尔曼·黑塞) 81,178

J

Joly, H. Bencraft(裘里) 29,48,224

K

Kaltenmark-Ghéquier, Odile(奥迪勒·卡登马克-切奎尔) 33,34
Kant, Uwe(乌韦·康德) 95,96
Kubin, Wolfgang(顾彬) 38,49,96,200,211,217
Kuhn, Franz(弗朗茨· 库恩) 3,40,49,68,80-82,93,143,144,146,149,153,170,185,186,194-197,199,202,212,217,222
Kuhn, Hatto(哈托·库恩) 3,68,93
Kumārajīva(鸠摩罗什) 90

L

Laaths, Erwin(埃尔文·拉斯) 32,83
Liang, Yea-Jen(梁雅贞) 95
Louie, Kam(卡姆·路易) 96
Lunkewitz(伦珂维茨) 106

M

Magone, Rui(马国瑞) 2
Malek, P[ater] Roman(罗曼·马雷凯神甫) 108
Mann, Thomas(托马斯·曼) 36
Minford, John(约翰·闵福德) 51,227
Motsch, Monika(莫妮卡·默奇) 38,81,82,153
Müller, Eva(梅薏华) 38,49,195,197,216,217

P

Petronius(佩特洛尼厄斯) 103,198

Pfizmaier, August(菲兹迈)　83

Pohl, Karl-Heinz(卜松山)　38

Prüšek, Jaroslav(普实克)　79

R

Riftin, Boris Lyvovich(李福清)　71

S

Schmidt-Glintzer, Helwig(施寒微)　37

Schneditz, Wolfgang(沃尔夫冈·施奈底茨)　81

Schott, Wilhelm(硕特)　11,17,18,30,229

Schwarz, Ernst(史华兹)　141

Schwarz, Rainer(史华慈)　3,21,43,46,47,49,97,99,100,115,154,167,179,194,199,200,201,213,222,232

Stempel, Dirk(迪儿克·施腾佩尔)　109

T

Thom, Robert(罗伯聃)　16,17,197

Ting, W. Y. (丁文渊)　28,199

Trauzettel, Rolf(陶德文)　38

Tucholsky, Kurt(库尔特·土霍尔斯基)　91,92,199

Twain, Mark(马克·吐温)　223

V

Von der Gabelentz, Hans Georg Conon(贾柏莲)　24

Von Goethe, Johann Wolfgang(歌德)　4,187

Von Tscharner, Eduard Horst(冯·查阿纳)　141

Von Wipert, Gero(盖洛·冯·维佩特)　79

Von Zach, Erwin Ritter(埃尔文·里尔特·冯·察赫)　82,199

W

Walravens, Hartmut(魏汉茂)　13,14,52,82,88,204

Wiegler, Paul(保罗·维格勒)　25,26

Wiesner, Felix. M.(费利克斯·M. 维泽讷)　16,90,203

Wilhelm, Richard(卫礼贤)　27,29,57,61,63,65,82-84,92,194

Woesler, Martin(吴漠汀)　3,43,179,199,204,240

Y

Yui, C. H. Burke(布尔可·瑞)　39

Z

Zähringer, Martin(马丁·策林格)　45,95,217,221

后 记

能够参与“20 世纪中国古代文化经典在域外的传播与影响研究”项目是我的幸运。其间,我学到了很多知识,结识了一批有作为有修养的学者,也正是在这个项目的启发下,我能够坚持将《红楼梦》的德文译本研究深入下去,并成功获得了教育部人文社科基金。

《〈红楼梦〉在德国的传播与翻译》用大量翔实的第一手德文资料,研究了中国古典文学名著《红楼梦》的德文翻译以及在德国的传播情况。本书的重点在于梳理《红楼梦》在德国传播的历史脉络,探讨最新出版的德文全译本,并比较不同德文译本之间的异同。本书的最大亮点是笔者用大量自己在德国搜集的第一手德文资料,研究了前人学者较少涉猎的《红楼梦》前 80 回德文译本的译者史华慈及其译作,采访了史华慈对于德文节译本的看法,探讨了史华慈中国文学作品翻译的具体特色和问题,并进一步将《红楼梦》德文全译本和节译本进行比较。笔者细致地梳理了《红楼梦》德文译本的发展过程,填补了德文《红楼梦》翻译研究的空白,拓宽了中德文学比较研究的视野。在这里,要特别感谢教育部对我的支持,《〈红楼梦〉在德国的传播与翻译》一书是 2011 年度教育部人文社会科学研究青年基金项目“德国的红楼梦研究”(项目批准号:11YJCZH212)和教育部第 46 批留学回国人员科研启动基金项目“《红楼梦》德文翻译研究”(项目批准号:教外司留〔2013〕693 号)的成果。

我很幸运在完成本书的资料搜集和写作过程中,得到众多老师、家人、朋友的支持和帮助。我要感谢的人实在太多。

感谢张西平教授与李雪涛教授。2006 年在柏林偶遇两位老师,自此我开始走上学术研究之路。几年间,两位老师对我无怨无悔地进行学术点拨,为我的学术研究提供信息支持,并帮助我申请到了奖学金。

"缘是天意,份在人为",我一直以自己有幸成为魏崇新教授的首届博士生为荣。感谢导师魏崇新教授给我提供了自由的学术空间、坚强的学术支持和专业的学术指导。

感谢德国柏林自由大学的冯门德(Erling von Mend)、李敬姬(Jeoong-hee Lee-Kalisch)教授和马国瑞(Rui Magone)、谢飞(Ingo Schäfer)、简涛老师,感谢接受我采访的德国汉学家史华慈(Rainer Schwarz)、顾彬(Wolfgang Kubin)、梅薏华(Eva Müller),感谢德籍国际知名哲学教授李文朝和介绍我认识史华慈的德国汉学家魏汉茂(Hartmut Walravens)。尤其要感谢《红楼梦》德文翻译家史华慈对我不厌其烦的指导和帮助。

感谢著名红学家冯其庸先生和胡文彬先生对我的关怀,感谢《红楼梦学刊》的孙玉明和张云老师给我"娘家"的温暖,感谢对我论文提出过指导意见的比较文学泰斗乐黛云先生、傅刚教授。

最想感谢的是我的家人。感谢懂事活泼的儿子;感谢婆婆和公公三年内代替我担负起教育儿子的重任,使我"后顾少忧";感谢我的先生对我精神和经济上的大力支持,使我能在学术的天地自由翱翔;感谢我的爸爸妈妈给予我健康的体魄和坚强的性格;感谢弟弟、弟妹和悠悠帮我照顾爸爸妈妈。